文春文庫

# マチネの終わりに

平野啓一郎



文藝春秋

# マチネの終わりに　目次

序――9
第一章　出会いの長い夜――12
第二章　静寂と喧噪――37
第三章　《ヴェニスに死す》症候群――57
第四章　再　会――81

第五章　洋子の決断――134
第六章　消失点――178
第七章　愛という曲芸――282
第八章　真　相――354
第九章　マチネの終わりに――434

# マチネの終わりに

# 序

ここにあるのは、蒔野聡史《まきのさとし》と小峰洋子《こみねようこ》という二人の人間の物語である。彼らにはそれぞれにモデルがいるが、差し障りがあるので、名前を始めとして組織名や出来事の日付など、設定は変更してある。

もし事実に忠実であるなら、幾つかの場面では、私自身も登場しなければならなかった。しかし、そういう人間は、この小説の中ではいなかったことになっている。

彼らの生を暴露することが目的ではない。物語があまねく事実でないことが、読者の興を殺《そ》ぐという可能性はあるだろう。しかし、人間には、虚構のお陰で書かずに済ませられる秘密がある一方で、虚構をまとわせることでしか書けない秘密もある。私は現実の二人を守りつつ、その感情生活については、むしろ架空の人物として、憚《はばか》りなく筆を進めたかった。

出逢った当時、彼らは、「人生の道半ばにして正道を踏み外し」つつあった。つまり、四十歳という、一種、独特の繊細な不安の年齢に差し掛かっていた。彼らの明るく喧噪《けんそう》に満ちた日常は、続くと想像しても、続かないと想像しても、いずれにせよ物憂かった。彼らもまた、《神曲》の詩句にある通り、「どうしてかは上手《うま》く言えない」まま、気がつけば、その「暗い森の中」へと迷い込んでいたのだった。

蒔野聡史と小峰洋子とが、互いに対して抱いていた感情は、何と呼ぶべきだろうか。例えば、友情であったのか、それとも愛だったのか。二人は、苦しみとも癒やしともつかない、時には憎しみのようでさえあった強い信頼を保ち続けたが、いずれにせよ、それをただ、彼らの肉体にのみ問うてみても、詮なきことである。

私自身が最初に知っていたのは蒔野聡史の方で、後には小峰洋子とも連絡を取るようになった。それで、この二人が惹《ひ》かれ合った理由がよくわかった。

彼らの生の軌跡には、華やかさと寂寥《せきりょう》とが交互に立ち現れる。歓喜と悲哀とが綱引きをしている。だからこそ、その魂の呼応には、今時珍しいような──それでいて、今より他の時には決して見出《みいだ》し得なかったような、こう言って良ければ、美しさがある。

私は二人に、同情しつつ、時には少し呆れ、それでもやはり憧れを感じていた。一体、他人の恋愛ほど退屈なものはないが、彼らの場合はそうではなかった。なぜだろうか？

仕事の合間に二人について考えることは、ここ数年、幾つかの大きな幻滅を経験していた私にとって、束《つか》の間の現実逃避となった。

最初から、私には不可能な人生だが、自分ならどうしただろうかと、今でもよく考える。

彼らの生には色々と謎も多く、最後までどうしても理解できなかった点もある。私から見てさえ、二人はいかにも遠い存在なので、読者は、直接的な共感をあまり性急に求めすぎると、肩透かしを喰《く》らうかもしれない。

そのうちに、私はどうしても、彼らについて書きたいと思うようになった。しかし、実際に筆を執ったのは、書くべきだと感じてからである。

最後に、これは余計な断りだが、この序文は、すべてを書き終え、あとからここに添えられたものである。序文とは固《もと》より、そういう性質のものだろうが、私はどうしても、そう一言、言っておかずにはいられなかった。

# 第一章　出会いの長い夜

二〇〇六年、クラシック・ギタリストの蒔野聡史は三十八歳になっていた。

この年、彼は「デビュー二十周年記念」として、国内で三十五回、海外で五十一回と、例年にない数のコンサートをこなし、盛況のうちにツアーの最終公演日を迎えた。

丁度、会場のサントリーホール周辺の紅葉が見頃を迎えた時期で、シャンパン色の光にライトアップされた木々が、夕間暮れから鮮やかだった。風は冷たく、時折木の葉を舞い上げて強く吹いたが、そのせいでむしろ、チケットを握り締めた人々は、コートの下の胸の昂ぶりに熱を感じた。


蒔野のこの夜の演奏は、後々まで、ちょっと語り草になるほどの出来映えだった。

メインは新日本フィルとの共演によるアランフェス協奏曲で、三度に及んだアンコールでは、ラウロの《セイス・ポル・デレーチョ》、蒔野自身が編曲したブラームスの間奏曲《インテルメッツォ》第二番イ長調、更には武満徹の編曲によるビートルズの《イエスタデイ》まで披露した。楽器は、普段はフレタを愛用している彼には珍しく、グレッグ・スモールマンが使用された。

まだ高校在学中の十八歳の時にパリ国際ギター・コンクールに出場して優勝し、鳴り物入りのデビューを飾って以来、蒔野の演奏は、常に危なげなく安定していた。二十年という年月を経てみてわかったことは、彼は単に才能に恵まれただけでなく、数ある才能の中でも、特に良いものに当たったのだった。

蒔野の演奏を聴いていると、しばしば人は、息をすることを忘れてしまった。そのあまりの完璧主義に、「聞き流すことができない」とよく評されたが、これは必ずしも褒め言葉というばかりではなく、幾らかは「疲れる」という意味の苦笑も含まれていた。

最初から、ジャンルを問わず、何を弾いても上手すぎるせいで、才能を弄《もてあそ》んでいるように取られる一方、思索的とも評されるのは、チェス盤でも眺めているかのような演奏中の表情も手伝ってのことだった。

この日も、楽曲の理解は透徹していて、思いがけない斬新な解釈が聴かれても、一瞬後には、なるほどねェ、と深く納得された。細部が全体を活気づけ、また全体が細部に於いて生き生きと精彩を放っていた。通人ほど退屈するアランフェス協奏曲の第三楽章でさえ、きびきびとした音符の筋肉の陰翳《いんえい》まで見えそうな躍動感で、誰が弾いてもなかなか立派に聞こえないこの難物も、こんなに良い曲だったろうかと、これ見よがしに苦笑し、首を傾《かし》げる批評家の姿さえあった。

要するに、その説得力を前にしては、好き嫌いを超えて、もうケチのつけようがなかった。

アンコールでは果たして、待ち構えていたかのように総立ちとなった。

皆がなんとかして自分の拍手の音を届かせようと、少し背を仰《の》け反《ぞ》らせながら、できるだけ腕を前に突き出して手を叩《たた》いた。感動の大きさが、拍手の打点の高さと比例するというのは、この日の会場のひとつの発見だった。

蒔野は、カーテンコールの度に、少しずつニュアンスの違う洗練されたお辞儀をした。満足感を表現し、感動していることを伝え、少しくたびれていることも隠さなかった。その照れ笑いには、先ほどまでの神妙な面持ちとは違う、彼が折々、テレビのトーク番組などで見せる爽快さがあった。

終演後、ロビーは騒然とし、その相乗効果で、何か大変な名演を聴いた気がしていた人々は、やっぱりそうだったのかと自信を持った。連れ合いのいない者は、早速その興奮をネットに書き込み始め、立ち止まったり、人にぶつかったりして方々で迷惑がられた。

後にCD化され、レコード・アカデミー賞を受賞することとなるこの日の録音は、クラシックの――それもギターの――アルバムとしては、かなりの売れゆきとなった。

専門誌や新聞だけでなく、テレビの情報番組でも取り上げられたので、音楽に興味のない者たちも、蒔野というのは、やっぱりそんなに凄いのかとぼんやりと再認識した。この日のコンサートを聴いたことの価値は、後には更に高まった。というのも、蒔野聡史の音楽活動は、この後唐突に、長い沈黙に入ることになるからである。

＊

振り返ってみれば、あれが予兆だったのではという出来事が、実は一つあった。

終演後は、いつも以上に面会者が舞台裏に殺到したが、蒔野は彼らを待たせたまま、四十分近くも楽屋から出て来なかった。途中からさすがに関係者が心配し始めたが、マネージャーの三谷早苗《みたにさなえ》は、頑なにドアを開けることを許さなかった。

中で倒れているんじゃないかと、一年ほど前から蒔野の担当をしている彼女は、つい最近、「あーあ、」と言いながら三十歳になったところだった。少し頬の赤い丸顔で、分け目をつけた栗色のボブに黒縁眼鏡をかけている。うっかりすると、子供扱いしてしまいそうな雰囲気だが、その実、勝ち気で通っていて、特に相手が年配の男性の時には、かわいがられるか、不興を買うか、その評判がはっきりと分かれた。三谷は、楽屋に入る前の蒔野から、ノックしないでほしいと、一言、言い渡されていた。その意味はわからなかったが、とにかくそれを忠実に守ったのだった。

　やがて、蒔野は、「あ、どうも、お待たせしました。」と自分から楽屋を出てきた。そして、「いや、なんかもう、くたびれ果てちゃって。四十も目前となるとこうですかね。」と戯《おど》けて首を回してみせた。

　白い、よく見ると星柄の刺繡《ししゅう》が入ったシャツに黒いジャケット、それに濃いモスグリーンの細身のカーゴパンツに着替えていた。顔は幾らかさっぱりしていて、髪も整えられている。笑顔だったが、誰の方を向いたものやらと、しばらくきょろきょろしていた。関係者は、彼の平気そうな表情に安堵したが、ふと目をやった楽屋のゆかに、７５０ミリリットルのエビアンの瓶が一本、空になって転がっていたのを、皆がなぜか覚えていた。あとで誰からともなくその話になり、「そうそう！　わたしもあれが妙に気になって。」と頷《うなず》きあった。しかし、それが何を意味しているのかはわからなかった。

　面会希望者の多くが、蒔野が楽屋に四十分も籠もっていた間に、諦めて帰ってしまっていた。彼は、ねばって待っていた幾人かと、頗《すこぶ》る愛想のいい、丁寧な挨拶を交わした。列の最後には、レコード会社のジュピターの担当者である是永慶子《これながけいこ》が、連れ合いらしい髪のきれいな女性と談笑しながら待っていた。

　蒔野は、順番が来る前から、彼女らの姿を、二度三度と見ていた。正確には、彼女らではなく、その同伴者の方ばかりを。――実は、舞台の上からも、一階の招待者席に座るその見知らぬ女性の存在には気がついていた。是永を探し当てた彼の視線は、そのまま引き寄せられるようにして脇に逸《そ》れ、しばらく留まった。その時にはよく見えなかった色白の小さな顔が興味をそそった。

艶のある黒い髪が、やや張った肩に、足でも組んでいるかのように掛かっている。鼻筋の通った彫りの深い造りだが、眼窩《がんか》は浅く、眉はゆったりとした稜線《りょうせん》を描いている。二分《にぶ》ほど開き残したかのような大きな目は、少し眦《まなじり》が下がっていて、笑うと、いたずら好きの少年のような潰れ方をした。

細く白い首には、黒と萌葱《もえぎ》色のチェック地に、花柄がちりばめられたストールを巻いている。軽いダメージのデニムが、まっすぐに伸びた足によく似合っていた。

蒔野は、終《しま》いにはやや不用意なほど長く、彼女を見つめていた。そして、いよいよ順番となり、近づいてきた時には、むしろ慌てて視線を隣の是永に逃がした。

是永は、彼に賞賛と労《ねぎら》いの言葉を伝えて、その女性を紹介した。

「こちら、小峰洋子さんです。フランスのＲＦＰ通信の記者さんです。」

洋子は、笑顔で「おめでとうございます。」と握手をした。欧米人が、コンサートのあとに言うCongratulations!《コングラッチュレイションズ》だとか、Félicitations!《フェリシタシオン》だとかを直訳したような響きがあった。日本的な甘い感じのない薄化粧で、名前は「洋子」だが、顔立ちからすると混血かもしれない。

「アンコールのブラームス、とても好きな曲なんです。編曲、素晴らしかったです。」

蒔野は、目を見開いて喜びを露《あら》わにした。アランフェスではなく、その曲を挙げたのは彼女が初めてで、しかもそれは、彼自身が今晩唯一、満足できた演奏だった。

「ありがとうございます。なかなか、一人で弾くのは骨が折れる曲ですけど。」

「本当に、うっとりしました。」と、彼女はあまり大袈裟な笑顔を作らずに胸に手を当てた。低く響く声──それも、声質というより、発声の仕方のせいで。「……どこか、遠い場所に連れて行ってくれるような、そう促されて、そっと手を引かれているような。」

蒔野は如才なく、ダンスにでも誘うように腕を差し伸べると、

「実は、舞台の上からお誘いしてたんです。」と笑った。

洋子は、彼のそうした、ほとんど軽薄にさえ見える態度を、意外に感じた様子だった。

「気をつけてくださいよー、洋子さん。蒔野さん、モテるのにこの歳《とし》までずっと独身って人ですからね。推して知るべしです。」と是永は言った。

「また、人聞きの悪いことを。……是永さん、そんなこと思ってたんですか？」

「みんな言ってますよ！　でも、残念でしたー。洋子さん、フィアンセがいますから。大学時代の同級生で、蒔野さんとは全然タイプの違う経済学者さん。アメリカ人。」

蒔野は、うっかり美術品に触れようとして注意でもされたように手を引っ込め、

「それは残念。しかし、その最後の『アメリカ人』っていうのは、何なんですか？」

と言いながら、彼女の左手に目を遣《や》った。薬指にプラチナのリングが覗《のぞ》いていた。

洋子は、その屈託のないやりとりの中で、自分を野暮だと感じたらしく、

「グールドのピアノがずっと好きでしたけど、これからは、蒔野さんのギターを聴くことにします。」と、また表情を和らげた。

「あれは、名盤ですから。僕も大好きです。聴いちゃうと、あれ、やっぱりピアノの方がいいかなと思いますよ、きっと。あっちは、しばらく聴かないでください。はは。冗談です。僕とは比較にならない大天才ですけど、一つだけ共通点もあるんですよ。」

「何でしょう？　寒がり？」

「あー、それもちょっとあるかな。――コンサートが嫌いなんですよ、僕は。」

洋子は、なぜかそれを軽く受け流すように、

「それじゃあ、今日は、立派に〝闘牛場の観衆〟に耐えてみせたんですね。」と、彼の目を数秒間見つめた。

蒔野は、その問いかけるような、それでいて、既に彼を十分に理解しているようなふしぎな眼差《まなざ》しに、それまでの社交的な笑顔を、つい落っことしてしまった。自分が反発を覚えているのか、喜んでいるのかもわからないまま、また微笑《ほほえ》みなおそうとした。

ギターケースを抱えて傍らで聞いていた三谷は、その「闘牛場の観衆」というグールドの言葉の引用を、洋子自身の表現と誤解して眉を顰《ひそ》めた。是永は、蒔野の表情から、彼女が彼の不興を買ったのではないかと、心配そうな表情をした。そして、先ほど途中

になっていた紹介の続きをした。

「洋子さんのお父様、蒔野さんの大好きな《幸福の硬貨》の監督さんなんです。」

「え、あの映画の？　イェルコ・ソリッチ……監督？」

　蒔野は、驚いて洋子に顔を向けた。

「二番目の日本人の妻の娘です。わたしが物心つく頃に離婚してますから、父と一緒に生活した記憶はほとんどないんですけど。でも、今でも交流はあります。」

「そうなんですか!?　《幸福の硬貨》は、僕がギターを本当に好きになったきっかけの映画なんです。子供の頃から、何度繰り返し見たことか！……そうですか。お父様のことは、本当に尊敬してるんです。本当に。」

「ありがとうございます。父の作品について、そう言ってくださってること、知ってました。わたし実は、蒔野さんの演奏を聴くの、二回目なんです。パリ国際ギター・コンクールで優勝したあと、母と聴きに行きましたから。日本人なんだって！って。サル・プレイエル、でしたよね、直後のコンサート？」

「えっ、……本当ですか？　参ったな。いや、光栄ですけど、……ヘタだったからなぁ、まだ。」

「いいえ。あんまり素晴らしくて、わたし、蒔野さんにとても嫉妬したんです、その時。父の映画のテーマ曲を、わたしより二つ年下の日本の高校生が、こんなに立派に演奏して、拍手喝采を浴びてるなんて！　許せないって。すごく不機嫌になりましたから。」

洋子は、そう言って、鼻梁《びりょう》にキュッと小皺《こじわ》を寄せて白い歯を見せた。子供みたいに笑うんだなと、蒔野は思った。

会場を出る時間が迫っていたが、二人の会話は尽きる気配がなかった。それは、最初だからというのではなく、最初から尽きない性質のものであるかのようだった。

電話をかけに少し外していた三谷が戻って来ると、打ち上げ会場に移動するように促した。洋子はオメガの腕時計にちらと目を遣って、「もうこんな時間。すみませんでした、お疲れのところを。」と、それを潮に帰ろうとした。

蒔野は勢い、「良かったら、打ち上げに来られませんか？　もう少しお話をしたいんですが。」と誘った。是永も、それを受けて、「行きましょうよ！」と彼女の腕を取った。

洋子は、躊躇《ためら》うふうだったが、もう一度時計を見て、「じゃ少しだけ、お邪魔でなければ。」と同意した。タクシーに分乗して、ワンメーターほどの距離にある、馴染《なじ》みのスペイン料理店に向かった。もう十一時近くだった。

*

間接照明の仄暗《ほのぐら》い店内は、予約したテーブルを除いて満席らしかった。

フラメンコが流れていて、レジ周りの白い土壁には、来店者のサインが溢《あふ》れている。

洋子は、コートを脱ぎながら、丁度今、ギターが聞こえているパコ・デ・ルシアのサインを見ていた。正面からはあまり感じなかったが、横顔には確かに父親のソリッチの面影があった。何かを見て、感じ、考えているその雰囲気のせいか。

洋子は、蒔野の視線に気がつくと、そのサインを指さして振り返った。タクシーには分かれて乗ったので、目が合ったのはそれが二度目だった。芸術家との交流にも馴《な》れている風で、コンサートの感想を十分に伝えた後は、別段、臆することもなく、自然に関係者の輪の中に居場所を見つけていた。蒔野は、自分の方こそむしろ、彼女に何か、憧れに似た感情を抱いているのを意識した。

『あのソリッチの娘なのか。……ちょっと近寄りがたい、知的な雰囲気だけど、表情が案外、やさしいというのか、親しみやすいというのか、な。……』

八人でテーブルを囲んで、カバで乾杯した。料理が次々と運ばれてきて、居酒屋のように皆で皿を回しあった。

蒔野は、いつも通り饒舌《じょうぜつ》だった。スタッフらが、丁度、写真家の大御所のSの話をしていたので、それに加わって、ツアー終盤の京都からの帰りの新幹線の話をした。

「いや、乗ったらさ、そのSさんがいたんだよ、俺の一つ前の席に。で、あの人、気難しいからさ、あんまり話しかけたくなかったんだけど、なんか、目が合っちゃったし、無視するわけにもいかないから、一応、挨拶に行ったんだよね。どうも、ご無沙汰してます、蒔野ですって。そしたら、さ！　例の気取った調子で、チラッとこっちを見ただけで無視するんだよ。」

「えー、ひどいですね。」

「で、俺も困っちゃってさ、忘れてるのかなとも思ったんだけど、そんなはずないし、しつこく言ったんだよ。あの、ギタリストの蒔野聡史ですって。それでもあっちは、何言ってんだこいつ？って顔なんだよ。――で、俺も段々、腹立ってきてさ、」

「それはそうですよ。」

「あの番組で対談して、話が盛り上がったじゃないですかとか、そのあと、たまたま同じ時に会津若松にいて、飲みに行ったじゃないですか、とか、これでもかっていうくらい、色々挙げてったんだよ。そしたら、何て言ったと思う？『人違いじゃないですか？』って。」

「なんかしたんですか、蒔野さん？　たまたま機嫌が悪かったとか？」

「いや、それでさ、そんなこと言われて、俺も『え？』ってなるじゃない？　で、よぉく見たんだよ。そしたら、――ホントに人違いだったんだよ。」

「はあ？」

「まったくの赤の他人でさ。そうやって改めて見てみると、全然、違う人なんだよ。なんでSさんに見えたのか。……」

ぽかんとなっていた皆も、眉をハの字にして喋る彼の素っ頓狂な口調に、思わず噴き出した。

「なんか、もう、恥ずかしくてさ。穴があったら入りたいって、あのことだよ。その人だけじゃなくて、周りの人も見てたから。」

「で、どうしたんですか?」

「いや、こっちも引っ込みがつかなくなっちゃって、『もういいですよ、じゃあ!』って怒って。」

「怒る? 謝らなかったんですか?」

「そんな余裕はないよ。怒って席に戻って、あとはふて寝だよ。」

「寝たんですか!?」

「フリだよフリ。眠れないよ、そんなの。でも、恐くて目も開けられないからさ。東京までそのままずっと、ただ目を瞑《つぶ》ってたんだよ。っんともう、やることいっぱいあるのにさ。」

そう言って嘆くと、みんなまた腹を抱えて笑った。蒔野は、話している最中から、洋子が聴いていて、笑っているかどうか、ちらちら気にしていた。何度かまた目が合った。彼女は、椅子の背もたれに仰け反るようにして、くちもとに軽く握った手を宛てがいながら、肩を揺すって笑っていた。そして、「おかしい。」と呟《つぶや》くと、中指で下睫《まつげ》の涙を拭った。蒔野は、自分が彼女に受け容れられたように感じて嬉しくなった。

蒔野の隣で、話の間、関係者の料理をよそっていた三谷は、

「蒔野さん、喋らないと素敵なんですけどねぇ。とてもさっき、ステージで、あんなすごい演奏をしてた人とは思えないですよ。担当になったばかりの頃、わたし、ショックでしたもん。」と皿を回しながら言った。

「そんなもんだよ。Ｓさんみたいにスカした人の方が珍しいよ。」

「いやだから、それ、別人ですから。」

間の良いスタッフのツッコミで、またテーブルが沸いた。

蒔野の向かいの洋子は、既に自分で手際よく野菜ばかりを取り皿に盛っていた。

「あ、ベジタリアンでした？」

「ううん。ただ時々、野菜中心の食事になるんです。その方が体調的に楽な時があって。

――今日は、時間も時間だし。」

蒔野は、ほぉ、という顔をした。「時々、野菜中心」というのは、ありそうでないことで、そういう食生活の人と会ったのは初めてだった。彼女がどんなに自由に、自分の人生をアレンジしているのか、その一端を垣間見たように感じられた。

「それに、わたし、もうじきイラクに行くんです。」

「イラク？」

「去年も一度、行ってるんです。名刺、さっきお渡ししそびれてましたね。」

金色の金属製のケースから取り出された名刺を、蒔野は腕を伸ばして受け取った。

「どれくらいの期間なんですか？」

「六週間行って二週間休み。それを予定では二クールです。だから、四カ月かな。」

「治安はどうなんですか？　この前、フセインの死刑判決のニュース、見ましたよ。」

「イラク侵攻後、今が一番悪いです。……でも、大丈夫です。現地にはスタッフが常駐してますし、セキュリティもしっかりしてますから。それより、あっちに行くと、なかなかおいしいお野菜を食べられなくて。だから、今、食べておきたいんです。」

「ああ、それで。——食い溜めですか。」

蒔野は神妙な面持ちで聴いていたが、最後は彼女の笑顔を受けて、笑って言った。

洋子は頰を緩めると、ワインを少し口にした。

「バグダッドに行く前に、何か美しいものに触れておきたかったんです。それで今日は、蒔野さんのコンサートに来ました。演奏を聴けて、本当に良かったです。」

「戻ったら、また是非いらしてください。ご招待します。今はお住まいは？」

「パリです。ええ、でもどこかで是非。それまでは、イラクでiPodで聴いてます。」

「わたしに連絡してくだされば、いつでも席をお取りしますので。」

マネージャーの三谷は、そう言って改めて名刺の交換をした。

「ありがとうございます。」

「パリは、もう長いんですか？　蒔野さんもしばらく住んでたんですよ。」

「そうなんですか？　わたしは、この仕事を始めてからです。十年くらいかな。わたし、ジュネーヴで育ったんです。」

「コロンビア大学を出られたんでしょう?」

洋子は、三谷の方を向いて小首を傾げた。

「さっき、タクシーの中でお父様のウィキペディアを見て。」

「ああ、……そんなことまで出てるんですね。元々は、オックスフォードで文学を勉強してました。そのあとコロンビアの大学院に行って。」

「すっごいエリートなんですね!」

「全然。世の中、すごい人はたくさんいますから。ただ、母子家庭の期間が長かったから、母には感謝してます。意地なんですよね、父に対する。母の存在は、父の経歴の中では〝なかったこと〟になってて、公の場では、一切触れてないです。わたしの情報が、どうして父のウィキペディアに出てるのか、ふしぎですけど。ネットは、いやですね、そういうところが。」

洋子は、何でもないことのように話したが、聴く方がしんとなってしまった。三谷は、気を回して話を元に戻した。

「洋子さんって、え、じゃあ、何カ国語喋れるんですか?」

「基本は、日本語、フランス語、英語、あと、大学でドイツ語を。第一次大戦前後のドイツ文学を勉強してましたから。特にリルケを。あと、ラテン語は読めます。それで、多少わかる言葉もありますけど——ルーマニア語とか——会話は難しいです。だから、何カ国語っていうのか、……」

「すごーい！」

「でも、本当は父の母語のクロアチア語を話せるようになりたかったんです。わたし、子供の頃は英語を話せなかったので、父と会っても会話できなかったんです。――そうです、ええ。母は父と英語で喋ってましたから、その時は、父だけじゃなくて母の言葉もわからなくて。泣いちゃいましたよ、自分は誰の子供なんだろうって。だから、英語は一生懸命、勉強しました。それでも、父にとってもわたしにとっても、母語じゃないですからね。……たとえ何十カ国語を話せたとしても、父親の母語を理解できないっていうのは、すごく寂しいです。」

洋子はやはり、まったく感傷的でない口調で、笑顔を交えながら、その複雑な事情を語った。蒔野は、その態度に敬服して、口にフォークでオムレツを運びかけたまま、そういう親子もいるんだなと考えた。そして、父親と向かいあっても、ただ微笑むことしかできない少女時代の洋子の姿を想像した。どんな顔だったのだろう？　今のように、娘は父親に似ていたのだろうか？　母と暮らしていた彼女は、自分の顔が、この人に似ているということを、その時に発見しただろうか？　ソリッチはきっとそう思っただろう、俺に似ていると。そしてそのことを、お互いに直接伝え合う術《すべ》はなかったのだった。

蒔野自身は、それと反対だった。彼は幼時から、ギター愛好家だった父の〝夢〟として育てられていた。ギターは、まだ幼稚園に通っていた頃から、既に親子の共通言語だった。彼は実際に、音楽を奏でるというより、ギターで面白おかしく喋っていたのだった。そして、彼らの場合、むしろ父は、上達とともに、子供の言葉が少しずつわからなくなっていったのだったが。……

「——わたしなんて、自慢できるのは博多弁くらいですよ！　英語もなかなか上手にならないし。」

洋子と三谷の会話は続いていた。洋子が漏らした父との逸話は、あまり深入りしないままやり過ごされたようだった。

「福岡の方なんですか？」

「生まれも育ちも！」

「九州女の情の強《こわ》さを思い知らされてますよ。」

蒔野はからかうように言った。

「わたしの母のルーツは長崎です。」

「えっ、九州なんですか？」

三谷は、テーブルの端の者まで振り返るような大声を出した。

「ええ。夏や冬には、よく祖母の家に遊びに行きましたから。海でも泳いだし。」

「へー、急に親近感が湧きますね。なんか、日本人って感じで。」

「日本的だと思います、わたし。実際、よく言われますし。父の方はルーツが複雑なんです。クロアチア人っていうより、ユーゴスラヴィア人っていう意識の強い人ですし、遡ればオーストリア系も混ざってたり。でも、母はシンプルです。祖母の真似をして、長崎弁も覚えましたし。日本語の方言、だから、とっても好きなんです。おかしな話ですけど、何弁を聞いても、懐かしく感じるんです。女性の博多弁、チャーミングですよ。すごくかわいい。長崎弁ともちょっと近いですし。」

「そうっちゃろ？　ほら、洋子さんもそう言ってますよ、蒔野さん！——今でも帰省したりします？」

「実は、一昨年、その祖母が亡くなってしまって。」

「あ、……ごめんなさい。」

「いえ、もう九十でしたから。若い頃からずっとヨーロッパで暮らしてきた母も、とうとう観念して、十年ちょっと前から同居してました。でも、介護が必要なわけでもなくて、とっても元気で。祖母は最後は、病気じゃなくて、転んでしまったんです。」

「あぁ、お気の毒に。今のお年寄りってみんな元気だから、それが一番怖いんですよね。」

「本当に。わたしは、さっき言った父方の祖父母は全然知らないんです。だから、日本の祖母は、とっても大切な存在でした。——祖母は、転んだ時に、庭石で頭を打ってしまったんです。これくらいの天然石で、わたしは子供の頃、よくそれをテーブルに見立てて、赤い南天の実と葉っぱを並べて、いとことままごとをして遊んでました。その石が、まさか将来、祖母の命を奪ってしまうなんて。……」

三谷は、運ばれてきたパエリアを彼女のために取り分けてやりながら、

「でも、その年齢のおばあちゃんなら、どこで転んで怪我したっておかしくないですし。しょうがないですよ。」と慰めるように言った。

「でも、わたしがよく遊んでた、その石だったんです。」

洋子は、皿を受け取りながら改めて言った。三谷は、怪訝《けげん》そうな顔をした。

「だけど、……わかってたら、対処のしようがありますけど、しょうがないですよ。危ない場所にあったんですか？」

「ああ、そうじゃないんです。わたしが言いたかったのは、ただ、子供の頃のわたしが、いつか祖母の命を奪うことになるその石で、何も知らないまま遊んでたっていう、そのこと自体なんです。」

「それは、……え、だけどそんなこと言ったら、この世界、お年寄りにとっては危険なものだらけなんだし。それで、自分を責めなくてもいいと思いますよ。」

「責めてるんじゃないです。責めようがないですから。そうではなくて、……」

もっと簡単に伝わる話だと思っていたらしく、洋子は、続けるべきかどうかを迷っていた。テーブルの残り半分では、深夜の大量のパエリアをやや持て余しながら、先ほどから都内のイタリア料理店ではどこが一番かという話が続いていた。そちらに合流すべきだろうかというふうに、彼女は一瞥《いちべつ》した。

蒔野は、三谷と洋子のグラスに赤ワインを注ぎ、自分にも足すと、頃合を見て三谷に言った。

「洋子さんは、記憶のことを言ってるんじゃないかな。」

二人の眼差しが蒔野に集まった。

「お祖母《ばあ》様が、その石で亡くなってしまったんだから、子供の頃の石の記憶だって、もうそのままじゃないでしょう？　どうしても、頭の中では同じ一つの石になってしまう。そうすると、思い出すと辛いよ、やっぱり。」

洋子は、先ほどとは違った、静かな声でそう語る蒔野を、じっと見つめていた。そして、理解されたという喜びに瞳を輝かせた。

三谷にはしかし、その説明が、更なる混乱の種となった。

「でも、子供の頃の思い出は思い出で、また別じゃないんですか？　その時は、ただの石だったんだし。未来がわからなくて遊んでて当然じゃないですか？」

「そうだよ、その時は。でも、そういう不幸があってから思い返すと、複雑な気持ちになるでしょう？」と蒔野は言った。

「えー、わからない。……え、洋子さん、そういう話だったんですか？」

「今、自分でもわかりました、蒔野さんのお話を聴いていて。」

蒔野は洋子を少しだけ見て目を伏せた。三谷は納得しなかった。

「えー、……でも、……だから何なんですか？　ごめんなさい、わたし、全然理解できないんですけど、その感覚が。」

「何でもないんです、だから。ごめんなさい、ヘンな話になってしまって。」

洋子は、三谷が酔っているのにようやく気がついて、そのまま場を収めようとした。しかし、蒔野は会話を続けたがった。

「いや、ヘンじゃないです、全然。音楽ってそういうものですよ。最初に提示された主題の行方を最後まで見届けた時、振り返ってそこに、どんな風景が広がっているのか？ベートーヴェンの日記に、『夕べにすべてを見とどけること。』っていう謎めいた一文があるんです。ドイツ語の原文は、何だったかな。洋子さんに訊けば、どういう意味か教えてもらえるんだろうけど、……あれは、そういうことなんじゃないかなと思うんです。展開を通じて、そうか、あの主題にはこんなポテンシャルがあったのかと気がつく。そうすると、もうそのテーマは、最初と同じようには聞こえない。花の姿を知らないまま眺めた蕾は、知ってからは、振り返った記憶の中で、もう同じ蕾じゃない。音楽は、未来に向かって一直線に前進するだけじゃなくて、絶えずこんなふうに、過去に向かっても広がっていく。そういうことが理解できなければ、フーガなんて形式の面白さは、さっぱりわからないですから。」

蒔野はそう言うと、少し間を取ってから言った。

「人は、変えられるのは未来だけだと思い込んでる。だけど、実際は、未来は常に過去を変えてるんです。変えられるとも言えるし、変わってしまうとも言える。過去は、それくらい繊細で、感じやすいものじゃないですか？」

洋子は、長い黒い髪を首の辺りで押さえながら、何度も頷いて話を聴いていた。

「今のこの瞬間も例外じゃないのね。未来から振り返れば、それくらい繊細で、感じやすいもの。……生きていく上で、どうなのかしらね、でも、その考えは？　少し怖い気もする。楽しい夜だから。いつまでもこのままであればいいのに。」

蒔野は、それには何も言わずに、ただ表情で同意してみせた。話が通じ合うということの純粋な喜びが、胸の奥底に恍惚感となって広がっていった。彼の人生では、それは必ずしも多くはない経験だった。

三谷は、相変わらず納得していない様子だったが、いよいよ重たくなってきた酔いにふらつくようにして、向こうの話に気を移した。

蒔野と洋子とは、それから、店が閉まる深夜二時半まで二人だけで話し続けた。

彼女は、テーブルの上のキャンドルの光を少し眺めていたあとで、彼に尋ねた。

「本当は、謝ったんでしょう、新幹線の前の座席の人に？」

蒔野は、目を瞠《みは》った。そして、彼女と会って以来、もう何度目だろうというくらい、本当に楽しい夜だと感じながら笑って言った。

「そりゃね。謝るよ、普通は。でも、面白いじゃない、こっちが怒ったって話の方が。」

「だと思った。」

「どうしてわかるの？」

「どうしてだかはわからないけど、……わかった。」

洋子も楽しそうに笑った。蒔野は微笑みを浮かべたまま、視線を一旦落とすと、また

顔を上げて、

「もう一つ、洋子さんだけが気づいてることがあるね。」と言った。

洋子は小首を傾げて、「何?」と尋ねた。

今日の演奏の不出来だよ、と蒔野は口にしかかった。彼はその深い失意とともに、この夜を、どうにかやり過ごさなければならないはずだった。それが、彼女のおかげで一変した。こんなに明るい、穏やかな気分になれることなど、終演後の楽屋では夢にも思っていなかった。その幸福を、わざわざぶち壊す必要があるだろうか?

蒔野はすんでのところで思い直した。

「いや、ごめん。……いいんだ。気にしないで。」

「何?」

「ううん、他愛もないことだから。」

洋子は、何かを察したらしかった。表情で釈然としない思いを伝えはしたものの、それ以上は喰い下がらなかった。

何度か二人とも時計を確認して、遅い時間になりつつあることに気づいていた。しかし、もう少しだけと見ないフリをしているうちに、最後は同席の者たちが、「そろそろ、……」と声を掛けた。三谷は椅子で眠ってしまっていた。

「マネージャーの彼女も疲れたでしょうね、コンサートの緊張感で。わたしの話で、気を悪くしなかったかしら?」

洋子は、年長者らしい、心配するような眼差しで見つめた。

「大丈夫だよ。こうと思ったらこうだけど、あの気の強さで僕も助かってるから。根は真面目だし。」

二人は、連絡を取り合うことを約束して、関係者と一緒に店を出た。先にひとり、洋子をタクシーに乗せると、蒔野は窓ガラス越しに、運転手に行き先を伝えるその横顔を見つめた。イェルコ・ソリッチの娘。十八歳の時の自分の演奏を、二十年間、覚えてくれていた彼女。……


まったく現実的ではなかったはずだが、そのまま朝まで一緒に過ごすという選択もあったのではないかと、あとになって、二人ともがそれぞれに考えた。というのも、彼らの関係の中でも、この出会いの長い夜は、特別なものとして、この後、何度となく回想されることとなったからだった。

最後に名残惜しく交わした眼差しが、殊に「繊細で、感じやすい」記憶として残った。それは、絶え間なく過去の下流へと向かう時の早瀬のただ中で、静かに孤独な光を放っていた。彼方には、海のように広がる忘却！　その手前で、二人は未来に傷つく度に、繰り返し、この夜の闇に抱かれながら、見つめ合うことになる。

# 第二章　静寂と喧噪

年が明けて、二月の寒い日だった。

蒔野は、レコード会社の是永と、渋谷駅近くのビルのカフェで二時間に及ぶ長い話し合いをした。三谷も同席していた。

昨年末以来、蒔野は、新作《この素晴らしき世界～Beautiful American Songs》のための編曲とレコーディングに携わっていた。

〝誰でも知っている懐かしの名曲を、誰も知らないクラシック・ギターの響きで〟というのがその謳《うた》い文句で、収録を終えたサイモン&ガーファンクルの《明日に架ける橋》やスティーヴィー・ワンダーの《ヴィジョンズ》など四曲は、まったくクラシック・ギターを聴かないジュピターの他部署の社員の間でも評判になっていた。

コンサートは勿論のこと、テレビやラジオへの出演など、既にパブリシティの準備も進みつつあった。元々、「売れる曲を」というレコード会社の要望と、蒔野がまったく未開拓の北米での活動を見据えた事務所の意向とが合流して持ち上がった企画で、蒔野自身も納得の上で進めていた話だった。選曲にも拘《こだわ》り、是永は、蒔野が意外にポップスにも詳しいことに驚きつつ、スティーヴィー・ワンダーなら、他のもっと有名な曲の方がいいのではないかといった議論を、洋楽部門の社員と一緒に熱心に重ねてきた。想定している聴き手の年齢層はやや高めだった。

それを、蒔野はここに来て、唐突に「止める」と言い出したのだった。理由はただ、「嫌になった。」の繰り返しだった。

蒔野を説得できなかった是永は、ビルの下まで一緒に降りると、硬い表情のまま、挨拶をして立ち去った。会話中、彼女自らが勢い口にした通り、恐らく担当は代わることとなるだろう。

蒔野は、雪が降るという話し合いの前の雑談のことを思い出しながら、暗くなり始めた空を見上げた。しばらく春めいた天気が続いていたが、どこかで手つかずの寒気の在庫でも見つかったかのように、今朝からまた急に寒さがぶり返していた。何か食べて帰りたかったが、三谷が丁度、文化村のオーチャードホールの関係者と打ち合わせがあると言うので、そこに入っているカフェに行くことを思いついた。風が冷たく、歩き始めると、自然と体が強張った。

渋谷駅の高架下を、轟音《ごうおん》を反響させながらダンプカーが走り去ってゆく。客を降ろそうと急に停まったタクシーに、後続車が腹を立てて、舌打ちするような苛立ったクラクションを鳴らした。少し低いラとドの濁った和音が、耳の奥にこびりついた。頭の中では、編曲しかけたまま放置しているロバータ・フラックの《やさしく歌って》のハスキーな、どことなくあどけない感じの歌声が反復されていた。

そのうち、いつも人から方向音痴を呆れられている蒔野は、近道のつもりで当てずっぽうに一つ角を曲がったばかりに、自分がどこを歩いているのかわからなくなってしまった。細い通りの横断歩道で立ち止まると、傍らで、「わたし、おかしいと思うんです。」と声がした。顔を上げてビルの看板を見ていると、車が一台通り過ぎるのを待った。

蒔野は驚いて振り返った。三谷と一緒に歩いていることを、彼は半ば忘れかけていた。

「ああ、……ヘンな道歩いてるよね。」

「いえ、さっきの話です。音楽家がやりたくないって言ってることを、どうして尊重しないんですか？　他のことをしたくなったなら、しょうがないじゃないですか。」

蒔野は、しばらく無言で彼女の目を見ていた。そして、通行人にぶつかりそうになった彼女を手で庇《かば》うと、雑居ビルの入口の小脇に場所を見つけて、改めて向かい合った。咄嗟に二の腕を摑んだのだったが、コート越しのその感触が、意外な柔らかさで、彼を少し戸惑わせた。

三谷の口調には、彼に阿諛《あゆ》する気配が微塵《みじん》もなかった。彼女はまるで、行列に急に割り込まれた人か何かのように、感情的に、本気で是永に腹を立てているのだった。

「今回のことは、俺が悪いんだよ、それは。やるって言ったことを急に止めるって言い出したんだから。怒るよ、そりゃ向こうだって。」

「でも、蒔野さんは天才なんですよ！　世界中にファンがいて、尊敬されてる芸術家が、どうして普通の人と同じように考えなきゃいけないんですか？」

「笑われるよ、そんな大声で。」

蒔野は、勘弁してくれといった身振りで制した。

「そういう思い込みで生きていけるなら、俺だって苦労しないよ。けど、無理でしょう、それは？　俺は謙虚なんだよ、こう見えても。」

「そうは思えませんけど。」

「いや、そりゃ図々《ずうずう》しいけどさ、なんて言うか、……とにかく、マネージャーと二人してこんな会話してる時点で、寒々しいにもほどがあるよ。ただでさえ寒い日なのに。」

蒔野は、コートの襟元を閉じ合わせて、震え上がってみせた。三谷は、彼の言っていることがよくわからない時に見せる、憮然《ぶぜん》とした表情になった。

「是永さんは、自分のことしか考えてないんです。わたし、前からそう思ってました。」

「そう？　仲良いと思ってたんだけど。——もしそうだとしてもだよ、責められないよ、それは。みんなそうでしょう？」

「わたしは、蒔野さんが素晴らしい作品を生み出すことだけを考えています。」

蒔野は即答せず、少し間を置いてから口を開いた。

「その気持ちは、うれしいよ。けど、それだって突き詰めれば自分のためでしょう？」

「違います。」

「いや、批判してるんじゃなくて、それが現実だって言ってるんだよ。」

「違います！　わたしはただ、一音楽ファンとして、蒔野さんの素晴らしい音楽を聴きたいだけです。その意味でなら、わたしのためです。そのために何ができるか、いつも考えてます。だから、蒔野さんにも、こうして意見を聞いてもらってるんです。」

泣き出すんじゃないだろうなと、蒔野はその思いつめた様子にたじろいだ。彼は、彼女のこういう変わったところを、一年かけてかなり理解していたつもりだった。が、この不意打ちには、すっかり面喰らってしまった。通行人たちは、痴話ゲンカでも見たような顔で、そそくさと通り過ぎて行く。病的なところはなかったが、それにしても、マネージャーが、こんなにナイーヴに音楽家に同調していては、先が思いやられるというものだった。『何考えてるのか。……』

彼女の率直さには、確かに、心を打たれるところがあった。思い余ってこんなことを言い出すのも、結局はこちらがまだ、彼女の胸の内をよく理解できていないからなのだろう。彼はせめて、そのもどかしさを忖度《そんたく》して、

「気持ちはよくわかったし、嬉しいけど、ビジネスなんだから。こんなこと、俺が言って聞かせるのは、あべこべだよ。」と言った。

三谷は、蒔野のそのうんざりした口調に、さすがに少し冷静になったが、同時に自尊心も傷つけられたらしかった。

「もちろん、蒔野さんがスムーズに活動できるようにするのがわたしの仕事ですから、それは心得てます。わたしは、自分が芸術家じゃないことはよくわかってます。そんなふうにはうぬぼれてませんし、自分の立場に責任を持ってます。」

「それならいいよ。……とにかく、現実的に、うまくやっていくことを考えないと。俺にはできないことを、三谷さんに——三谷さんの会社に委ねてるんだから。」

「そうです。だから、面倒なことはわたしたちに任せて、蒔野さんには、音楽にだけ集中してほしいんです。今度のレコードを出さない、ツアーにも出ないとなると、わたしたちだって大変です。コンサート会場を全部キャンセルして回るんですから。ジュピターさんとは比べものにならない損害です。そんなことしていいんだろうかって、今も不安です。でも、わたしはそうすべきだと信じています。」

蒔野は、何か言おうとしたまま、言葉が出てこないので、結局、黙って頷いただけだった。唇を噛《か》んで、歩き始めた彼を、三谷はまた呼び止めた。

「蒔野さん、」

蒔野は、さすがに苛立ちを抑えられなくなった。

「何？」

「文化村ですよね？」

「そうだよ！」

「そっちじゃなくて、こっちです。」

彼は、指さされた方向を訝《いぶか》しげに見つめた。そして、自分の行こうとしていた道を振り返ると、かっとなった分、余計に恥ずかしくなって、彼女と目を合わさないまま早足で歩き出した。

＊

翌日の朝一番に、蒔野の許《もと》には、レコード会社のジュピターから電話があった。改めて今後の方針を話し合うことになったが、連絡してきたのは、是永ではなく上司の岡島だった。

前日の予報からやや遅れて、深夜から降り始めた雪は、明け方にはすっかり街を覆い尽くしていた。

電話を切ると、もう二月だと、蒔野はカーテンを開けながら物憂げに考えた。二〇〇七年二月。今年はもう、あと十カ月あまりしかない。そして、こんなことを、せいぜいあと三十回ほども続ければ、自分は死ぬのだということを考えた。母は六十代、父は七十代で死んでいるので、蒔野は自分もあまり長生きはしないだろうと思っている。そして、その三十回ほどという数は、ただ減る一方であることを考えるならば、もうあまり漠然ともしておらず、豊富とも言えなかった。

コーヒーのマグカップを片手に窓辺に腰を下ろして、ぼんやりと外を眺めた。

父の死後、そのささやかな遺産と自身の蓄えとを足して頭金とし、代々木の古い四階建てのビルを買い取って、自宅兼仕事場にしている。一階はガレージ、二階は練習スタジオで、三階は倉庫、四階が住居である。部屋の内装は極力簡素にして、余計なものは皆、三階に押し込んでいた。

家具は、ツアー先で見つけたアンティークとコンテンポラリーなものとをほど良く組み合わせている。ソファは、ウレタン製のリーン・ロゼのトーゴが気に入っていて、今も橙《だいだい》色のその一人掛けを、冷気が届かない程度の窓辺に引っ張ってきていた。

代々木公園に隣接していて、窓からの景色は、四階まで高いヒマラヤスギに覆われている。その濃緑の枝をたわませながら、雪は器用にその先端にまで積もっている。

灰白色の空を背に、音もなく一定のテンポで続く雪の落下が、やがて蒔野の時間感覚を乗っ取っていった。

こんな日でも、遠くから微かに建設現場の作業音が聞こえていた。それ以外は、強風にした暖房の音と、組み替える足の衣擦《きぬず》れや小さな溜息、歯の隙間で鳴る唾液の響きなど、彼自身の体の発する音だけだった。普段から静かな界隈だが、今日はまた特別だった。

静寂。――蒔野はそれを、改めて、なんと心地良いものだろうかと感じた。

「音楽は、静寂の美に対し、それへの対決から生まれるのであって、音楽の創造とは、静寂の美に対して、音を素材とする新たな美を目指すことのなかにある。」

少年時代の彼が、初めて、音楽を概念的な言葉とともに理解した芥川也寸志の《音楽の基礎》。彼は、父と一緒に読み、かつては肝に銘じたその定義的な一文を反芻《はんすう》して、少し首を傾げた。

『半世紀前の東京は、まだそんなに静かだったんだろうか。東京というか、この世界そのものが。……』

彼は、自分は今、一体何と戦っているのだろう、と考えた。「静寂の美」だろうか。むしろ、もう何年も前から、その対極にある喧噪とこそ戦ってきたのではなかったか。こんなにも完璧に美しい時間！　それを断念してでも、耳を傾けたい音楽。「新たな美」。――何の疑いもなく、ただそれだけを求めて演奏していた頃には、自分のギターも、今より少しはマシな音を響かせていたのではないか。自分だけじゃない。今はもうどんな音楽家も、聴衆も、そんな豊かな静寂は許されていないのだ。少なくとも、十分に長い時間、たっぷりと浸れるほどには。……

蒔野は、喉の渇きを感じた。昨年のあのサントリーホールでのコンサートのあとも、彼は楽屋で一人、何か悪い前兆のようなこの不快感を打ち消すために、水をがぶ飲みしていたのだった。

　そして彼は、自分がうんざりしていることを、到頭《とうとう》、根負けしたように認めた。——そう、うんざりしていた。これまで慎重に、その自覚を避けてきたが、昨日の三谷との会話が、最後にはあっさりと彼を籠絡してしまった。苛立っていたのは、そのせいだった。

　うんざりだ、と彼はもう一度、苦いものを嚙みしめるように繰り返した。そして、その一言が、自分の体にどんな影響を及ぼすのかを想像して不安になった。「スランプ」というのの始まりは、案外こういう感じなのではあるまいか。

　彼は左手の指先に目を遣った。開いたり閉じたりした。それから、速い旋律を指板の上で押さえるような動きをした。そして、自分の意志にまったく従順に動いてみせるその左手に、なんとなく白々しさを感じた。——日常、どれほど従順に振る舞っていても、音楽を奏でる時はまた別だった。出し抜けに、実はあの一言が気になっていたと、震え出したり、暴れ出したりしないでもなかった。そうした肉体の、ほとんど幼稚なほどの繊細さと、彼はこれまでのところ、かなりうまくつきあってきていた。そして、あまりに長く慣れ親しんできた分、変化といえば、あとはもう離反以外にないような気もした。

　彼は、両手を組んで、揉《も》みしだくようにその感触を確かめた。指の肉を介して、骨同士を軋《きし》ませるように強く絡ませた。痛みの内に、肉体の本音を聞き取ろうとし、一体感を確かめようとした。そして、虚《むな》しくなって、もう一度、強く両手を握り合わせると、解放してやるように、力なく膝の上に落とした。

『――生きることと引き替えに、現代人は、際限もないうるささに耐えてる。音ばかりじゃない。映像も、匂いも、味も、ひょっとすると、ぬくもりのようなものでさえも。……何もかもが、我先にと五感に殺到してきては、その存在をめいっぱいがなり立てて主張している。……社会はそれでも飽き足らずに、個人の時間感覚を破裂させてでも、更にもっとと詰め込んでくる。堪《たま》ったもんじゃない。……人間の疲労。これは、歴史的な、決定的な変化なんじゃないか？　人類は今後、未来永劫、疲れた存在であり続ける。疲労が、人間を他の動物から区別する特徴になる？　誰もが、機械だの、コンピューターだののテンポに巻き込まれて、五感を喧噪に直接揉みしだかれながら、毎日をフーフー言って生きている。痛ましいほど必死に。そうしてほとんど、死によってしか齎《もたら》されない完全な静寂。……』

蒔野はそれを、もう何年にも亘《わた》って、舞台上で感じてきていた。

クラシック・ギターに最適な会場は、本来は、演奏者の意識が、客席の隅々にまで届く程度の規模である。それがこの楽器を、聴く者にとって特別、親密な存在にしている。彼自身が性に合っていると感じるのも、その理由のためだった。

聴衆の大半はクラシック・ファンであり、年季の入ったギター愛好家であり、その他、彼をテレビのトーク番組やポップスのカヴァー曲で知ったという者も少なくなかった。どこの会場にも現れる熱心な追っかけがいる一方で、〝天才〟という評判に誘われて来たと、わざわざ意味ありげに告げて帰る者もあった。

芥川の言う「静寂の美への対決」とは、ひとつに、舞台に立つ人間の感覚だった。コンサート会場は、音楽以前にまず、静寂をこそ壁で囲い込んで守る場所である。それは、この社会の、いや、自然界にさえどこにも存在しない、静寂の避難場所である。蒔野自身、昨年は八十六回もその「静寂の美」と対峙していた。彼はそれを、刃物の冴《さ》えを確かめるように感じ取り、最初の一音のために、その冷たい先端がそっと胸に触れるのを待つのだった。

ツアーを通して、彼はある気懸かりな経験をしていた。

初日のリハーサルで、調律の最後に五弦の開放のA音を鳴らしてみた時、ふと肩口に戦慄《せんりつ》が兆した。それが忽《たちま》ち、背中に広がり、十指の爪の先まで走って、あとには何か嫌なものが残った。

開演前の緊張とも、少し違っていた。そもそも彼は、あまり緊張しない質だった。若い頃には、楽屋でガチガチになっている共演者たちを眺めては不憫に思い、自分の静穏に、少しく自尊心をくすぐられもした。しかし、去年のツアー中に感じていたのは、何かこれまで知らなかった類の予兆であって、彼はその正体を突き止めようと、以後はリハーサルの度に、同じことを繰り返していた。

無人の会場に、丸裸のA音が放たれ、壁の内側でやがて完全に消失する。ギターのボディの振動とともに、その最後の震えまで聴き届けようとする耳には、何か、秘《ひそ》やかな争いごとに首を突っ込んでいるかのような感覚が残った。

この静寂の中へと、みんな解放されたがっている。その苦しげな熱は、目を閉じて演奏している時ほど、不意に彼を襲った。それがまるで、金箔のように眩《まぶ》しく閃《ひらめ》く時、彼はまたあの戦慄を肩口に感じた。

しかし、音楽が、静寂の――死の――美と対決すべきなのは、まさにその瞬間ではあるまいか。生命力！――生きているという歓喜以上に、つまるところ、音楽に何が必要だろうか？　しかし、彼が醇化《じゅんか》しようとしている生そのものは、今やもう本来の棲み処《か》である日常の喧噪の中で、息も絶え絶えの有様なのだった。

昼になってスープとサラダの簡単な昼食を摂《と》ると、蒔野はギターの練習を始める前にパソコンのメールをチェックした。しかし、七通の受信の中に、小峰洋子からのものは含まれていなかった。

ネットのニュースでバグダッドのムルジャーナ・ホテルで起きた自爆テロ事件を知ったのは、数日前のことだった。洋子が働いているＲＦＰ通信社の支局が入っている建物だった。

バグダッドから、彼女は何度か、蒔野にメールを書き送っていて、そのうちの一通には、部屋に置かれた彼のバッハのＣＤの写真が添付されていた。音だけならｉＰｏｄで聴けるはずだが、彼女はわざわざＣＤを一枚、持って行ってくれたのだった。

他の海外メディアも多くそこに滞在していて、RFP通信社は、その七階を借り切っていた。自爆テロは、一階のロビーで発生し、会合に集まっていた地元部族の長や警官、そして外国メディアの記者など、三十人以上が死傷したと記事では伝えられていた。

洋子の安否を知りたくて、蒔野はすぐ様、メールを書き送った。翌日には、念のためにもう一通書いたが、返事はなかった。これまでは、「外に出られないから。」と、彼からのメールには、一日と置かず返信があったのだったが。

最悪の想像とそれを打ち消す考えとが目まぐるしく去来し、彼を消耗させた。そして今は、麻痺《まひ》したような鈍い不安が胸に澱《よど》んでいる。

何度か、三通目のメールを書きかけていた。しかし、書くべきことは既に書いていた。同じ内容を反復していると、その言葉は恐らく——前の二通と同様に——洋子にまでは届かないのだろうという感じがした。数日後か、数週間後かに、洋子本人ではない、別の誰かの手で開かれたパソコンに、ようやくどっと溢れ出す数多《あまた》の呼びかけ。その間に合わなかったメールを、一通増やすだけなのではあるまいか。

無論、無事であったとしても、今は混乱していて、それどころではないだろう。仕事の傍ら、殺到するメールを一つずつ片づけてゆく中で、自分のメールは、必ずしも優先されるわけではあるまい。精神的な意味で、今彼女を支えているのは、家族であり、旧《ふる》くからの友人であり、そして誰よりも、「アメリカ人のフィアンセ」のはずだった。二人の頻繁なやりとりの最中に、自分の三通目のメールがうるさく届く。その時の彼女のそっけない表情を想像して、蒔野は急に気後れした。

それでも、「下書き」のまま保存されているメールを、彼はまた開いた。そして、とにかく無事を祈っているという気持ちだけを書いて、今度は送信ボタンを押した。そうするより他はなかった。二人の関係を繋いでいるのは、今はこのメールだけだった。


初対面の時に洋子自身が語っていた通り、イラクの治安は、二〇〇三年の侵攻後、最悪の状態に陥っていた。二〇〇五年の議会選挙を機に、バグダッド陥落後の紛争は内戦へと移行し、民間人の犠牲者は急激に数を増していた。洋子がイラク入りする直前の昨年十月には、一カ月間の死者数が、過去最多の三千七百九人にも上った。蒔野はその数を、いつもの癖で、コンサート会場の収容人数で想像した。サントリーホールで二千人。あの座席が、すべて無残な死体で埋め尽くされ、更に座りきれない死体が千七百体も山積みになっている光景。――地獄絵図だった。

自分に笑顔で語りかけていた彼女の姿を何度となく思い返した。そして、テロリストを目にした時の彼女の胸中を想像した。そんな余裕もなかったのだろうか？　彼女のように聡明な人間は、そういう刹那に、自分の運命をどんなふうに受け止めるのだろうか？

蒔野は、ネットの情報を漁り続けていたが、知れば知るほど、彼女がこんな場所に身を置いているということが信じられなかった。

「父からは、《ヴェニスに死す》症候群だと言われました。父の造語で、その定義は、『中高年になって突然、現実社会への適応に嫌気が差して、本来の自分へと立ち返るべく、破滅的な行動に出ること』だそうです。まさにわたしです（笑）。

生きて帰ってくるようにと、何度も念を押されました。父にそう言われたからには、無事に過ごさないと、といつも心に念じています。

蒔野さんのご心配も、とてもうれしかったです。ありがとうございます。」

洋子から貰った一週間前の最後のメールを読み返した。彼は、「現実社会への適応に嫌気が差して」という文言を、まるで自分自身のことのように読んだ。むしろ、彼女はあの夜、自分の中に何かそういったものを感じ取ったのではあるまいか。その上で、共感を求めている。彼は、これがもし彼女の最後の言葉となるならと考えた。それはきっと、呪詛《じゅそ》よりも重く、自分の人生にのし掛かってくるだろう。

事実、このメールは、明らかに、蒔野のここ数日の思索と行動に影響を及ぼしていた。彼は、《この素晴らしき世界》のレコーディングを中止する代わりに、またバッハに取り組みたいと考え始めていた。それこそは恐らく、「本来の自分へと立ち返るべく」という衝動だった。特段、「破滅的な行動」ではないにせよ。それとも、今はまだ気づいていないだけなのだろうか？《ヴェニスに死す》の主人公アッシェンバッハは、芸術と生活との均衡を不断の精神的努力によって保ち続ける人物だった。そして、彼は古代ギリシアの彫刻のような美少年タッジオに心奪われる。そのあとを追うことで、日常を捨て、やがては破滅へと至る。しかし最初は、その後の運命など知る由もなかったはずだった。

トーマス・マンの原作には、詳しいことが書いてあるのだろうか？　蒔野は、ヴィスコンティの映画しか知らないので、早速、原作の文庫本を注文したところだった。

洋子と《ヴェニスに死す》の話をしたかった。しかし、話題は何でもよかった。とにかく無性に、彼女の声が聴きたかった。今度は二人だけで、もっと時間をかけて。一緒にいて、あんなにやすらぎを感じ、知的に刺激され、何より笑顔の絶えない相手を、彼は他に決して知らなかった。

『俺はあの夜を、美化しすぎているんだろうか？　それにしても、その彼女が、四十歳でイラクで死ぬというのは、……』

自らの生を、そんなふうにして終えてゆく同世代人がいる。その想像は、自身の行く末を見定めようとしている彼の眼差しを、心細くぼやけさせた。もっと若い年頃の事故や病死のような、不幸な、未完の生の中断という感じがしなかった。幾ら早すぎるとはいえ、それはそれで、一個の完結した人生のようだった。彼女はそのように生きた、と。そうした痛烈な重みがあった。

たった一度会ったきりで、もし人から、小峰洋子を知っているかと尋ねられたならば、蒔野は「友達」と答えて良いのかさえわからなかった。それでも彼は、彼女への憧れと親しみを、今は一層強くしていた。

出会いの夜、彼女が「本当は、謝ったんでしょう、新幹線の前の座席の人に？」と笑った時の、あのいたずらっぽい表情が忘れられなかった。彼女がもし、生涯、人の手を必要とするような傷を負ってしまったなら、自分はそのために尽くすことができるのではないかとさえ考えた。そして、自分の感情の亢進《こうしん》の仕方に、さすがに、どうかしていると首を振った。

蒔野は、不吉な考えの一切を振り払おうと、昨年末のコンサートの録音にようやく手を伸ばした。早くに届いていて、是永からは再三、確認の催促が来ていたが、彼はそれを、今日までどうしても聴くことができなかった。

あれ以来、耳に入ってくる評判は、絶賛ばかりだった。彼はそれをまるで信用していなかったが、この期に及んで、案外そうかもしれないと、信じたい気持ちになった。聴けばいつものように、ほっとするのではないか。……

再生ボタンを押すと、固唾《かたず》を呑んで、アランフェス協奏曲に耳を傾けた。あの日の舞台が、ありありと思い返された。時々顔を顰《しか》めながらどうにか最後まで辿り着くと、彼は、割れんばかりの拍手を早送りして、アンコールの二曲を確認した。そして、武満のビートルズは聴かずにCDを止めると、暗い面持ちでソファに身を投げ出した。最後の拍手喝采もやはり聴きたくなかった。

洋子が気に入ってくれたブラームスは、まずまずだった。全体的にも、悲観していたほど悪くはないのかもしれない。初めてコンサートで使ってみたスモールマンも、味わいには欠けるが、確かによく鳴っている。誰が弾いても同じくらいに。

音楽に於ける深みと広がり。長きにわたって幾度となく聴き返されるべき豊富さと、一聴の下に人を虜《とりこ》にするパッとした輝き。人間の精神の最も困難な救済と、せわしない移り気への気安い手招き。魂の解放と日々の慰め。――現代の音楽家のオブセッションのようなそうした矛盾の両立は、ここ数年、蒔野が苦心して取り組んできた課題だった。その点で、彼は実際、どんなギタリストよりも成果を上げつつあった。彼の矜恃《きょうじ》はそれを認めつつも、茫漠《ぼうばく》とした、無闇《むやみ》な不安に包まれていった。

　確かに、ケチのつけようのない演奏だった。しかしそれは、欠点がないというより、恐らくは欠点がわからなくなっているだけなのだった。

　この演奏には、たった一つを除いてすべてが揃っている、と蒔野は感じた。しかし彼が、今や身《み》悶《もだ》えするほど欲しているのは、まさにその一つだった。

　未来がない、と彼は感じていた。これまでどんな時期の演奏にもあったはずの、あの現下の完成を待ちきれずに、もう芽吹こうとしている次なる音楽の瑞々《みずみず》しい気配がなかった。いやむしろ、既に顔を覗かせつつある幾つかの芽に、彼は冷めた幻滅を感じているのだった。

　これまで通り、彼は自分が、音楽家として、もう一段上の高みにまで至り得ることを信じていた。しかし、そのつもりでいながら、どうも目指していたのとは違う、もっとつまらない山を登っているような気がする。自分だけじゃない。端からもその実、そう見えているのではないか?

彼は孤独を感じ、ソファから身を起こした。それを悟られたくない気持ちと、理解されたい気持ちとを同時に抱いていた。そういう経験は、音楽家となって以来、これまでついぞなかった。そして、四十歳を目前にした自分の年齢を改めて意識し、別れの間際に見交わしたあの日のタクシーの中の洋子の顔を沈痛な面持ちで思い返した。

# 第三章　《ヴェニスに死す》症候群

　二月二十一日の午後、洋子は、ムルジャーナ・ホテルでの会合に集まった地元部族の指導者らへの取材を行っていた。各国のプレスのみならず、外交関係者らの滞在場所ともなっているこのホテルには、常日頃から、イラク新政府の高官らもしばしば足を運んでいた。チグリス川西岸の米軍が駐留するグリーン・ゾーンからもほど近く、普段は戦闘もテロも滅多《めった》になかった。

　ロビーで取材を一通り終えて、七階のオフィスに戻りかけた時、洋子は、エントランスから入ってきた三人の男たちに気がついた。

　エレヴェーターには、他に利用者はいなかった。ドアが閉まる直前、彼女は周囲を見渡していた一人と目が合った。しかし、そんな気がしただけかもしれない。

　七階に着く直前に、エレヴェーターは、爆発の衝撃とともに停止した。洋子は、投げ出されるようにして壁に手をついた。次いで静寂が訪れた。一瞬、間を置いて足許《あしもと》の深いところから悲鳴が上がり、建物全体が騒然となった。警報が鳴り、幾つもの言語で「逃げろ！」と絶叫する声が聞こえてきた。

テロだということは、すぐにわかった。外の様子を知ろうと耳を澄ましたが、聞こえてくるのは混乱しきった言葉の断片と、非常階段を駆け下りる押し黙ったような跫音《あしおと》だけだった。

洋子は、武装勢力が、建物を占拠しようとしているのではと考えた。そういう事態のシミュレーションを、つい最近も確認したところだった。逃げ遅れれば、人質にされてしまう。爆発直後の動揺は、焦燥に駆られた恐怖に転じた。避難通路を思い出しながら、彼女はとにかくフィリップに電話をした。

「大丈夫か？――ヨーコ、ダイジョブ？」

自爆テロらしいが、後続のテロリストたちが雪崩《なだ》れ込んできているという状況ではないと説明された。励ましの言葉をかけられ、一旦は安心したものの、そのまま電話は切れてしまった。そしてその後、一切連絡が取れなくなった。


洋子は、エレヴェーターの奥の角に座り込んで、左右の壁に体を支えてもらった。顔を両手で覆って、閉ざした瞼の内側に覚えず逃げ込んだ。その暗がりにだけ、僅かに身の置き場があった。

不安の底で、彼女は一心に祈った。信仰がないので、父や母を思い浮かべながら、助けてと呼びかけ続けた。そしてやはり、何かそれ以上の力に向けても祈っていた。なぜイラクに戻って来てしまったのかと、彼女は考えた。一度目の赴任では、無事に帰国できていたのに。――なぜ？……過去の記憶が無闇に溢れてきたが、何を選び、何に留まるべきかはわからなかった。混乱の中、東京で蒔野と交わした会話が脳裏を過《よぎ》った。

「人は、変えられるのは未来だけだと思い込んでる。だけど、実際は、未来は常に過去を変えてるんです。変えられるとも言えるし、変わってしまうとも言える。過去は、それくらい繊細で、感じやすいものじゃないですか？」

その言葉自体が、今は、あの夜にはなかった残酷な響きを帯びていた。彼とも、もう会えないのだろうか？ そう思うと、この上もなく楽しかったあの一時《ひととき》が無性に愛おしく感じられた。

彼女はそれから、取材ノートを取り出して、自分の置かれた状況の記録をつけ始めた。日本語で書いたのは、精神的な安定のためだった。そして、時々また、なぜ自分はイラクに戻って来てしまったのかと考えた。それは自分の意志だったはずだが、もし結末が悲劇的であるなら、何かもっと運命的な必然に拉《らっ》し去られてしまったようにも感じられた。

未来の訪れが怖かった。エレヴェーターのドアが開いた時、そこで待っているのが本当にフィリップたちなのか、それとも武装組織なのか、最後の最後まで、わからなかった。

＊

「大丈夫か？――ヨーコ、ダイジョブ？」

すぐ傍で声がして、洋子の胡乱《うろん》な瞳に、窓の外の風景が戻った。

砂で霞《かす》んだ冬空に、かすかに午後の太陽の光が滲《にじ》んでいる。薄曇りの灰色とは違う、砂の黄土色と空の青とが濁って出来た色。そこに、一筋の黒い煙が立ち昇ってゆく。

バグダッドにいる、と洋子は、わかりきったことを考えた。チグリス川西岸のハイファ・ストリートに建つムルジャーナ・ホテルにいる。あの日、下のロビーで起きた自爆テロに、自分は間一髪のところで巻き込まれずに助かったのだ。――そう言葉で支えなければ、現実は独りで立っていられずに、崩れ落ちてしまいそうだった。

つい今し方、どこか遠くで、またいつものように爆発音がした。恐らくは、自動車爆弾テロだが、彼女は、想像力が慌ててその死体の散乱する現場に駆けつけようとするのを、それとなく腕を引いて止めていた。耳を劈《つんざ》くほどの凄まじい音は、ここに届くまでの間に、距離がすっかり手懐《てなず》けていた。

ホテルの七階のオフィスでは、六人のＲＦＰ通信の駐在員が、現地採用の十数名のスタッフと共に仕事をしている。

爆発音に、恐らく何人かは気づかず、気づいた者のまた何人かはパソコンのモニターから顔を上げなかった。そして、誰からともなく数名は、気づいたというより、気が散ったといった様子で窓に目を向けた。違っていたのは、洋子一人が、いつまでも外を見たままだったことだった。

バグダッドに赴任して、洋子は、昔地理の授業で習った〈砂漠気候〉というのを、初めて身を以て知った。事前の想像にはなかったが、バグダッドは風の強い町だった。それも、東京のように、高層ビルにぶつかって癇《かん》が立ったような風とは違い、荒涼とした無人の土地を吹き抜けてきた、乾いた大波のような風だった。

その風が、日々の爆発の黒煙を、清掃員のような馴れた面持ちで片づけてしまう。が、規模が大きかったのか、今上がっている煙は、容易には絶えない。誰かが死の黒いインクを、地の底からこの世界に逆さまに垂らし続けているかのようだった。

「――ダイジョブ？」

洋子は、振り返って傍らを見上げた。大きな傷跡のある頬に栗色の無精髭が伸びたフィリップがデスクの傍《わき》に立っている。こちらの精神状態を見極めようとしているのを、彼の目から察した。

「ええ、大丈夫。ありがとう。――本当に大丈夫だから。どうしたの？」

そう言って微笑むと、自分のデスクに戻ろうとしない彼に、「コーヒーでも飲む？」

と自分から席を立った。

「ありがとう、淹れるよ。あっちの部屋で、少し話そう。」

「ううん、気分転換にわたしが淹れるから。持って行く。」

洋子は、窓辺に置かれたコーヒーメイカーが温まるのを待ちながら、椰子《やし》の木が生い茂る広大な庭園プールをぼんやりと見下ろした。

典型的な高級リゾート・ホテルの造り。三つの円を組み合わせた凝ったデザインのプールの傍らでは、野ざらしにされた白いベンチが朽ちかかっている。敷き詰められたタイルの目地からは、濃い緑色の雑草が我が物顔で伸びている。

飼い主の手を離れて、野生化した時間の群れ。かつてはその一帯に、推理小説でも読みながら、ピニャコラーダを飲み、肌を焼く人々が溢れていたのだった。

「警備会社が一番楽に稼ぐ方法は、危険だと言って、我々をここに閉じ込めておくことだ。もちろん、危険だ。けれども、それに従うばかりじゃ仕事にならない。ここで暮らしている人たちがどんな思いでいるのか、直接会って話を聴かなければ、政治状況の分析をやってみても、肝心なことが抜け落ちてしまう。」

それが、支局長のフィリップの考えだった。

洋子も含めて、多くの駐在員は、中東の専門家でも戦争報道の専任でもなく、各地の支局から集められて、短期的にバグダッドに赴任しているに過ぎなかった。が、フィリップは違った。長くアフリカの紛争地帯を取材し、イラクにはアメリカ軍の侵攻が始まった二〇〇三年から出入りしている筋金入りで、有名なフセインの銅像が倒される場面にも立ち会い、時々請われてその裏話を語った。六週間の勤務と二週間の休暇という、比較的安定して機能しているローテーションも、彼が導入したものだった。

同じホテルに入る他国のプレスの中には、取材の一切を現地採用のスタッフに任せているところもある。フセイン政権崩壊後、最悪の治安状況にある今のイラクでは、それとて必ずしも保守的すぎるとは言い切れない。しかし、RFPは、フィリップの判断の下、乏しい機会ながら記者自身によるバグダッド市内の取材を継続していて、洋子も数回、その緊張を経験していた。

無論、それとてアメリカ軍の厳重な警護があればこそである。

車で目的地へと直行する途中で、車窓から、瓦礫《がれき》の山や弾痕だらけの壁を眺める。行政サーヴィスの多くが停止しているので、溢れ出したゴミを、みんな通りで焼いている。その臭いから、何とか生活の実感を摑もうとする。

町を自由に歩き回り、現地の住民と日常的に言葉を交すことが出来たなら、どれほど多くの情報に触れられただろうか。しかし、制服を着た軍人とは違って、人々の日常の中に紛れているテロリストを見わけることは、彼女にも出来なかった。

ステンレスのポットに溜まってゆくコーヒーの音を聞きながら、洋子は、その微かな香りを愛おしむように嗅いだ。ドイツ製のコーヒーメイカーで、ポット内に香りを閉じ込め、逃がさない構造となっているが、洋子はガラスのカラフのコーヒーメイカーが、部屋をいっぱいに満たすあの香りを懐かしんだ。取り分け、ここのようにコーヒー自体が貴重な場所では。

顔を上げた時、彼女は窓に映った人影に気がついて、身構えるように背後を振り返った。現地の若い女性スタッフが、その勢いに驚いて、きゃっ、と飛び上がりそうになった。

洋子は我に返った。そして、動悸を鎮めようと胸に手を宛てがうと、「ジャリーラ、……どうしたの？」と、表情を崩して小首を傾げた。

「写真のチェックをお願いしたいんですけど。」

「ああ、……それね。……角度がよくないのよね。通りの反対の緑が入ってないと、あのあたりの雰囲気はよくわからないのに。……あ、こっちね。これで。ここをちょっと切って。」

「はい、そうですね。カメラマンにも言っておきます。」

ジャリーラは、バグダッド大学出の映像作家志望で、今はここのオフィスで、写真や動画の編集を手伝っていた。女性は彼女と洋子だけなので、空き時間には、二人でよくファッションや映画についての雑談をしている。ブリトニー・スピアーズのモノマネが得意で、つい先日も、《トキシック》のPVのパロディで、スタッフらを大笑いさせていた。あの十日前の一階ロビーでの自爆テロ以来、そんなに笑ったのは初めてだった。

ジャリーラは、洋子のことを、歳上のいとこか何かのように慕っていた。

洋子の美貌と理知的な仕事ぶりを、ジャリーラは、「かっこいい」と感じていて、他方で、父親がカンヌで賞を獲《と》るような著名な映画監督だという噂にも興味津々だった。作品自体は見たことがなかったが、洋子の父なら立派な監督に違いなく、その娘であるからこそ洋子もやはり立派なのだという独自の循環論法で、憧れの気持ちを一層膨らませているのだった。

会議用に使用している部屋で、洋子はフィリップとコーヒーを飲んだ。

「ジャリーラが、君の帰国が早まるんじゃないかって、寂しがってた。」

「ああ、……それで。」と洋子は納得したように頷いた。「コーヒー淹れてたら、後ろからじっと見てるから、びっくりして。」

「あと何日？」

「え？」

「パリに戻るまで。」

「あと、……ん？　二週間？」

フィリップは、煙草を一服しながら、少し目を細めて言った。

「切ってるよ。三月二日だろう、今日は？　もうちょっとだ。五週目に入ると、みんな保《も》たなくなってくる。ヨーコだけじゃない。予定では、二週間の休暇後、四月一日からもう一クールということになってたが、それは無理だろうと本社と話し合った。君のイラク取材は終わりだ。朝食のヒドい〝イングリッシュ・ケーキ〟も、もう食べなくていい。」

洋子は、その淡々とした告知を黙って聞き、ややあってから受け容れた。必ずしも予想外というわけではなく、安堵と無力感とが綯《な》い交ぜになっていた。

「あのパウンド・ケーキの味は、きっと忘れられないわね。」

「恋しくなった時のために、レシピをメモして帰るといい。」

「遠慮しておくわ。――最初のクールのあと、パリに戻った二週間で、うまく気分転換ができなかった。ニュースを気にしてたし、原稿も書いてたから。こっちに戻って来てからも、失敗したなってずっと思ってた。保つかしら、あと六週間って。そしたら、あの自爆テロが起きて。……わたし、あと一分長くロビーにいたら死んでた。たった一分。――恐怖もあるけど、今この時間の中で自分が生きてるってことが、よくわからなくなる。」

「なぜあの時、あの場所にっていうのは、戦地の感覚だな。わかるよ。」

「本当はあと一つ、インタヴューの質問が残ってたの。イラクの今後の見通しについて。――でも、それは他の質問で答えが出てたから、もういっかって。相手もインタヴューを終わらせたがってたし。わたしが引き留めなかったら、彼は逆に死なずに済んだかもしれない。」

「いずれにせよ、もうしばらくはあそこにいたよ。他の人たちが残ってたんだから。

――君は、自分の運を信じることだ。君はここで死ぬ人間じゃないってことだよ。」

　気休めとわかっていても、洋子は、フィリップのその言葉に慰めを感じた。そして、

「ええ、そうね。」と頷くと、気を取り直して続けた。

「『まったく、今の世の中は、宗教の歴史や一般の歴史が伝えるような、稀有《けう》の時代に似ています。こういう時世に昨日今日を過ごす者は、一時にあらゆる事件に出逢うから、すでに幾年を経たも同然です。』――《ヘルマンとドロテーア》の中で、フランス革命の難民の長老が言ってる言葉。本当にその通り。時間感覚もおかしくなってる。」

「俺は長らく戦争報道をしてるけど、戦地でゲーテの引用を聞かされたのは初めてだな。」

　フィリップは、煙をフッと上に向かって一吹きすると笑って言った。

「ブッキッシュで、いやな女ね、わたし。」

「ゲーテを知らない女よりは、セクシーだよ。」

「同意しないでしょう、誰もその意見には。」

「若い女が言うとまた別だがね。」

「ヒドいわね。」

「いい歳して知的でない女と寝てしまうと、明け方、惨めな気分になるよ。――とにかく、ヨーコには、他に居場所があるだろう。この三カ月の仕事を見ていると、ヨーコみたいな人間こそが、ここにいて感じたことを伝えるべきだとは、今も思ってるが。君の

書く記事は、様々な立場のイラク人の心情を繊細に捉えているし、歴史的な背景の解説も明晰だ。米軍の増派への期待と反発についても冷静な分析だよ。優秀だ、君は途轍もなく。」

洋子は、カップを手に取りかけたまま、下を向いて首を振った。

「そう言ってもらうと自尊心をくすぐられるけど、……褒めすぎね。どうすれば、イラクの現実とヨーロッパの日常を生きる人たちの頭の中とを媒介できるか、ずっと考えてきたけど、成功した手応えはない。米軍の増派一つ例に採っても、そもそもこの戦争は間違っているという現在までの問題と、こうなってしまった以上、どうすべきかという未来の問題との整理が、自分の中でもまだよくついてないの。」

「そりゃ、わからないよ、誰にも。戦争と治安維持のための警察活動との区別が、ますますつかなくなってきているのが、今のこの〈対テロ〉戦争ってやつだからな。」

「もう一クールいれば、もっとよくわかるのにっていう感じもあまりしない、本当のところ。……あなたが、特別に強い人間だなんて思ってはいけないけど、なかなか、あなたみたいにはいかない。何人も友人を亡くしてて、自分も何度か死にかけて、それでもちゃんと健康を保っていられるっていうのは。」

「死の現実感も、俺に対しては怠け癖がついてる。迎えに行ってやらないと、あっちからは来ないんだ。戦場だけじゃなくて、今じゃパリにいてもそうだよ。絶望的な知らせが届くと、なんとなく顔が火照《ほて》るような、ぼおっとした感じが続く。そこで踏み止まれるなら、現実感は深追いしないことにしている。麻痺してるお陰で助かってるところもある。」

「わたしは、その麻痺自体も、どこかで中途半端に拒んでるのね。……自分が健康じゃないと、苦境にある人のことは伝えられない。それはわかってる。でも、保たなくなりそうな体をどうやって保たせたらいいのか。無意識だと手遅れになりそうだけど、意識しすぎると逆効果のようで。」

「ジャーナリストとしては、感受性の馴致《じゅんち》に問題があるが、人としてはその分、魅力的に見えるよ。スタッフの健康管理は、俺の仕事でもあるから、責任を感じてる。帰国を前倒ししてもいい。スカイプでのカウンセリングは？」

「何度か。ありがとう。」

「俺の場合は、やっぱり義務感だけじゃない。この仕事が性に合ってるって自覚してる。世界史の一番ホットな瞬間に立ち会ってるっていう興奮はあるよ。――いい機会だから、ひとつ訊いてもいいかい？」

「どうぞ。」

「君は、映画を撮ろうとは思わなかったの？」

「思わなかった。それは、全然。」と洋子は言下に否定した。「そんな才能もないけれど、わたし自身は、フィクションよりも報道の方が向いてたから。」

「君の言ってた《ヴェニスに死す》症候群。――あれはつまり、ジャーナリストとしての本分を確かめたいっていうこと？　それとも、もっと私的な、父親との関係を見つめ直したいっていうこと？」

「二番目の方は何？　全然わからない。」

「お父上のソリッチ監督は、映像はそれは、幻想的なまでに美しいけど、根本的には社会派で、《幸福の硬貨》みたいな戦争映画の傑作も撮ってるだろ？　その点では、君はやっぱり似てるよ。言われたかないだろうけど、俺は、ソリッチの娘だなとよく思う。取材で、カメラマンに写真を撮らせる時の指示ひとつ見てもね。だから、君が父親との関係を整理するためには、違うアプローチで――つまり報道で――父親以上の仕事をしていることを、自分に納得させる必要があるんじゃないのか、と思ってね。」

「考えすぎよ。……そうじゃない。考えすぎ。」

洋子は、戸惑うような苦笑で否定した。しかし、フィリップは、自分の推測に自信を持っているらしかった。

「父とは、今は適度な距離感で、良好な関係を保ってる。映画監督としての父のことは尊敬してる。それはもう、他人のように、客観的にね。子供として認められてないっていう苦しみの時期はとっくに過ぎてる。いい歳よ、わたし。」

「だからだよ。そういう年齢だから、君自身のタッジオを求めて、バグダッドまで来たんじゃないのかい？」

「やめてよ、フィリップ。わたしのタッジオって何？」

「君の部屋の前を通ると、いつも《幸福の硬貨》のテーマ曲が聞こえてくるから。」

「ああ、……だから？」洋子は、ようやく合点がいったように、口を大きく開いて笑顔になった。「誤解よ、それは。音楽を聴いてたの。その曲を弾いてるギタリストが好きなの。サトシ・マキノって日本人、知ってる？」

「知らない。クラシック・ギターは聴かないな。」

「教養のない男は、誰もベッドを共にしてくれないわよ。」

フィリップは、一本取られたというふうに、笑いながら波打つような煙を吐いた。

「天才よ、彼は。本当に。――バグダッドに来る前に、彼のコンサートに行って紹介されたの。わたし実は、彼が十八歳でパリ国際コンクールに優勝した時にも、一度、サル・プレイエルに聴きに行ってるの。ショックだった。『ああ、天才！』って、それはもう、人を落ち込ませるくらい。こんな人がいるんだって。――そのあとは、ずっとフォローしてたわけじゃないけど、たまたま、東京のレコード会社の知り合いが担当で、コンサートに連れて行ってくれて。」

「若いの？」

「ううん、わたしの二つ下。」と、洋子は少し考えながら、窓の外に目を遣った。「――彼は、神様が戯れに折って投げた紙ひこうきみたいな才能ね。空の高いところに、ある時、突然現れて、そのままずーっと、まっすぐに飛び続けて、いつまで経っても落ちてこない。……その軌跡自体が美しい。」

「フィアンセには、しない方がいいな、その話は。」

「どうして？」

「惚《ほ》れてるのがバレるから。」

洋子は、軽薄な、ありきたりなからかいだと、迷惑そうにその言葉を突き返した。耳が熱を帯びたが、こういう時には、的外れな指摘でも狼狽する方が自然だと思った。

「ファンで十分よ、ファンで。一緒にいて、すごく楽しい人だけど、……ああいう人は、自分の人生に女が深く関与する必然を認めてないでしょうね。色んな女が、ちょこちょこ通り過ぎていくとは思うけれど。」

「君は、別だよ、きっと。」

「お世辞で、元気づけてくれてるの？」

「少しね。」

「ありがとう。ま、そうね、芸術家に憧れるのは、母親譲りね、きっと。自分に欠けてる才能だから。でも、わたしは遠慮しておく。リチャードに十分、愛してもらっているから。わたしも彼を愛してる。帰国したら結婚しようって、スカイプで毎日、その話ばかりよ。」

＊

「保たなくなる」と言われながらも、洋子は第二クールの残りの二週間で、日々の報道とは別に、三本の特集記事を書き上げ、フィリップを呆れさせた。

彼女が殊に拘ったのは、国家による武器管理の問題だった。イラクは、湾岸戦争後の二十年間で極度に軍事化し、国軍のみならず、徴兵制度と民兵の召集によって、武器の扱いに慣れた一般国民の間に大量の小火器が浸透していた。二〇〇三年五月に、国軍と治安機関とが解体させられると、武装化したままの四十万人もの国軍兵士が路頭に迷い、四百二十万の備蓄兵器が流出して、治安が急激に悪化した。洋子はその経緯を、ユーゴスラヴィア紛争時の「民族浄化」の背景として、武器の密輸のみならず、郷土防衛隊というソ連の軍事侵攻に備える国民皆兵制度のために、市内の各所に通常兵器が備蓄されていた事例を引きながら、詳細に検証した。

この特集記事は、フランス本国でも反響があった。

ようやく仕事が片づいたのは、帰国を三日後に控えた深夜だった。

洋子は、荷造りの手を一旦休めて、コーヒーを片手にバルコニーに佇《たたず》んでいた。

バグダッドの夜は、彼女がこれまでの人生で経験した中でも、最も完璧な静寂だった。

外出禁止令は、今や開始時刻が七時にまで早まっている。それ以後、通りからは一切、人の気配が消え、車の通る音さえしない。土地柄、虫の集《すだ》きもなく、ただ砂を巻き上げながら風が強く吹き、時折、どこか遠くで、パトカーのサイレンが轟くだけだった。日によっては、よその国の記者たちが、気晴らしにパーティをしている声が漏れ聞こえてくることもあるが、この日はそれもなかった。

恐らく、こんな静寂に浸ることは、これからの人生で二度とないだろう。そして、この静寂のなにがしかは、自分の中に残って、日常へと持ち帰られることになる。……洋子は、夜の度に闇が覆い隠してしまう、半ば廃墟と化した町の姿を思い浮かべた。数時間後には、また朝日とともに出現する、壁に囲まれた瓦礫の世界。その死そのもののような沈黙の闇の底で、暴力に軟禁された人々は、今も息を潜めて生活をしている。

リチャードとスカイプで交わした会話のことを考えていた。

イラク取材は、今回で最後になったと告げると、彼は椅子から立ち上がって喜び、しばらく画面には、小躍りする彼の腰だけが映っていた。そして、どうしてそれを早く言ってくれなかったのかと、笑顔は絶やさぬまま、少し真剣な目で抗議した。

「結婚の予定を早めよう。ハネムーンが何よりのリハビリになる。カンクンの別荘の写真はもう見てくれた？　僕の知り合いが、あそこをいつでも自由に使っていいと言ってる。カリブ海に数多あるリゾート地でも、あそこは断然ベストだよ。青い空と光輝く海！　穏やかな波の音が、砂漠と血腥《ちなまぐさ》い戦争で傷ついた君の心を癒やしてくれるよ。太陽に抱かれ飽きたら、部屋に籠もって、今度は僕が君を抱く番だ！　何度でも愛し合おう。きっとすぐに子供も出来る。僕たちの子供！　ああ、もう想像するだけで目眩《めまい》がしてくるよ。あまりの幸福に！　毎日、気がヘンになりそうなくらい心配して君を待ってる。今すぐにでも君を抱きしめたい。画面に飛び込んでそっちに行きたいくらいさ！

いや、止めておこう。君を引っ張り出すべきだな、そこから、こちらの文明の世界に。」

「ごめんなさい、写真、まだ見てなくて。」

「まだ？　ああ、そうか。……いや、悪かった。つい先走ってしまって。君に元気になってほしいから。」

「ありがとう。よくわかってるし、十分に心の支えになってる。」

リチャードは、もどかしそうな様子で、更に言葉を継いだ。

「僕は、君のやりたいことを最大限、尊重してきた。ただ、ひとつの意見として聴いてほしい。——君は一体、自分に対して厳しすぎるよ。誰が見たって、十分すぎるほどのことをしてる。君は、同僚のジャーナリストが、イラクに行ったことがないというだけで、その資質を疑ったりするかい？　しないよ、決して。それは、必要条件じゃない。それでも君は今、イラクにいる。そして、もっと何か出来たんじゃないかって悩んでる。それは、自分の能力っていうより、人間の能力自体を買い被りすぎてるよ。人類は、生物として、せいぜい歩いて移動できる程度の環境の中で進化してきたんだ。こんな、地球全体がリアルタイムでリンクされてる状況なんて、もう一個人のポテンシャルをとっくに超えてしまってる。だったら、自分が生き抜くために、最適の環境を選択して、それを自分の世界とするしかない。その内側で幸福を願うしかないじゃないか。違う？君は、決して世界の不幸に目を瞑ってはいない。進んで関与した。誰にでも出来ることじゃない。あとは、他の人に責任を果たしてもらえば良いさ。……」

洋子は、部屋に戻ってベッドに身を横たえながら、自分はなぜ、バグダッドに来たのかと考えた。

アメリカのイラク侵攻後、社内のバグダッドへの赴任希望者は、意外にも競争になるほど多かった。その後、RFPも含めて現地での記者の死亡が相次ぎ、帰国後の深刻なPTSD（心的外傷後ストレス障害）が問題となると、自然と積極的な志願者の数も減っていった。

洋子にようやく順番が回ってきたのは二〇〇五年になってからだった。

その任を無事に務め上げて帰国し、既に十分な評価を得ていたにも拘らず、彼女が今回、たった一年後に二度目の赴任を願い出たことに同僚らは驚いた。そして、彼女はやはり、そういう人間なのだと、尊敬の念を、どこか少しまともじゃないという苦笑でまぶしながら噂した。

洋子の最初の赴任は、フセイン政権崩壊後、ようやく制憲議会選挙にまで漕ぎ着け、ジャアファリー首相の移行政府が誕生して、丁度その新憲法の国民投票が行われた時期だった。その後、改めて議会選挙が行われ、二〇〇六年五月に、ようやく現在のマーリキー政権が発足している。

自分は何を今見ているのだろう？

ブッシュ政権がイラクでの国家再建の進展を強調するのとは反対に、戦闘は激化の一途を辿り、その出口は最早、誰にも見えなくなっていた。「制御不能 uncontrollable」という言葉を、洋子はここで何度耳にしたことかしれない。

この状況下では、アメリカ軍の増派は、効果を上げるだろうとは言われていて、事実、この二週間で民間人の死者は減っているらしかった。しかし、それを伝える洋子の記事は、「大量破壊兵器の存在」という嘘によって開始されたこの戦争に一貫して反対する親しい知人たちの反発を買っていた。

彼女自身、あまりに行き当たりばったりで、長期的な計画性の乏しい今の国家再建プログラムでは、これが一時しのぎに過ぎないことを懸念していた。しかし、正しい関与があるとするならば、ともかくも、現実をありのまま伝えなければならない。イラクの一般国民が、一体今、何を望んでいるのか。彼女は確かに、ユーゴスラヴィア紛争時に、マスコミがいかに民族対立を煽り、世界の世論を操作したかを意識していた。その意味では、フィリップの言う通り、「ユーゴスラヴィア人」の父を持つという事実は、彼女がここにいる理由の恐らく一つではあった。

当初は、もう一クール、取材を延長するつもりだった。しかしそれは、フィリップの決定を俟《ま》つまでもなく、カウンセラーからストップがかかっていた。

「あなた自身が、『制御不能』になりますよ。PTSDの兆候はあります。その現実を過小評価しないでください。わたしは、まだあなたがバグダッドにいること自体、どうかしてると思ってますよ。あなたが、『過労死』の国の人間だからですか？　心も体もボロボロになって、この先何年も仕事ができなくなっていいんですか？」

二度目のバグダッド取材への自分の過剰な期待を、洋子は冷静に振り返った。それが不首尾に終わりつつある今、彼女は、未来に茫漠とした、暗いものを感じた。ジャーナリストとして、この先、何をすべきか？　二度のイラク取材の経歴は、間違いなく、社内での昇進を有利にするだろう。しかし、なぜかそれを、率直に喜ぶ気になれなかった。

自分はあの時、もう一つだけ質問をしていたら、自爆テロに巻き込まれて死んでいた。たった一つ。――どうして自分はまだ、生きているのだろう？

もしアッシェンバッハが、ヴェニスで死なずに帰国していたなら、どうなっていただろうか？　折々、彼を襲った発作的な旅の衝動と同様に、一種の「衛生上の処理」として、ヴェニスの海辺で眺めたタッジオの美しさを思いながら、「凝然と冷たい、そして情熱的な勤行が支配している毎日々々の仕事場」へと、粛々と復帰するのだろうか？

洋子は、少し体を起こして、枕元のリモコンでCDを再生した。蒔野の二十代後半の演奏で、バッハの無伴奏チェロ組曲第三番だった。

軽やかに高いソの音から音階を駆け下りてくるプレリュードの冒頭が、彼女の胸に、明るく澄んだ光をすっと差し込んで、しばらくその存在を音楽で独占した。

ギターのためにハ長調からト長調に移調されている。それだけでも随分と印象が違った。

カザルスに始まって、ロストロポーヴィッチ、フルニエ、マイスキー、……と、彼女はそれぞれの時代のチェロの大家たちのレコードを、過去に散々聴いていたが、この曲を本当に好きになったのは、この死の都市で、蒔野のギターの演奏を聴いてからだった。土台、雄渾《ゆうこん》なチェロという楽器の響きを、今の彼女は、とても受け止めきれなかった。人間的な喜怒哀楽の彼方に屹立《きつりつ》するバッハの楽曲。蒔野のまだ若い、才能とのハネムーンを心ゆくまで楽しんでいるような演奏は、彼女の心をすべて受け止めて、まったく揺るぎなかった。

ただその音楽とだけ一つになって、すべてから解放されたかった。時間と旋律とが、一切の過不足なく結び合って流れてゆく美に融《と》け入りたかった。

洋子は、向かい合って、正面から見つめた彼の笑顔を思い出した。

あの夜、ひとりでタクシーに乗らずに、朝まで一緒にいたいと言ったなら、どうなっていたのだろう？　その大胆な想像に胸の鼓動が大きくなった。バグダッドへ来る前に、ただ美しいものに触れるだけでなく、彼に抱かれていたなら、自分の人生は、今どう変わっているのだろう?

蒔野に会いたいと、洋子ははっきりと思った。そのくせに、安否を気づかう彼からの三通ものメールに、彼女は未だに返事を書いていなかった。

ちゃんと書きたいと思っている間に、日一日と過ぎてゆく。

とにかく、無事であることを知らせるべきだった。そして、感謝の気持ちを伝え、彼の音楽がどれほど大きな慰めとなっているかを知ってもらいたかった。

しかし、自分がそれ以上の何かを書きたいと感じていることを、彼女は秘かに自覚していた。

「惚れてる」とフィリップは言った。その余計な一言は、彼女の気持ちを、既に後戻りの出来ない方向へと衝き動かしつつあった。

胎児のようにからだを丸めて、改めてリチャードとの会話を思い出した。

帰国して、自分は彼と結婚するのだろうかと考えた。子供を作る。彼との間に。――それが自分の新しい生の一歩となることは、疑い得ない。自分の年齢を考えた。あと半年で四十一歳になる。時間が限られているという事実が、心に重く伸しかかった。

# 第四章 再 会

蒔野は、既にフランスに帰国しているはずの洋子から、三月末まで音沙汰がなかった時点で、一度、彼女への自分の気持ちを整理しようとした。

彼女の身は、依然として案じていたものの、何をしていても気持ちが重たく沈み込んでゆくような不安は、日を経るごとに曖昧に薄れつつあった。

二月までやりとりしていた二人のメールを読み返して、自分の調子っぱずれな陽気さに憂鬱になった。

「楽しいメールの方が気が紛れるから」と洋子に促されるがままに、彼は、毎回一つは、メールの中に選《え》りすぐりの笑い話を書いた。彼女もそれを、「こっちのスタッフにも聞かせてあげようとしたんだけど、思い出すと、わたしが自分で笑ってしまって、『ヨーコ、何言ってるのか、全然わからないよ。』って呆れられました。」と喜んでいた。蒔野は、鼻梁の付け根にしわを寄せて笑う彼女のあの美少年風の表情を思い出して、パソコンの前で笑みを零《こぼ》した。

しかし、間近で凄惨な殺戮《さつりく》が繰り返されている日々の中で、彼女がそれらのメールを、本当のところ、どんな心境で読んでいたのかはわからなかった。

無理をしていたのかもしれず、実際に、最初は楽しんでいたのかもしれない。いずれにせよ、ホテルでの自爆テロ以後、そのすべてが耐えられなくなったというのは、彼にも想像できた。

きっともう、自分の演奏も聴いてはいないだろう。そもそも、内戦状態の今のバグダッドで、クラシック・ギターのバッハなんかに、一体、何の意味があるだろうか？――そんなことを、蒔野は自宅のスタジオで、一向に身が入らない練習の合間に考えた。たった五時間の練習でさえ、彼の集中力は持続しなかった。

諦めようと思いきったことで、蒔野は却って、自分が洋子を既に愛し始めていたことを悟った。これが、この一カ月半近くに亘る音信不通のもたらした、最も重要な変化だった。彼は、洋子の心の中で、自分の存在がどれほど大きな位置を占めつつあるかをまるで知らなかったので、所詮は、二人は別世界の住人だったのだという結論を寂しく受け容れた。

洋子からの「長い長いメール」が届いたのは、その矢先のことだった。

蒔野は、洋子のそのメールの途轍もない長さに驚いた。右端のスライド・バーが、米粒のように小さくなっている。こんなに長いメールはかつて誰からも貰ったことがなく、最初は一体、何が書かれているのだろうかと、喜びよりも不安が勝っていた。

しかし、十行ほどを読んだところで、彼はその非常に端整な文章に引き込まれていった。分量は多かったが、病的に筆が走ったところは一箇所としてない。それはちょっとした手記のような読み応えで、蒔野はやはり、彼女を尋常でない人のように感じた。そして、その分量だけでも、自分が彼女にとって、特別な存在であることを信じられそうだった。

洋子は、長い無音《ぶいん》を詫び、テロ事件後に彼から貰った三通のメールがどんなにうれしかったかをまず伝えた。そして、すぐに返事を書きたかったが、どうしても書けなかった、と言い、こう続けた。

「言葉にする以外に、自分を立て直す方法はないはずですが、自分に向かって自分について語ることの難しさを改めて感じています。それで、あなたに聞いてもらうつもりで、文章を書き始めました。あの夜、スペイン料理店で向かい合った、あなたの姿を思い浮かべながら。

そうすると、ふしぎと、文章がすらすらと出てきました。なぜかはわかりません。バグダッドで、あなたの演奏ばかり聴いていたからかもしれません。あなたの音楽が、あの絶望の世界にいた間、ずっとわたしの精神的な支えになっていました。

最初は、あなたに見せるつもりはなくて、ただ想像の中で、あなたに聞き役になってもらっていました。けれども、書き終わってから、やっぱり読んでもらいたいと思い直しました。……」

洋子は、自爆テロを間一髪逃れられた時の状況から筆を起こして、その後の自分の感情の揺れについて、努めて理性的に書き綴っていた。その芯の強い、静かな筆致が、蒔野の胸を揺さぶった。

「――あと一つだけ質問をしていたら、わたしは死んでいました。何をしていても、その瞬間に時間が巻き戻されてしまいます。

なぜ、わたしはあそこで死ななくて、今生きているのか。……生まれて初めて、時間が一秒一秒、均等に、ただまっすぐ流れていくことに感謝しました。今までは、それを無慈悲にしか感じませんでしたが、わたしの心をあまり慮《おもんぱか》りすぎるような時間には、きっと耐えられないでしょう。

今はただ、時が流れるのに身を任せています。……」

それから、イラクの惨状とそこで今も生活している人々への思いが綴られ、帰国後に父であるイェルコ・ソリッチが監督した映画《幸福の硬貨》を見直したこと、その中で引用されているリルケの《ドゥイノの悲歌》を読み返したことが続いていた。

二週間休暇を取った後、今はまた、パリのオフィスに戻っているという。

フィアンセのことも、結婚のことも、何も触れられていなかった。そして、「六月の予定」が以前に聞いていた通りなら、パリでまた会いたい、その時には、もっと楽しい話をするからと、最後を少し和らいだ調子で締めくくっていた。

蒔野は、六月三日に、現代ギターの父アンドレス・セゴビアの没後二十年を記念してマドリードで開催されるフェスティヴァルに招待されており、その後、かつて彼も学んだパリの音楽学校でマスタークラスを受け持つこととなっていた。週末の最終日には、校内のホールで学生らを含めた午後の演奏会《マチネ》が催される予定で、年明けのメールでは、それに洋子も招待していた。

そのマチネの終わりに、彼は彼女のために《幸福の硬貨》のテーマ曲を演奏するつもりでいた。

洋子には、すぐに返事を書いた。無事を歓び、彼女の「長い長いメール」の宛先として、自分を選んでくれたことに感謝した。そして、もちろん、パリ滞在は予定通りなので、その時にゆっくり、食事でもしながら話の続きをしようと誘った。

洋子からは、今度は一日と置かずに、弾むような返事が届いた。「うれしい」という一言が、蒔野を幸福にさせ、同じ気持ちを抱かせた。

蒔野は、自分の中にある、洋子に愛されたいという感情を、今はもう疑わなかった。胸の奥に、白昼のように耿々《こうこう》と光が灯っていて、その眩しさをうまくやり過ごすことが出来なかった。

洋子も、自分を愛しているかもしれない。――彼女の言動に、そうした徴《しるし》を見出す度に彼は苦しくなり、そうではないのではと思い直す時にも、結局、苦しくなった。そして、自分がそもそも、彼女の愛に値する人間かどうか、むしろ冷静であるために考えようとして、却って逆効果になった。

なるほど、恋の効能は、人を謙虚にさせることだった。年齢とともに人が恋愛から遠ざかってしまうのは、愛したいという情熱の枯渇より、愛されるために自分に何が欠けているのかという、十代の頃ならば誰もが知っているあの澄んだ自意識の煩悶を鈍化させてしまうからである。

美しくないから、快活でないから、自分は愛されないのだという孤独を、仕事や趣味といった取柄は、そんなことはないと簡単に慰めてしまう。そうして人は、ただ、あの人に愛されるために美しくありたい、快活でありたいと切々と夢見ることを忘れてしまう。しかし、あの人に値する存在でありたいと願わないとするなら、恋とは一体、何だろうか？

蒔野は恐らく、最初に会った時から、洋子を愛し始めていた。あの夜は、もうそのようにしか振り返り得なかった。そして、その時抱いた彼女への憧れは、今では乗り越えるべき彼女までの距離となっていた。

彼女がバグダッドにいた間は、さすがにそれどころではなく、その思いは抑制され、ある意味では、曖昧なままに留めておくことが出来た。

しかし、彼女が帰国した今や、彼は、この愛の処し方について、ひどく性急で、極端な二者択一を迫られていた。

蒔野は、パリでの洋子との再会が――それも、二人きりで会うのは初めてだった――、一体、何を実現しなければならないのかを考えて悲観的になった。

彼自身は、恋愛からはしばらく遠ざかっていて、いつ始まって終わったのかわからないような類の関係にも、今はもう興味を失っていた。しかし、洋子は？　彼女は、たった二回会っただけで自分を愛し、既に日程まで決まっている別の男との結婚を取り止める決断をしなければならないのだった。四十歳という年齢を考えるならば、それはつまり、彼女が自分との結婚を選択するという意味でもあった。

蒔野は人生で初めて、結婚ということを真剣に考えてみて、これまでの長い無関心が嘘のように、唐突にその気になった。

もし次に会った時、ただ一度目の交歓を確かめ合う程度で別れたならば、二人は結局、人生の中で「二回会ったことがある人」という関係で終わってしまうだろう。

真っ当に考えるならば、そして、その可能性の方が遥かに大きかった。

蒔野は、いても立ってもいられなくなって、当初、乗り継ぎだけの予定だった往路も、パリに数日滞在することにした。洋子には、あなたのためにとは言わず、たまたま用事が出来たからと説明した。ただし、どんな恋愛にも、その過程には、こうした装われた偶然が一つや二つはあるものである。そして、しばしばその罪のない嘘は、相手にも薄々勘づかれている淡い秘密である。

蒔野がそれを伝えると、洋子からは、

「もちろん、五月末も空けておきます。でも、いいんですか、二日もわたしが蒔野さんを独占してしまって？

前篇・後篇で、長い話ができますね。一日ずつ、それぞれの人生について話しましょう（笑）。

でも本当に、マドリードのフェスティヴァルの前だし、無理なさらないでくださいね。直前にキャンセルでも、わたしは平気ですので。」

という返事が届いた。

蒔野はそのメールを、二度三度と読み返した。そして、約束を取りつけたことに安堵はしたものの、少し頭を冷やすべきかもしれないとも感じた。

実際、洋子の心配通り、今の調子で、マドリードのフェスティヴァル前に、そんな余裕があるのだろうかという懸念もあった。プログラムには世界中の大家が名を連ねていて、インターネットでライヴ映像を配信するという試みも注目を集めていた。

音楽家として、自分は今、難しい時期に差し掛かっていると蒔野は感じていたが、ここに来て環境の変化が、そこに更に追い打ちを掛けていた。

蒔野が《この素晴らしき世界》のレコーディングをキャンセルしたという噂は、どこからともなく広まっていて、彼は、四月末までに参加した複数の国内の共演コンサートで、同業者と顔を合わせる度に、その真相を尋ねられた。まったくの個人的な問題だと思っていた彼は、それに面喰らったが、理由はあとでわかった。

蒔野が十代の頃に長く師事した祖父江《そふえ》誠一《せいいち》も、「なぜ？」と理由を訊いた一人だった。

祖父江は、戦前生まれの、セゴビアに直接指導を受けたような世代のギタリストで、日本のギター界を技術的に「開国」させた功労者の一人だった。後進の指導にも熱心で、国内外に多くの弟子を持ち、蒔野もこの人だけには「頭が上がらない」と常々公言していた。

清廉高潔な人物で、クリスチャンなのに、祖父江の禁欲的なバッハのリュート組曲のレコードは、「禅の精神によるバッハ」とヨーロッパで評されていた。礼儀を重んじ、弟子が独立すると、以後は必ず敬語で話すようになるというのは有名で、それは、弟子の世代が孫ほどになった今でも変わらなかった。

父に連れられて参加した講習会で、まだ小学生だった蒔野の才能に驚嘆し、「天才少年」と呼んで、以後、パリ国際ギター・コンクールで優勝するまで熱心に指導をしたのが祖父江だった。岡山の実家から、東京まで独り新幹線でレッスンに通うと、祖父江はよく自宅に泊め、妻の手料理でもてなしてくれた。一人っ子の蒔野は、祖父江の二人の子供と弟や妹のようによく遊んだ。温厚だが、才能の見極めには冷徹な祖父江が、数多の弟子の中でも「秘蔵っ子」として、蒔野にどれほど手を掛けたかは、業界では有名な話だった。

ギタリストとしてこの世界で生きていくようになってから、蒔野は祖父江が、いつもどんなに自分の話ばかりを人にしていたかを知って驚いた。それは、日本国内だけでなく、海外でもそうだった。

「あの頃、祖父江先生、蒔野さんを教えてると嫌になってくるって、愚痴ってましたよ。どうしてあんな子供に、こっちが何十年もやってきて、やっと気づいたようなことがわかるのかなって。」

そういう類の話を聞かされる度に、蒔野は笑って手を振った。謙遜だけでなく、内心、そんなことはなかったはずだとも思っていた。そして、当時を振り返って、本当のところ、先生は何を思って自分を指導していたのだろうかとその胸中を想像した。

祖父江も丁度、今の自分と同じ四十くらいだった。学外に弟子を取り始めたのもその頃からで、昔は当たり前のように思っていたが、自分がその年齢になってみると、少しふしぎな感じもした。あんなに音楽活動が充実していた時期に、なぜ後進の指導などに興味を持てたのか。――彼は、祖父江の目を通して、少年時代の自分の姿を思い描き、その音楽を聴こうとした。今、自分の目の前に、「天才少年」が一人現れたら、どうだろう？　その少年は、殊勝に指導を仰ぎながら、時々、抑えきれずに自分の方が先生より上手なんじゃないかという表情を浮かべる。――許し難い自惚れ。……その実、さほどの才能でもなく、或いは徒労に終わるのかもしれないと感じながら、それでも彼に時間を割き続けるというのは、どういう心境なのだろうか？　経済的な事情はあったのかもしれない。それだけでなく、先生もあの頃、音楽家として苦しんでいたのだろうか？

　蒔野は、久しぶりに恩師と再会して、フェルナンド・ソルの幻想曲作品五十四で共演したが、祖父江は、演奏については良いとも悪いとも言わなかった。そして、演奏会後の楽屋で、それとなく《この素晴らしき世界》のレコーディング中止の話を切り出した。

「あのレコードですか？　いやぁ、あれは、どぉーしても続けられなくなってしまって。」

　苦笑して頭を掻く蒔野に、祖父江は、「珍しいですね、あなたでもそういうことがあるんですか？」と、昔と変わらない、静かな重々しい口調で、含蓄のある皮肉を言った。そして、「騒がれているような外的な事情ならともかく、内的な理由なら、せっかく止めてまで作った時間を、有効に活用しなければと、あまり思いつめない方がいいでしょうね。——あなたのことだから、色々考えてはいるでしょうけど、老婆心ながら。」と真面目な、心配する風な面持ちで言った。

　それ以上の言葉のやりとりは不要だった。さっきの演奏で、先生は何もかもお見通しなのだろうと、蒔野は感じた。

蒔野は、今でも新作を出す度に、祖父江に必ずCDを送っている。世界中から、毎月ウンザリするほどそういうサンプルが届いているはずだが、祖父江は、そのすべてに耳を通して、丁寧な手書きの礼状の葉書を送って来る。蒔野は、恩師のそういう律儀さを、自分には決して真似の出来ないことだと尊敬していた。そして、ここ数年、自分のCDへの感想が遅く、少し遠慮がちであることを気にしていた。

かつてのような昂揚した賞賛の言葉はなりを潜めて、理解しようとする心づかいが端々に看て取れた。それは丁度、彼が、より多くの聴衆に向けての演奏を意識し始めた時期と合致していた。

蒔野の《この素晴らしき世界》のキャンセルを、そんなふうに、彼の演奏家としての問題に関係づけて見ていたのは、しかし、ほとんど祖父江一人だった。他の者たちの憶測は、また思いがけないもので、祖父江が「騒がれているような外的な事情」と言ったのは、その噂に由《よ》っていた。蒔野は敢えて訂正せずに、曖昧にしたまま、それを隠れ蓑とすることにした。

ジュピター・レコードの岡島との面会で、蒔野は、予期せぬ事実を告げられていた。イギリスの本社の決定で、近々ジュピターは、グローブ・ミュージックに買収される、というのである。イヴェントで会った音楽関係者らも専《もっぱ》らその話で持ちきりで、彼の決断は、よくわからないが、何かそのことに関係しているのだろうと思われていた。

蒔野は、クラシックの他の演奏家と同様に、必ずしもジュピターの専属ではなかった。しかし、デビュー・アルバム以来、最も多くの録音を残しているのがジュピターであり、売り上げも、他社で出したものに比べて平均的に多かった。

岡島の話では、噂は以前からあり、経営的には、いつそうなってもおかしくなかったが、ほとんどの社員は、あまり現実感を持っていなかった。寝耳に水だった、とのことだった。

社内には、「当面、従業員の解雇はない」という本社の社長のコメントが伝わり、皆が「解雇はない」ではなく、その「当面」という言葉のことばかり気にしているという。買収後のリストラは、社員のみならず、所属する音楽家にも及ぶはずで、コンサートの共演者たちが気に懸けていたのも、つまるところ、そこだった。

蒔野は、常日頃、海外のオーケストラの指揮者の人事を巡る裏話から団員の不満やソリストの生活困窮に至るまでをやたらと詳しく喋り散らしている業界でも有名な〝オタク〟の岡島に、自社の買収が「寝耳に水」だったとは名折れじゃないかと、思わず一言、嫌味を言った。冗談めかしてはいたものの、内心呆れていた。

しかし、岡島はそれを待ち構えていたかのように、こんな話をし出した。

買収の話が社内一般に伝わったのは、蒔野が、渋谷で是永に会った日の朝だった。ただ、自分は某筋から、既にその情報を摑んでいた。多分、社内でも自分だけだろう。もちろん、確実ではなかったので、蒔野に話せなかったのは申し訳なかった。

蒔野のCDは、クラシックの世界では、まだよく売れている方だが、厳しい時代だけに、買収後、グローブ・ミュージックがどう判断するかはわからない。特に販売部は、数字のことしか頭にないので、実は今のジュピターでも、蒔野の初回プレスの枚数について は、いつも喧嘩《けんか》になっている。絶対こんなに売れっこないと言い張る人間たちと、自分がこれまでどんなにがんばって戦ってきたか！

そこで、自分としては、クロスオーヴァーものの《この素晴らしき世界》で、大きな商業的成功の実績を作ってもらうことが、蒔野のためだけでなく、クラシック部門の社員の将来のためにもなると思っていた。是永はその意図を知らなかったが、蒔野にとって良いことだという点では同意していた。唐突に、蒔野からレコーディングの中止を伝えられて、彼女も動揺していたが、あとで、蒔野はこの買収話を知っているのではないかとも勘繰っていた、と。

蒔野は、岡島の一々含みのある口調も相俟《あいま》って、嫌な話を聞かされていると気が滅入った。大体、この話は本当なのか？ 是永はもう随分と以前からポップスのカヴァーの企画の話をしていて、今回、ようやく彼もその気になったのだった。アルバムのコンセプトも、映画音楽から日本の歌謡曲まで、幾つかの案が浮かんでは消え、三谷も含めた話し合いの末、ようやく〈Beautiful American Songs〉というところに落ち着いた。それは、岡島の話と喰い違うとまでは言わないものの、すんなりとは筋が通らなかった。そ第一、その間、岡島の存在感はないに等しかった。

蒔野はそもそも、事実だとしても、グローブに買収された後の自分の扱いを、そんな風に勝手に心配されていたというのが気に喰わない。販売部が、それほど自分を低く評価しているなどという話も、知ったことではなかった。得々と話している岡島は、一体、何のつもりなのだろうか？

二十年もギタリストとして活動してきて、その挙げ句がこの様かと、つくづく情けなくなった。

「私だって、クラシック部門一筋でここまで来たわけですからね。悔しい気持ちは人一倍です。でも、ここで終わるわけにはいきませんから。ええ！　新天地で、なんとかもう一度、クラシックを盛り上げていきたいというその一念です。そのために、蒔野さんのお力がどうしても必要です。《この素晴らしき世界》の件、もう一度、考え直してはいただけませんか？」

蒔野は、岡島への返事を保留した。

グローブのクラシック部門の担当者には、以前から是非うちでもレコードをと声を掛けられていた。歴史はジュピターの方があるが、現在の会社の規模で言えば、グローブは倍以上である。ライヴァルのジュピターとの長期的に安定した関係を優先して、話を断っていたのは蒔野自身だった。

買収されるというなら、何の問題もない。しかし、岡島と今後も一緒に仕事をするというのは、御免被りたい気分だった。

今まで気づかなかったが、この男には、人を不快にさせる、一種天才的な才能があるなと、彼は苦笑に紛らせてその場をなんとかやり過ごした。

パリに発つまでに、もう一度面会をと求められていたが、蒔野はそれに応じず、直接、三谷経由で連絡してきたグローブの担当者と帰国後に会う約束をした。

木下音楽事務所の三谷は、蒔野からマドリード行きのスケジュールを変更して、往路も、経由地のパリに滞在したいと言われた時、その意味するところをすぐに察した。洋子に会うのだ、と。

蒔野の女性関係は、マネージャーとして普段から彼の側に付き添っていても、なかなか窺《うかが》い知ることが出来なかったが、洋子に関しては、わかりやすかった。彼女と出会ってからというもの、蒔野は人に会う度に、あのイェルコ・ソリッチの娘に会った、という話をした。よほどの映画ファンでなければ、すぐにピンと来ない名前のはずだが、さすがにこの業界では、《幸福の硬貨》の監督と言えば、誰でも「へぇー、」と関心を持った。そして、どんな人なのかと訊かれるのを待ち構えていたかのように、蒔野は身を乗り出した。

「RFP通信で働いてるんだけど、――いやあ、きれいな人だよね。……きれいなだけじゃなくて、フランス語とかドイツ語とか、なんか、何カ国語も喋れるんだよ。オックスフォードとコロンビアを出てて、とにかく頭が良くてさ。そういう人ならではのユーモアがあって、親切で、……」

「そんな人、いるの？」

「いたんだよ、それが。親が親だけに、芸術にも造詣が深いし、感性も豊かで。リルケをやってたんだって、大学で。」

三谷は、蒔野が誰かについて、こんなに生き活きと話をするのを初めて見た。決して褒めすぎというわけでもなく、洋子について説明するなら、そう言うより他はなかったが、ただ、「きれい」というのとは、ちょっと違う気もしていた。「個性的な顔立ち」というのではないだろうか。それがどういう意味なのかはうまく説明できないので、結局「きれい」でいいのかもしれないが、ただ、女同士なら、感覚的にわかるはずだと思っていた。

そして、確かに素敵な人だが、自分とは合わないとも感じていた。

こちら以上に、恐らくは洋子の方が、そう思っているだろう。直接そう言えば、きっとあのこちらの心を何もかも見透《みすか》して、優しく理解するような目で、首を横に振ってみせるに違いないが。

蒔野は、ほどなく洋子のことを何も言わなくなった。それは、関心を失ったからではなく、彼女への思いの中に、何か気軽には人前に曝せない感情が籠もるようになったかららしかった。

三谷がそれに気づいたのは、バグダッドの洋子の滞在先でテロが起きた時の蒔野の動揺と、一カ月以上沈黙があった後に、彼女の無事がわかってその喜びを爆発させた時の様子からだった。

蒔野は、常日頃から陽気な人間だったが、人を笑わせるのが好きな割に、彼自身が心から笑っていることは珍しかった。殊に昨年来、蒔野は些か迂闊なほど、人と冗談を言い合っていても、ふとした拍子に、独りだけまるで別の場所にいるかのような表情を見せることがあった。

蒔野の音楽的苦悩に薄々気がつき、心配していた三谷は、ともかくも、彼の笑顔を喜んだ。しかし、いつしか蒔野に、一人の女として惹かれていた彼女は、まるで報われる見込みのないその感情の火を、必死で踏み消そうとしている最中だった。

蒔野がパリで洋子に会う。――飛行機のチケットの件で蒔野とやりとりをしながら、三谷は、二人の再会の光景を思い描いて、胸の奥の不安の在処《ありか》を鷲摑《わしづか》みにされたかのような感じがした。しかも、自分は今、そのための手続きをしている。……

「――洋子さんに会うんですか？」

三谷は、からかい半分に探りを入れるつもりだったが、意に反して、ほとんど詰問するような口調になってしまった。

蒔野は、その唐突さに怪訝な顔をした。そして、さすがに憮然として、「まァ、……色々、予定があって。」とつれない返事をした。

三谷はこのところ、こんなふうに、何度か蒔野の不興を買っていた。

去年はそんなことは一度もなかった。早とちりや頑固さを呆れられ、笑われることはあっても、疎まれていると感じたことはなかった。むしろ関係者とトラブルになった時には、割って入って庇《かば》ってくれることさえあった。

今は、思いと行動とがちぐはぐで、もどかしかった。三谷は、そういう自分に嫌悪感を覚えた。

マドリードの事務局からは、安いチケットなので、変更は出来ないと購入前に何度も念押しされていた。蒔野もそれは承知していた。

「一応確認して、無理なら、自分でどうにかするから。」

「だったら、要らなくなったチケットで、わたしが行ってもいいですか、マドリード!? 蒔野さん以外も、すごいギタリストがたくさん出演しますし。ギターの勉強のために。」

三谷は、あえて無頓着らしい明るさを装いつつ、半ば本気でそう言った。普段なら、それをすぐに冗談と取って笑いそうなものを、蒔野は、しばらく考えてから、そのやりとり自体を持て余したように、「購入者の名前の変更って、出来るの?――まぁ、会社が許すなら、いいと思いますよ。勉強になるし、確かに。」と言った。

蒔野は結局、溜まっていたマイレージで往路の飛行機の座席を確保した。マドリードでは、マリオ・カステルヌォーヴォ＝テデスコがセゴビアに献呈した《ギター協奏曲ニ長調》を演奏する契約で、機内でも、ワインで少しぼんやりした頭で、急に気になりだしたスコアの数カ所を確認した。

初めてコンサートで演奏するこの曲のために、ここ一月ほどは、比較的練習に集中できた。現地のオーケストラとの共演には不安もあったが、今は一人で舞台に立つより気が楽だった。

機内には他に、洋子の父であるイェルコ・ソリッチ監督の《幸福の硬貨》と、彼がその前に制作したもう一つの戦争映画《ダルマチアの朝日》のＤＶＤ、それに、最近書店で見つけた、リルケの《ドゥイノの悲歌》の新しい翻訳本を一冊、持ち込んでいた。

蒔野は、あれほど《幸福の硬貨》が好きだった割に、ソリッチの他の映画をほとんど見ていなかった。それで、改めてそのフィルモグラフィを調べて、ハリウッドに行ってから制作した八〇年代の映画など、入手可能なＶＨＳやＤＶＤを、最近注文したところだった。

洋子と再会する前に、《ダルマチアの朝日》を見ておきたかったのは、一つにそれが、彼女が生まれた一九六六年に制作されているからだった。

《ダルマチアの朝日》は、この時代にユーゴスラヴィアで数多く制作された、所謂パルチザン映画の一つとされていた。

第二次大戦時、敵国ドイツやイタリアに徹底抗戦し、勝利した〝英雄〟チトー率いるパルチザンの勇姿を描くのがこのジャンルの定石だが、そのつもりで見ると、ソリッチの映画は、かなり趣を異にしていた。パッケージには、「凄惨な民族紛争の渦中へと身を投ずる一クロアチア人青年の実存を、風光明媚なアドリア海を背景に、透徹したニヒリズムで描き出した、近年再評価の著しい戦争映画の傑作！」と記されている。

　九十分ほどの短い映画を、蒔野は、眠られるなら途中で寝てもいいという気持ちで、背もたれを半ば倒し、毛布に包《くる》まりながら見た。消灯された客室の夜とも昼ともつかない暗がりには、機体の恒常的な微騒音に、豪壮な寝息も混ざっていた。パソコンの小さく発光する画面は、自宅のテレビで見ている時よりも、むしろ映画館にいる時のような没入感をもたらした。

　蒔野は、砲撃の嵐の最中で主人公が湛《たた》えている神秘主義的な静謐《せいひつ》に息を呑んだ。ソリッチは、この時代にこんな映画を撮っていたのかと驚き、途轍もない天才だと思った。パッケージの解説には、当時まだ三十代になったばかりだったことが記されている。最後の場面は、「ロシアの小説家ガルシンの短篇《四日間》が下敷きにされている」らしく、チェトニクとの戦闘後、ダルマチアの大地に横たえられた主人公の傷だらけの肉体の存在感は鮮烈と言うより他なかった。

　見終わってパソコンを閉じると、蒔野は、肌寒さのためというのではなく、あまりに何度も戦慄が兆しては走るので、毛布を肩まで引っ張って背中を丸めた。そして、溜息を吐いて首を横に振ると、「すげぇな、……」と呟いた。

　続けて《幸福の硬貨》を見るつもりだったが、その余力はもうなかった。洋子はソリッチの娘で、しかも、この時期のソリッチの娘なのだった。それはまた、特別のことであるように感じられた。

　それからしばらく、ソリッチのこと、洋子のこと、そして、《幸福の硬貨》のことを、長く続く余韻の中で脈絡もなく考えた。

　読書灯で読んだＤＶＤの解説には、《ダルマチアの朝日》から《幸福の硬貨》まで、九年間のブランクがあり、その間のソリッチの消息は不明とされていた。

　蒔野はそこに引っかかった。これほど才能に恵まれた人が、どうしてそのあと、すぐに次作を撮らなかったのだろうか。撮れない事情があったのか。その間一体、どこで何をしていたのだろう？　《幸福の硬貨》が制作されたのは、ソリッチが洋子の母と離婚した後、大分経ってからのことである。蒔野はそのことに、迂闊にも今頃気がついた。

　ソリッチ自身は、第二次世界大戦を十代の少年時代に経験している。ユーゴスラヴィアでは、枢軸国軍の侵略のみならず、それによって噴出した国内の民族紛争の凄惨さが夙《つと》に知られており、《幸福の硬貨》にも、その記憶の乱反射が随所で感じられた。恐らくは、主役である、リルケを愛する若いクロアチア人の詩人は、幾分ソリッチ本人で、彼が思いを寄せるセルヴィア人の美しい少女もまた、実在の誰かだった。

　複雑な政治的背景は、うまく捨象されていて、それが、壊滅的な世界の中で傷だらけになりながらも潰《つい》えない愛の物語として映画を世界的にヒットさせたが、《ダルマチアの朝日》のあとで振り返ると、恐らくは、自分の理解していない、しかし、「ユーゴスラヴィア人」には——或いは、ヨーロッパ人には——身に染みてわかる象徴的な細部が色々とあるのだろうという気がした。

洋子には、それがわかるのだろうか。

蒔野は、彼女をまた少し遠く感じた。それが、物理的には、刻々と近づきつつある中で、彼の不安な恋情を複雑に掻き立てた。

少年時代の蒔野は、確かに《幸福の硬貨》のギターのテーマ曲を愛していたが、それ以上に、やはり、主人公とヒロインとの極限的な愛に憧憬を抱いていた。

ヒロインは、名も知らぬ女優だったが、彫像のように端整な顔立ちでありながら、その土地ではどこにでも咲いている花のような質朴な魅力があった。

今、パリ行きの飛行機の薄暗い機内で、その女優の顔を思い浮かべようとすると、そこにはどうしても洋子の顔がちらつく。そして、あの夜、最後に見交わしたタクシーの窓ガラス越しの彼女の姿も、今はどこか、ソリッチの映画の中の一場面のように夢幻的だった。

＊

バグダッドからパリに戻って二週間の休暇を貰った洋子は、最初の一週間を、自宅の掃除や荷解《にほど》きをしながらぼんやりと過ごし、二週目に入ってようやく人に会うようになった。

外出して、通りを自由に歩き回れることが、何よりの幸福だった。近所の行きつけのカフェやパン屋では、無事の帰国を喜んでくれ、ちょっとしたおまけをしてくれた。

まだ肌寒かったが、とにかく体を動かしたくて、あまり人のいない午前中の早い時間に、リュウ・デュ・バックのアパルトマンからリュクサンブール公園までジョギングをしに行った。

汗をかき、息が上がって、喉の奥に微かな痛みが兆すほど大きく胸で深呼吸をすると、パリにいるという実感が、鼓動とともに全身の隅々にまで響き渡った。

自宅に戻ると、浴槽に湯を張って、愛用している Green & Spring のバスオイルや日本で買った檜の香りの〈温泉の素〉などを日替わりで入れて、時間をかけて浸かった。浴室のドアを開けたままにして、リヴィングの音楽が遠くから聞こえるようにしていた。

日常への復帰は、拍子抜けするほどスムーズで、その足許にほとんど段差さえ感じずに、こちら側の世界に入ってしまった。

あれがない、これがないというバグダッドの生活には、案外からだが適応していた。だから、それがあるパリの日常には思ったほどの高揚感もなく、むしろその過剰に徐々に慣れてゆく必要があった。しかし、朝、太陽が昇って夕方沈むまで、一度も爆弾テロの音が聞こえないことは、彼女の中にまだ持続していた緊張を静かに和らげていった。

そうして、気持ちが落ち着くほどに、イラクに残してきた人々のことが辛く思い返された。

赴任中からカウンセリングを受けていた医師は、笑顔で近況を語る洋子に、順調で何よりだが、くれぐれも無理をしないようにと念を押した。睡眠薬と精神安定剤を処方されていたが、結局、一度も飲むことはなかった。

四月に入ると、フランス大統領選の報道に駆り出されて、五月六日の決選投票でニコラ・サルコジが初当選するまで、洋子も忙しかった。

また元の通りだと感じていたが、それも束の間だった。変化は既に約束されている。リチャードは、一年間の長期休暇《サバティカル》を終えて、ニューヨークの大学に戻っているが、二週間と置かずパリを訪れては、結婚の準備を進めたがった。

洋子は、リチャードに対して、曖昧な態度を取っていた。そしてそれが、彼女の自己嫌悪を募らせていた。

リチャードは、コロンビア大学時代からの友人で、一年前に、丁度今パリにいると連絡を貰って再会するまで、自分が彼と恋愛関係になることなど想像だにしていなかった。大学時代は、それぞれのパートナーも知っていた。友人として特に親しいわけでもなかったが、だからこそ、その関係には可塑性があったとも言えた。今更つきあおうと言い出しても、噴き出すような間柄ではなかった。

何が変わったのかと言えば、お互いの年齢と言うより他はなかった。

若い人間の心には、肉体との境界のあたりに、頗《すこぶ》る可燃性の高い部分がある。ある時、何かの拍子にその一端に火がつくと、それが燎原《りょうげん》の如《ごと》く広がって、手が着けられなくなってしまう。その火に、相手の心のやはり燃えやすい部分が焼かれてしまうと、二人はただ、苦しさから逃れるためだけでも互いを求め合わなければならない。

恋がもし、そうしたものであるならば、土台、長続きするはずはなかった。その火は、どこかでもっと、穏やかに続く熱へと転じなければならない。

愛とはだから、若い人間にとっては、一種の弛緩した恋でしかない。その先に見据えられた結婚には、どれほどの祝福が満ちていようと、一握りの諦念が混ざり込まずにはいられないものである。

しかし、洋子がリチャードと再会したのは、年齢的に、もうそろそろ結婚すべきだと感じていた時だった。

リベラルな通信社の女性記者の一人として、彼女は、子供を持つ人生と、子供を持たない人生とを、どちらもあり得ることとして長らく考えてきた挙げ句、四十歳という年齢を目前にして、やはり子供を生みたいという心境に傾いていた。

彼女の肉体と心との間には、気がつけば、年齢相応の自由な隙間が出来ていた。

必ずしも火を必要とせずに、彼女は彼との未来を穏やかに想像して、そのからだにぬくもりを感じることが出来た。重要なのは、彼と生活を共にすることであり、彼が父親として相応しい人間であるかどうかだった。

リチャードは、必ずしも〝クソ真面目〟というわけでもない合理的な考え方の人間で、その感情生活には、うらやましいほどに複雑なところがなかった。教養はあるが、それ以上に芸術を理解するわけではなく、またそれを隠さないところに好感が持てた。

愛するという点では、常に洋子に先んじていて、育ちの悪くない情熱もあった。恐らく人生の中で、人からハンサムと褒められた経験はあまりないだろうが、背は低くなく、ジム通いで体型もよく維持していた。

無論、どれほど人間的に信頼し、尊敬の念を抱いていようと、肉体的に受け容れられるかどうかは、また別の問題だった。友情と愛情との違いとは、つまるところそれだけだと断ずる人さえいる。

ところで、二人の場合は、幸いにしてすんなりと互いを受け容れ合った。リチャードは「こんな美人を抱ける」ということを憎めない正直さで喜び、洋子もまた、些か保守的だとは感じつつも、「十分」と言って良い快楽に至っていた。

彼女の人生は、滞りなく前進していた。そして蒔野は、その彼女の、もうあまり燃えやすい部分は残っていなかったはずの心の中で、唐突に燃え立ち始め、勢いを増してゆく火だった。

リチャードは、ようやくバグダッド赴任を終えた洋子を気づかいつつ、「待たされる身」の辛さを冗談めかして嘆いてみせ、まるでつきあい始めの時期のように彼女を求めた。洋子はそれが、結婚の準備に対して、自分が積極的でないことの不安の裏返しであることに気づいていた。

リチャードは、この期に及んで、自分は愛されているのだという確証を求めねばならないことに当惑していた。そして、すべては所謂〝マリッジ・ブルー〟のせいなのだと自分にも洋子にも言い聞かせていた。

必ずしも彼への同情と義務感からだけでなく、洋子はその求めに応じ、彼が避妊を拒むのも躊躇《ためら》いつつ受け容れた。

しかし、リチャードがニューヨークに帰って独りになり、蒔野のことを考え出すと、彼女《ひど》は酷く罪悪感を覚えた。一旦は連絡を取ることを止めようかとさえ思いつめていた、そのまだ、ほとんど何も始まっていない関係のために。

そして、彼に「長い長いメール」を書き、再会の約束をしてからは、リチャードとは一度も寝ていなかった。

＊

蒔野は、午後の遅い時間にパリに到着して、翌日、練習場所を貸してもらう手はずのエコール・ノルマルの近くのホテルにチェックインした。シャワーを浴びて一休みし、溜まっていた仕事のメールに返事を書いて、八時に洋子が予約したレストランに向かった。マドレーヌ駅から、歩いて五分ほどの場所だった。

少し遅れて店に着くと、洋子が窓辺のテーブルで、店員と親しげに談笑している姿が見えた。間接照明のミニマルな内装で、ガラス製の棚に無数のワインボトルが横倒しに陳列されている。それが、オイスター・ホワイトとダーク・ブラウンを基調にした空間の、瀟洒《しょうしゃ》なアクセントになっている。蒔野を見つけると、洋子は笑顔で手を振った。

「お久しぶりです。」

「お久しぶりです。お変わりなく。――着いたばかりで、疲れてるでしょう？　時差、大丈夫ですか？」

「うん、飛行機の中でもゆっくりできたから。大体、こっちに来る時は、けっこう平気なんですよ。」

「わたしもです、それは。日本に戻る時の方が、時差は重たいですね。」

「歳とともに、重たく長引くようになりましたし。」

蒔野は笑いながら椅子に座った。外はまだ完全には暗みきれておらず、淡く滲んだ朽《く》葉《ば》色の照明が、狭い路地を抜けて、これから食事に向かう人々の明るい表情に反射している。蒔野は、自分がパリにいることを実感し、目の前に洋子がいることの現実感を摑もうとした。

洋子は、白とモスグリーンの地に薄い大きなピンク色の花がプリントされた、シックなワンピースを着ていた。胸元にはプラチナのチェーンにダイヤが小さく輝いている。黒い髪が艶やかだった。

「何？　こんな女でもスカート穿《は》くのかと思った？」

ぼんやりと見ている蒔野に、洋子が微笑んだ。

「いや、……きれいだなと思って。」

ぽろっと思わずそう言ったあとで、蒔野はそれを世辞や冗談のようにごまかしてしまわないうちに、

「俺ももうちょっと、いい格好してくるべきだったかな。」

と、ジャケットの前を摑んでぺらぺらさせた。洋子は、どうして？という風に首を横に振った。

「素敵よ、そのジャケット。そんなに格式張ったお店でもないし。ステージ衣装はマドリードのためにとっておいてよ。」

蒔野は、「あ、……そう言えば、スーツケースから出すの、忘れてたな。」としまったという顔をした。

二人とも、少しぎこちなかった。

面と向かって話をするのはまだ二回目で、しかし、メールでは既に、他の誰にも吐露

したことのない真情を、互いに何度となく打ち明け合っていた。そのギャップが、二人を戸惑わせ、幾分、よそよそしくさせた。

ただ言葉だけでわかりあってきた二人は、今やからだを備え、見ることが出来、触れることが出来る二人だった。どちらも、遥かに先走って、ほとんど相手と融け合う寸前にまで昂揚していた自分の言葉に追いつこうとして、しかし、その深刻さにも、様々な愛情の仄めかしにも、いきなり触れることは出来なかった。蒔野は、洋子の左手の婚約指輪を見逃さず、密かに落胆した。そして、結局は、あの初対面の夜の続きから、やり直すより他はなかった。

ようやく再会が叶った洋子は、蒔野自身が、記憶の中で美化していたはずの姿よりも、その実、一層美しかった。むしろ、あの日は自分と会うことに、何も特別な感情を抱いていなかったのだろうと、今更ながら思った。今日の方が、ちゃんとメイクをしていて、ドレスアップしている。そして、彼女自身の日常の中で落ち着いていて、精彩を放っていた。二歳年上のはずだが、改めて見ると、三十代半ばと言われても納得しそうだった。

最近注目されているという若いシェフの料理は、所謂キュイジーヌ・モデルヌで、店員の説明を聞き、少し味見し合うつもりで前菜と主菜とをそれぞれ違うものにした。洋子はさすがにフランス語が達者だったが、蒔野が喋るのを聞いて、

「話せるのはもちろん知ってたけど、すごくきれいな発音ね。やっぱり音楽家は耳が良いのかしら？」と言った。

「いや、だけど、俺だけ英語のメニュー持ってきたよ、あの人。軽く傷ついてるんだけど。」

蒔野が苦笑すると、洋子は、ああ、とそれを打ち消した。

「わたしが前に日本人のお友達を連れてきたからよ。彼女のために、英語のメニューをお願いしたの。その時のこと、覚えてたんでしょう。」

ほとんど満席で、隣のテーブルも近かったが、日本語で話すのは気が楽だった。

シャンパンで乾杯し、ほっと一息吐くと、蒔野はあれほど待ち望んでいた再会であるのに、まず何から話し始めるべきなのか、わからなくなった。間を持て余して、グラスを置くと、意味もなく微笑み合った。

「なんか、ふしぎな感じがするな。」

「ね？ 東京で会って、パリで会って、次はどこで会うのかしら？」

「次はパリだよ。マドリードのあと、また来るから。」

「そっか。……」

蒔野は、隣のテーブルにムール貝が運ばれてきたのを目にして、一つ、最近の馬鹿な話を思い出し、ついそれを喋り始めてしまった。

「昔からの知り合いで、テレビのディレクターをやってる人がいるんだけど、その人の部下が、ちょっと変わった女の子でね、……」

洋子は、たったそれだけ話したところで、もう、なんとなくおかしそうに白い歯を見せた。

「ええ。」

「この前、宍道湖《しんじこ》にしじみの養殖の取材に行って、お土産にしじみを一袋貰ったらしいんだよ。なんか、漁師のおじさんに気に入られて、どうやって食べたらおいしいとか、レクチャーも受けて。それをさ、彼女は何を思ったのか、食べずにペットとして飼い始めたらしいんだよね。」

「え、しじみを？　飼えるの？」

「難しいみたいだけど、ネットで調べたりして、どうかこうかして飼ってたんだって。一個一個に、しーちゃんとか、たけおくんとか、名前をつけて。」

「かわいい子ね。」

「かわいいかな？……まあ、それで、その写真をケータイで撮って、よく、局の人とか、出演者とかに見せてたらしいんだよね。――で、ちょっと前に、その知り合いのディレクターがホームパーティをやった時に、彼女、とうとう本物のしーちゃんたちを持ってきちゃったんだよ。見てくださぁい！とか言って、タッパに入れて。」

「うん。」

洋子は、相槌を打ちながら、どう展開する話なのかしらと考えてみている風だった。

「それで、実は俺も、そのパーティに呼ばれてたんだよ。前々から、食事とか誘われてたんだけど、忙しくて断ってばかりだったから、その時は、まァ、顔だけ出すつもりで、ちょっと遅れて行って。六、七人いたのかな？　薬膳風の鍋をやってて、着いた時には、もうほとんど終わってたんだけど、俺の分だけ、具が残してあるような状態で。——俺はさ、そのちょっと変わった子の隣に座ったんだよ。初対面で、ああ、どうもとか挨拶して。みんなもけっこう酔っ払ってたから、どう追いついたものかと思ってたら、奥さんが、色々、料理を出してくれて、鍋の方は、自分で温め直して具を入れていって。ネギとか、鶏肉とか、……それで、その変わった子が、俺のワイン・グラスを取りに席を立ったんだよ。で、俺の方は、一通り具を入れて、パッて見たら、なんか、タッパに入ったしじみがあって。」

「えっ、まさか、……」

「いや、しじみなんか入れるのかなと思ったけど、珍しい鍋だったし、わざわざ大事そうにタッパになんか入れてあるから、特別なしじみなのかなとか思って、ぽいぽいっと入れちゃったんだよ。菜箸で抓《つま》んで。そしたら、周りのみんなが、あっ！て絶句しちゃって。きょとんとしてたら、その子が戻って来て、……キャーッ！て悲鳴を上げて。」

「どうしたの、それで？」

洋子は、口許に手を宛《あて》がいながら、恐い物見たさといった表情で続きを急かした。

「大変だったよ。彼女も、パニックになっちゃってさ。慌てて知り合いのディレクターが、おたまでグツグツ煮えてる鍋の中からしじみを掬《すく》い取ろうとしたんだけど、これがまた、ネギに邪魔されたり、豆腐にめり込んだりして、なかなか取れなくてさ。やっとのことで救出したんだけど、その子も、皿を握り締めて、ネギが絡んだしじみを見つめながら、顔を真っ赤にして泣き出して。——俺はさ、何が何だかサッパリわからなくて、最初は、彼女が食べるつもりで残してたのかなと思ったんだよ。」

「そう思うでしょうね、普通は。」

「そしたら、そのディレクターが、実はこの子のペットだったなんて言うからさ、愕然として。俺ももちろん、謝って、向こうも、『いいんです、わたしが悪いんです。』とか言うんだけど、涙が止まらないんだよ。なんかもう、気の毒で。そしたら、その知り合いのディレクターが、今度は俺を気づかって、大体、しじみを自宅で飼育するのは不可能だから、多分、最初から死んでたよ、とか言うんだよ。」

「でも、そうかもね。」

「そしたら、別の人が、しじみはかわいそうだったけど、さっきあさりをおいしそうに食べてたよとか、酔っ払って冗談半分なんだけど、また余計なことを言って。けど、本人は大真面目だからさ、『しーちゃんはあさりじゃありません！』ってすごい剣幕で大泣きして。俺もどうしていいかわからないから、ただオロオロするだけで。」

「目に浮かぶわね。」と洋子は同情するように笑った。「結局、どうなったの？」

「彼女は、亡骸《なきがら》をタッパに入れて、じきに帰っちゃったんだよね。俺も、さすがに後味が悪くて、鍋も食べる気がしないし、大体、しじみが腐ってたなら、腹壊すかもしれないって奥さんが鍋を下げちゃって。しょうがないから、俺も帰ったんだよ、そのあとちょっとして。なんか、すごく気をつかわれながら。……何だったのかな、あの夜は。」

「けっこう、気にしてるんでしょう、そのこと?」

「してるよ、けっこうどころか、かなり。俺も人のペットを殺しちゃったのは、初めてだから。」

「深く考えるとよくなさそうね、この話。」

「俺が帰ったあとも、生物の中でどこまでペットとして感情移入できるのか、魚類や昆虫はどうかとか、名前がついてるから食べるのはタブーなのかとか、深夜まで話し込んでたみたい。帰って良かったよ。」

「死すべき存在に固有名詞があるかどうかっていうのは、哲学的な問題ね。特にその固有名詞が、自分に関係があるかどうかは重い問題よ。わたし自身、今はあんまり考えたくないテーマかな。」

洋子は笑顔を絶やさなかったが、蒔野は、自分の話が、思いがけず彼女のイラク体験に結びついてしまったらしいことを察した。そして、他にもっとマシな話はなかったのかと後悔した。

「なんでこんな話になったんだっけ? あ、隣のムール貝か。ごめん、話題を変えよう。……」

洋子は、話の途中で運ばれてきた前菜を、ばつが悪そうに片づけてしまう蒔野を見ながら、この人は、いつもこういう気のつかい方をするんだなと改めて思った。

初めて会った夜もそうだったし、バグダッドに書き送ってくれた何通ものメールもそうだった。相手を笑わせたいというより、笑っていないと、どこか不安なのかもしれない。

蒔野の話には力みがなく、戯画化されているのは結局のところ本人で、他人を嘲るところがないのが好きだった。皮肉が効いていて、必ずしも慎ましやかというわけでもなかったが、猥談は好きではないらしく、総じて品が良かった。決して大声にはならず、しかし十分に抑揚や緩急があって、時折ハトモニクスのように、ふっと声が裏返るのがおかしかった。そういう語り口も、ギタリストならではなのだろうか？　声音が心地よく、テンポがあり、肝心なところはルバートで、しかし、本当に即興なのかしらと思うほど、話の全体には物語的な構成があった。それで、彼女は今日も、彼が少し身を乗り出して話を始めた時点で、もう笑いの予感に満たされてしまったのだった。

こんな比較は怖かったが、洋子は、蒔野と話していると、自分がどうしてリチャードのジョークを面白いと感じられないのか、よくわかる気がした。

蒔野のような、生まれ持った才能が、否応なく他人の嫉妬や羨望を掻き立ててしまう人間は、何か意外な親しみやすさを身につけなければ、たちまち孤立してしまうのだろうと、洋子は考えていた。彼女がこれまで、記者として取材してきた〝天才〟たちには、共通して、こうした独特のユーモアと一種の人当たりの良さがあった。

洋子は、外出のままならないバグダッドの窒息的な退屈さに倦《う》んで、何度か、〈蒔野聡史　ギター〉とネットで検索してみたことがあった。それは、彼の内面の引き出しをこっそり覗き見るような感覚で、その度に、彼女は居《い》た堪《たま》らない気持ちになって、出て来たページをそっと閉じるのだった。

香り豊かな溢れんばかりの花々のそこかしこには、いつか彼が怪我をするのを待っている釘やガラス片が紛れていた。ありとあらゆる賛辞が鮮やかに咲き誇っている一方で、量こそ劣るものの、一つ一つがやけにしつこく記憶に刻まれてしまう批判や中傷の類も、鋭利に輝いていた。

洋子は、その引き出しの開け閉めを、自分でもよくわからない心理から、二度、三度と繰り返していた。

蒔野の音楽に対する数多の称讃《しょうさん》が、その彼から、今、何か
しら愛らしき感情を仄めかされている彼女の自尊心をくすぐったのは事実だった。

しかし、手厳しくも一理ある批評のみならず、単なる罵倒でしかないような書き込みも、必ずしもすぐに顔を背けるわけではなく、少なからず最後まで目を通していた。

その度に、彼女は汚れた手で、乱暴に心の裡《うち》に触られたような不快を感じた。その手を払い除け、軽蔑し、彼のために反論したい気持ちに駆られた。自分が蒔野の理解者であり、慰めであり得るかもしれないという思いは、彼女の見出した一つの特権的な幸福であり、恐らくは安堵ですらあった。

しかし、彼女はそうした自己分析を、幾分表面的で、きれいごとのようにも感じた。その手に少し長く心を触らせたのは、彼女自身であった。

洋子は、彼を愛し始めているはずの自分の中にさえ、その天分の眩しさに対して、一握りの嫌な感情の存していることを、寂しい気持ちで認めた。他でもなく、十八歳の彼の演奏を初めてサル・プレイエルで聴いた時、彼女の胸を占めていたのは、まさしくそうした反発ではなかったか？

トーマス・マンは、「偉大さと大衆との断絶」に言及して、ゲーテが死んだ時には、「大いなる牧羊神の死を悼むニンフたちの嘆きの声ばかりではなく、『ほっ』という安堵の溜息もはっきりと聞こえたのでした。」と語っている。ゲーテでなくとも、天才とは、周囲の者の生にとって、常に幾ばくかはそういうプレッシャーの源であるに違いなかった。

そう考えてみるほどに、洋子は、自分の一体、何が彼にとって特別なのだろうかと、顧みざるを得なかった。

わざわざ蒔野が、こうしてパリまで会いに来てくれたのは、何にも代え難い喜びだった。しかし、そういう相手が、ツアーの先々にいても、少しもおかしくはなかった。是永が言っていたように、この歳まで彼が独身であり続けた理由は、普通に考えれば、そういうことだった。それで彼を軽蔑するわけではない。もういい大人の彼女は、そういいう事情を理解できたが、その彼と自分の人生とがどんなかたちで交わり得るのかは、自信を持てなかった。

生まれて初めて、洋子は、そういう女の一人として扱われることを、反射的に唾棄するのではなく、自分に堪えられることなのだろうかと、真剣に考えてみた。それは、まったく新しい経験で、蒔野の存在は彼女にとって、それほどに大きなものとなっていた。そして、堪えられないとするならば、彼は何を以て、ただ自分独りを愛してくれるのだろうかという、不安な堂々巡りだった。

――が、すべてはもう、遅すぎるのかもしれなかった。今日を迎えるまでに、彼女の事情も、また更に変わっていた。蒔野と会って、やっぱり楽しいと感じるほどに、彼女は、自分はもう、彼の愛を受け容れられないのかもしれないと考え、悲痛な思いに駆られた。抑えようのない、彼女自身の愛が苦しかった。

窓の外が暗くなって行くにつれて、店内に囲われた活気は、一層輝きを増していった。蒔野は、主菜にあわせて、ボルドーのカベルネ・ソーヴィニョンを注文する洋子を見つめながら、本当に今夜、二人に何かが起きるのだろうかと考えた。

しばらくとりとめもない会話をして、彼は、飛行機の中で見たソリッチの映画のことを話した。

「ユーゴスラヴィアのパルチザン映画のDVDを、日本で少し見たんだよ。ユル・ブリンナーとか、オーソン・ウェルズが出演してる、えっと、……」

「《ネレトバの戦い》ね。ヴェリコ・ブライーチ監督の。」

「そうそう。さすがによく知ってるね。」

「馬鹿にしないで。」と洋子はつんと顎《あご》を上げた。「わたし、生まれた時は、ユーゴスラヴィア国籍よ。」

「洋子さんは、ユーゴで生まれたの？」

「ううん、生まれは長崎。――でも、蒔野さん、そんな映画まで見てるのね。今は、クロアチア人だって見ないのに。」

「ソリッチ監督のことを、もっと知りたかったから。《ダルマチアの朝日》は、洋子さんが生まれる頃に撮った映画でしょう？」

「そう。」

「だから、……見たかったんだよ。」

蒔野は、その意味するところを、彼女が取り違えないような目で言った。「だから」というのは、あなたのことをもっと知りたいから、という接続詞だった。洋子は、それを察しながら、はっきりした反応を示すことなく、微かに頬を緩めただけだった。

「機内で見てきたんだよ。」

「やってたの？」

「ううん、ＤＶＤで。――感動した。ちょっと言葉にならないくらい。他のパルチザン映画とは全然違うね。お父さんは、すごいよ。うまく言えないけど、存在の孤独を、……生きてることの根源的な悲しさっていうのか、身に染みて感じたな。あの最後の場面なんか、鳥肌が立ってしょうがなかった。」

「戦争をあんなに詩的に描いていいのかっていうのは、昔から議論されてるけど。」

「でも、憧れを抱かせるような撮り方じゃないよ。戦争はゴメンだって気にさせられるから、つくづく。」

「わたしは、父の映画について客観的に語ることは難しいけれど、……そうね、美しいからこそ、あの凄惨な世界を受け容れられるっていうのも、あるでしょうね。剝《む》き出しのまま、直視できる人は少ないから。見ても、すぐに忘れようとしてしまう。記憶の中から消してしまおうって。イラク報道をやってて、それは何度も痛感した。」

洋子は、そう言って微かに首を振ると、フィレ・ミニョンのステーキをサーヴしてくれた店員に、「Merci!」と笑顔で礼を言い、「おいしそう！」と目を瞠った。

「少し、食べる？　前菜は、話に夢中になってて、交換しそこなっちゃったけど。」

「ああ、……じゃあ、こっちもちょっとあげるよ。今日は肉を食べるんだね？」

蒔野は、そう言って、自分の鱈を少し切って、ソースを絡ませて彼女の皿の縁に載せた。「Bonne continuation.《ボンヌ・コンテイニユアシオン》（引き続き、お楽しみください。）……」という店員の少しきざな決まり文句が、今夜は胸に響いた。

「ああ、おいしいね。そっちの方がアタリだ。俺も肉にすればよかったかな？　機内食が牛肉だったから。」

「もっと食べる？　わたしもこんなにはいらないから。」

「ありがとう。でも、大丈夫。」

洋子は鱈とステーキとを一口ずつ味わって、「ほんとね、わたしの方がアタリかも。」

と笑った。

蒔野は、白ワインを一口飲んでから、先ほどの話に立ち戻った。

「美っていうのは、そういう厄介な仕事をずっと担わされてきて、もうくたびれ果ててるんじゃないかと思うことがある。」

洋子は、すぐには返事をせずに、少し考えてから口を開いた。

「やっぱり、ロマン主義以降かしらね、美にあまりに多くの期待が伸しかかるようになったのは。美しくないものまで、随分と面倒を看てきたから。……でも、表現すべきものを媒介するだけじゃなくて、この世界の悲惨さから、束の間、目を背けさせてくれる力もあるでしょう、美には？」

「あるけど、それについても、些か悲観的でね、最近は。……美には、人気が衰えながら、辛うじて舞台に立ち続けてる往年の歌手みたいなところがあるよ。美のファンは減ってるよ、明らかに。」

「美も仕事を選んでるのよ、その分。もう良い仕事だけすれば十分な存在なんだから。」

「うまいこと言うね。……俺は、洋子さんのメールを読みながら、イラクで一体、俺の音楽に何の意味があるんだろうって、やっぱり考えた。……カラシニコフの銃弾が飛び交う世界で、俺のバッハに、どれほどのありがたみがあるのかって。」

洋子は、その言葉をすぐにきっぱりと否定した。

「わたしは、実際にバグダッドで蒔野さんのバッハの美に救われた人間よ。」

「メールにもそう書いてくれてたけど、……本当に？」

「疑ってたの？」

「そうじゃないけど、……そんな状況を思い浮かべながらレコーディングしたわけでもないから。想像がつかない。」

「バグダッドは、……今は絶望的な状況だけど、わたしはそのただ中で、初めて本当にバッハを好きになれた気がしたの。やっぱり、三十年戦争のあとの音楽なんだなって、すごく感じた。」

蒔野は、何の衒《てら》いもなく語られた風のその一言に、胸をゆっくり強く押し込まれるような感銘を受けた。

「ドイツ人の半分が死んだなんて言われてるあの凄惨な戦争のあとで、社会的には対立の共存を受け容れながら、内面的には信仰が一層深まっていく。荒廃した世界を生きながら、当時の人たちは、バッハの音楽に深く慰められたんだと思う。教会音楽だけじゃなくて、世俗音楽でも。――そういうことを信じさせてくれたのは、蒔野さんの演奏よ。ご当人は、無自覚らしいけど。」

洋子は、急に黙ってしまった彼の目を覗き込むように言った。

「いや、……ありがとう。うれしいよ。——しかし、やっぱりヨーロッパの血のせいなのかな、洋子さんがそういうことを自然に感じられるのは？　そっちに感動したよ。」

「ヨーロッパって言っても辺境よ。オスマン・トルコとハプスブルクとの狭間《はざま》なんだから。」

「でも、その純血じゃない、混ざり合ってる感じこそが、ヨーロッパなのかなとも思う。バッハ一族だって、元々はハンガリーから来た人たちだし。」

「それは、そうね。ここの人たちは、数代前の先祖は全然違う土地に住んでたっていうの、本当に多いから。だからこそ、ナショナリズムが必要だったんでしょうけど。」

「俺は、……自分がヨーロッパ音楽の神髄みたいなバッハを、どこまで理解できるのかって、やっぱりいつも考えてしまう。古楽器なんか弾いてると、余計に意識させられるな。洋子さんが今、水溜まりでも飛び越えるような調子で到達した認識のために、俺は数年がかりでまず橋を架けて、やっとどうにかその谷を越えるような感じだよ。そういうところには、憧れるな、やっぱり。文化的な厚みっていうのか。……十九世紀のロマン主義以降になると、エモーショナルな部分とか、感覚的なところとか、まだアプローチしやすいけど、バッハは彼個人を超えた部分が大きすぎるから。神の存在もそうだし、バッハ一族っていうあの家系もね。……」

「あんなに素晴らしいバッハを弾いてる当人が、そんなふうに思うのね。わたしについては、明らかに買い被りすぎだけど。——わたしは、だけど、蒔野さんの演奏を聴いてると、よくこれだけ色んな国の、色んな時代の曲を、まるで作曲家自身みたいに弾けるなって感心してるのよ。」

「そういうギタリストだと目されてる。その分、個性がないなんて悪口もよく書かれたけど。だけど、演奏家だからね。やっぱり、作品の解釈は、出来るだけ作曲者の意図なり、心境なり、世界観なりを摑もうとするのが、せめてもの誠実さだと思うよ。」

「人の心も、そんなふうに何でもお見通しなの？」

「それはまた、全然別問題だよ。」

蒔野は失笑した。

「マネージャーに言わせると、俺は自己分析には長けてるけど、他人の心には鈍感なんだって。」

「ああ、……三谷さん？」

「そう。」

「健康的で素敵ね、彼女。——で、その分析は当たってるの？」

「どうだろう？……どう思う？」

洋子は、蒔野の目を数秒間、黙って見つめた。そして、少し寂しげな微笑を浮かべて、首を横に振りながら、

「まだわからない。蒔野さんに会うの、まだ、二回目だから。」と言った。

蒔野は、自分の笑顔から笑みそのものが抜け落ちてしまったのを感じ、そのあとを持

て余した。

洋子がその一言に込めた意味は複雑だった。

事実、まだ、たったの二回しか彼らは会っていなかった。そして、何かが起こるとするならば、今夜を逸してはもう機会はないはずであるのに、二人は依然として、互いのことが「まだわからない」状態のままだった。

蒔野の心拍は高鳴った。水を少し飲み、口を開きかけたところで、会話が途切れたのを見計らった店員が、デザートの注文を取りに来た。

口頭で選び、改めて向き合うと、今度は洋子が携帯電話の着信を確認して、バッグを片手に「ごめんなさい。」と一旦席を外した。

さげていいかと店員に尋ねられた洋子のグラスには、半分ほどがまだ残っていた。今日は、シャンパン一杯と、これにほとんど口をつける程度だった。

込み入った電話だったのか、少し経ってから戻って来た洋子は、「もう十一時ね。あっという間。蒔野さん、明日は早いの？」と尋ねた。

「いや、少しゆっくりしてから、一日練習だよ。飛行機は夜だから。」

「ああ、そうよね。マドリードで聴けないのが残念。コンディションをいつも維持し続けるって、大変でしょうね。」

蒔野は、さっき、意を決して言おうとしたことを口にしかけたが、言葉は会話の流れに乗って、勝手に脇に逸れてしまった。

「ジャーナリストの方がよっぽど大変だよ。こっちは、命の危険なんてないから。」

　洋子は、デザートがサーヴされるのを待ってから言った。

「今度ばかりは、わたしも、どうしてこんな仕事してるのかなって考えた。テロに巻き込まれかけて、……それは、とても恐かったから。」

「当然だよ。——そういえば、訊いてなかったな、どうしてジャーナリストになったのか。他の人からは、もう散々尋ねられてるだろうけど。」

「大した理由はないのよ。子供の頃からなりたかった職業でもないし。」

「そう？」

「全然。わたしは、自分が何になりたいのか、ずっとわからなかった。よくある話だけど。ジャーナリストって、そういう人間に向いてると思う。世の中の色んな事件を取材して、色んな人に会って、話を聞くことが出来るでしょう？　わたし個人は一生会えない人も、RFPの記者だって言えば取材に応じてくれるし、質問にも答えてくれる。もちろん、わたしに対してじゃなくて、匿名の読者に向かってね。ヘンに我が強くない方がいいところもあるから。でも、広く浅くたくさんのことを知るだけだから、蒔野さんみたいに、一つのことを深く追求している人、すごく尊敬する。」

「よくわかるけど、……『広く浅くたくさんのことを知る』ってことで、バグダッドにまで行けるのかな。」

「この仕事をしている以上は、すべきことはわかってるし、それをしたいとも思ってる。

もちろん、危険はあるけど、行かないことの不安も、それはそれで苦しいものよ。わたしだけじゃなくて、志願者はたくさんいたから。……それに、今の世界を知りたいと思えば、イラクだけは除外するっていうことは無理でしょう？　グローバリズムの時代だから。おかしな言い方かもしれないけど、わたしだって、気がついたらバグダッドにいたみたいなものなの。……四方八方から、近くからも遠くからも、あらゆることがわたしたちの運命を貫通してゆく。為《な》す術《すべ》もなくね。それが、銃弾のかたちをしてることもある。——そういうことじゃないかしら？」

蒔野は、しばらく言葉もなく、彼女を見つめていた。そして、理解するように頷くと、イチゴと大黄《だいおう》を使った新奇なデザートを少しつつきかけて、また顔を上げた。

「地球のどこかで、洋子さんが死んだって聞いたら、俺も死ぬよ。」

洋子は一瞬、聞き間違えだろうかという顔をした後に、蒔野がこれまで一度も見たことがないような冷たい目で彼の真意を探ろうとした。

「そういうこと、……冗談でも言うべきじゃないわよ。善い悪い以前に、底の浅い人間に見えるから。」

「洋子さんが自殺したら、俺もするよ。これは俺の一方的な約束だから。死にたいと思いつめた時には、それは俺を殺そうとしてるんだって思い出してほしい。」

「酔ったの？」

「全然。——苦しんでいるのに平気そうにしてる人間が、その苦しみの源を、何か破滅的な方法で絶とうとするのは、……恐いよ。そうすることで、同時に自分が苦しんでいたことを、人に理解してもらおうとするのも。——《ヴェニスに死す》、原作を読んだよ。それで、伝記的な文庫のあとがきを読んで、トーマス・マンって作家のこと、考えてたんだ。妹二人が自殺してることとか、あと、長男もかな。俺は全然詳しくないけど、あの人はあの小説で、主人公に身代わりになってもらったことで、自分は生き続けられたんじゃないかと思う。」

「ああ、……それで？　大丈夫よ、わたし、自殺なんて考えたことないから。」

「だからこそ、心配なんだよ。だから、……『ヴェニスで死なずに帰ってきたアッシェンバッハ』って、洋子さんが自分で書いてた話は不穏だよ。それで、原作読んだんだ。洋子さんとこうして話すために。——いつも側にいられて、いつも俺に話してくれるなら、他に洋子さんを支える方法があるけど、それがままならないなら、今言ったみたいな方法しか思いつかない。馬鹿な考えかもしれないけど、俺は一度口にしたからには、必ずその約束を守る。」

「やめてよ。……やめて。」

洋子は、困り果てたように、ようやく苦い笑みを口許に過らせた。

「洋子さんの存在こそが、俺の人生を貫通してしまったんだよ。——いや、貫通しないで、深く埋め込まれたままで、……」

蒔野は無意識に、シャツの胸を掻き毟《むし》るように強く摑んだ。そして、どうしていいのかわからなくなって、一層力を込めると、その奇矯《ききょう》な仕草をごまかすかのように、シャツに出来た皺をぞんざいに撫でつけた。銃創から溢れた血でも気にする様子で、ちらと胸と掌に目を落とした。彼は会話のただ中で立ち尽くしてしまった。

洋子は、蒔野のその言葉とその姿に、激しく心を揺さぶられ、頰を紅潮させた。しかし、溢れ出す彼への思いを押し殺すように、大きく息を吐くと、少し笑って言った。

「わたし、結婚するのよ、もうじき。」

「だから、止めに来たんだよ。」

蒔野は、まっすぐに彼女を見つめた。

洋子は、まさにその言葉を期待し続けていたはずだった。もうずっと以前から、恐らくはまだ、バグダッドにいた頃から。しかしそれを、今、聞かなければならない不幸のために、彼女は葛藤し、煩悶していた。よりにもよって、この三週間のからだの〝不調〟のために、リチャードとの子供を妊娠しているのではないかと疑っている、その時に。――

もし本当に妊娠しているのなら、彼女は蒔野への愛を断念し、リチャードと結婚するつもりだった。それを、運命として受け容れるつもりだった。しかし、思い過ごしであったなら、今はもう、自分の感情に忠実でありたかった。

簡易的な検査結果は、彼女の憶測を否定していたが、確証を得るための病院での二度の検査予約は、いずれも新政府の組閣に関する突発的な取材のためにキャンセルせざるを得なかった。

万が一にも、胎内に子供がいるのであれば、その父親とは別の人間に、「愛している」と口にすることは出来なかった。すべきではなかったし、したくなかった。幼時から、いつも不在の、遠い場所にいる父親を思い続けてきた彼女にとって、それは自分自身への裏切りでさえあった。

蒔野は、黙ったままの洋子に対して、静かに言った。

「難しいことはわかってる。でも、出会ってしまったから。――その事実は、なかったことには出来ない。小峰洋子という一人の人間が、存在しなかった人生というのは、もう非現実なんだよ。俺が生きているこの現実には、洋子さんが存在している。そして、すぐ側で、存在し続けてほしいと思ってる。毎日こうして向かい合って、食事をしながら話をして、……。」

「わたしと結婚して、子供を育てて生活を、蒔野さん、現実的に考えられる？　それがこの関係のための正しい答えなのかしら？」

打算的だとは自覚しながらも、洋子はそれを確かめてみずにはいられなかった。

蒔野は、ほとんど諦念の響きさえある声で、少し間を置いてから言った。

「洋子さんを愛してしまってるというのも、俺の人生の現実なんだよ。洋子さんを愛さなかった俺というのは、もうどこにも存在しない、非現実なんだ。」

「……。」

「もちろん、これは俺の一方的な思いだから、今知りたいのは、洋子さんの気持ちだよ。」

混雑していた店内は、いつの間にか、客が疎《まば》らになっていた。彼らの右隣にはもう客はなく、左隣の客も帰り支度を始めていた。

洋子は、唇を噛んで落ち着かない様子で俯《うつむ》き、また面《おもて》を上げて蒔野を見つめた。

「あなたは、今は誰とも？」

蒔野は、力なく微笑んで、何も言わずに首を横に振った。そして、店員を呼んでカードで会計を済ませた。バッグを開けようとする洋子を軽く手で制した。

「マドリードから戻るまで、時間をくれない？　それまでには、はっきりさせるから。」

蒔野は、頷いてみせると、少し表情を和らげて、

「強引すぎたね。……伝えたかったことは伝えたけど、もっとうまく言える気がしてた。Bonne continuation.《ボンヌ・コンティニュアシオン》 じゃなかったな、あんまり。」

と自嘲するように言った。洋子は、何度も首を横に振った。

蒔野の心を遠ざけてしまったのを彼女は自覚した。取り返しがつかないことをしてしまった。絶望感に、彼女の胸は押し潰されたが、誤解を解く術はなかった。

「うれしかった。本当に。――わたしがよくないの。ごめんなさい。……」

蒔野は、しかし、このやりとり自体に耐えられなくなったかのように、ただ、「行こうか。」と言って立ち上がった。

# 第五章　洋子の決断

スペインのマドリードで、テデスコのギター協奏曲を演奏した蒔野は、舞台に上がる前から、いつになく緊張していて、開演時間を勘違いしていたり、PAの調整に手間取ったりする現地スタッフに、何度か声を荒らげそうになった。終いには、見かねたコンサート・マスターから、「ここはスペインだから。日本とは違うよ。」と、肩を叩いて宥められた。

演奏は、必ずしも悪い出来ではなく、指揮者もオーケストラもほっとしたように上機嫌で、旧知のギタリストたちは、「サトシ、お前、まだ巧くなるつもりなのか？」と、笑いながら気楽な賛辞を送った。しかし、蒔野の心は浮かなかった。

実際、目立つプログラムだった割に、彼の演奏は、ほとんど評判にならなかった。記事の扱いも小さく、フェスティヴァルのスタッフが日々更新するブログにも、極《ご》くあっさりとした報告が載ったに過ぎなかった。パッとしなかったと言うべきか、それは、大失敗して酷評されるよりも、今の彼には一層応える結果だった。

二日目に自分の出番を終えてしまうと、蒔野は、時間の許す限り、他のギタリストの会場にも足を運んだ。楽しみにしていた演奏の幾つかは期待外れで、がっかりするやら、慰められるやらといった調子だったが、それを皆があんまり賞讃するので、自分の耳は、おかしくなっているのだろうかと、パリのコンサートのための練習の合間に、腑に落ちなかった曲を弾いてみたりした。そして、ひょっとすると、自分はギターという楽器に、或いは、音楽そのものに、いつの間にか飽きてしまっていたのではあるまいかと考えた。三歳で初めてギターに触れてから、もう三十六年になる。無理もないんじゃないか？

そして、そうした不安が怖くなった。

集中力を欠いてくると、いつの間にか、パリの洋子のことを考えていた。

マドリードに来てから、洋子には一度も連絡しておらず、あちらからも音沙汰はなかった。

彼女は今、婚約者とどんな話をしているのだろうか？

既に結論は出ていて、自分の〝横恋慕〟は、もう彼女だけでなく、彼と二人で乗り越えるべき問題となっているのかもしれない。その会話を想像する度に、彼は強く目を閉じ、苦しみを堪《こら》えようとした。

あの晩の会話は、どうしてあんな具合になってしまったのだろう？

何よりも、洋子に自分の思いを伝えなければならなかった。——愛している、と。しかし、それは当然として、彼が事前に考えていたのは、その先のもっと具体的な話だった。

洋子は彼が、一体、どの程度の収入を得ていて、どこで生活をするつもりなのかといった、基本的なことさえ知らなかった。健康状態はどうなのか。子供を欲しいと考えているのか。そんなことを何一つ話し合わないまま、彼は彼女に、リチャードとの婚約を反故《ほご》にしてほしいと迫ったのだった。

冷静になってみれば、洋子のように知的な人間が、そんな冒険的な決断を下すとは、到底思えなかった。彼女が最後に、彼の恋愛関係を気にしたのも尤もなことで、それさえ理性的に受け止められなかったというのは、どうかしていた。

彼は、洋子の好意を、ある程度は信じることが出来た。しかし、だからこそ彼女も、結婚の可能性について、より踏み込んだ話をしたかったのではなかったか？　長々としじみを茹で殺しにした話などして、自分はまるで馬鹿のようじゃないか。……

フェスティヴァルは盛況だったが、蒔野は、独り取り残されたかのように、今回の参加の不首尾を感じていた。自分の演奏には懐疑的で、他人の演奏には無感動だった。唯一の例外は、四日目に聴いた若いポーランド人ギタリストの演奏だった。

ここ数年、ロドリーゴ国際ギター・コンクールやＧＦＡ国際ギター・コンクールなど、出場した世界の主要なコンクールすべてで優勝しており、一部では早くも、「四半世紀に一人の天才」などと喧伝《けんでん》されていた。蒔野も、その評判は耳にしていたが、今回マドリードに来るまで、実際に演奏に触れたことはなかった。

平日の午後の客の疎らな小会場で、蒔野は知人のギタリストらから少し離れて、独りで彼の演奏を聴いた。律儀にセゴビア所縁《ゆかり》の曲でまとめられたプログラムで、特にタンスマンの《カヴァティーナ組曲》と《スクリャービンの主題による変奏曲》は、蒔野自身も以前にレコーディングしていたので、隅から隅までよく知っていた。

蒔野は最初、少しく張り合う気持ちで、その演奏に耳を傾けていた。彼が師事したという幾人かの大家の顔が思い浮かんだ。全体的に——幾つか具体的な箇所でも——蒔野自身の解釈と相通じるものを感じ、自分の演奏が下敷きにされているのではと考えたりした。しかし、時が経つにつれて、そうした対抗心は失せていった。彼は、その才能に驚嘆し、ほとんど不穏なと言うべき胸騒ぎを覚えた。音色、表現力、その解釈の深みに於いてさえ、いずれも自分はこの若者に負けている、或いは、言葉を選ぶならば、彼に更新されてしまったと認めざるを得なかった——少なくとも、その二曲に関しては。そして、粗探しも虚しくなり、次第にうっとりした心地になっていった。

楽曲の全体が、星空のように広大に、遥かに見渡されて、しかも旋律は、星座のように整然と結び合い、決して見失われることがなかった。その多彩な一音一音に耳を澄ますことには、星の光の一つ一つに目を凝らすような楽しみがあり、興奮があった。

軽薄な外連味《けれんみ》は些かもなく、むしろ、愚直なまでにオーソドックスで、その意味でも蒔野の好みであり、彼自身のスタイルとも近かった。しかし、こちらの方が、出るべくして出てきた本物だという感じがした。

蒔野は、このフェスティヴァルの間中、ずっと不満だった。「違うんじゃないか」という疑問が、絶えず脳裏を過っていたが、本来ならば彼自身が取り組み、新しい達成として未来に解答を示すはずのその課題は、既にこの青年によって克服されつつあった。舞台上には、ギターという楽器の進化の系統樹の一番太い幹の先端があり、しかもそれが、弦と共に振動しながら、今にも目に見えて伸びてゆこうとしている。なかなかのハンサムで、背が高く、スター性も十分だった。

かくも素晴らしい才能のために集まった人数としては、いかにも寂しかったが、客席の他のギタリストも含めて、聴衆の表情は賛嘆に満ち、拍手には断乎とした支持が感じ取られた。

終演後、蒔野は舞台裏に飛んでいって、彼に面会を請い、その演奏を祝福した。まだ三十前だという青年は、慇懃に挨拶をして、「一昨日のテデスコの協奏曲、今日の準備そっちのけで聴きに行きました。」と快活に言った。その事実だけを伝えて、感想は一切口にしなかった。

蒔野は、そこに兆した慎ましやかな沈黙から、彼が自分の演奏を何とも思わなかったらしいことを察した。そもそもギタリストとしても関心がなく、これまで特に、影響を受けたということもなさそうだった。自分のタンスマンのレコードも、恐らくは聴いてはいまい。近いアプローチだと言えば、酷い勘違いだとでも思うのではあるまいか。

新しい才能の出現が、必ずしも常に脅威であるわけではなかった。残酷なのは、その才能に自らの存在を素通りされ、無視されることだった。彼が一体、誰を尊敬し、誰に連なるべき才能であると自認しているのか。その系譜が、自分とは無関係に描き出される様子を、端でただ、黙って眺めているのは辛いことだった。あれはもう、自分が何年も前にやったことだと幾ら思ってみても、世間が新しい才能に於いて新しいと感じればそうなのだった。

かつては蒔野自身が、そのような寂寥を湛えた年長のギタリストたちを前にして、幾分当惑しながら、控えめな微笑みを浮かべていた。そういう時の自分の内心の冷酷さを、彼は残念ながら、よく覚えていた。

俺もそんな歳になったのだなと、蒔野はそのポーランド人の青年が、別のギタリストに挨拶しているのを眺めながら、身に染みて感じた。

孤独というのは、つまりは、この世界への影響力の欠如の意識だった。自分の存在が、他者に対して、まったく影響を持ち得ないということ。持ち得なかったと知ること。――同時代に対する水平的な影響力だけでなく、次の時代への時間的な、垂直的な影響力。それが、他者の存在のどこを探ってみても、見出せないということ。

俺だけは、その歳になっても、そんな幻滅を味わうはずはないと、蒔野はどこかで楽観していたのだったが。……

連日食事の始まりは午後九時過ぎで、さすがに日付が変わる前後には帰途についたが、そういう時間の感覚も、年齢相応だった。

若いポーランド人のギタリストとは、生憎《あいにく》と顔を合わせなかったが、四日目の晩には、留学時代からの旧知のキューバ人のギタリストが、「サトシに褒められたって、喜んでたよ。」と、彼のことを話題にした。蒔野はオリーブの種を口から摘まみ出しながら、苦笑して首を振った。

「褒めたけど、屁とも思わないって顔してたよ。」

「緊張してたんだろう。自信になったって言ってたよ。」

「本当かな？」

「本当だよ。話をしたがってたよ。」

「そう？……なんだ、案外、いいヤツだな。ＣＤでも送りつけて、存在感を示しておくか。」

「はは、そうしろよ。こんなにたくさん出してるってだけでも、下の世代からは感心されるから。」

そう言って、二人で笑い合った。

年齢的に、抱えている問題は似たり寄ったりのはずだったが、お互いに、あまり真剣に悩みを打ち明けたりはしなかった。その代わりに、洋子との生活を考えて、活動拠点をパリに移す可能性について話してみたが、答えは予想通り、否定的なものだった。

「今のヨーロッパは厳しいよ、ギタリストが生きていくには。サトシなら、どっかで教えれば生活は出来るだろうけど、演奏活動はなかなか。……第一、それで帰国したんだろう？　日本にいたらいいじゃないか、そんな、年間何十回もコンサートが出来る国なんて、恵まれてるよ。俺が住みたいくらいだよ。」

蒔野は、嘆息しつつ、頷くより他はなかった。

昔馴染みのギタリストたちが、皆、結婚して妻や小さな子供と連れ立って来ているのを見るにつけ、ここに洋子が一緒にいてくれたならと、考えずにはいられなかった。あんな美人を妻として紹介したら、一体、どこで口説いたのかと、さぞや羨ましがられただろう。容姿だけじゃない。洋子がここに加われば、たちまち、会話の中心になるに違いなかった。ギタリストなら誰でも知っている、あの《幸福の硬貨》の監督の娘なのだから。根掘り葉掘り、質問攻めにされるだろう。その一つ一つに、気の利いた笑いを含ませて返答する彼女の傍らにいるのは、どんなに鼻が高いだろう。それに、今のバグダッドを見てきた人間など、そうはいまい。何度となく、ニコラ・サルコジのフランス大統領就任が話題に上ったが、彼女はまさにその取材で、この一月ほど多忙を極めていたのだった。

蒔野は、そんなふうに、誰かと一緒にいること自体を、人に自慢したいと思ったことなど、これまで一度もなかった。

洋子を通じて、自分はもう一度、このヨーロッパという世界と出会い直せるのではないかという気がしていた。自分がこれまでに知ってきたこと、これから知るであろうことについての、彼女の意見を聞きたかった。彼女と語らい続けることで、自分が変われるという期待があった。

それが叶わない未来は、最初から彼女と出会うことのなかった未来とは、決して同じではなかった。出会いの夜、別れ際にタクシーの運転手に行き先を告げる洋子の横顔を、蒔野はまた切ない思いで振り返った。

＊

蒔野聡史の演奏家としての沈黙は、一般には、あの華々しいサントリーホールでのコンサートの成功後、唐突に始まったとされているが、実際には、二〇〇七年に入ってからも、客演・共演は少数ながら続いていた。

まったく演奏していなかったと誤解されるのは、この間の消息を伝える記事が、そう手短にまとめがちだからだろう。とはいえ、リサイタルは既に行わなくなっていて、マドリードから再びパリに戻った後の六月十日のコンサートは、その唯一の例外だった。ところが、公式記録の中では、この一回は〝なかったこと〟として抹消されてしまっている。

蒔野本人の自己評価はともかく、実際に当日、会場であるサル・コルトーで演奏を聴いた者たち――エコール・ノルマルの講師や学生、この〈正午過ぎのコンサート〉の常連客等――は、口を揃えて「素晴らしい演奏だった。」と絶賛している。ただし、「あの最後の曲を除いては。」という一言が必ず付された。

マドリードのフェスティヴァルで、蒔野が精彩を欠いたのは事実だったが、この日は、その「最後の曲」までは、虫眼鏡で見ても疵《きず》一つ見つからないほどの見事な演奏だった。音符はどれも白手袋をはめて磨いた宝石のように光輝を放ち、学生たちも、「どうしてこんなに良い音がするのか？」と目を瞠り、あとで「あれじゃあ、弾けない人間に教えるのがヘタなはずだ。」と、些か隔靴《かっか》掻痒《そうよう》の憾《うら》みもあったマスタークラスを苦笑し合った。

コシュキンの《プレリュードとフーガ》やロドリーゴの《ソナタ・ジョコーサ》、バークリーの《ギターのためのソナタ》など豊富なプログラムで、マドリードで若いポーランド人のギタリストに触発されたところもあったが、振り返ればそれは、蒔野がこの時点まで積み重ねてきたスタイルの言わば集大成であり、もういよいよ、その先はないという行き止まりのようでもあった。

この日のコンサートの思いもかけない幕切れが、聴衆の心に忘れがたい印象を残したのは、恐らくはそのせいだった。

蒔野はアンコール前の締め括《くく》りとして、デビュー以来、彼の代名詞のようにもなっているバリオスの《大聖堂》を演奏した。セゴビアがバリオスを評価しなかったので、マドリードでは、唯一気に入っていたらしいというこの曲も敢えて弾かなかったが、ネット配信の動画でその様子を見ていたエコール・ノルマルの教授は、「今日は弾くんだろう？」と、リハーサルを覗きに来て、笑って声を掛けた。

「郷愁」という副題を持つ第一楽章の内省的なプレリュードを、蒔野は、感傷を持て余して、時の流れの中で立ち往生しているような、躊躇いがちな性急さで演奏した。アルペジオのトップノートが、目の前の現実とかつての記憶とを、玉突きするように継いでゆく謐々《ひつひつ》とした旋律。その足許で、なし崩しに過去へと熔《と》け落ちてゆく今。第二楽章の宗教的アンダンテは、荘厳なミサに託された祈りの行方を、聖堂の遥か彼方の天井の反響に探って、最後は瞑目《めいもく》するようなハーモニクスで、第三楽章のアレグロへと至る。蒔野の長い指は、速い旋律を惚れ惚れするほど正確に駆けた。彼がこのアレグロを弾き始めると、〝超絶技巧〟に対しては、断固として警戒せねばならないと信じている狷介《けんかい》な趣味人たちでさえ、完璧さとは――それも、かくも不完全な人間の！――なんと心地良いものだろうかと、ついうっかり酔ってしまうのが常だった。

その音に身を委ねている限り、聴衆は、この世のあらゆる不測の事態の不安から解放されていた。

ミサを終えて教会から溢れ出してきた群衆というのが、この第三楽章の作曲者の着想だった。それに忠実であるならば、疾走する想念というよりは、むしろ際限もない多様性の明滅であるべきか。マスタークラスでもそんな話をした。しかし、この時の蒔野は、聴衆の感覚をたった一本のあえかな糸で束ねて導いてゆくように直走《ひたはし》っていた。「速すぎて情緒を欠く」としばしば批判された十代の頃よりも、近年は少しテンポを落として演奏していたが、この日は、その過去を追想するかのように、次第に加速していった。情緒をむしろ、振り切ろうとするかのように。

何かを終わらせようとしながら、覚えず反復してしまう。逃れるつもりで、気がつけば自らがそのあとを追っている。

しかし、苦悩のための祈りの予後とは、固よりそうした時ではあるまいか。イラクで間一髪、死を免れてパリへと戻って来た、洋子でさえ、恐らくは。――

その瞬間、蒔野の中で何が起きていたのだろうか？

彼は、舞台に立った時から、洋子の姿が客席にないことに気《き》づいていた。前日に確認したメールでは、「来る」という返事だった。一曲終える毎《ごと》に、彼女が座るはずだった、左手奥の階段脇の空席に目を遣った。もう来ないのだと彼は悟った。ここにだけでなく、自分の許には。彼女への思いの裂け目から、ゆっくりと出血が続いていた。しかし蒔野は、自身の演奏家としての矜持にかけて、それとこれとはまた別の話だと断言するはずだった。

彼の音楽は、その時、ただ静かな場所を駆けていただけだった。遠くでこの上もなく美しいギターの調べが聞こえていて、ただそれが、自分の奏でている音なのかどうかはわからなかった。それから彼は、静まってゆくのは、前方ではなく背後ではないのかという奇妙な考えを過らせた。追いつかれる？……昨年来、コンサートのリハーサルの度に感じていたあの戦慄が、不意に背中の一面に広がって長く続いた。楽曲は、展開部の最後に差し掛かり、ベースラインの半音ずつの上昇を経て、最初の主題に戻ろうとする。まさにその刹那だった。

沈黙が、唐突に脇から彼を追い抜いて、行手に立ちはだかった。音楽が、その隙に彼の手から逃れ去った。何も聞こえなくなった。どういうわけか、しんとしていて、発熱した時間が、虚無のように澄んでいる。蒔野は、舞台の照明が目に入った時のように、その静寂を少し眩しいと感じた。額に汗が滲んだ。人混みで財布を掏《す》られた人のように、彼は慌てて音楽を探した。手元にはただ、激しい鼓動と火照りだけが残されている。

聴衆は、突然、演奏が止まってしまったことに驚いていた。蒔野自身も呆然としていて、何が起きたのか、わかっていない様子だった。すぐに演奏に戻ろうとしたが、指はただ、指板の上をうろつくだけで途方に暮れた。蒔野はもう一度、驚いた顔をして、怪訝そうに、自分の左手を見つめた。

会場がざわつき始めると、彼は何も言わずに立ち上がって一礼した。客もどうしていいかわからなかったが、疎らに拍手が起きた。蒔野は、ぼんやりと会場の空席の一つに目を遣った。そして、思いつめた表情のまま、一切笑みを見せることなく、そのまま舞台を降りてしまった。


楽屋に戻った蒔野は、舞台上で見せた不可解な仕草のせいで、楽譜が飛んだのではなく、手に何か異変があったのではないかと真っ先に心配された。

学生たちは、こんな人でも楽譜が飛ぶのかと——しかも、ごまかすことも再開することも出来ずに、あんなにぶざまに止まってしまうとは！——最初は目を丸くしていた。が、それまでの演奏が圧倒的だっただけに、さすがに不自然に感じて、ギタリストという職業を見舞う、何か悲劇的な一瞬に立ち会っているような興味深げな目で、彼の手を注視していた。

思いがけない反応だったが、蒔野は敢えて否定せず、ただ、「いや、ちょっと、……でも、大丈夫だと思う。」と、両手を握ったり開いたりして、ようやく微かに笑顔を見せた。

着替えたいからと人払いすると、ソファに腰掛けて、しばらくただ、ギターを見つめていた。心の整理がつかなかった。溜息を吐いて立ち上がると、服を着替える前に、携帯電話に手を伸ばした。確認するのを躊躇したが、もう、終わったことなのだと、自分に言い聞かせた。

携帯には、洋子から何度となく着信があり、メッセージが一件残されていた。急に行けなくなってしまったことを、彼女は「本当にごめんなさい。」と繰り返し詫びた。そして、その理由も含めて話がしたいから、今晩、自宅に来て欲しいと続けていた。肝心なことは、何も語っていなかった。

蒔野は、その住所の説明の途中で一旦電話を耳から離し、思い直してやはり最後まで聞いた。婚約者が一緒なのではないかという考えが、彼の頭を過った。そして、メッセージの再生を終えた電話をソファに放り投げると、しばらくその場に立ち尽くしていた。

*

蒔野は、失敗に終わったコンサート後、まだどこか呆然とした心地で一旦ホテルに戻り、二時間ほど仮眠を取った。さすがにもう治まっていたはずの時差ボケが、急にぶり返したかのような、少しざらついた感触の眠気だった。ピンと張ったベッドのシーツが心地良く、アラームが鳴っても、うっかり二度寝してしまいそうなほど名残惜しかった。

あんな〝大惨事〟のあとでふて寝できるというのは、俺の神経も大したもんだなと、身繕いしながら空元気を振り絞った。

カットソーにジーパンというラフな格好で、ギターケースを担いでホテルを出ると、近所でボルドーの赤ワインを一本買った。タクシーでリュウ・デュ・バックの洋子のアパルトマンに着いたのは、七時過ぎだった。

オスマン建築のその建物の前を、蒔野はパリに住んでいた頃、意識もせずに何度となく通っていた。洋子とも、擦れ違ったことがあっただろうか？　その時に知り合っていたなら、今日という日は、まったく違ったかたちで、彼女と過ごしていたのかもしれなかった。

蒔野は、フィアンセが来ているのなら、部屋に上がらずに帰るつもりでいた。彼は、コンサート終了後、心配したエコール・ノルマルの教授からも夕食に誘われていて、楽器を携えてきたのは、むしろそちらで一晩過ごすためだった。寛《くつろ》いだ気分で、一緒に演奏を楽しむことで、今日の嫌な記憶を消し去ってしまいたかった。

蒔野は、洋子が選ぶくらいなのだから、そのアメリカ人のフィアンセは、恐らく好人物なのだろうと思っていた。しかし、会えば忘れられなくなるに決まっているその男の顔を、わざわざ見たくなかった。

和気藹々《あいあい》と食事でもすることで、彼女は、誤ったかたちで結ばれかけている自分たちの関係を、一旦解いて、正しいかたちに結わえ直そうとしているのかもしれない。一人の友人として、これから夫となる男を紹介し、そうして一緒に、ここまで昂《こう》じてしまった感情の処理をしましょう、と。

蒔野は、もし他人からそんな経験を聞かされたならば、それはそれで、美しいと感じるような気がした。若い頃には、考えもつかない理性的な解決方法だが、年齢相応の諦念とは、その最初の足跡を、こんなふうにゆっくりと踏み締めるようにして胸に残すのではあるまいか。

自分もそのうちに、洋子ではない他の誰かと結婚して、家族ぐるみでのつきあいを続け、いつか思い出したように、そう言えばあの頃、僕は君を愛していたんだったと、笑い話のように振り返る。――歳月には、そうした力があるだろう。いつまでも、未練を抱き続けるというのは、案外、難しいことのような気がした。自分はやがて、極自然に彼女を愛さなくなるだろうか。そして、その未来の光景を、彼は憎しみに近い感情で拒絶した。


エレヴェーターを降りると、洋子は、部屋のドアを開けて待っていた。

チェックのカジュアルなシャツを袖を捲《まく》って着ていて、薄手の白い長いスカートを穿いている。料理中だったのか、手が少し濡れている。そして、指輪をしていなかった。

蒔野がギターを抱えているのを目にすると、

「会場から直接来たの?――ごめんなさい、今日は。本当に楽しみにしていたのに。」

と、間近で彼を見上げながら謝った。蒔野は、首を横に振ると、「誰か来てるの？」と尋ねた。

「そうなの。」

彼女が振り返ると、リヴィングで人の気配がした。蒔野は、先に誰なのかを確かめようとしたが、間に合わなかった。

窓の光を背に、躊躇いがちに人影が現れた。蒔野は真面《まとも》にその姿を目にした。――が、廊下に立っていたのは、思いもかけない人物だった。


洋子は、この日の朝まで、約束通り、蒔野のコンサートに行くつもりだった。フランス議会総選挙の投票日だったが、彼女は当日の取材担当から外れていた。

テュイルリー公園をジョギングして戻って来ると、シャワーを浴びて、バスローブのまま、朝食を食べた。何を着て行こうかと考えていると、電話が鳴った。見たことのない番号だった。「もしもし？」と出てみたが、返事がない。もう一度尋ねて、やはり無言なので、電話を切ろうとした時、微かな震えるような声が聞こえた。

女性が電話口で泣いているらしかった。

「もしもし？　どなた？」

相手はようやく声を発し、英語で洋子の電話かと尋ねて名前を言った。洋子は思わず、「え？」と聞き返した。バグダッドでアシスタントをしていたジャリーラだった。

「ジャリーラ？　今、どこにいるの？」

「空港。……シャルル・ド・ゴール空港。」

錯乱したようなジャリーラの説明は要領を得なかったが、洋子の理解したところはこうだった。彼女は今、一人で空港内の不法入国者の一時滞在施設にいる。スウェーデンに亡命しようとして失敗し、今は経由地のフランスで、赤十字の庇護《ひご》下にあるのだ、と。それ以上の詳細は不明だったが、フランスで他に頼る者もなく、唯一の知人として洋子に助けを求めてきたのだった。


洋子は、すぐに車で空港に向かった。道は空いていて、四十分ほどで着いた。空港のカウンターで三階の施設の場所を教えてもらい、訪ねてゆくと、職員に伴われて出てきたジャリーラが、洋子を見るなり抱きついてきて、一頻《ひとしき》り泣いた。酷く憔悴していた。洋子は彼女を抱きしめると、「もう大丈夫だから。大丈夫。……」と何度も耳元で言い聞かせた。

洋子は、赤十字の職員に自分の身元を明かして名刺を渡し、経緯を尋ねた。

ジャリーラは、洋子がまだバグダッドにいた頃から、過激派の脅迫を受けていたらしかった。洋子が帰国する際、彼女は別れを惜しんで泣き続けたが、それは単に、寂しくなるから、というだけではなかったのだった。

最初は、携帯に仕事を紹介してほしいという不審な電話がかかってくるようになり、やがてそれが、殺害を予告する脅迫に変わった。

彼女は、自分が一体、誰に、何の理由で命を狙われているのかがわからなかった。家族の中でも付け狙われているのは彼女だけで、恐らくは、ムルジャーナ・ホテルに出入りし、外国人と一緒に働いているからだった。

四日前、自宅に戻ると、玄関に一通の封筒が落ちているのを発見した。表には、赤い文字で「我々はスパイを殺す」とあり、中には三発の銃弾が入っていた。その日の午後、彼女は、アメリカ軍の通訳をしていた大学の先輩が、通勤途中に何者かに襲撃され、銃殺されたことを知った。彼も同じように脅迫され、二日前にも電話で相談し合っていた。

ジャリーラが亡命を決意したのは、その時だという。

彼女は、亡命の手引きをする闇業者から、八千USドルで偽造パスポートを購入し、車でアンマンに脱出して、ストックホルムを目指して経由地のパリ行きの便に乗った。そして、トランジットの入国管理官に、このところ、何件も報告が上がっていたその同じ業者の偽造パスポートを見破られたらしかった。

洋子は、なぜフィリップに相談しなかったのかと尋ねた。しかし、ジャリーラは洋子の無理解に反発して、正規の手続きを待つ余裕などなかった、一日遅れれば、自分はあの大学の先輩と同じように殺されていただろうと言った。

空港内の警察署に連行され、ただちに退去命令が下される可能性があったが、失敗の際の対処として、業者から助言されていた通り、彼女は赤十字の事務所に連れて行ってほしいと訴え、幸運にも聞き容れられたのだった。

洋子は、仕事の癖で、メモを取りながら一連の説明を聴くと、赤十字の担当者と今後の対応について話をした。

慢性化している職業的な憂鬱を、腕組みの姿勢でいつも耐えている風のその大柄な女性は、必ずしも珍しいケイスではないと洋子に言った。彼女の抑制された、思慮深げな表情が、自分にどういう類の共感を求めているのか、洋子は判じかねた。助けようとしてくれているのか、それとも、自分たちに出来ることはないのだと言おうとしているのか。

洋子は、送還されれば、彼女はきっと殺されると、イラクの悲惨な状況を説明しながら必死で訴えた。覚えず涙ぐんでいた。担当官は、よくわかっているというふうに頷いて、今後の手続きとして、一階下の警察署で事情聴取を受ける必要があること、そのまま簡易裁判所に移動して、亡命希望者としての滞在許可が下りるかどうかの裁判を受けなければならないことを説明した。希望するなら、これからすぐにでも可能だという。三十分ほどの審理で評決が下され、そこでジャリーラの運命は決まる。不許可となり、送還される例も多いが、他国ならともかく、イラクからの亡命希望者となれば、話は違うかもしれない。いずれにせよ、幸運も必要だと言った。

洋子は、今日なら自分も付き添えるからとジャリーラに英語で説明して、赤十字の職員に裁判時の証言の注意を細かに質問した。彼女は頼りになると、洋子はようやく、その口調から判断した。

ジャリーラは、みんなこの方法で成功しているのに、どうして自分だけが捕まってしまったのかと、顔を両手で覆って泣き続けた。なかなか話が出来なかった。業者には一万ドルもの大金を請求され、前金として支払ったのが、偽造パスポート代の八千ドルだという。残りはストックホルムに到着してから渡す手はずだった。家族のために働いていた彼女のバグダッド支局での給料を考えれば、途轍もない大金だったが、無論、命には代えられない。

警察署での取り調べはすぐに終わり、簡易裁判所には、同様の亡命希望者が他に四人いた。ここでは、それが一つの日常的な光景だった。

判決を待つ間に、洋子はようやく、蒔野に連絡することが出来た。既にコンサートは始まっている時間だった。

ジャリーラの滞在許可は下りた。他の国から来た彼女以外の四人は、全員不許可だった。

赤十字の職員は、安堵した様子だったが、大仰に喜んでみせることはしなかった。彼女にとって、ジャリーラは飽くまで一つの事例であり、幸不幸を問わぬ過去の数多の事例が、その意識を掠《かす》めているようだった。

彼女は、フランスに滞在しながら第三国へと亡命するための手順を、手引きの冊子に赤いボールペンで印を付けながら丁寧に説明した。必要書類や関係各所の連絡先、亡命希望者を支援するＮＧＯのリストなど、洋子も初めて知ることばかりだった。最後に今後の滞在先として、パリの北駅近くの修道院が運営するホームレス用のシェルターを紹介した。

洋子は即座に首を振って、「うちへいらっしゃい。好きなだけいていいから。」とジャリーラの手を上から握った。

別れ際に、赤十字の職員は、洋子をつくづく眺めて、

「彼女はラッキーね、あなたがいて。」と言った。

「付き添うことくらい、別に。」

「あなたが記者だから。無意識でも、悪く書かれることを気にするでしょう、警察も裁判所も。」

「……そうかしら？」

「わたしもよ。」と、彼女は本気とも冗談ともつかぬ口調で言った。「ＲＦＰのイラク報道なら、わたしもきっと、あなたの記事を読んだことがあるわね。」

そう言うと、この初対面の女性は、ようやく腕組みを解いてジャリーラに手を宛てがい、勇気づけた。そして、唐突に洋子にこう声を掛けた。

「あなた自身も大事にしないとね。辛い現実ばかり見ているけど、その分、他で人生を

楽しまないと。」

　洋子は、バッグに書類を収めて顔を上げると、彼女が最後に覗かせた、自分に対するまた別の共感に打たれて、「そうね、あなたも。」と頬を寄せ合い、挨拶を交わした。

　蒔野は、洋子の自宅に上がって、リヴィングで事の顚末《てんまつ》を聴いた。

「コンサートには、本当に行きたかったんだけど、きっと、わかってくれると思って。」

「もちろん。人の命が懸かってるんだから。……まぁ、演奏もいい出来じゃなかったし、聴き逃して損はしてないよ。」

　洋子は、両目を僅かに見開いて、苦笑する彼を見つめた。そして、躊躇いがちに、

「邪魔してないかしら、わたし。あなたの音楽活動を？」と尋ねた。

「それは、全然関係ないよ。まったく。――俺自身の問題だから。」

　蒔野は、言下に否定すると、あとの間を持て余して軽く両手を上げた。そして、日本語のやりとりがわからず、ぼんやりとソファに座っているジャリーラに目を遣った。ブリトニー・スピアーズのモノマネが得意な陽気な女の子と聞いていたが、どこかまだ放心の態だった。

　洋子の白壁の部屋は、観葉植物の緑で溢れており、バグダッドにいる間は、知人の家で鉢を預かってもらっていたらしかった。天井には不揃いに加工された年代物の梁《はり》が剝き出しになっていて、そこからシャンデリアが下がっている。壁の一面はすべて本で埋

まっていて、フランス語のタイトルが多かったが、四分の一ほどは日本語で、古い、懐かしい背表紙も少なくなかった。

ガラスの食卓には、ジャリーラと二人で買い物に行き、準備したというタジン料理が並んだ。

「料理もうまいんだね。」

皿を並べるのを手伝いながら、蒔野が言うと、

「まだ食べてないじゃない!?」と洋子は笑った。

「いや、そうだけど、おいしいに決まってる見た目だよ。」

「どうかしら？ このお鍋のせいよ。一目惚れして、マラケシュで買って、持って帰ってきたの。重いのに。でも、便利よ、色んな料理に使えるし。」

「実は俺も持ってるんだよ。もっと小さい、こんなきれいなのじゃないけど、パリのデパートで買って。一回も使ってないな、そう言えば。……」

「料理するの？」

「そりゃ、この歳まで一人暮らししてるからね。パリは特に、コンビニもないし。」

ジャリーラも交えて、この日は英語で会話をした。彼女は飲酒はしないが、洋子は、蒔野が持ってきた赤ワインを開けて一緒に飲んだ。

何を話したのだろうか？ ジャリーラが聞き知っていた日本について。彼女の今後のパリでの生活のこと。蒔野のギタリストとしての日常。そこからまた始まった、彼の幾

つかの滑稽譚。……そうするうちに、ジャリーラの表情にも、少しずつ笑みが見られるようになった。

洋子とは、会話の中で、自然に視線を交わした。寛いだ雰囲気で、彼女も少し疲れた様子だったが、誰の何のためというわけでもないようなその美しさは、それで却って意識された。もう長いつきあいであるらしい食卓のシャンデリアが、幾分、皮肉めかして、その皺一本ない額や高く澄んだ鼻梁、やわらかく光を押し潰す下瞼といった、彼女の麗質の細部に光を灯していた。

彼女の優しく自分を見つめる瞳が、どんな秘密を隠しているのか、蒔野にはわからなかった。一週間待って、どんな答えが導き出されたのか。ジャリーラは大体、自分のことを、どう説明されているのだろう？　バグダッドで、洋子から借りたCDを聴いたと言っていたが、その友達が、たまたま遊びに来ているとでも聞かされているのか。

マドリードでも、蒔野はずっと英語かフランス語かで喋っていたが、洋子と英語で話すのは、改めて彼女に出会い直すような感覚だった。

蒔野は、普段の会話はフランス語の方が得意で、英語だと、幾分、話が雑になりがちだったが、洋子はどちらでも構わない様子で、時折、合いの手を入れるように、さりげなく彼の言わんとするところを補った。

彼は、幼い頃の洋子が、英語が話せないために、離婚した父親のソリッチと再会しても、会話が出来なかったという逸話を思い出した。英語は、「だから、一生懸命勉強した」と。——その英語で、今、話をしている。そう思うと、また少し彼女との距離が近くなったような気がしたが、その一方で、彼女が、アメリカ人のフィアンセと愛を誓い合ってきたのもまた、その英語なのだった。

しかし、今日はもう、それどころではなくなってしまったと蒔野は感じていた。簡易裁判で、退去命令が下されていたなら、目の前のこの若いイラク人女性は、恐らく殺されていたのだった。この先の世界のどんな場所にも、どんな時間にも、彼女は永遠に見つからない。二〇〇七年の人類という、刻々と更新され続けている巨大な構成員リストから、彼女の名前は抹消されてしまう。彼女の大学の先輩のように。他の数多のイラク人のように。——

その寸前で、彼女はそれを回避し、結局、世界そのものを変えたのだった。この世界は、ジャリーラという名の一人のイラク人女性が、存在しない世界ではなく、存在する世界として持続することとなったのだから。——そう考えて、蒔野は、自分が今、ここにいるという意識の根幹を強く揺さぶられた。そして、彼女のために駆けつけ、尽力し、こうして寄り添っている洋子を尊敬した。洋子もまた、イラクで、その世界からの登録抹消の危機を経験しているのだった。

食事を終え、食器を片づけるのを手伝ってキッチンに向かうと、洋子がデザートの準備をしながら、日本語で、

「もう少しいてくれる？　コンサートもあって、疲れてると思うけど。」と尋ねた。

「もちろん。俺は大丈夫だけど、洋子さんたちこそ、疲れてるんじゃない？」

「わたしは平気。ジャリーラは、先に休むでしょうね。……そのあとで、話がしたいから。」

「わかった。」

ソファでコーヒーを飲み、ケーキを食べると、蒔野はしばらく、ぼんやりとギターのケースを眺めていた。

少し開けた窓からは、下の通りを歩く酔っ払いの歌声が聞こえていた。立ち上がって、彼が窓を閉めに行くと、洋子が、「寒い？　うるさかった？」と声を掛けた。

「いや、せっかくだから、一曲、聴いてもらおうと思って。彼女に俺が出来ることは、それくらいしかないから。」

うっかり日本語で交わしたその会話を、蒔野は改めて英語でジャリーラに伝えた。彼女は、彼がギターを携えて来たのを見て密かに期待していた風だった。うれしそうに礼を言うと、ギターの実物を見るのは初めてだと、目を瞠った。

調弦しながら、蒔野は簡単な楽器の説明をした。今日のコンサートの記憶が、脳裏を過った。忘れるべきだった。演奏が止まったところで、別に、カラシニコフで撃ち殺されるというわけでもなかったのだから。……

ジャリーラを見つめながら、こういう時には、何を弾くべきなのだろうかと考えた。

その眼差しが露骨すぎたのか、彼女は恥ずかしそうに目を逸らして、頰を赤らめて洋子を見遣った。かわいいなと蒔野は感じた。本当にまだ、女子大生のようだった。

自然と、耳の奥で音楽が鳴り始めて、彼はギターを構えた。そして、ヴィラ＝ロボスの《ブラジル民謡組曲》の中から《ガヴォット・ショーロ》を演奏した。

五分半ほどの質朴なあたたかみのある曲で、彼は、ソファで足を組んで、寛いで演奏した。ガヴォットだから、元々は二拍子の踊るための曲だが、彼は、幾人かの親しい友人たちが、ゆったりと流れる午後の時間の中で、気軽な談笑に耽っている光景を思い描いた。そんなふうにこの曲を解釈したのは、初めてだった。

彼自身が、最近の何か面白い出来事を語り始めたギターに、微笑みながら耳を傾けているような気分だった。相槌を打ちながら、まさかと驚いたり、神妙に聴き入ったり、へぇと感心したり。……ギターを手にした子供の頃、実際に彼は、そんなふうにいつも、ギターで「おしゃべり」をしていて、両親や親戚、隣近所の大人たちに面白がられていたのだった。

あの頃は、ギターを弾くのが楽しかった。郷愁は郷愁だと、蒔野はいつものようにそれを振り切ってしまったが、もう二度と故郷に帰ることが出来ないかもしれないジャリーラは、その微かに入り交じった感傷に、むしろ胸を打たれたようだった。

彼が音楽から想像した、その平穏な語らいの輪の中には、無論、ジャリーラも含まれていなければならなかった。これから亡命して行く先の人々との団欒。いつか再会が叶うかもしれない家族との団欒。——最後のハーモニクスの一音を、蒔野は、彼女を笑顔にさせるまじないか何かのように、稚気を含んだタッチで響かせた。

顔を上げると、果たしてジャリーラは、満面に笑みを湛えていた。感激したように拍手をして、動悸を抑えるように胸に手を当てた。洋子も、うれしそうに彼女を見守っていた。

「すごくきれいな曲ですね。何ていう曲なんですか？」

蒔野は、洋子に紙とペンを借りてタイトルを書き、ジュリアン・ブリームのレコードを勧めておいた。

「蒔野さんは、レコーディングしてるの、この曲？」と、洋子が尋ねた。

「してるよ、大分前だけど。」

「わたし、そのＣＤ、持ってないわね。——ジャリーラ、今度、一緒に買いに行かない？　フナックっていう大きなＣＤのお店があるから。見て回ったら、きっと楽しいわよ。」

それから、蒔野はふと、今年の初めにレコーディングしかけたまま、ほったらかしていた例の《この素晴らしき世界～ Beautiful American Songs》を思い出して、ルイ・アームストロングの《この素晴らしき世界》とロバータ・フラックの《やさしく歌って》をワンコーラスだけ続け様に演奏した。

ジャリーラも洋子も、「ああ、この曲！」と、また一段と表情を明るくした。蒔野は、その楽しそうな様子を見て、すっかり嫌気が差して止めてしまったレコーディングだったが、やっぱり完成させるべきだろうかと、少し思い直した。

快活になってゆくジャリーラの様子に、蒔野は、自分が携わってきた音楽というものの力を再認識させられた。

こういう境遇でも、人は、音楽を楽しむことが出来るのだった。それは、人間に備わった、何と美しい能力だろうか。そして、ギターという楽器の良さは、まさしく、この親密さだった。こんなに近くで、こんなにやさしく歌うことが出来る。楽器自体が、自分の体温であたたまってゆく。しかしそこには、聴いている人間の温もりまで混ざり込んでいるような気がした。

それから、もっと彼女に楽しんでもらいたくて、蒔野は、ブリトニー・スピアーズの《トキシック》のイントロを適当にアレンジして弾いた。彼自身は知らない曲だったが、洋子のメールを読んで、ネットで動画をチェックし、遊び半分に曲をなぞっていた。

ジャリーラは、たちまちからだを揺すって踊り出すと、ＰＶのセクシーなＣＡとインサートされる半裸の蠱惑《こわく》的なイメージとを、歌真似をしながら、忙しく一人でこなした。そのクネクネした身のよじり方や卑猥な舌の動かし方など、何もかもがおかしくて、蒔野は演奏しながら笑いが止まらなかった。もう何度となく見ているはずの洋子も、手拍子をしながら、終いにはお腹を押さえて、鼻っ柱に小皺を寄せて笑った。

途中でここまでと、ジャリーラが照れ笑いを浮かべて曖昧に止めるまで、そうして三人で盛り上がった。最後にギターを掻き鳴らして終わると、三人で拍手し、握手し合った。ジャリーラは、いつかブリトニーのコンサートに行くのが夢だと、上気しながら語った。

彼女はそれから、蒔野にどうしても弾いてほしい曲がある、とリクエストした。

「弾けるかな？　何？」

「《幸福の硬貨》のテーマ曲、弾いてもらえますか？　イラクでいつも、ヨーコさんが聴いてました。」

「ああ、……いいよ。今日のマチネの終わりに弾こうと思ってて、弾きそびれてしまったから。」

蒔野は、冗談めかしてそう言うと、洋子に目配せをしたが、何を伝えたかったのかは、自分でも曖昧だった。恐らく、この曲は、あなたのために演奏するつもりだったということだった。

「《幸福の硬貨》は、どんな映画ですか？」

「あ、見たことない？　じゃあ、それもフナックで買って来ないとね。名作だよ。」

「わたしが持ってるから。」と、洋子は二人を見ながら言った。

ジャリーラは、ソリッチに関することを洋子に訊いて良いのかどうかわからず、これまでずっと遠慮していたが、この日は、蒔野との会話の中で何度かその名前が出て、初めて映画についても尋ねてみたのだった。

洋子は、ジャリーラに映画の内容を簡単に説明した。

第二次大戦時、ナチスの傀儡《かいらい》政権を樹立したクロアチアのファシズム政党ウスタシャは、「純粋なクロアチア人」による国家を標榜し、ヒトラーを真似た人種政策を行って強制収容所を作り、国内のセルヴィア人、ユダヤ人、ジプシー、更にはウスタシャに反対するクロアチア人を大量に虐殺した。

主人公であるリルケを愛する若いクロアチア人の詩人は、思いを寄せるセルヴィア人の少女とその家族を匿いながら、ファシズム政権ウスタシャと戦うパルチザンに参加する。他方、主人公とかつて幼馴染みだったウスタシャの将校もまた、秘かに彼女に思いを寄せ、主人公の手引きで故郷を脱出しようとする彼女を逮捕してしまう。

物語は三人の複雑な愛憎を描きながら、パルチザンの勝利を経て、第二次大戦後まで続く。

「どうしてタイトルが、《幸福の硬貨》なんですか？」

「主人公が愛唱するリルケの《ドゥイノの悲歌》に、その言葉が出てくるのよ。──全部で十あるうちの五番目の悲歌。」

洋子は、ジャリーラが実は、リルケをよく知らないらしいことを察して、彼が二十世紀のドイツ語の詩人としては最高峰の存在であることを、極簡単に説明した。

《ドゥイノの悲歌》についても、最初に第一の悲歌が書かれたのが一九一二年のことで、その場所が、北イタリアのトリエステ近郊にある〈ドゥイノの館〉だったこと──洋子は、アドリア海を見下ろすその断崖の孤城を、一度、訪れているらしい——、リルケ自身も一年半ほど召集された凄惨な第一次世界大戦を経て、放浪生活の末、十年もの歳月を費やして完成に漕ぎ着けたことなどを、コーヒーを片手に話した。

「第五の悲歌は、丁度真ん中だけど、書かれたのは実は、最後の最後なの。戦争が終わって少し経った頃。一九二二年二月。」

洋子はそう言うと、立ち上がって、書棚から朽葉色に日焼けした、骨董のような薄い本を取り出してきて、第五の悲歌のページを探した。

しかし、せっかくならという風に、第一の悲歌の名高い劇的な冒頭も、少し英訳して読んで聴かせた。

蒔野は、その戦慄的な一節を、雄々しく悲壮に歌い上げるのではなく、やさしく包み込むようにして——しかし格調高さは失うことなく——読んだ洋子の声に聴き入った。ジャリーラのために、そういう調子になったのかもしれない。深いまろやかな響きで、彼女がいつも、少年のようにあどけない小皺を寄せる鼻梁は、中性的というより、むしろ天使的な、両性具有的な美しさにすっと冴えて額へと抜けた。

ジャリーラは、その難解な詩句の意味を理解しようと考えながら、少し戸惑っている様子だった。蒔野は、「ドイツ語の原文で読むとどうなるの？」とリクエストした。

「ドイツ語は読み書きできるけど、詩の朗読はとても、……」

洋子は、控え目に首を傾げて本文に目を落とすと、一呼吸置いてから、「Wer, wenn

ich schriee……」と、低い声で、しかし、十分音楽的と感じられるほど流麗に辿った。

蒔野もジャリーラも、その立派なことに感心して、読み終えると覚えず拍手した。洋子は首を振って、

「上手じゃないの、これは本当に。――わたしじゃなくて、蒔野さんの演奏を聴くはずだったんでしょう？」

と彼に水を向けた。蒔野は、戯けたように、忘れていた、という顔をすると、ジャリーラの方を向いて言った。

「第五の悲歌は、広場に集まった、たくさんの大道芸人たちを見物している詩なんだよ。俺は上手く説明できないけど、他の歌とは大分、趣が違う。思索がぐーっと内に深まっていく他のとは違って、目が外に向いてるから。……広場とその大道芸人たちは、この世界の象徴と取っていいのかな？　人間は、生きること自体を懸命に、滑稽に人目に曝し続ける。……映画では、戦争で破壊し尽くされた町並みを背景に、この第五の悲歌の最後の部分が朗読されて、美しいギターのテーマ曲で終わるんだよ。何遍見ても胸が締め付けられる。」

ジャリーラは、先ほどの冒頭よりは、まだどうにかイメージできるという風に頷いて聴いていた。

洋子は、もう一度立ち上がって、今度は滞りなく朗読するために、かつて自分で英訳したノートを持ってきた。そして、第五の悲歌のページを開くと、ジャリーラに目配せ

した。

蒔野は、

「じゃあ、洋子さんが朗読したら、続けてテーマ曲を弾くよ。ジャリーラのために、映画のラストを再現しよう。」

とギターを調弦しながら言った。洋子は、そのアイディアに同意して、

「わたし、これからはプロフィールに、『二〇〇七年六月には蒔野聡史と共演。』って書くことにするわ。」

と白い歯を見せた。

ジャリーラが拍手すると、洋子は、「広場の大道芸人たちをあらかた見物し終えてから、最後にこう続くの。」と説明し、軽く深呼吸してから、その短い件《くだり》を朗読した。


天使よ！　私たちには、まだ知られていない広場が、どこかにあるのではないでしょうか？

そこでは、この世界では遂に、愛という曲芸に成功することのなかった二人が、得《え》も言わぬ敷物の上で、その胸の躍りの思いきった、仰ぎ見るような形姿を、その法悦の塔を、疾《と》く足場を失い、ただ互いを宙で支え合うしかない梯子を、戦《おのの》きつつ、披露するのではないでしょうか？——彼らは、きっともう失敗しないでしょう、いつしか二人を取り囲み、無言のまま見つめていた、数多の死者たちを前にし

て。

その時こそ、死者たちは、銘々が最後の最後まで捨てずにおいた、いつも隠し持っていた、私たちの未だ見たこともない永遠に通用する幸福の硬貨を取り出して、一斉に投げ与えるのではないでしょうか？

再び静けさを取り戻した敷物の上に立って、今や真の微笑みを浮かべる、その恋人たちに向けて。

蒔野は、文字を追う洋子の横顔を見つめた。想像力が、ほのかにその眉間を強ばらせ、瞳の動きに上瞼の睫が繊細に揺れた。

そこに、第二次大戦後の荒廃したクロアチアの大地と、映画の主人公の乾いた眼差し、そして、ようやく再会が叶ったセルヴィア人の少女の気丈な佇まいが重なった。詩に詠われた光景が想像され、投げ銭の古びた音が、次々と耳の底に響いた。

蒔野は、映画の記憶に忠実な間を置いて、その静かなアルペジオの小曲を弾き始めた。今日のマチネの終わりに、洋子のために弾くつもりの曲だった。しかし、むしろ最初から、彼女と一緒に、このイラクから逃れてきた若い命のために演奏することになっていたのかもしれない。

今日の一日のすべてが、そのための準備だったのではあるまいか。

「誰の、誰の歓心を買うためか、決して満足することのない意志に、その身を絞らせるとは。」という《ドゥイノの悲歌》の詩句が脳裏を過った。

美しい一夜が終わろうとしていた。あとに一体、何があるというのだろう？……

演奏を終えて、消え入ろうとする余韻を惜しみつつ目を開けると、ジャリーラは両手で顔を覆い、声もなく泣いていた。

洋子は、本を閉じて彼女の傍らに座り直すと、いよいよ堪えきれずに嗚咽する彼女を抱き締めた。無力感に耐えているかのように、洋子はやさしかった。

蒔野は自分が、イラク人の女性の涙を、初めて間近に見ているのを意識した。頬は浸されたように濡れ、痙攣的に震え続けている。自分の中に、その頬の無数の連なりを感受できる場所があるだろうか。同じように涙を滲ませる頬が、イラクには今も無数にあるはずだった。もう涙にさえ濡れることなく朽ちてゆく頬も、やはり無数に。――そうして結局は、ただ、彼女から溢れ出すものに留まっているより他はなかった。

＊

洋子は、ジャリーラをベッドルームに連れて行って、眠りに就くまでしばらく寄り添っていた。

元々は、古い建物の隣り合う二戸の壁をぶち抜いて、一戸の二間としている特殊な構造で、リヴィングとベッドルームとの間はドアのない短い廊下で結ばれている。

蒔野と洋子とは、姿の見えないお互いの気配を、その廊下を通じて感じ取っていた。

やがて、ベッドルームの明かりを消して洋子が戻ると、蒔野は、書棚の前に立って、中を覗いてみていたらしい井上光晴の『明日　一九四五年八月八日・長崎』を元に戻しているところだった。彼は、その本については何も言わず、チンザノを飲んでいたグラスを棚の端に置いた。

洋子も今は敢えて、それに触れようとはしなかった。

こちらも照明が落ちていて、ソファの小脇のスタンド・ランプだけが点いている。

「ごめんなさい、遅くなって。」

「全然。大丈夫、彼女？」

「眠ってる。興奮してたけど、さすがに疲れてるから。――コーヒーでも淹れ直す？」

「いや、ありがとう。」

洋子は、空のグラスに腕を伸ばして、キッチンに下げるつもりだった。しかし、彼の目の前で不意に兆した沈黙が、彼女をその場に押し止めた。急に心拍が速くなった。彼を見上げると、ベッドルームで反芻していたことを、勇を鼓して口にした。

「蒔野さんがマドリードにいた間に、彼と話をしたの。」

「……。」

「他に好きな人が出来たから、婚約を解消させてほしいって、そう伝えた。その人と一緒に生きていきたいからって。——その報告をしたかったの、今日は。」

蒔野は、息を呑んで、微動だにしなかった。彼がつい今し方まで、独り覚悟を決めていたのは、その逆の宣告に対してだった。

幾つもの感情が、一時に殺到して彼の胸に溢れた。

洋子は、常と変わらず毅然としていたが、その微かに笑みを含んだ眸には、不安の翳りが見えていた。

蒔野は、自分が彼女に強いた愛の代償を、この時、初めて痛感した。それは、フィアンセとの関係を絶たせたというだけでなく、彼女のその美しい性質に、人が噂話の中で失笑しながら触るような一つの疵を負わせたことだった。

しかも洋子は、彼が求めるならば、更に残酷な犠牲でさえ厭わぬような無防備な気色で、まっすぐに立っていた。

蒔野は、自分のために、まるでその存在そのものを差し出して、ただ待っているかのような彼女の佇まいに心を震わせた。彼女はこんなふうに人を愛するのか——こんなふうに自分を、と。そして、時間の中で、その踏み出した一歩のために立ち竦む彼女を、彼は深く内から押し広げられてゆくような幸福とともに抱擁した。

あのパリでの再会の翌日、蒔野が既にマドリードに発ってしまってから、洋子は、思わせぶりな態度に終始していた自身のからだから、何食わぬ顔でその誤解を訂正されることとなった。生理が来たのだった。

こんな見計らったかのようなタイミングも、女の人生では、折々あることとして済ますより他はなかったが、遅配されたからといって、手紙の中身が変わるわけではないように、生理は生理であり、その意味するところは明白だった。

洋子は、今はもう、自分の心に忠実に従いたいと強く思った。人に決断を促すのは、明るい未来への積極的な夢であるより、遥かにむしろ、何もしないで現状に留まり続けることの不安だった。

後悔の訪れはまだ先であるはずなのに、既にして彼女の足許は、その冷たい潮に浸され始めていた。そこでただ、目を瞑ってじっとしていることは出来なかった。

蒔野が言った言葉を、洋子は自分自身の言葉として、幾度となく語り直した。彼を愛さなかった小峰洋子という人間もまた、もうどこにも存在しない非現実なのだと。

リチャードには、スカイプで婚約の解消を申し入れたが、気が動転したまま、まともな会話にならなかった彼は、翌日、大学を休講にしてニューヨークから彼女の元に飛んできた。

長い話し合いだった。

彼のことが嫌いになったわけではなかったので、激昂し、悲嘆し、感傷的になってあれこれ思い出話を語り、冗談を捻り出しながら、酷く取り乱して「どうして？」と繰り返すその姿に、洋子の胸は痛んだ。

しかし、決心は変わらなかった。何度か涙ぐみそうになったが、その権利があるのは彼の方であるはずだった。

リチャードは、納得せぬまま、来週また来ると言い残して、一旦ニューヨークに戻った。洋子は空港まで見送らず、彼に会うのも、最後にするつもりだった。

自宅で独りになると、さすがに呆然となった。罪悪感に浸ることさえどこか偽善的で、縋《すが》るように、ただ蒔野のことを考えようとした。リチャードに非はなかった。それでも確かに、彼女にとっても、傷は傷だった。

蒔野の腕の中で、洋子は、精神的にも肉体的にも、今は彼の望むことの一切を受け容れたいという衝動に駆られた。彼の中に満たされないものが何も残らないほどに。――それは、洋子が初めて知る、ほとんど隷属に近いような欲望だった。どんな恋愛の始まりにも、彼女は決して、こんな馬鹿げた思いを抱いたことなどなかった。

蒔野を愛することは、彼女にとって、そうした幾つかの発見だった。彼に愛されるためならば、自分はツアー先で、ただ時折会うだけの女であっても構わないとさえ、一度は真剣に考えていた。

なるほど、一つの愛の放棄に、この愛は見合うだけのものでなければならなかった。そのためには、彼が不満であってはならなかった。或いは、完全に彼の思うがままの存在であり得るなら、リチャードへの罪の意識からも解放されるのだろうか？

洋子はこの時、淫らであるということの、何かしら新しい定義に触れているような感じだった。

常と異なるというだけでなく、どこか本質的に自分を見失い、自らを相手にすっかり明け渡してしまう喜び。――その深みの底は知れず、むしろ洋子は、今こそ《ヴェニスに死す》症候群の官能の渦中に呑まれつつあるのかもしれなかった。

二人は、自然と深まり行くことへの躊躇いから、却って長い、いつ尽きるともしれない口づけに浸った。

ジャリーラの存在は意識にかかっていた。踏み止まるべきで、だからこそ、このままで、互いの存在をより強く受け止めようと、背中に回した両腕に力が込もった。

それでも時は、彼らの思惑を刻々と取り崩していった。二人のからだは、縁から少しずつ、更けゆく夜の一部と化していった。見つめ合い、折々萌《きざ》す笑みを、熱を帯びた唇で移し合った。ソファに身を預け、しばらく無言で互いの胸の裡を探っていた時だった。

突然、ベッドルームで、ジャリーラのアラビア語の叫び声が聞こえ、しばらく苦しそうな呻吟《しんぎん》が続いた。

洋子は蒔野に目で合図をし、蒔野も「行ってあげて。」と頷いた。衣服の乱れを直しながら、洋子はベッドルームに向かい、またしばらくジャリーラに寄り添っていた。

リヴィングに戻ってくると、彼らはしばらくソファに座ったままで、ジャリーラの今後について話をした。それから、添い寝して、彼ら自身のことを語り、口づけよりも幾らか先へと進みかけたところで、その後も二度、ジャリーラの夢魘《むえん》のために踏み止まった。

最後にベッドルームに様子を見に行った時、洋子は到頭、ジャリーラの傍らで眠ってしまった。

蒔野は予めそれを許していた。彼の方も、しばらくぼんやりと天井を眺めていたが、自分がいつ、眠りに落ちたのかは覚えていなかった。

# 第六章　消失点

帰国後も、蒔野の心の中では、洋子が自らの決断を伝えたあの夜の記憶が、絶えず音もなく鳴り響いていた。結局のところ、記憶がいつもそうであるように、瞬間々々の光景がちらつくばかりで、洋子の声やジャリーラの笑い声が蘇《よみがえ》る時でさえ、彼女たちの姿は、再生されかけたまま止まってしまった動画のように、それについていくことが出来ないのだったが。

蒔野はそれで、回想する度に、雑然と小山になったトランプの中から目当ての一枚を手探りするように、思い出そうとするまさにその光景だけでなく、その周辺的な断片ともしばらく戯れることになった。

洋子のアパルトマンを訪れた時の絶望的な心境も、今はもう、ちょっとした笑い話だった。夕食を摂り、ジャリーラのためにギターを弾くまでの間、彼の心は落ち着かなかったはずだが、振り返ると、その時間も、いつの間にか、見違えるほど色鮮やかに、陰豁豊かに彼の過去を染め直しつつあった。

コンクールの優勝でもコンサートの成功でもなく、ただ談笑しながら食事をして、リラックスしてギターを弾いただけのあの数時間が、自分の人生には、またとないほどの輝きを放っていることに、彼はほとんど奇跡的なものを感じた。うっとりとした心地になり、胸を締めつけられ、そして最後には、決まってなんとなく不安になった。

その理由が、蒔野にはよくわからなかった。あまりに眩しすぎて、ふと現実に戻ると、その残像が反転して影のように残った。通念的な懐疑から、そういう美しい瞬間の群は、渓流に棲む鮎のようなもので、ただ濁りなく澄みきった場所にだけ棲むことが出来、日常の下流へと流されてしまえば、悉《ことごと》く死に絶えてしまうのではと疑われた。

ジャリーラという特別な存在のせいかもしれない。彼女のおかげで、蒔野は洋子と、ただ二人で向かい合うだけでなく、同じ相手のことを二人で一緒になって心配し、慰め、真に人間的な優しさを発揮すべく試みられていた。そして、同僚たちに首を傾げられながら、二度もバグダッドに赴き、九死に一生を得て帰国した洋子の無力感と葛藤の一端に、彼も僅かにではあったが、触れ得た気がした。

ジャリーラが、あの時、あの場所にいたという事実は、思い出を、単に美しいという以上の何かにしていた。洋子がリルケの《ドゥイノの悲歌》を朗読し、続けて彼が《幸福の硬貨》を演奏したあの十分間。――洋子とジャリーラ、そして、自分というその三角形は、彼の中に、深く覗き込み、同時にまた遥かに見上げるような特別な場所を開いていた。

無論、蒔野は、深入りし得なかったが故に、その分長く睦み合い、結局、寝不足のまま別々の寝床で浴びた、あの白々とした朝日を度々思い返した。濃淡がひどく斑《まだら》な眠りのあと。昨夜の記憶と何か夢らしきものとの区別を、うっすらと覆い隠そうとしていた、あの倦怠。……

目を覚ましたジャリーラは、リヴィングにまだ蒔野がいたことに驚き、何事かを察したように、彼と洋子との表情を交互に見比べた。蒔野は苦笑して首を振り、洋子に目配せした。洋子は、知らない、という風に肩を竦《すく》めて、やはり口許に笑みを仄めかした。ジャリーラは、その微妙な空気を、野暮なことは言うなという意味に取ったらしく、頬を赤らめて下を向いた。

月曜日で、洋子は慌ただしく仕事の準備をし、ジャリーラを残して蒔野と一緒に家を出た。

狭いエレヴェーターの手動のドアを閉めると、二人とも言葉もなく抱き合い、一階に着くまでの束の間を惜しんだ。

幸い、誰も乗ってこなかった。

最後に顔を離して見つめ合うと、洋子は、さっき塗ったばかりの口紅が彼の口の縁に移ってしまったのを、人差し指でそっと拭った。

その日の夜も、近所のレストランで、三人で夕食をともにしたが、ジャリーラの目を盗んで二人きりになるための画策は、どちらも未練を残しつつ諦めていた。

その分ただ、相手の眼差しに、何か抱擁の代わりになるものを――その埋め合わせとしての熱と潤いを求めていた。

蒔野は二人をアパルトマンまで送ったが、その日は部屋には、もう上がらなかった。洋子はジャリーラを先に行かせると、外門を出る前の暗がりで、最後の抱擁を交わした。またすぐに会おうと約束し、今度は自分が東京に行く、来月にでもと彼女は言った。


蒔野は幸福だった。

生活の至るところに愛の光が差し込み、その反射が、折々彼を驚かせ、その目を細めさせた。

幸福とは、日々経験されるこの世界の表面に、それについて語るべき相手の顔が、くっきりと示されることだった。

彼は、日曜日の代々木公園で、引き金を引くとシャボン玉が出てくるおもちゃの銃で遊ぶ子供たちを目にして、この話を洋子にしようとすぐに思った。

ある時、仕事の関係者との会食に同席した、さる大学病院の内科医は、蒔野のギターを一度も聴いたことがないと詫びた後に、こんな話を――恥じ入る様子もなく、むしろ自信に満ちた口調でした。自分は音楽を、ただ記憶喚起の道具だと割り切っているから、家では《ドラえもん》や《一休さん》、《仮面ライダー》など、幼時に親しんだレコードしか聴かない。そうして郷愁に浸ることこそが、自らを酷使する日々の中で、音楽に期待する唯一のことであって、バッハやモーツァルトも散々聴いたが、そうして得られる癒やしの効果に比べれば、結局、単なるスノビズムでしかなかった、と。

蒔野は、自分よりも少し歳上のその医師の、芸術に対するほとんど復讐的な冷笑に恐れ入りながら、しかし、なにがしかの真実を含んだその話を、やはり洋子に聴いてもらいたくて仕方がなかった。——実際、彼女はこの逸話に興味津々で、「でも、《失われた時を求めて》の主人公も、毎日、マドレーヌを食べてたら、その繰り返しの記憶の方が強くなってくるんじゃないかしら？」と、笑いながら寸評を加えた。

コンビニで、釣り銭の一円玉が反り返ったレシートに弾き飛ばされても、いつにも増してしつこい時差ボケのせいで、夜明け前に散歩に出て、燃え立つようなオレンジ色に染まる地平線を目にしても、蒔野はそれを洋子に話そうと思い、ケータイで写真を撮ったりした。

メールだけでなく、スカイプでもよく喋った。七時間のヨーロッパとの時差のために、蒔野は二十年来の夜型の生活リズムを朝型に改め、洋子が夕食を採り終えた時間に会話できるようにしたが、後には「ジャリーラが寝てから」話をしたいという洋子の方が、やや夜型になっていった。

蒔野は、初対面の日以来の洋子とのメールのやりとりで、既に、その喜びを知りつつあった。

しかし、殺戮と破壊に満ちたバグダッドに、せめて束の間、気が紛れるようにと、出来るだけ明るい色の言葉を見繕って送り届けていた当時とは違って、今はもう、遠く隔たってはいても、彼女も既に共有しているはずの一つの世界を話題にしているのだった。いつか洋子も、梅雨明けの、よく晴れた日曜日の午後に、代々木公園で、そのシャボン玉の銃を手に駆け回る子供たちを一緒に眺めるのかもしれず、どこかでばったりと、さっきまで病院の休憩室で涙ながらに《一休さん》に聴き入っていた医者を紹介されて、その赤らんだ目に、苦笑を堪えるのかもしれなかった。

世界に意味が満ちるためには、事物がただ、自分のためだけに存在するのでは不十分なのだと、蒔野は知った。彼とてこの歳に至るまで、それなりの数の愛を経験してはいたものの、そんな思いを抱いたことは一度もなかった。洋子との関係は、一つの発見だった。この世界は、自分と同時に、自分の愛する者のためにも存在していなければならない。憤懣《ふんまん》や悲哀の対象でさえ、愛に供される媒介の資格を与えられていた。そして彼は、彼女と向かい合っている時だけは、その苦悩の源である喧噪を忘れることが出来た。

二人は当然、何よりも互いのことをこそ多く語り合った。スカイプの調子が悪い時は、会話が熱を帯びてくると、身動きする度に画面にブロック状の細波が立った。

蒔野は洋子に、気になっていた《ダルマチアの朝日》から《幸福の硬貨》に至るまでのソリッチの沈黙についても尋ねていた。

「あんなにすごい映画を撮った人なのに、そのあと九年間も、何してたのかなと思って。バイオグラフィを見ても、大体、そこのところは、すっぽり抜けてるから。」

洋子は、その問いにすぐには答えられなかった。事実としては知っていたが、理由を深く考えてみたことはなかった。それは、実の親子としては、やはり不自然なことのはずだった。

蒔野は、自分の問いが、洋子の胸の裡の複雑な場所に触れたのを察したが、今はもう、それを怖れるべきではなかった。彼女が自分の内面に目を向けている間、彼は黙ってその姿を見守ったが、たとえ何も語られないとしても、その時間自体が、彼を一層彼女へと近づけることになるはずだった。

彼は、洋子が真剣に考えている時の表情が好きだった。彼女の人生に対する真面目さを愛していた。相手に対する答えは、常に同時に自分自身に対する答えでもあらねばならない。そう信じている風の彼女の誠実さに、強く心惹かれていた。

「今はもう、父との関係も良好だけど、二十代の頃までは複雑だったから。……どんな事情にせよ、こっちは置いて行かれた身でしょう？　そのことを父にあれこれ訊きたかった年頃には上手く英語を話せなくて、少しずつ話せるようになってからは、もう何も言わずに、そっとしておきたかった。母がスイス人と再婚して、ジュネーヴに移り住んでからは、縁遠くもなっていったし。少し色々話すようになったのは、大人になってからなの。この十五年くらい。」

「お母さんは、再婚してたんだ？　二番目のお父さんのことは、よく理解してなかったな。それで学校がスイスなの？」

「話してないもの。わたし自身、寮に入っててほとんど一緒に生活してないから、新しい父親っていうより、母のボーイフレンドって感じね。経済的には随分と助けられたけど、愛着が湧かないまま、母がまた離婚してしまったから、わたしは彼とはまったく連絡取ってないの。」

「そう。」

「実の父の方は、……そうね、九年間も何してたのかしら？　今度会ったら訊いてみる。――それとも、自分で訊く？　紹介しないとね、早いうちに。」

「ああ、是非お願いしたいけど、緊張するな。……会ったばかりで、いきなりそんなデリケートな質問すると、無神経な人間だと思われるよ。」

「怖そうに見えるけど、優しい人よ。」

「それは、あんな映画撮ってるんだから、深い優しさのある人だと思うけど。」

「わたしには話さないことも、あなたになら話すかもしれない。アーティスト同士だし、父はクラシック・ギターが大好きだから。きっと気が合うと思う。」

「うちは両親とも亡くなってるけど、お母さんにも、近いうちにお目にかかりたいな。」

「そうよね。彼女も、パリで一緒に高校生の頃のあなたの演奏、聴いてるのよ！　今度、長崎の実家に一緒に行く？　今は独り暮らしだから、帰国したら出来るだけ顔を見に行くようにはしてるの。」

「叶うなら、それも是非。」

「母はアーティストでも何でもないけど、大分変わってる。あの時代に、ヨーロッパのあっちこっちに行って、ユーゴスラヴィア人やスイス人と結婚してるんだから。」

「それは、どうしてなの？」

「本人は話さないわね、何度尋ねても。長崎にいるのが嫌だったとは言ってるけど。母は、――まだ記憶も曖昧な頃に被爆してるのよ。少し南の方だったから助かったけど。そのことでさえ、わたしにはずっと隠してる。祖母にも口止めしてたし。わたしは、父から聞いたのよ、その話を。原爆のことも、大人になって自分で本を読んでから知ったの。」

「家に行った時に、そういう本があったから、ひょっとしてと思ってたけど。」

「そう、林京子とか、竹西寛子、原民喜、……小説だけじゃなくて色々、仕事の必要もあって。女性は特に、被爆者への結婚差別もあったから、母の性格からすると、そういう重たいもの全部から、自由になりたかったんじゃないかしら。」

「……なるほど。」

「逃げ出したっていう負い目で、人生をどこか楽しみきれないところと、その反対に、後遺症の不安から楽しまなきゃって焦る気持ちと、どっちもあったって、父は言ってた。――父みたいな人に惹かれるのも理由があるのよ。理解してほしかったんだと思う。

……わたし自身、どうしてイラクに二度も行ったのか、あれからまた自問自答してるけど、やっぱり、そういうルーツの問題もあるわね。あんまり認めたくはないけど。」

「もっと早く話してくれても良かったのに。」

「人間関係を、そういうところから始めたくないの。色気も何もないでしょう？　もっとアピール・ポイントがあるのよ、わたしにも。」

「知ってるよ。結構、詳しい方だと思う。」

「ありがとう。……でも、今はもう、そういうことも、知っておいてほしいから。」

「自分の人生の一部のつもりで聴いてるよ。」

「……ありがとう。……ついでだから、もう一つ言うと、――あなたは、わたしの中に、ヨーロッパ的なものを見ようとしがちだけど、自分の意識としては、ちょっと違うの。でもそういうことも、イラクであなたのバッハを聴きながら考えたことが元になってる。」

「ああ、あの話？」

「戦争は、それは、誰が誰に何をしたかっていう問題は決して蔑《ないがし》ろに出来ないけど、その上で〝人類〟っていう見地もあるでしょう？　人間として、すべきこと、すべきでなかったことっていう。他と比べて、自分はまだマシだったとか――自分の国はマシだったとか――そういう相対的な見方は、所詮は加害者同士の醜い目配せよ。わたしはそういうの、どうしても許せないの。被害者っていうのは、決して相対化されない、絶対的な存在でしょう？　長崎の原爆とロンドンの空襲とを比べて、どっちも酷かったんだから、もう言わないことにしましょうなんてことには、決してならない。そうしてはいけない。やっぱり、被害者に対しては、人類っていう見地がどうしても不可欠になってくる。――そういう発想自体が、ヨーロッパ的だって言われれば、そうなのかもしれないけど、そこから先の議論は、わたしは興味がないの。」

「……わかるよ、それは。」

「あなたの音楽だって、やっぱり、人類的に愛されてるのよ。ジャリーラだって、あんなに感動してたでしょう？」

「朗読が良かったんだよ。」

「わたしの言ってること、ナイーヴだと思うんだったら、父の映画なんてどうなるの？　民族も文化も宗教も乗り越えられるっていう思想よ。キレイごとじゃない。イラクだって、そのためにあんなに人が死んでるんだから。」

　蒔野は、そうした洋子の話を、実際、自分の身内となる人間の話として聴いた。

　初めて会った日の夜、いかにも遠い世界の現実として、瞠目《どうもく》しつつ耳を傾けた彼女の境遇は、今や彼が、この後一生、関与し続ける世界として眼前に広がっていた。

「人類」などという概念は、たとえ音楽家として考えるべきであったとしても、巨大すぎて持て余してしまうものだった。しかし、洋子を通じ、親族の一人として向き合わざるを得ないのであれば、何かしら具体的な手応えが得られるのかもしれない。そしてそれは、自分の音楽の姿を、また違ったかたちで見せてくれるのではあるまいか。

蒔野は幸福だった。しかし、独り洋子のみが払った少なからぬ代償――本人は決して口にしないが、フィアンセとの婚約解消のみならず、その家族や知人らとの関係の整理、結婚式のキャンセルなど、煩瑣《はんさ》な負担の数々は計り知れなかった――によって得られたその幸福が大きければ大きいほど、彼は、自らのギタリストとしての停滞に耐えられなくなっていた。

マドリードのフェスティヴァルで精彩を欠き、若い新しい才能に圧倒されたことが、重たく心に伸しかかっていた。更にそれに追い打ちをかけることとなったパリのリサイタルでの失敗。……洋子との愛の成就は、彼を束の間慰めはしたものの、むしろそのコントラストによって焦燥はいや増していた。

蒔野は、かつては当たり前のように満たされていた、あの創造的な生の充実が、今という時に、自分に完全に欠落していることの不遇を呪った。もしその音楽家としての幸福と、洋子の存在によって齎された幸福とが一致していたなら、今日という一日は、どれほど晴れやかな歓喜とともに過ごされたことであろうか？

彼は自分が、決してその後者によってのみ生きられる人間ではないことを知っていた。音楽は、彼の生の根拠であり、彼が自分という人間に見出し得る、唯一の慰めだった。それは、他の何かによっては決して代替されぬものであり、埋め合わせの利かぬものだった。演奏家としての不甲斐なさに恥じ入る今のような状態のままでは、いずれ洋子との愛の生活さえ享受し得なくなることは目に見えていた。

蒔野は、その苦悩を洋子に打ち明けなかった。彼女の愛の恩寵が、自分に何かを齎してくれるという期待に対してまで、彼は必ずしも禁欲的ではなかった。しかし、敢えて言うなら、宮本武蔵の「仏神は貴し、仏神をたのまず」のような心境だった。彼女に救いを求められることと、そもそも無理なことがあり、意に沿わぬ助言をされて、腹でも立てている自分を想像すると、その愚かさに気が滅入った。結局のところ、これまでしてきたように、音楽家として自力で克服するより他はなかった。

無論、その音楽的な停滞の原因が、洋子にあるなどとは断じて考えなかった。

第一、不調の自覚は、彼女と出会う以前の昨年のツアー中から既に兆していた。新しい才能と出会ったプレッシャーもあった。洋子との愛が、それを今、一層耐え難く感じさせているというのは、皮肉な事実だったが、そもそも、恋に現《うつつ》を抜かしたくらいでギターが下手になるなら、自分のこれまでのキャリアは一体何だったのかと思っていた。

しかし、驚いたことに、マネージャーの三谷は、どうもそう思っているらしかった。マドリードで蒔野の演奏が精彩を欠いたのも、洋子の存在に翻弄されているからであり、進行中のレコーディングの突然の中止など、昨年末来の彼の異変も、それ以外に考えられない。決して音楽家としての深刻なスランプなどではないのだ、と。

蒔野は、彼女の心配する気持ちを疑わなかったが、だからこそ、そうした短絡に苛立った。音楽以外のことは、わたしが全部責任を持って引き受けますから、という一生懸命な訴えにも、思わず、だったらまずレコード会社の買収にまつわるゴタゴタを片づけてほしいと、声を荒らげてしまった。

彼は、仕事の関係者を怒鳴りつけるような音楽家を、常々呆れて見ているだけに、自分のそんな口調に嫌気が差した。しかも、このところ、そうしたことが何度かあり、相手は決まって三谷だった。自分でも不思議なほど、彼は彼女に感情を逆撫でされるようになっていて、しかも、気落ちする彼女を見て、心底すまないと思うのだった。

これ以上関係が拗《こじ》れるならば、担当を代えてもらった方がお互いのためかもしれない。そうは思うものの、年明けにレコード会社の是永が担当から外れたばかりだったので、さすがに立て続けとなると、問題は、自分の態度の方ではないかという気がする。木下音楽事務所の中で、他に担当してもらいたいスタッフがいるだろうかとも考えてみた。そして、結局、三谷以上に自分の音楽に対して熱心な人間は思い当たらなかった。

蒔野は、思いきって仕事を整理し、自分を根本的に立て直すための練習をしたいと考える一方で、そんな闇雲の期待には懐疑的でもあった。

コンサートがあり、レコーディングがあるという日常が作り出すテンポの中で、もう二十年も演奏家としての技術を維持してきた。そうした外的な関与を排すれば、何か飛躍的な向上が得られるというのは、どことなく漫画染みた、苦し紛れの夢想のようでもあった。実際は、ただ途方に暮れて、だらしなくなってしまうだけではあるまいか。

年齢的に、今より豊かな音楽性が求められてゆく時に、そうした引きこもり的な〝自己との対話〟は、恐らく逆効果だろう。

実際、リサイタルをすべてキャンセルし、レコーディングも中断したままであるので、スケジュールには、例年になく余裕があり、その手帳の白さには、不安な眩しさを感じるほどだった。練習時間は必ずしも少なくはない。が、彼の困難は、そうしたがむしゃらな方法では克服できない類の停滞に陥っていることだった。

＊

洋子のリチャードとの婚約解消は、なかなか先が見えないまま長引いていた。

さすがに、ただの恋人とのケンカ別れのように、もう一切連絡を取らないというような終わらせ方はしたくなかった。到底、諦めきれない彼からは、その後も頻繁にメールが届き、中には、情に絆《ほだ》されるものもあった。

二週間ほど経って、最初の動揺が治まると、リチャードは唐突に、洋子の「浮気」を「赦す」と言い出した。

命の危険をも顧みず、イラクになど行っていたのだから、いかに君が強い女性だと言っても、精神的に不安定になるのは仕方のないことだ。そういう時に、側に寄り添っていられなかった点については、自分にも非がある。裏切りは裏切りであり、深く傷ついたが、〝マリッジ・ブルー〟の時期には、表だって語られないだけで、実はよくある話だ。

すべてを水に流して結婚しよう。自分はその「浮気相手」の何倍も君をよく知っている。まだ君が、可憐な——しかし、今と変わらず聡明だった——大学生だった頃から！　自分の愛情は些かも揺らいではいないし、むしろ強くさえなった。そのことを信じて疑わないし、君にも信じてほしい、と。

新しい恋ではなく、束の間の「浮気」に過ぎないというリチャードの説得は、当然のようでありながら洋子には意外だった。というのも、彼女はこれまで、リチャードに限らず、交際中に「浮気」をしたという経験がなかったからだった。

その口調には、誰かに助言されたかのような直截さがあり、突飛な連想だったが、洋子は、深夜のテレビショッピングで、高枝切りバサミや高圧洗浄機の宣伝を見ている時のように、この説得方法は非常に便利で、どんなシチュエーションの別れ話でも「使える」のだろうという感じがした。

洋子はそれで、彼との復縁を望むようになったというわけではなかったが、自分のいる場所が、急にわからなくなるような感覚はあった。

リチャードと別れ、何も疚《やま》しいところのない自由な身になってから、彼女は自らに、蒔野との愛を許したはずだった。しかし、リチャードの認識の中では、彼女はまだ彼との愛の圏内にいて、ただ気まぐれを起こして、ちょっと息抜きに、そこらをウロついているという程度なのだった。

洋子は、そうした彼の考えに、当然反発したが、それは、繊細なニットに引っかかってしまったアクセサリーか何かのように、慎重に取り扱わなければ、彼女の心に取り返しのつかない痕を残してしまいそうだった。

リチャードの持ち物も多少あり、婚約指輪もまだ手許にあった。話を切り出した時に返そうとしたのを、彼が置いていってしまったのだった。

ニューヨークに郵送することも考えたが、高価すぎて、さすがにそれも躊躇われた。彼に対する罪悪感もあり、せめて手渡しで返せるくらいの終わらせ方にはしたかった。

リチャードは、そういう洋子の気持ちに、一種の揺らぎを認め、何かにつけて口実を見つけては、連絡を絶やさぬようにした。毎回、復縁を迫るわけではなく、つきあっていた時と何も変わらぬ調子で、明るく用件だけを伝えて電話を切ることもあった。まるでもう、すべては解決済みであるかのようだった。

その一方で、翻意を促す共通の友人や彼の家族からの説得もあった。洋子はとりわけ、リチャードの高齢の両親からの手紙に胸が痛んだ。

リチャードの姉で、彼自身よりもむしろ気が合い、洋子が家族になることを心から喜んでいたクレアとは、電話で二度話したが、蒔野の存在を伝えると、「もうプロポーズは受けたの？」と、親身な口調で現状を確認された。

洋子はそれに、「いえ、でも、……」と答えかけたが、クレアは、それで十分というふうに優しく言った。

「わたしたち家族は、誰もあなたを責めない。本当よ。だから、どうか考えなおして。リッチーはあなたのことを本当に愛してる。姉のわたしから見ても、彼はとても思いやりのある、誠実な人間よ。頭も良くて、経済的な余裕もある。彼は苦しんでる。あんなに打ち拉がれた弟の姿を見るのは初めて。当然よ。彼の人生に、あなた以上の女性なんて、もう決して現れない。――だから、戻って来て。忘れましょう、もう。」

洋子は蒔野と、当たり前のように結婚を前提にした今後の生活の話をしたが、正式なプロポーズは受けていなかった。

あの夜は、とにかく、抱擁の衝動が、ただ「愛している」という言葉以外の一切を振り切ってしまう一方で、ジャリーラのことも気懸かりで、その機を逸してしまった。

帰国後は、蒔野もそのことを気にしていて、スカイプでの会話中に、一度仄めかされたことがあったが、洋子は微笑して、

「ちょっと味気なさ過ぎない？　せめて面と向かって、触れられるくらい近くで言ってほしい。来月、日本に行くんだから。スカイプでプロポーズされても、画面に飛びつく

わけにはいかないでしょう？」

と首を振った。蒔野も、

「まァ、……そうだね。じゃあ、その時まで言葉は胸にしまっておくよ。ただ、そのつもりだってことは、知っておいてほしかったから。」

と従い、それ以来、同じ話は蒸し返さなかった。

しかし、洋子は自分でそう言ってしまったことを、後悔していた。

結婚するということは承知し合っているはずだったが、七月の東京での再会予定が、八月後半に延期になると、言葉ではっきりと約束を交わしていないという事実に、彼女は少し心細さを感じるようになった。

元々洋子は、今年のヴァカンスの休暇を、リチャードとクレアの家族たちと過ごす予定で、八月末に取っていた。行き先はカリブ海のカンクンで、リチャードは、その前に入籍を済ませて、この旅行をハネムーンにしたいと考えていた。披露宴は、洋子がニューヨークに引っ越してからで構わない。しかし、気分が出ないというなら、大学の冬休みを利用して、改めて二度目のハネムーンに出かければいい、と。

洋子は会社に、その八月末の休暇を七月に変更したいと申請したが、ただでさえ、人手の少ない時期だけに難色を示された。辛うじてここならとギリギリになって七月後半の四日間を提示されたが、既にフライトに空席はなく、蒔野の都合も悪かった。

蒔野は、八月で構わないと理解を示した。洋子自身も、仕方がないと思っていた。しかし、このほんの一月の些細な延期が、彼女に遠近法的な錯覚とでも言うべき不安を抱かせた。まっすぐに伸びた鉄道の線路は、彼方の消失点で結び合っているように見える。しかし、一駅経ても二駅経ても風景は同じであり、その平行する二本のレールは、当然のことながら決して交錯しない。現在から見て、いつか必ず一つになるように見えるその点は、いわば幻に過ぎなかった。

リチャードとの結婚を機に、ニューヨークへの転勤願いを出していた洋子は、それを取り下げたことで、社内でちょっとした噂になっていた。そもそもが、イラクに二度も行った日系の〝美人〟記者で、しかも、本人は苗字も変えて黙っているが、実はあの《幸福の硬貨》の監督の娘だという目立つ存在だった。ニューヨークは、さすがに希望者の多い赴任地だけに、すんなりとは行かず、辞令が下った際にも、先に転勤届けを出していた別の部署の女性が、洋子に横取りされたと周囲に不平を漏らしていた。

その洋子が、今度は東京に転勤したいと言っているのだという。理由は、結婚が破談になったかららしく、上司には説明していたものの、今度ばかりはさすがに、すぐにというわけにはいかなかった。少なくとも、この一、二年以内という可能性は低く、洋子は会社を辞めることを真剣に考え始めた。

自分は蒔野と結婚する。それはまだ、言葉で確かに約束されたことではなかったが、実質的には婚約しているのと変わらなかった。

実質的には。——そうだろうか？

洋子は、二人が、まだたったの三度しか会ったことがなく、肉体的には、キスを交わし、せいぜいその周辺を行きつ戻りつした程度でしかないことを思った。それはやはり、珍しいことであるに違いなかった。彼女はリチャードとの婚約解消と蒔野の存在とをパリの親しい友人に打ち明けていたが、そのことには何となく触れなかった。自分が逆の立場でそんな話を聞かされたなら、宗教的な理由でもない限り、

「そういう相性も大事なんだし、せめて何回か確認してから決断したらどう？」

とでも助言しそうだった。

無論、彼らはもう分別のある大人だった。恋愛の進展にも、様々な例外的な経緯があることくらいは受け容れられ、そのまだという一事を以て、自分たちの関係を懐疑するほど、浅はかでも、衝動的でもないはずだった。男の方こそ気にしそうなこのことを、蒔野が一切言わないのも、恐らくはそういうわけだった。

洋子が拘っているのは、結局、リチャードの存在の故だった。

彼女の心が離れ、一層強く蒔野へと引き寄せられてゆきつつあった頃、リチャードは、今にも形骸化しそうな二人の婚約の実体を、肉体的な結びつきにひたすら求めていた。そういう考えの彼が、実は洋子が、「浮気相手」とまだ、一度も事を遂げていないと知ったならば、それはそもそも「浮気」でさえなく、要するに、何でもないのだと狂喜するに違いなかった。

リチャードとの情交の名残が、まだ生々しいというわけでは必ずしもなかった。ただとにかく、洋子は蒔野との愛に、かつて知らなかったほど淫らに耽溺《たんでき》したかった。リチャードとの関係には、金輪際、後戻りのしようがないほど徹底して、彼の腕の中で崩れ落ちてしまいたかった。

客観的に見れば、彼女の婚約の実質の求め方は、自分に対するリチャードの渇きを、さながらなぞっているかのようだった。彼女が無意識に縋《すが》ろうとしていたのは、そうした秘密裏の残酷さだった。

パリはこの年、大量の死者を出した二〇〇三年以来の猛暑で、洋子もヴァカンス・シーズンの人手不足から、国会に提出されている新しい移民法の取材の傍ら、医療施設の暑さ対策の取材に駆り出され、私生活では、数カ月来の習慣になっていた朝のジョギングを止めた。前回に懲りて部屋にはクーラーを設置していたものの、つけっぱなしで一晩寝るわけにもいかず、七月に入ってほどなく、彼女は不眠に悩まされるようになった。

ジャリーラの滞在が、当初考えていたよりも長引いていて、洋子は二百ユーロの簡素なソファベッドを購入し、リヴィングで独りで寝るようになった。ジャリーラも、自分が魘《うな》されるせいで洋子が目を覚ましてしまうことを気にしていたが、寝室の大きなベッドは遠慮したいと伝えた。

「いいの、リヴィングで夜したいこともあるから。寝相がいいから、ベッドは小さくても平気なのよ。」

洋子はそう言って笑った。ジャリーラは、洋子が深夜に本を読んだり、仕事をしたり、蒔野とスカイプで喋ったりするのを知っていたので、気が引けながらも、言われた通りにした。

別の部屋で寝始めてから、洋子もほっとしていた。プライヴァシーを適度に保つことはお互いのためだったが、奇妙なことに、洋子自身が繰り返し同じ悪夢に魘されるようになったのは、丁度この頃からだった。

見るのは決まって、あのムルジャーナ・ホテルでの自爆テロ前後の光景だった。一階のロビーに男たちが入ってくる。現実には、必ずしもはっきり目を合わせたわけではなく、洋子はむしろ目が合ったりはしなかったのだと自分に言い聞かせていたが、夢の中では、間近で睨みつけられることもあり、時にはアラビア語らしき不明瞭な言語で話しかけられることさえあった。

既にこの世界からの退去手続きを、あらかた済ませてしまった人の目。数分後には、爆発とともに大理石の冷たい床に落ちてしまう目。——が、彼女の記憶の中では、時は止まったままだった。その目は、死への昂ぶりに震えながら、永遠にその寸前で張りつめている。ホテルのロビーに輝くシャンデリアの光を煌々《こうこう》と反射させ、その黒い瞳にエレヴェーターに乗り込んだ彼女の姿を映して。……

そこで激しい動悸と共に目が醒めることもあれば、見ていないはずの爆発を目の当たりにすることもあった。

閉じ込められたエレヴェーターの角に座って、彼女は助けを待っていた。酷く息苦しく、不安で、ドアが開くと、あの時の恐怖が形を成して押し入ってきて、夢の中で彼女を嬲《なぶ》った。

繰り返し同じ悪夢に苛まれるというのは、時折耳にはするものの、現実にあることなのだと洋子は初めて知った。そして、バグダッドから帰国したあの日、なぜか同じ飛行機に乗らなかった自分がもう一人いて、今もまだムルジャーナ・ホテルで、赴任期間をとうに終えていることにも気づかないまま、何度もテロに巻き込まれ続けているといった奇妙な想像に見舞われた。

蒔野とのスカイプの会話を楽しんだあと、深夜に明かりを消して、寝心地の悪いベッドに横たわると、またあの夢を見るのだろうかと不安になった。

パリでも夜中にパトカーのサイレンが鳴り響くことは珍しくなかったが、そういう時には、あのバグダッドの夜の静寂が不意に耳の奥で広がった。

見たい夢を自由に見られないだけでなく、人間は、見たくない夢を見ない自由も与えられてはいないのだった。

日中は、どんな活動も許されていた。しかし、夜になるとまた、彼女だけが、会社の同僚や友人たちとは引き離されて、あの彼方の死の世界へと連れ戻されてしまった。

猛暑で疲労が募っているのに加えて、寝不足のせいか偏頭痛がして、仕事をしていても集中力を欠いた。倦怠感があり、どこにいても、現実が、自分からは少し遠くに感じられた。腕を伸ばせば伸ばした分、歩き出せば歩いた分だけ、世界は彼女から遠ざかった。

夢の容量が飽和してしまったかのように、洋子はやがて、昼の日中《ひなか》に、何度か鮮烈なフラッシュバックを経験した。

最初は、地下鉄の四番線に乗って、シャトー・ルージュに取材に向かう途中だった。

この日も朝から気温は三十八度にまで上昇し、乗り込んでくる乗客たちは、頭から噴き出す汗をハンカチで押さえ、胸元に湿って貼りついたTシャツを引っ張って、風を通したりしていた。

パリは人が出払っていて観光客も少なく、空っぽになった街は、降り注ぐ太陽の光に占拠されていた。地下鉄の薄暗い階段を降りると、先ほど歩いていた時には気にも掛けなかった噴水の眩しい煌めきが、意外に濃い残像となって視界に影を落とした。

洋子は、ドアの側の折り畳みの椅子に座って、仕事の資料を読んでいた。

車内は汗臭く、クーラーの効きが悪いので、後ろの方で窓を開けている人がいるようだった。地下の闇にレールの軋む音が轟き、対向車両と擦れ違う際には、軽い衝撃が人々の肩を揺すった。観光客がいなくなり、ストラスブール＝サン＝ドニで、パリの北に住む人たちがパラパラと乗ってきた。

洋子は、ドアが閉まってしばらくしてから、自分が誰かから見られているという気配を感じた。顔を上げると、向かいのアラブ系の若い男が、彼女に意味ありげな眼差しを送っていた。

そこに一瞬、あの自爆テロ犯の目がちらと覗いて、すぐに眸の奥に隠れた。

洋子は、手の震えを隠しながら、資料をバッグの中にしまうと、ゆっくり立ち上がってドアに身を寄せた。車内アナウンスが、次のシャトー・ドー駅を告げている。ドアのボタンを押した。開かない。彼女は、車窓の向こう側の闇の中にいる自分自身の姿を目にした。夢の中に閉じ込められたままの彼女は、そこで、ムルジャーナ・ホテルのエレヴェーターのドアを開けようと、必死でボタンを押し続けていた。

ドアは開かなかった。パニックに陥ったような洋子を、周囲の乗客は異様な目で見ていた。ようやく電車がホームに入ると、完全に停止する前にドアが開いて、駆け出すように降り、ベンチで気分が落ち着くまで待った。顔を覆う手の震えが止まらなかった。ドアが閉まって出発する電車を、彼女は見ることが出来なかった。

きっかけが、一人のアラブ系男性だったことにも、洋子は動揺していた。彼女はまさに、新しい移民法についての記事の中で、アラブ系移民を見ればテロリストと思う類のイスラム恐怖症を批判的に取り上げたところだった。

彼女は、正義感云々以前に、そもそもそうした差別意識に強い嫌悪を抱いていた。それは、人種的にも文化的にも、「純粋さ」という概念とは無縁の彼女自身の生い立ちのせいであり、また、自分はイラクに行って、実際にテロリズムを経験し、そこに暮らす被害者としてのイスラム教徒たちとも触れ合ってきたのだという自負があったからだった。

確かにイラクでは、一般人とテロリストとの区別のつかないことが、米兵の誤射を招き、激しい反発を巻き起こしていた。しかし、入念な事前調査と信頼に足るコーディネーターの同行があれば、そうした間違いも回避できた。

その自分が、誰もがただ、暑さのことしか気にしていないような地下鉄の車内で、よりにもよって、目の前の一人の青年を自爆テロ犯と結びつけ、恐慌を来してしまうとは。

……

洋子は、自分が、バランスを崩しつつあることを自覚した。支えきれないほど大きなトレイを持たされて、そこに載せられた幾つもの玉を安定させようと腐心しているかのようだった。一つを気に掛ければ他方が走り出し、落とさぬように慌てた動作のために、今度は一斉に反対に玉が転がり出してしまう。……そんなことの繰り返しだった。

しばらく足が遠のいていた、バグダッド時代からのかかりつけの医師に相談すると、

「ＰＴＳＤですね。重度ではないです。」との診断だった。

ジャリーラとの新しい生活についても話したが、睡眠環境の改善を指導された後、一般的にも、外傷的出来事から数カ月から半年遅れでＰＴＳＤが発症することは珍しくな

いとの説明を受けた。そして、こう付言された。

「外傷と関連した刺激の持続的回避と、全般的反応性の麻痺、というのが、ＰＴＳＤの本質ですから、そのイラク人の女性の存在が、薄れつつあったバグダッドでの記憶を呼び起こさせて、からだがそれを拒絶しようとしている、という解釈の可能性は否定できません。」

医師は、そこで一呼吸置くと、心配そうな面持ちの洋子に語りかけた。

「一般論というのは、しかし、あまり意味のないことです。大事なのは、あなたにとって、ジャリーラがどういう存在かということです。」

洋子は、何か大事なことを尋ねられた時にはいつもそうであるように、即答せずに、しばらく黙って考えていた。そして、自分の体調のためにも、出来るだけ正直に、偽るところなく胸の裡を説明しようと努めた。

「わたしは彼女を、身内のように愛してます。——それは本心ですが、本心であってほしいとも願ってます、きっと。……地下鉄で、ただこちらを見ていただけのアラブ系の男性に、ほとんどイスラム恐怖症的な反応を示してしまった時、わたしは自分を責める一方で、すぐにジャリーラのことを考えました。違う、そうじゃない、現にわたしはバグダッドから命懸けで逃れてきた一人のイラク人女性の面倒を看ているのだから、と。わたしが差別主義者じゃないことは、他でもなく、彼女が断言してくれるはずだ、と。」

「なるほど。」

「色んな意味で、彼女の存在は、今のわたしの拠りどころなんです。やっぱり、……自分の中の何かが壊れてしまった気がするんです、バグダッドで。パリに戻って来ても、自分は違うんだって思ってしまう。同僚と話していても、ギャップが大きくて。――でも、ジャリーラが来てからは、わかってくれる人がいるっていうだけで、心の支えになってます。彼女がいてくれて、本当によかったと何度思ったことか。実際、わたしのイラク体験なんて、彼女に比べれば、あまりにもささやかで、だからこそ、パリの友人たちとの間にギャップを感じながら、それを強調することもできずにいました。だけどジャリーラは、わたしがあの日、本当に、あと一分長くホテルのロビーにいたら、死んでいたことを知ってるんです。それは、……だから、彼女はわたしのために泣いてくれましたし、わたしをずっと心配してくれていました。パリの誰かが、『でも、高々、六週間やそこらでしょう？　二回行ったって言っても、合わせてたったの三カ月。兵士として戦闘の最中にいたわけでもなくて、ホテルでじっとしてたんでしょう？』って言ったとしても、ジャリーラはきっと、わたしを庇って弁護してくれます。――もちろん、わたし自身、大したことは出来ないまま、帰国してしまったという意識はあります。その無力感は、誰よりも知ってます。イラクの人たちを残してきたなんて発想自体、傲慢ですけど、……いずれにせよ、ジャリーラを守ることが、わたしが今、イラクのために出来る一番確実なことなんです。あそこで今、失われつつある膨大な数の命を思うなら、あまりにもささやかですが、人一人の命を救える――救う手助けが出来るっていうのは、決して小さなことでないでしょう？　彼女と生活を共にすることで、わたしは、その重みを噛みしめてるんです。だから、……」

洋子は、喋りながら、医師がジャリーラとの別居を勧めるのではないかと、次第に不安に駆られていった。だからこそ、彼女が自分を必要としているだけではなく、自分の方こそ彼女を必要としているのだと強調した。しかし、どこか無意識に、精神科医に通じるように話を整理してもいて、共感される内容ではあったが、口調は熱を帯びることなく、全体にモノトーンな印象だった。

「あなたにとって、今彼女が必要なら――しかも、その存在に愛を感じているのなら、一緒に生活することは決して悪いことではありませんよ。ただし、彼女に比べれば、自分はさしたる問題を抱えていないはずだと、苦しみを押さえ込もうとするのはよくないです。あなたは、戦争に行ってきたんですよ。その体験を、何か耐えられること、普通は克服できることと考えるのは、あなたが取材を通じて考えてきたこととは、違うんじゃないですか？」

洋子は、その言葉にハッとして唇を噛むと、自分が涙ぐみそうになるのに驚いた。そして、大きく息を吐くと、同意するように頷いた。

「そうですね。……弱い立場の人が、どうして自分を責めがちなのか、よくわかった気がします。自尊心のせいなんでしょうか？」

「それもあるでしょう。自尊感情だって、とても大事なものですから。戦争そのものが、最初から人間の耐性の限界を超える経験なのですから、平気で日常に復帰できるとは考えるべきじゃないです。」

「どうして同じ夢を何度も見るのか、……自分なりに本を読んだりして、考えてたんです。あれは一体、何だったのか、その意味を言語化できれば、反復は治まるんじゃないか。決して、あの出来事を思い出させるジャリーラを遠ざけろというメッセージではないはずだ、と。」

「不安夢の説明は、なかなか難しいです。もう二度と、同じ経験はしてくれるなという警告の意味はあるでしょう。あなた自身が、設定値が過敏なセンサーのようになっていますから、ただのアラブ系移民がテロリストではないことなど明らかであっても、警報はやはり鳴ってしまうんです。今の不安な状態では、あまり分析的に考えすぎないことです。あなたみたいに、自分は大したことはないはずだと思い込もうとしている人に対して、からだの方が、冗談じゃない、こんなに傷ついているじゃないか！と訴えようとしているのかもしれない。その警告を発する回路が一旦設定されてしまうと、なかなか解除できないのが厄介なところです。」

「止まるのを待つしかないんですか？」

「薬で不安を鎮めながら、生活を安定させてゆくことで状況は改善します。悲観しないで。必ずよくなります。元の自分に戻ろうとするのではなくて、体験後の自分を、受け容れ可能なかたちで作っていくことが出来れば、症状はやがて消えていくでしょう。」

「過去は変えられる、ということですか？」

医師は一瞬、その意味を考えようとするような間を置いてから、

「そう、あなた自身の今後の生活によって。良い表現ですね。」

と頷いた。

洋子はその日、一番穏やかな表情になって、

「わたしが今、一番好きな人が、教えてくれた言葉なんです。」

と言った。


洋子は、蒔野のことを考えない日はなかった。寝付かれない夜には、彼と抱擁を交わしたソファに身を横たえて、ただ彼のことだけを考えることにした。そして、たった一年前の、彼と出会う以前の自分をふしぎな心地で振り返った。

十一月のあの日、少し前に知り合ったばかりのレコード会社の是永に、蒔野のコンサートに誘われなかったなら、自分は今もまだ、あの彼を愛さなかった小峰洋子という人間を生きているはずだった。そして、彼のマドリード滞在中に、リチャードと別れる決断を下していなかったならば、今は恐らく、彼との愛を断念した自分を生きていた。

洋子は自分が、出口が幾つもある迷宮の中を彷徨《さまよ》っているような感じがした。そして、誤った道は必ず行き止まり、正しい道へと引き返さざるを得ない迷宮よりも、むしろ、どの道を選ぼうとも行き止まりはなく、それはそれとして異なる出口が準備されている

迷宮の方が、遥かに残酷なのだと思った。

ただ、蒔野の愛の中で、今の自分をなくしてしまいたいという欲求の一方で、その愛のためには、自分自身を維持しなければならないという義務感を抱き、その矛盾した思いに、洋子は次第に引き裂かれていった。


医師からは、ＰＴＳＤの症状が治まるのには、早くても一年ほどかかるだろうと告げられていた。決して焦ってはならず、それは、必要な時間として受け容れなければならない、と。しかし、何事もなく、パリでの日常生活に着地できたように感じていた洋子にとって、そのショックは大きかった。

医師に尋ねて、ＰＴＳＤについての一般書、専門書を数冊読み始めたが、イラクで度々耳にした「制御不能 uncontrollable」という言葉が脳裏を過った。

職場での感情的な暴発を、彼女は今のところ抑制できていて、同僚たちは、誰もその異変に気づいていなかった。

しかし、そういう不安定な状態のまま、蒔野に会うことはできるのだろうか？

自分にだけは、何か奇跡的な症状の改善が見られて、東京に行くまでには、パリで一晩を過ごした時のように、健康で、穏やかなからだに戻ってはいないだろうかと、祈るようにして毎日考えた。

再会そのものを先延ばしにすべきだろうか？　しかし、いつまで？　早くて一年先などという時間は、それこそ、この愛を壊してしまうだろう。

彼女自身も、とても待てなかった。一日でも早く、彼に会いたかった。結婚して、彼の子供がほしい。いつしかそう切実に願うようになっていた彼女は、四十歳という自分の年齢にも焦燥を感じていた。


八月の二週目のある日、洋子は、レコード会社の是永から久しぶりにメールを受け取った。彼女とは、昨年十一月の蒔野のコンサートの後、フランスに戻る前にもう一度、二人だけで食事をして、一気に親しくなっていた。バグダッド赴任中も、何度か連絡は取っていたが、このところ、しばらく無音が続いていた。

是永の用件は、夏休みに両親がパリに観光に行くので、どこかオススメのレストランを教えてほしいというものだった。しかし、どうもそちらはついでのようで、実は勤務先のレコード会社の買収に伴って、この夏いっぱいで退社し、外資のデザイン家電メーカーのPR部署に転職することになった、という報告が付されていた。

洋子は、その簡潔な記述に飽き足らない様子を察して、週末になると、彼女にスカイプで連絡してみた。

是永は、洋子からの連絡を喜び、二時間近くも楽しく由無し事を語り、メールで触れた転職の顚末を語った。

音楽業界の苦境というのは、洋子も凡そ理解していたが、具体的なCDのプレス数などを聞くと、想像以上の深刻さに驚いた。

「蒔野さんは、大丈夫なのかしら？」

洋子は、蒔野との関係を、まだ彼女に話していなかったので、とぼけるように、しかし会話の流れ次第では、もう打ち明けてしまいたい気持ちで言った。

是永は、蒔野の名前が出たこと自体は、別段、唐突とも感じなかった風だったが、

「うーん、……」と、溜息交じりに声を発すると、

「わたし実は、担当から外れちゃったのよ。」と言った。

「そうなの？　どうして？」

是永は、蒔野と《この素晴らしき世界》の件で意見が対立し、会社の判断もあって担当を代わることになった経緯を説明し、自分としては、とても力を入れていた仕事で、蒔野にも最大限気をつかっていたはずなのでショックだった、この業界で自分の出来ることは、もうあまりないのかもしれないと思うようになった一つのきっかけだった、と言った。

洋子は、是永に同情しつつも、蒔野のその話はまったく知らなかったので、

「彼は、仕事相手として難しい人？」

と、自分たちの関係を言い出しそびれたまま、語を継いでしまった。

「ううん。アーティストの中ではやりやすい方よ。常識的だし、洋子が会った時みたいに、普段は気さくだし、繊細な心遣いもあるしね。蒔野さんと衝突したことなんて、一

度もなかったから、余計にショックだった。」

「どうしてなのかしら？」

「そうね、……こんなこと、言っていいのかどうかわからないけど、蒔野さん、多分ちょっとスランプなのよね、今。音楽家として苦しんでるみたい。人には言わないけど、最近、噂になってる。」

「……。」

「六月にパリでリサイタルをやった時に、演奏がストップしてしまったらしいのよね。会場で聴いてた知り合いがいて、その時は、手を心配してたらしくて。……半信半疑だったんだけど、つい一昨日の東京の音楽イヴェントでも、別人みたいに精彩を欠いてたし。」

「そう、……。」

「本人もイライラしてるんじゃないかしら。――洋子は連絡は取ってないの？」

「え、……ああ、……。」

「てっきり取ってるのかと思ってた。去年のコンサートのあと、蒔野さん、洋子に会えたこと、ものすごく喜んでたから。色んなところで洋子の話してたし。」

「あなたが、手が早いなんて言うから気をつけてたのよ。」

「あー、冗談半分よ。まぁ、なんであの人、結婚しないのかって話になったら、モテるから遊んでる方が楽しいんでしょうってみんな言うけど、わたしもそんなに私生活を知

ってるわけじゃないから。一切話さないし、そういうこと。憶測よ。――なかなか、あ
あいう人とつきあえる女もいないでしょうしね。蒔野さんは、本当に天才だから。わた
しも色んな音楽家と仕事してきたけど、音を聴いて、すぐにあんなふうに、ああ、この
人は他の人とは全然違うって感じる人、楽器を問わず、なかなかいないから。普段どん
な生活してるのかは謎だけど、時々、会場で考えごとしてる表情見てると、大変な人生
だなって思う。練習も、コンサート前の緊張も、それは本当に。……ああいう人は、最
後はやっぱり、三谷さんみたいな人が、パートナーになるんじゃない？　みんな言って
る。」
「三谷さんって、……あのマネージャーの？」
「そうそう、酔っ払って洋子に絡んでたあの元気な子。蒔野さんも、レコード会社の買
収でゴタゴタしていて、今は彼女が一人で奮闘してる。わたし、今年の初めだったか、
あの人に言われたことが忘れられないの。」
「何？」
「みんな、自分の人生の主役になりたいって考える。それで、苦しんでる。自分もずっ
とそうだったけど、今はもう違う。蒔野さんの担当になった時、わたしはこの人が主役
の人生の〝名脇役〟になりたいって、心から思ったって言うの。」
「名脇役？」
「そう。役者だって、主役向きの人もいれば、脇役向きの人もいるでしょう？　彼女は、

どんなに想像してみても、自分が主演を務める人生には、ドキドキしないんだって。『三谷早苗の伝記映画なんて、誰が見に行きます？　でも、蒔野さんの伝記なら見たいでしょう？　そこには、三谷早苗っていう登場人物は欠かせないんです。それって、すごくないですか？』って。彼女は、蒔野さんが主演を務める人生に、ずっと、すごく重要な脇役としてキャスティングされ続けるなら、自分の人生はきっと充実したものになるって言うの。考えただけでも胸が躍る。だから、蒔野さんのためなら何だってできるって。――面喰らっちゃった、わたし。」

「そういう考え方って、……あるのね。ドキッとさせられるわね、ちょっと。」

「洋子のことも言ってた。」

「わたしのこと？」

「例としてね。女だからそう思うわけじゃない。洋子さんみたいな人は、自分の人生の中で、十分主役として輝けるんでしょうけど、わたしはそうじゃないって。彼女の自己評価はともかく、洋子は確かにそうねって同意しておいた。」

「まさか。単館上映で二週間で打ち切られるような映画ね、きっと。」

「そんなことないわよ。わたし、PRする自信あるから！――なんか、でも、わたしその話を彼女としてから、考え込んじゃって。自分もやっぱり、主役向きじゃなくて、脇役向きだなーとか。でも、彼女みたいに誰か一人の人生の助演女優賞を目指すっていうタイプでもないし、色んな人が主役の人生の中で、ちょっと味のある脇役を務められれば十分かなって。そういうのも、案外、楽しそう。」

「引っ張り凧よ、あなたなら。」

「洋子の人生になら、ノーギャラでも出演するからわたし。いつでも呼んで。蒔野さんの主演作からは、残念ながら降板しちゃったけどね。……」

是永だけでなく、洋子もまた、三谷のその人生観のことが、しばらく頭から離れなかった。そして、彼女が蒔野の「主演作」では、欠かすことの出来ない登場人物であるということも。——

洋子は最初、是永が自分と蒔野との関係について何も知らないまま、蒔野のパートナーとして三谷の名前を挙げるのを、少しおかしいような、後ろめたいような気持ちで聞いていた。あとで真相を打ち明ければ、「えー、どうしてもっと早く教えてくれなかったの!?」と呆れられるに決まっていた。

しかし、話を聞き進めていくうちに、段々と、何も知らないのは自分の方ではないかという気がしてきた。

自分は一体、蒔野のために何が出来るのだろうか？　自分の彼への愛の実質とは何なのだろうか、と。

演奏活動について、それとなく尋ねてみても、蒔野はただ平気そうに、「うん、まァ、いつも通り。」と答えるだけだった。そして、その語られなかった苦悩を、どこか仄めかしているかのように、何度となく、スカイプを通じてのこの会話に、自分がどれほど大きな幸福を感じているかを語った。

洋子はその度に、彼の存在を、彼女自身がまだ知らなかった心の深い奥底で感じ、喜びに浸った。そして、これほどの愛に満たされていながら、イラクでの体験から逃れられない自分が悔しかった。

彼の中で、何もかもを捨て去って、ただ安らぎを得たい気持ちと、自分こそが彼の安らぎでありたいという気持ちとが、鬩《せめ》ぎ合っていた。――しかしその二つは、そんなに矛盾することなのだろうか？　側にいられさえすれば、二人はただ、互いのぬくもりの中で、言葉もなく、両《ふたつ》ながらにその役割を果たせていたはずではなかったか？

洋子は初めて、三谷という女性に嫉妬を感じた。

蒔野を主人公とするその人生の中では、自分もまた、確かに配役されているはずだった。ところで、その監督はどこにいるのだろうか？

洋子はふと、自分だけは、他のみんなが持っている脚本とは、違うものを手渡されているような不安を感じた。そして、慌ててページを確かめるように、現在を見つめ直し、過去を振り返り、八月末の彼との再会の場面を、何も間違っていないはずだと自らに言い聞かせながら思い描いた。

蒔野は、洋子と休暇の計画を話し合って、最初の二日間は東京で過ごし、そのあと一緒に彼女の実家のある長崎を訪れることにした。

洋子の日本滞在は、僅かに一週間の予定で、彼はそれを短いと感じたが、ジャリーラを独り残して、あまり長くパリを空けるのは心配だという彼女の考えは理解できた。彼が愛しているのは、まさしくそういう洋子だったが、休暇自体は二週間取っているらしく、パリに戻ってからの残りの一週間を想像すると、その傍らにいられないことがもどかしかった。

＊

洋子自身も、短いとは感じていた。

ジャリーラのことが気に懸かっていたのは事実だった。しかし同時に、洋子は、自分の体調のことを危惧していた。

ジャリーラは洋子に、どうして蒔野にＰＴＳＤについて打ち明けないのか、きっと心の支えになってくれるに違いないと、何度となくふしぎそうに尋ねた。

しかし、洋子はそれを頑なに拒んで、後にも先にも、決して見たことがない厳しい表情で、もうそのことは言わないでほしい、万が一にも、勝手に蒔野にこのことを伝えるようなことがあれば、あなたとの信頼関係は終わってしまうと告げた。

洋子は、ジャリーラのような立場の人間に対して、自分は何ということを口走ってしまったのだろうと、あとで酷く後悔した。彼女が怖れていたのは、ジャリーラのまだ若い、あまりに純粋な善意だった。

ジャリーラは蒔野の音楽的な苦境について知らず、それを見守る存在でありたいという洋子の思いを理解していなかった。そして、それ以上に、洋子の三谷に対する嫉妬に気づいていなかった。

洋子は、是永のいかにも悪気のない憶測を、あれ以来気に懸けていた。一旦芽吹くと、洋子の中には、夏休みの朝顔のように三谷の存在が幾つもの鮮やかな花を咲かせ、感情の隙間にその蔓を絡ませていった。一つ一つの花は、決して長くは保たなかったが、蕾の数はなかなか減らず、どうやらこの夏いっぱいは続きそうだった。――蒔野に会うまでは。

もし彼がすぐ側にいたなら、恐らくは本葉が出たくらいの頃に気がついて、怪訝そうな顔で、洋子の心の中からそれを引き抜いていたはずだった。悪い妄想だ、と。洋子の心を乱していたのは、茫漠とした一万キロ弱に及ぶ東京とパリとの隔たりではなかった。一ミリと違わず正確に、彼の肌から彼女の肌までの距離だった。

ただ三谷だけが蒔野に寄り添い、その音楽活動の支えになっているその時に、自分の抱える問題が、蒔野の心を一層乱してしまうということが、どれほど深く洋子を傷つけるか、ジャリーラは知らなかった。

加えて洋子は、自分の体調の悪化には、ズルズルと長引いているリチャードとの婚約解消の失敗も影響していると思っていた。だとすれば猶更、このことを蒔野には打ち明けたくなかった。

もちろん、リチャードとの婚約破棄は、そもそもは蒔野こそが、強く求めたことだった。しかし洋子は、自身の気持ちとして、蒔野との新しい生活に、どうしてもリチャードの存在を持ち込みたくなかった。彼の前では、かつてリチャードと婚約していた自分ではありたくなかった。

一週間という日本滞在の期間であれば、きっと平穏に過ごせるはずだと、洋子は努めて信じようとしていた。蒔野と再会し、そこで将来の約束をし、ただ彼の側にいられるという幸福の只中にあって、どうしてイラクでの悪夢の発作に悩まされることなどあるだろうか。

何もかもを忘れて、彼がいて、自分がいるというだけの実感の中で、まっさらになりたかった。それほどまでに、重荷と感じられる人生だっただろうか？　しかし少なくとも、バグダッドに残って、今もまだ取材を続けている自分の幻影は、もう仕事は終わっていることを知って、ようやく帰国の途に就くのではあるまいか。……

蒔野は、八月に入って参加した国内のギター・フェスティヴァルで、再び楽譜が飛んでしまうという失態に見舞われた。今度はうまく誤魔化《ごまか》したので、気づいた者はほとんどいなかったが、演奏は、全体に上ずって性急で、いつものあの輪郭の冴えた精緻な構築物のような音楽は、見る影もなかった。不調であっても技術的には高度なだけに、却って指だけよく回る表面的な演奏に聞こえた。

決して大きなコンサートではなく、ヴァイオリンとのデュオのあとに四曲ソロを弾くだけの舞台だったが、蒔野はいつになく緊張して、楽屋を出たり入ったりしていた。

元々、静かに舞台を迎えられる質だったので、動揺を鎮めるために、付け焼き刃のやり方で、自己暗示の言葉を反復してみたり、トイレの鏡の前で笑顔を作ってみたりした。呼吸を意識し、楽曲を冒頭から辿ってゆこうとするものの、わかりきっている箇所は焦燥が次々に飛ばしてしまう。断片的に難所の指の動きを確認したが、むしろ思いがけない空白は、その前後の継ぎ目にこそ潜んでいそうで、頭の中で、後戻りしたり、先走ったりを繰り返した。

長い演奏生活の中では、好不調の波とのつきあい方も一種の技術のはずだった。しっくり来ないような演奏も、必ずしも珍しいわけではなかったが、蒔野は、その対処の仕方をすっかり忘れてしまったかのような自分に戸惑った。大して過密スケジュールでもないのに、ほんの数カ月で、二度も楽譜が飛んでしまうというのは異常だった。しかもいずれも、「寝ながらでも弾ける」ほど慣れ親しんだ曲だった。

洋子との新しい生活に寄せる蒔野の期待は、漠然とはしていたものの、以前より大きくなっていた。

彼女の前では、せめて憂鬱な表情を見せたくなかったが、その心配の必要もなく、パソコンのモニター越しに向かい合うと、彼はふしぎなほど自然に笑顔になった。

蒔野は、彼女と一緒に、ジャリーラのためにギターを弾いた時の心境を思い出そうとしていた。あの調子でそのまま舞台に上がれるわけではなかったが、しかし、このところ仕事が上手くいかずに、ずっとギクシャクしていた楽器と、あの時は久しぶりに楽しく会話をしたと彼は感じていた。彼女が詩を朗読し、自分が演奏したあの十分間。あの時は、ギターそのものが、生死の境を辛うじて潜り抜けてきた少女のために、親身な歌を歌っていた。何のための音楽なのかという問いを、束の間、忘れて。——


洋子との再会までに、蒔野は雑然と停滞していた仕事の整理に手を着けた。

パリからの帰国後、彼は三谷を通じて、新しいレコード会社のグローブと連絡を取っていたが、担当者の人事を巡って混乱が生じ、すぐにレコードを出す予定もない彼の話は、しばらく脇に置かれたままになっていた。

蒔野の担当には、元ジュピターの岡島がつく予定だったが、蒔野は三谷を介してそれに難色を示した。

不景気な業界だけに、方々で色んな噂が飛び交っており、蒔野も半信半疑だったが、岡島は、ジュピターが買収される際に、所属音楽家たちの整理と取りまとめを行う代わりに、グローブでのポストを約束されたという話だった。実際、蒔野との面会のようなことを、彼はあちこちでやっていたらしいが、いずれにせよ、彼はどうしても、新天地で岡島と一緒に仕事をする気にはなれなかった。

　岡島は、確かにこの業界のことをよく知っていたが、それがほとんど唯一の自尊心の拠りどころだったので、昨今のCDの売り上げ不振に溜息を吐き、現代人の芸術的感性の劣化を嘆いて、「新しい試み」の必要を熱心に説きつつも、実際に部下の是永などが具体的な提案をする時には、癇に障ったように早口で捲《まく》し立てて、「そんなこと、出来るわけがない。」と冷笑する悪い癖があった。

　是永のやるせない分析によれば、岡島は、「そんなこと」に今まで自分が気づかなかったと思われるのが何より腹立たしく、当然、気づいてはいて、しかしやらなかったのは、相応の理由があるからだと弁明せずにはいられない、典型的な「バブルさん」なのだ、とのことだった。

　蒔野は、そんな上司と部下との鍔迫《つばぜ》り合いに巻き込まれるのはご免だったので、大体、笑い話のように聞き流していたが、是永という緩衝材を失って、直接岡島とやりとりするようになると、彼女の言い分もつくづく理解された。

　是永とは、《この素晴らしき世界》の一件以来、没交渉になっていたが、最近になって退社の挨拶が一斉メールで届き、蒔野は、この企画の成立のために、彼女がどんなに骨を折ったかを今更慮《おもんぱか》った。

グローブは、蒔野の要望を容れて、岡島を担当から外し、野田という名の三十代の青年を新たに紹介した。

野田は元々、音楽配信事業部の所属で、今度のジュピターの買収を機に、クラシック部門に異動になったらしかった。あまりクラシックもギターも詳しくないと、自分で言うところは不安だったが、会社からは優秀だと見込まれて、この不採算部門を何とかしろと発破を掛けられているのだという。工学部の情報工学科出だという変わり種で、自己紹介がてらにメディア論だの何だのの話をしていたかと思うと、いつの間にか、本題に入っていた。

色々込み入ったことを言っていたが、野田が考えているのは、こういうことらしかった。

芸術の価値は、カントの定義以来、〈美しい beautiful〉か〈崇高 sublime〉かのいずれかだったが、二十世紀後半以降、取り分け顕著に現代のネット社会では、それがそのまま、〈カッコイイ cool〉か〈スゴイ awesome〉かになっている。現代アートの中でも人気があるのは、やはり、ゲルハルト・リヒターのような〈カッコイイ〉作品か、アンドレアス・グルスキーのような〈スゴイ〉作品で、自分は、蒔野の音楽は美しいだけでなく、その両方を備えている点が強みだと思う。ただ、残念ながら、一般人からは、まだまだ遠い。――

　それから野田は、六〇年代以降、何度かあったバンドブームの時代の、エレキギターやアコースティック・ギターの生産台数のグラフを見せながら、この世の中に、ジャンルを問わず、〝ギターを囓《かじ》ったことがある人〟たちが、どんなにたくさんいるかという話をした。彼らの大半は、今ではもうバンド活動などしていなくて、せいぜいのところ、家でちょっと爪弾く程度か、それさえもせずにケースごとギターを押し入れに眠らせている。けれども、根本的には音楽好きで、家族や友人に、一人で弾けるちょっとした曲でも披露できれば、かっこいいだろうなと夢見ている。

「クラシック・ギターは、レパートリーが広いでしょう？　ポップスとか、映画音楽とか、何でも弾けますから、蒔野さんをクラシック・ギターっていう遠い世界の人にしてしまわないで、ギターっていう楽器に興味のある人全員の憧れの存在にしたいんです。楽譜と、蒔野さん自身の演奏動画をオフィシャルサイトにアップして、参加者には、クラシック・ギターに拘《こだわ》らず、手持ちのギターでそれを弾いてもらいます。世界中の〝ギターを囓ったことがある人〟を集められたら、結構な規模になるはずです。――これは、クラシック・ギターだからこそ可能な方法です。チェロやヴァイオリンとなると、またちょっと話が別ですから。」

　野田は、そのために、やはり《この素晴らしき世界》を完成させてほしいと提案した。アルバムを出すだけではなくて、今説明したような仕組みをネット上に作って、ファン層の裾野を拡大したい。蒔野のバッハやロドリーゴを聴いてもらうのは、その先の話だと。

蒔野は、野田の言わんとするところを理解できた。テレビ番組などで、ロックやジャズのギタリストたちと共演する時には、こちらが意外に感じるほどに、クラシック・ギターの技術に興味を持たれた。ピックで弾くか、指で弾くかという問題は小さくはないが、アルペジオ主体の遅いテンポの曲なら、楽譜を共有することは、さほど難しい話でもなかった。

《この素晴らしき世界》に改めて着手するというのは、億劫だったが、このアルバムを、ジャリーラに捧げるというアイディアを思いついてからは、彼もやる気を取り戻していた。あの晩、彼女が自分の演奏を喜んでくれた表情が忘れられなかった。どんなに洗練された愛好家に賞讃されるよりも、彼女が感動してくれたという事実は、今の蒔野にとっては、自分の音楽を信じるための一つのよすがだった。

アルバムのクレジットに、自分の名前が献辞として入っていたなら、きっとジャリーラは喜んでくれるだろう。その笑顔のためだけでも、完成させる価値はあるのかもしれない。ジャリーラだけでなく、彼女に寄り添い、その生を支え続けている洋子も、賛同してくれるに違いなかった。

ジャリーラは、彼が初めて、洋子と一緒に心配し、手を差し伸べたいと願った掛け替えのない存在だった。

来日期間の短さについて、蒔野は、「そんなにすぐパリに戻るの？」と洋子に尋ねたが、彼女はそれに対して、「うん、ジャリーラのことも心配だから。……」と言葉少なに答えていた。

蒔野はその時、自分があまり良い返事をしなかった気がしていた。洋子ともっと長い時間を過ごせると思っていたので、落胆したのは事実だった。しかし、自分が決してジャリーラの存在を疎ましくなど思っていないことを知ってほしかった。

正式な難民認定を受け、ジャリーラは今では、洋子と別居することも可能だった。三年ほど経てば、市民権を得ることも出来る。元々、亡命先としてスウェーデンを選んだのは、非合法の仲介業者の都合であり、ジャリーラは、このままフランスに住み続けたいと思い始めているらしかった。

洋子は、パリで暮らす中東やアフリカからの移民の生活難を知っているので、それが本当に良いのかどうか迷っていたが、いずれにせよ、フランス語の能力が問題になるので、少し前から教え始めたと言っていた。

結婚後の生活の拠点は、当面、東京に置くということで落ち着きつつあった。しかし蒔野は、ジャリーラを独り残してパリを去るという決断を、洋子は下せないのではないかという気がしていた。洋子と一緒にいたかった。しかしそのために、あの日、自分の音楽にあれほど感動してくれたジャリーラを孤立させることは忍び難かった。それもまた、次に東京で会った時に、話し合わなければならないことだった。

ジャリーラのために。——そうして、《この素晴らしき世界》の再着手に納得する一方で、その先の提案に関しては、自分の演奏に満足し、精神的にゆとりのある時でなければ無理だろうとも感じていた。

ろくな演奏も出来ずに、ファンに囲まれて、かっこいいだのすごいだのと持て囃されている様を想像すると、いよいよ気が滅入った。

彼は三谷に、野田は今までのレコード会社にいなかった新しいタイプの社員で、一緒に仕事をしてみたいから、もう少し色んなことを話しておいてほしいと、二人きりになった時に伝えた。

三谷は、久しぶりに、自分が蒔野から頼られているということを実感できて嬉しくなった。野田の発想が上手くいくのかどうかは、まだピンときていなかったが、確かに、岡島のような人間と仕事をしないというのは、こういう方法を探るということなのかもしれない。

彼女はそうして、蒔野の役に立つことで、やはり洋子の存在と張り合っていた。予定では洋子は、八月末に来日して、しばらく蒔野と一緒に過ごすらしかった。

＊

洋子は、八月二十九日午後四時半に成田空港に到着予定だった。

蒔野は最初、空港まで迎えに行くつもりでいた。それが、パリを出発する前に洋子から電話がかかってきて、飛行機が今三時間遅れで、まだ見通しが立たない、到着時間が不安定なので、出来れば直接、蒔野の自宅に向かいたい、成田エクスプレスに乗ったら連絡するから、と告げられた。彼女は、シャルル・ド・ゴールではよくあることだけど、ウンザリしていると苦笑して、早く会いたいのにと言った。蒔野も、同じ気持ちを伝えて、荷物もあることだし、新宿までは迎えに行くと言った。

その後、洋子から短いメールが届いて、結局、三時間遅れで搭乗したらしいことがわかった。ざっと計算して、新宿には九時前後の到着だろうと予想し、蒔野は、サンドイッチで軽く腹ごしらえをした。駅に迎えに行ったついでに何か食べるか、そのまま自宅に向かうかは、彼女の疲労次第で決めることにした。

午後六時半頃、蒔野の自宅の電話が鳴った。恩師である祖父江誠一の娘の奏《かな》だった。

「どうしたの？　珍しいね。」

「実はあの、……お父さんが脳出血で倒れて、救急車で運ばれて。」

「病院だけど、先生が、危険な状態だから、知らせるべき人には連絡した方がいいって言うから。聡史君には一応、と思って。」

「……今どこ？」

奏は、気丈に落ち着いた口調で伝えたが、その声は、冷たい床の上に、裸足で立たされているかのように微かに震えていた。

病院の名前と場所を聞くと、蒔野は、時計に目を遣って、「すぐに行くから。」と電話を切った。祖父江の死に目に会えないかもしれないということ、助かっても後遺症でギターはもう弾けないのではないかということなど、様々な考えが一時《いちどき》に溢れ出して、胸がいっぱいになった。病院の場所をネットで調べると、すぐに家を飛び出した。

洋子にも連絡しなければならなかったが、状況がわかってからの方が混乱がないだろう。パリでの再会の時にも、ジャリーラの一件で擦れ違いそうになった。そういう偶然も、年齢的な必然であるような気がした。社会的な関わりが増え、親しい人たちが老いてゆく今であればこそ。——万が一のことを考えて、自分は長崎に行けるだろうかと、少し心配になった。

通りに出ると、すぐにタクシーを拾って、病院の名前を伝えた。五十がらみの女性の運転手は、それがどこにあるかを考えてみることさえせずに言った。

「ああ、お客さん、すみません、わたしこのあたりは全然道がわからないんです。」

「赤羽橋です。」

「赤羽、……北区ですかね？」

「いや、港区の赤羽橋ですよ。」

「まだ新人なもので。……いつもは小金井の方を走ってるんです。ほんとにわからなくて。」

「そのナビで調べてください。急いでるんで。」

「ナビは、……急がれますよね。ちょっと、あの、アレだったら降りていただいた方がいいかもしれませんね。ごめんなさい。」

一旦、走りかけたものの、運転手は左に車を寄せて停車し、ドアを開けた。蒔野は呆れて文句を言おうとしたが、その時間も惜しく、苛々しながらタクシーを降りた。運転席からは、弱々しい謝罪の声が聞こえた。蒔野は、すぐ後ろから来たタクシーを強引に止めた。

今度は、問題なく車が走り出した。運転手は、「お客さん、今、前のタクシー降りられたみたいですけど、何かありました？」と尋ねたが、蒔野はそれに生返事をして、落ち着かないまま窓の外に目を遣った。

間に合うだろうかと、考えた。ほんの数カ月前に共演した時には、あんなに元気だったのに。

奏《かな》の兄の響《ひびき》は、ヴァイオリニストとしてカナダを拠点に活動していた。祖父江の妻は、二年前に他界しているが、祖父江が倒れた原因には、その看病疲れの名残もあるのではないかと蒔野は察した。奏は、母親が亡くなる少し前に結婚して、今は二人目の子供が、まだ一歳にもなっていない。祖父江が助かることが何よりだが、その時に、今後の介護の負担が一番重く伸しかかるのは、彼女だろうと、先走った心配をした。

フルートの道に進もうとして諦め、今は中学校の音楽教師をしている彼女。祖父江は、響に期待していたが、蒔野の目には、奏への愛情は格別であるように見えていた。病院で独り父の身を案ずる彼女の胸中が思いやられた。自分としても出来るだけのことはしたいが、と蒔野は考えた。……

病院に着く前から、車のフロントガラスを重たい音を立てて大粒の雨が打ち始め、やがて驟雨《しゅうう》になった。

蒔野はタクシーを降りて玄関の自動ドアを抜けたところで、奏に電話しようとして、自分が携帯電話を持っていないことに初めて気がついた。

家を出る時には、確かに手に持ったはずだったが、記憶が曖昧だった。タクシーに置き忘れてしまったのだろうか？　ゆったりとした化繊混じりの綿のズボンだったので、ポケットから滑り落ちてしまったのかもしれない。

洋子と連絡を取る術がなくなってしまった。約束の時間までにはまだ余裕があるので、彼はとにかく、受付に尋ねて奏の許に急いだ。

奏は、一人でベンチに座って手術が終わるのを待っていたが、蒔野を見ると、立ち上がって目に涙を滲《にじ》ませた。憔悴していた。蒔野は、肩の辺りに手を添えて宥めながら、「大変だったね。」と声を掛けた。

祖父江は、妻を亡くした後、ギター教室を併設した――蒔野もよく通った――自宅で、独り暮らしをしており、奏は家族を連れて、月に一、二度は様子を見に行っていた。今日は丁度その日だったが、倒れているのを発見した時には、既にかなり時間が経っていたらしい。

手術が成功するかどうかはわからず、うまくいったとしても、麻痺が残ることになるだろうと、事前に説明を受けていた。

響には連絡をして、出来るだけ早く帰国するように伝えたが、他の人にはまだ話していないという。

一通りの検査を終えて、手術は始まったばかりらしく、三時間ほどかかると言われていた。

蒔野は、時計を見てしばらく考え、今晩洋子に会うのを諦めた。ジャリーラの時のこともあり、急な予定変更を、彼女はきっと理解してくれるだろう。他ならぬ事情であるだけに。――彼女も、フライトの遅れで疲れているのではないかと思ったが、それだけに、九時頃に新宿に着いて、ホテルを探させるのは忍びなかった。自宅を使ってもらいたかったが、どうやって連絡を取るべきか。

携帯電話を忘れたのは、恐らく一台目のタクシーだった。家を出る時には、やはり手に持っていた記憶がある。どこのタクシー会社だったか、社名を思い出せない。降りたあとで謝罪らしい声が聞こえていたが、あれは実は、電話を忘れていると言っていたのだろうか？　それなら今頃は、警察に届けられているのかもしれない。……

蒔野は、恩師の死の危機に瀕して、その恢復を祈ることも、懐かしい回想に浸ることも出来ない自分の焦燥を持て余した。

その後のフライトが順調なら、洋子はそろそろ、成田に到着する頃だった。

「聡史君、ごめんね。……何か予定があったんじゃないですか？」

十代の頃には、家族同然に親しんだだけに、少しく縁遠くなり、久しぶりに再会すると、思いがけず敬語が口を衝いたりと、互いの口調がなかなか定まらなかった。

蒔野は、大丈夫だと言ったが、「ちょっと、電話してくる。」と断って公衆電話を探しに行った。

テレフォンカードを買い、久しぶりに手に持った黄緑色の受話器は、懐かしい重さだった。どこに電話すべきか途方に暮れ、番号案内の１０４を思いついたが、タクシー会社の名前さえわからないのであれば、無駄だろう。知人に助けを求めるにも、そもそも、誰の電話番号も、今はもう記憶していなかった。

蒔野はふと、三谷が何度か、自分の電話番号の語呂合わせを語っていたのを思い出した。受験勉強の歴史の年号暗記を二つ組み合わせたもので、その滑稽な口調そのままに、彼の頭に染みついていた。

　電話すると、三谷はどこか賑やかな場所で食事をしている様子だった。

「どうしたんですか？」

「ごめん、休日に。ちょっと携帯をタクシーに忘れてしまって、それがどこの会社かわからなくて。三谷さんの番号しか覚えてなかったから。」

「えー、……自分の番号に電話してみました？」

「あ、……そっか。」

「普通、一番にそうしません？　大丈夫ですか、蒔野さん？」

　三谷は呆れたように笑った。

「実は、祖父江先生が脳出血で倒れて、今、赤羽橋の病院にいるんだよ。ちょっと危ないみたい。……」

　蒔野は、少しぼうっとした口調で状況を説明した。三谷は絶句していたが、すぐに、

「わたし、行きます、そっちに。お手伝いできることは何でもします。奏《かな》さんたちの邪魔にならないように、どこか隅の方にいますから。」

と真剣な声で言った。

　蒔野は、呼び寄せるつもりで電話したのではなかったが、そう言ってもらえると心強かった。万が一の時の関係者への連絡など、奏の負担を軽減する意味でも、三谷がいて

くれれば助かるだろう。

「じゃあ、そうしてもらえるかな。せっかくの休みに、申し訳ないけど。」

「わたしの仕事ですから。携帯、タクシー会社に取りに行きましょうか？」

「うん、……そうしてもらえると、助かるよ。じゃあ、電話してどこにあるか確認して、折り返すから。」

「はい。蒔野さん、こういう時ですから、遠慮せずに何でも言ってください。その方が、わたしも何をすればいいのかわかって助かりますから。」

＊

三谷は、新宿で女友達四人と食事をしていたが、蒔野から小金井のタクシー会社に携帯電話があることを伝えられると、すぐに電車で取りに向かった。

このところ蒔野の顔色は冴えず、特に自分に対しては、冷淡とさえ感じられていたが、グローブの野田と仕事をし始めてからは、幾分、表情も和らいでいた。音楽家としての活動に、幾らか展望が開けてきたのかもしれない。結局のところ、蒔野の幸福とは、それ以外にはないのだと彼女は信じていた。

タクシー会社では、すぐに電話を受け取ることが出来た。蒔野からは事前に暗証番号を教えられていて、中を見て本人のものであることも確認した。そのために、三谷は図らずも、そこに複数件残された洋子からの着信履歴をも目にすることとなった。

雨は、タクシー会社を出る頃には、また一段と酷くなっていた。

夜の足許が、水しぶきで白く打ちけぶっている。

中央線で新宿まで出る間、三谷は、乗客たちが互いに濡れそぼった傘を気づかい合う、蒸し蒸しした電車に揺られながら、今日からの休暇を、蒔野は洋子と過ごす予定だったのだということを考えていた。

恩師の危篤のために動揺し、他でもなく自分を頼ってきた蒔野の力になりたい一心で、土砂降りの中、「こんな日に仕事で呼び出されるの⁉」と友人たちに目を丸くされながら、イタリアンのコースをパスタまでで諦めて、電車に飛び乗ったのだった。自分が二人の恋愛の成就の手助けをすることになるとも知らずに。

何をしているのだろうと、彼女は自分の人生を顧みた。蒔野のために尽くしたい。──その思いは純粋だったが、彼への愛は、どうやら報われそうになかった。むしろ、その不可能を今、自分の手で確定させようとしていた。

洋子はつい先ほど日本に着いて、今は成田エクスプレスに乗っているのだという。丁度そんなことを考えていた時、握り締めていた蒔野の携帯電話が短く震えた。

三谷はそれを、すぐには確かめなかった。新宿駅に到着すると、車両自体が苦しさに耐えかねたかのように、彼女もろとも乗客たちをホームに吐き出した。流されるがままにエスカレーターに乗り、少し気が遠くなるのを感じながらメールを開封した。

驚いたことに、洋子も今は新宿駅にいて、南口で蒔野を待っているらしかった。連絡を取れないことに、彼女は戸惑っていた。

一人でいるので当たり前なのに、三谷は、タクシー会社をあとにして以来、一度も口を開いていないことを意識した。歩きながら、鼻から吐き出す息の熱を感じ、こめかみや首筋に垂れてくる汗を、何度となくハンカチで押さえた。

足は勝手に南口に向いていた。そして、改札の手前まで来ると、何年経っても工事が終わらぬ甲州街道の出口付近で、独り不安げに雨空を見上げている洋子の姿を認めた。

革のベルトのついた、赤い大きなグローブ・トロッターのスーツケースを携えていた。三谷は、この誰が持っても目立ち過ぎる、グレーハウンドでも散歩させているようなスーツケースが、こんなに自然に嫌味なく似合っている人を、生まれて初めて目にした。

蒔野が言うほどの美人だっただろうかと、あれからよく、たった一度しか会っていない洋子の記憶を引っ張り出しては首を傾げていたが、新宿駅の雑踏の中で、大きな柱の脇にすっと一人佇む洋子には、通行人が、前を過ぎ様につと視線を向けずにはいられないような存在感があった。三谷自身、探すべきかどうかと迷う間もなく、洋子を見つけてしまった。

洋子は、蒔野を愛することによって美しくなり、これから蒔野に会うために美しいのだと、三谷は感じた。そして、身悶えするような激しい嫉妬に襲われた。

彼女は、夥《おびただ》しい数の乗客が行き交う改札の付近をうろうろした。時々人にぶつかりそうになり、何をしているのかと不審らしく振り返られた。イライラした。長居すると洋子に気づかれかねず、実際、ここに留まっていても仕方がなかった。

恋敵が、一回り近くも歳上というのは、これまで経験したことがなく、三谷は、三十にもなって、自分を酷く子供染みていると感じた。

洋子が蒔野に似合っているというのは、彼女を絶えず苦しめる想像だったが、今ほどそれを強く感じたことはなかった。

洋子は、何もかもに恵まれて、華々しい、自らが主役としての人生を生きている。そして、自分は今、蒔野の人生の脇役として、擦れ違いかけた二人の人生を、この携帯電話を届けることで再び結び合わせようとしている。なるほどそれは、他の誰にも務まらない重要な役どころに違いなかった！

三谷は、惨めな気持ちになった。残酷な皮肉だったが、そもそもは自分で買って出た役目だった。蒔野はその間に、洋子から着信があったとしても、まさか自分が傷つくとは夢にも思っておらず、暗証番号さえ教えるほどに、人間としては自分を信頼しきっていた。

エスカレーターで大江戸線の改札へと向かいながら、三谷はただ、蒔野に洋子と会ってほしくないと思いつめていた。そしていつか、その一念こそが、すっかり三谷を飲み込んで、三谷という一人の女のことを物憂く考えていた。

ホームのベンチに座って、蒔野の携帯に届いていた洋子のメッセージを見つめた。

ひっきりなしに電車が往来し、その騒音に紛れまいとする乗客たちの話し声が、三谷をますます孤独にさせた。

三谷は、学校に行きたくないばかりに、自宅に火をつけてしまう少年のような、奇妙な勇気へと追い詰められていった。重要なことは、とにかく、洋子と蒔野とが今夜会わないということだけだった。

洋子は蒔野に何を告げられれば、彼との関係を断念するだろうかと、そのことだけを考えた。問題は二人ではなく、二人の愛だった。

三谷は、徐《おもむろ》に顔を上げると、洋子と会って以来、蒔野が音楽的な危機に陥っているというのは事実なのだと自分に言い聞かせた。そして眉を顰めた。

「洋子さんへ」と、蒔野の送信履歴を参考にメールを書き出すと、一気に次のように書いてみた。本当に送るかどうかは、またあとの話だった。


「連絡、遅くなってごめんなさい。

あなたに謝らなければならないことがあります。

ギリギリまで、ずっと悩んでいたのですが、僕はやっぱり、今回、あなたに会うことはできません。

もう何カ月も考えてきたことですが、僕の音楽家としての問題です。あなたには、何も悪いところはありません。ただ、あなたとの関係が始まってから、僕は自分の音楽を見失ってしまっています。状況を改善するために努力をしてきましたが、表面的にごまかし続けるのは、誠実じゃないと思います。あなたに対しても、自分に対しても。あなたのことがずっと好きでしたが、この先もそうである自信を持てません。だったら、後戻りができるうちに、ケジメをつけるべきだと思いました。

会ってしまうと、僕はまた自分を偽り、あなたを騙してしまうでしょう。

ただの友達として、また再会できる日を楽しみにしています。でも、しばらく気持ちを整理する時間が必要です。

あなたに会えたことを感謝しています。ありがとう。さようなら。


蒔野聡史」


書いている間中、頬が冷たく火照ってゆくような奇妙な感覚だった。

送信しないまま、三谷は次に来た電車に乗って赤羽橋駅に向かった。蒔野に言って欲しかった言葉であり、彼女自身の思いであり、また願望であって、洋子がその意味を誤解する余地のない常套句の数々だった。

座席について読み返して、自分が書いたのではないような錯覚を抱いた。綴られた言葉から、蒔野の声が聞こえた。洋子と蒔野とが互いに連絡を取り合っているメールがあり、三谷自身の送信した仕事のメールがあり、そのあとに、蒔野が自分で書いたメールが未送信のまま残っているかのようだった。

三谷は、なぜか急に眠たくなって目を瞑った。駅に着くまでには、消すつもりだった。現実は現実として進んでゆく。その途中で、束の間、蒔野がこんなメールを洋子に送るところを夢想してみたとしても、誰からも咎められないはずだった。罪悪感に駆られて、自分は結局踏み止まり、すべてをなかったことにして、この携帯電話を無事に蒔野に届けるだろう。そうして、自分の蒔野への愛も、なかったことになる。――

もし送信したなら？　洋子は、蒔野の世界からいなくなるだろう。消え去ってしまう。ただ親指で、この送信ボタンに一度触れるだけで。まるで魔法のようだった。自分じゃなくても、同じ状況になれば、誰でもきっと、そうするのではないだろうか？

濡れた革靴を擦り合わせて、三谷は苦しげに溜息を吐いた。瞼の向こうの車内の明かりが眩しかった。

先ほどの洋子の姿を思い出して、気の毒になった。胸が痛んだが、それもやがては忘れるに違いない。

自分は今まで、他人よりもずっと真面目に生きてきた。どんな人でも、死ぬまでにはきっと、それなりの罪を犯すはずで、それで言うと、自分の場合、許される罪の重さの制限に対して、まだまだ余裕があるはずだった。

目を開けると、夕食で酒が入ったらしい車内の乗客たちを眺めた。この人たちだって、人生にそういう後ろ暗い秘密の一つや二つはあるはずだった。

誰も気づいていなかった。だったら、自分自身がすぐに忘れてしまえば良いことだった。針で自分の指を刺すようなもので、恐かったが、一瞬の痛みに違いなかった。

三谷は携帯電話の画面を開いた。そして、震える指で送信ボタンを押し、また目を瞑った。

十秒ほどして、とんでもないことをしてしまったと思い、慌てて携帯を見た。既に〈送信完了〉の表示が出ている。一人佇む洋子が、丁度今、着信に気づいた姿が想像された。

当然、不審に思って電話かメールで連絡を取ろうとするだろう。すぐにバレてしまう！　どうしてこんな馬鹿なことをしてしまったのだろう？　三谷は後悔に駆られて、たった今送信したばかりのメールを取り戻そうとしたが、その手立てはなかった。

絶望的なもどかしさに、彼女は血の気を失った。

蒔野は絶対に、自分を赦さないだろう。激怒し、軽蔑し、自分をこそ彼の世界から消し去ってしまおうとするだろう！　ああ、どうすればいいのだろう？　また新宿まで戻って、洋子に会い、すべてを打ち明けて謝罪し、蒔野にだけは言わないでほしいと頼むべきか。彼女なら、優しく理解し、赦してくれるのではあるまいか。――あり得なかった。このままこの携帯電話を持って、どこかに行ってしまおうか。

けれども、蒔野は他でもなく自分を待っていた。今は世界中の誰よりも、自分の到着を待っているのだった。洋子も、あれを読めば、もう連絡などしてこないのではないだろうか？

雨は一向に止む気配がなく、赤羽橋で降りて、傘を開いて歩き出すと、頭上でぼとぼとと太鼓の撥《ばち》で叩いているような音がしていた。

三谷はハッとして、蒔野の携帯を取り出すと、送信履歴から先ほどのメールを削除した。画面を見ながら歩いていたせいで、彼女は大きな水たまりに気づかなかった。

足を踏み出すと、くるぶしまで浸かってしまい、慌てて後退《あとずさ》った。その刹那——それは、誓ってわざとではなかった！——彼女は手を滑らせて、蒔野の携帯を、その水の中に落としてしまった。

「あっ！」

急いでしゃがんだが、すぐには拾い上げず、少し躊躇ってから、その濁った水に手を突っ込んだ。画面は闇に閉ざされている。雫を拭って、どのボタンを押してみても、何も表示されなかった。

＊

蒔野の元に携帯電話が届いた時には、既に九時半を回っていた。祖父江の手術は、まだ続いていた。

三谷は酷く濡れていて、疲れ果てたような様子だった。そして、蒔野の前に立つと、泣き出してしまった。

「どうしたの？」

礼を言いながら、驚いて理由を尋ねた。三谷はただ、携帯電話を水たまりに落として壊してしまったとだけ伝えた。

蒔野は、手渡された電話の電源ボタンを押し、それから手当たり次第に色んなボタンを押してみたが、何の反応もなかった。

「……すみませんでした。」

三谷は震えていた。困ったなとは思ったが、怒ることは出来なかった。むしろ、自分はこういう失敗の時に、彼女をここまで怯えさせるほど、このところ、酷い態度だったのだろうかと気が咎めた。

「しょうがないよ。元々なくなってたものだし、出てきただけでも。……ありがとう。」

蒔野は、三谷の様子に、この時、異変を感じていないわけではなかった。しかし、この雨の中、仕事で携帯電話なんかを取りに行かされれば、当然だろうと思っていた。或いは、雨に濡れて、風邪でも引きかけているのかもしれない。

いずれにせよ、問題は洋子と連絡を取る方法だった。彼女こそ、長旅でくたびれ果てているのに、今頃どうしているだろう？　機転の利く人なので、駅でじっとしているということはないとは思うが。……気が気でなかったが、祖父江の容態がいつどうなるかわからなかったので、一旦、自宅に戻ってパソコンから連絡を取るわけにもいかなかった。

蒔野はふと、三谷が初対面の時に、洋子と名刺を交換していたのを思い出して、

「小峰洋子さんの連絡先、知らない？」

と尋ねた。

三谷は、目を瞠った。知らないと言うべきだったが、咄嗟のことに慌てて、

「メールアドレスなら、多分、わかります。」

と言ってしまった。

「あ、ほんと？　よかった。なんだ、どうしてもっと早く気がつかなかったのか。……ごめん、ちょっと至急、連絡したいことがあるから、三谷さんのケータイからメールを送ってもらってもいい？」

「……はい、いいですよ。」

三谷は、拒むこともできず、不安に駆られながら洋子を宛先にしてメールの準備をした。

「今日、会う約束をしてたんだけど、……助かったよ、連絡が取れて。」

そう言いながら、蒔野は祖父江が倒れた事情を説明し、この場を離れられないので、

今日はホテルに泊まってもらうか、ここまで来てもらえるなら部屋の鍵を渡すと書いた。三谷にまた使いに行ってもらうというのは、さすがにすまなくて頼めなかった。

体が空き次第、連絡をする、もし遅い時間まで起きているなら、帰りに直行するとも伝えた。何度も謝罪し、最後に忘れずに署名をすると、送信ボタンを勝手に押すのは、なんとなく躊躇われて、

「いい、これ、送ってもらっても？」と三谷に渡した。

三谷は、見るつもりもなく目にしたその文面に、胸が張り裂けそうになった。

彼女は、蒔野から見えないようにして、メールを送信するふりをしながら、それをそのまま削除した。そして、顔を上げると、強ばった笑みで頷いた。

蒔野はほっとしたように、

「ありがとう。返信があるかもしれないから、申し訳ないけど、教えてくれる？」

と言って、息を吐いた。そして、また表情を曇らせると、ベンチに座ったままの奏を振り返った。

＊

西新宿のホテルに空室を見つけて、フロントでチェックインの手続きをしながら、洋

子は、自分がどこか、まったく別の場所にいるような感じがしていた。

聴力検査で耳にする高い信号音に似た音が、微かに鋭く鳴り続けている。そのために、周囲の物音だけでなく、見るもの、触れるもののすべてが、彼女からすんでのところで妨げられていた。

早く部屋に辿り着かなければならないと、そのことばかりを考えていた。現実に対するそうした無感覚には、この数カ月来、幾度となく経験している不穏な予兆があった。

今だけは何も起きないでほしかった。

洋子は、気を確かに持たねばと、唇を固く結んで息を吐いた。少し汗ばんだ右手を握って、親指で人差し指を擦《こす》っていたが、急にそれを止めると、カウンターの上の左腕に手を置いて、俯き加減に時計を軽く打ち続けた。

「お待たせしました、担当の者がお部屋までご案内します。」

巨大なシャンデリアが下がっている吹き抜けのロビーには、様々な国の言葉が溢れていた。つい今し方、銃撃戦があったばかりの現場で、人々の絶望的な悲嘆を取材し、ようやくムルジャーナ・ホテルへと戻ってきた時の記憶が蘇った。

あの時とは違う。同じはずがないと、洋子は自分に言い聞かせた。ここは決して、四方八方のどこから銃弾が飛んでくるやも知れないバグダッドなどではない。自分は、東京にいる。安全な東京に。自分はただ、「設定値が過敏なセンサー」のように、何でもないことのために不安になっているだけなのだ。

ここでは何も警戒する必要はない。自分は確かに、生きて無事にバグダッドから帰ってきたのだから。……

あの時には、自室に戻ってドアにしっかり鍵を掛け、シャワーで砂埃を落とし、寛いだ格好で、蒔野のバッハの演奏に身を委ねることが、緊張から解放されるための何よりの方法だった。

PTSDの発作はパリからのフライト中も心配だったが、東京に辿り着きさえすれば、自分は救われるのではないかと夢見ていた。思いがけない感情の暴発で、この愛を台なしにしてしまうことを恐れながら、それでも、彼の愛の安らぎの裡に慰安を求めていた。

しかし今、彼女を突発的な恐慌の危機に陥れているのは、まさしくその彼から届いた一通のメールだった。「あなたのことがずっと好きでしたが、この先もそうである自信を持てません。……」という一文が、また脳裏を過った。

ベルボーイに案内されて一緒にエレヴェーターに乗り、二十二階の部屋へと向かいながら、洋子は先ほど頭上にあったシャンデリア越しにロビーを見下ろした。地上から遠ざかってゆく。ガラス張りのエレヴェーターは、やがて暗転し、雨の降りしきる夜景に包まれた。

目の前が光った。間を置かずに、巨木が真っ二つに引き裂かれるような音がして、何か悲劇的なまでに痛烈な落雷の地響きが伝わってきた。衝撃が、突然、洋子の乗っているエレヴェーターを停止させた。洋子は戦慄した。一人閉じ込められてしまったエレヴェーターの中で、逃げ惑う各階の人々の声が聞こえてくる。つい今し方まで彼女が話をしていた人々は、今は血塗《ちまみ》れの遺体となって、埃を被ってロビーの大理石の床に倒れている。あの大きなシャンデリアのクリスタルが、辺り一面に散らばって。——彼女自身が、そうなるはずだった。あと、たった一つ質問をしていたなら。そして、エレヴェーターに乗り込んだ彼女を見つめる、あの自爆テロ犯の目。……

洋子は、自分がどうやって部屋まで辿り着いたのか、覚えていなかった。貧血のように、酷く気分が悪くなって、恐らく倒れたか、蹲《うずくま》るかしたのだった。

ベルボーイが呼んだ医師の診察を受け、薬を飲むと、あとは一人にしてほしいと礼を言った。

十時半を過ぎたところだった。パリはと計算して、まだ午後三時半だった。疲労の処置に困る時間だった。蒔野がパリに来た時にも、最初に時差ボケの話をした。パリから東京に向かう時の方が、その逆よりも重い、と。会えば、今度もきっと、そこから会話が始まっていたのではなかったか。

気分が落ち着いたら、蒔野に連絡を取りたかった。しかし、何を話すべきだろうか？彼の突然の心変わりの説明は、ほとんどあのメールに尽きていた。蒔野の音楽家としての不調については是永から聞かされていた通りで、しかも洋子は、自分の存在が彼の活動に良い影響を与えているのかどうかを絶えず気に懸けてきた。

普段の蒔野のメールの文章ではなかった。しかし、自分は一体、普段の彼の何を知っているのだろうか？　むしろようやく、彼は普段の自分のままで、これまで隠していた本心を打ち明けているのではあるまいか？

「自分を偽り、あなたを騙してしまう」という言葉が、何よりも深く洋子を傷つけていた。

過去は変えられる、と彼は言った。変わってしまうとも。――あんなに楽しそうに喋っていたあの笑顔も、無理に演じたものだったのだろうか？

そんなはずはないと、彼女はただちに打ち消した。けれども、彼女が今し方目を通したたった一通のメールは、既にして、彼との思い出の一瞬一瞬に、暗い陰りを染み渡らせつつあった。

なぜ今になってと、彼を責める気持ちがあった。しかし、今だから、こそだった。つまり、結婚というこれまで曖昧に同意されていた約束を、確定せねばならない機会だったからこそ、彼はギリギリまで逡巡し、結局、違う運命の選択をしようとしているのだった。

パリを発つ前に告げられていたなら、それで納得して、自分は日本に来なかっただろうか？――やはり、来ていただろう。せめてもう一度、彼と会って話がしたいと。

洋子は、自分のリチャードに対する仕打ちを思わざるを得なかった。彼とて矢も楯もたまらず、あの時は、ニューヨークから飛んできたのだった。

自分は、リチャードのように蒔野に対して振る舞うべきだろうか？　しかし、それに効果がないことは、外でもなく、彼女自身が嫌というほど知っていた。

彼女は蒔野を愛していた。折々、胸を押し潰されるほどに苦しい恋の衝動も経験していたが、それと同時に、彼女は蒔野のことが、何と言うのか、人間としてすっかり好きになっていた。

彼と向かい合っていると、何も特別なことのない単なる日常会話が、人生の無上の喜びと感じられるような一瞬がしばしば訪れた。それは、ほとんど不可解とさえ思われるほどの、何かしら奇跡的なことだった。

この世界は、自分で直接体験するよりも、一旦彼に経験され、彼の言葉を通じて齎された方が、一層精彩を放つように感じられた。その少し歪《いびつ》な繊細さも、段々と理解できるようになってきていて、愛おしくもあり、また時にはおかしくもあった。相変わらずね、と。

そういう時には、二歳とはいえ、彼は年下なのだとふと思った。そして何より、音楽家としては、心からの尊敬と憧れを抱いていた。

彼を理解すべきじゃないかと、洋子は自問した。

彼という人間が、考えに考え抜いて、こんな身勝手なタイミングにまでずれ込んでしまったその決断を。相手を一時傷つけてでも、今どうしても伝えねばならないと思いきった結論を。初めて出会った時から、九カ月という時間を過ごしてきて、結局、自分が人生を共にすべきは、あなたではなかったという、その偽らざる実感を。……せめてそれが、彼のためだと信じられるのであれば、自分は彼を愛しているが故に、彼との愛を断念できるのではあるまいか。——

そんなことを考えられる自分に、洋子はある意味、驚いた。それもまた、年齢的な変化なのだろうか？　それとも元々、愛とは違った何かだったのだろうか？

洋子は悲しかった。しかし、その底の見えない無闇な悲しみに身を委ねることが、今は恐かった。先ほどのフラッシュバックは、何か今までとは違って、思い出すというより、からだごと、あのイラクでの記憶の中に飲み込まれてしまったかのようだった。今いる場所の現実感を、短い時間とはいえ完全に喪失していた。あんなことが、今後も起きるのだろうか？　恐かった。

これまで少しずつでも恢復に向かっていると信じていたが、洋子は初めて、自分の体調がむしろ悪化しているのではないかという不安を抱いた。ここで踏み止まれなければ、「早くて一年」という完治までの時間は、終わりも見えないまま、際限なく先延ばしになりそうだった。慢性化してしまったＰＴＳＤの痛ましい例を、彼女は本で読んで知っていた。

傍らに蒔野の存在はなくとも、何とか独りで、日本にいる間は、持ちこたえなければならなかった。自分のために、とにかく、しっかりしないといけない。せめて長崎で、母に付き添っていてもらえるまでは。……

今夜一晩は、もう何も考えてはならないと、洋子は自らに命じた。朝まで待てば、蒔野から、何か違ったメッセージが届くかもしれない。あまり考えられないことだったが、そうした期待は否定できなかった。それまでは、ただ横になって、この不安な場所から、いつもの自分へと流れ着くのを静かに待っているより他はなかった。

洋子は、音楽に、自分に代わって時間を費やしてもらいたくて、iPodをスピーカーに繫いでアルバムを漁った。いつの間にか、蒔野のレコードばかりになっていた中から、彼とは無縁の曲を探して、アンナ・モッフォが歌うラフマニノフのヴォカリーズを再生した。去年、彼女が亡くなったのを機に、またしばらく、この美貌のソプラノ歌手のレコードをよく聴いていた。

良い選択のような気がした。意味のある歌詞にはとても耐えられなかった。けれども、楽器だけでなく、今は人間の声に寄り添っていてほしかった。

部屋の明かりは消したままで、彼女は、仰向けに横たわって、東京の西に向かって広がる夜景に顔を向けた。先ほどよりも、少し雨脚は弱まっている。バグダッドにこんな雨が降るはずがないと、彼女はまた自分に言い聞かせた。こんなに湿気があって、夜が明るいはずがない。ここは、安全な東京なのだ、と。

美声のヴィブラートが、一本の蠟燭の明かりの揺らめきのように、彼女の存在を灯していた。

段々と人心地がついてくるようだった。

いつ聴いても、どうしてこんなに胸を打つ声なのかしら。崇高と言うには、確かに艶やかすぎるその声音。——もう、こんな時に自分を慰めてくれるのは、蒔野の音楽ではないのだと、洋子は思った。そうして、気を許すと、すぐにまた彼の記憶へと引き寄せられそうになる。

自動再生にして、終わるとまた、最初から繰り返した。何度目という数さえ意味を失うほどに、ただ、それがいつまでも終わってほしくなかった。


洋子の携帯電話が鳴ったのは、深夜、二時半を過ぎた頃だった。短いメールの着信音で、いつの間にか、ラフマニノフも消えてしまって、眠りの浅瀬にただ打ち上げられたように横たわっていた。

すぐに電話に手を伸ばすことが出来ず、バスルームに浴槽の湯を張りに行って、鏡の中の自分と向き合った。

照明が眩しかった。彼のために、空港のトイレで化粧を直して以来の自分自身との再会だった。どんなに我慢しようとしても、自然と笑顔になってしまうのを、「ヘンな人と思われるわよ。」と心の中で囁きかけていたのが、遠い昔のことのような気がした。

メールは、蒔野からだった。洋子は動悸を抑えながら、窓辺のソファに腰掛けて、それに目を通した。


「やっと、帰宅しました。

夜送ったメール、読んでくれた？　返信がなかったから気になっていて。

せっかく来てくれたのに、こんなことになってしまって、本当に申し訳ないです。

事情が事情だけに、洋子さんならきっと理解してくれると信じてるんだけど、……ヒドい雨だし、こちらのトラブルで連絡も遅くなってしまって、心配しています。

状況的には、前のメールで説明した通りです。厳しいけど、どうにか危機は脱したし、現実として受け容れて、出来る限りのことをしていくしかないです。自分自身の年齢も意識しました。ギターを弾き始めてから今日までのことを思い返しながら。

今はホテル？　豪雨の中、本当にごめん。ゆっくりして、少し落ち着いたら電話くれる？

今後の相談は、またその時に。僕ももう、休みます。


蒔野聡史」

新宿駅で読んだ、あの思いつめたメールの口調とは、随分と違っていた。顔を合わせるといつも笑顔の蒔野の表情が思い浮かんだが、さすがに今は、その気楽さが調子っ外れに感じられた。彼女は、今度は静かにその文面を辿ることが出来たが、薬が効いているせいもあるのだろうと思った。

どこかに行っていたのだろうか？「どうにか危機は脱した」というのは、練習でもしていたのか。その高揚感が、思わず文面に表れたのか。——いずれにせよ、彼の中では、もう終わってしまったことなのだと、洋子はその穏やかな口調のメールを読んで、一通目よりも、却って寂しく感じた。

後戻りするつもりはまったくなさそうで、その上でこちらの反応を気にしている様子だった。最初のメールを読んで以来、どこかでまだ、信じられないと拒んでいた現実感が、念押しするように、彼女の手に渡された。

「事情が事情だけに、洋子さんならきっと理解してくれると信じてる」という一文に、何度となく目が行った。面と向かってそう言われたなら、きっと頷いただろう。それでも、「ちょっと、残酷な言い方ね。」と抗議したに違いなかった。

＊

蒔野は翌日、正午近くになっても洋子から連絡がないので、心配になって、再度短いメールを送った。が、昨夜の二通同様、返事はなかった。

戻ってくるわけではないので、届いてはいるのだろう。壊れた携帯を朝一番で新調したが、データの回復は難しいらしく、洋子の電話番号はわからないままだった。スカイプでも何度か連絡してみたが、やはり応答はない。

祖父江は手術の結果、一命を取り止めたものの、意識はまだ戻っていなかった。奏《かな》は、何かあればすぐ連絡するからと、蒔野を帰宅させ、その後改めて、しばらくは大丈夫だと思うとメールで伝えてきていた。

蒔野は、洋子からの返信がないのは、最初、ローミングだとか何とか、携帯電話の問題なのではないかと考えていた。しかし、海外経験も豊富なジャーナリストの彼女が、一晩経って、まだその程度の問題を解決できないとは考え難かった。電話番号を尋ねても返信がない。そうしてようやく、彼は彼女が、気分を害しているのではということを、深刻に考え始めた。

連絡も出来ずに、新宿で待たせていた間は気が気でなかったが、三谷の電話からのメールで事情を説明したあとは、彼はただ、祖父江の容態だけを心配していた。

自分にとって、祖父江がいかに大切な存在であるかは洋子にも以前に話していた。その彼が、生死の境を彷徨っているという時に、約束通りに会えなかったからといって、あの洋子が激怒するなどということは、どうしても考えられなかった。

自分にせよ、パリで彼女がコンサートに来なかった理由を説明されたあとでは、当然のように、そういう事情なら、ジャリーラのことを優先させるべきだと思ったはずだった。新宿駅では待たせてしまうことになったが、三谷の携帯で書いたメールで、状況は理解してもらえたはずではなかったか？

今日ではなく、昨日会うということには、何か洋子にとっての特別な意味があったのだろうか。或いは、何か思いもかけないトラブルに巻き込まれているのか？　事故か、急病か。――むしろ、そちらの方が心配になってきた。


洋子からのメールが届いたのは、遅い昼食を摂り終えた、午後二時過ぎだった。所在なく、ギターの弦を張り替えていた蒔野は、その内容に眉を顰めた。

「御返事、遅くなってごめんなさい。

突然のことだったので、なかなか気持ちの整理がつけられなくて。

メール、ちゃんと届いてます。

わたしなら、理解してくれるはずだという信頼に応えるのは、蒔野さんが思ってるほど簡単じゃないけど、事情はよくわかりました。

長崎で、母と親子水入らずでゆっくり過ごしてきます。

わたしにも、少し時間が必要です。

小峰洋子」

洋子は長崎に、一人で行くつもりなのだろうか？　メールを何度か読み返して、蒔野は不安になってすぐに返事を書いた。

「メール、ありがとう。よかった、連絡が取れて。

改めて昨日はごめんなさい。今日はこのあとずっと自宅にいるので、いつでも会えます。こういう状況だけど、長崎には僕も行きます。洋子さんの都合を教えて下さい。」

洋子からは、今度はすぐに返事が来た。

「無理でしょう、この状況で一緒に長崎なんて。
わたしは大丈夫だから、気づかいならやめて。」

確かに、祖父江の容態がいつ急変するかはわからなかった。今は祖父江の側にいるべきだというのは、洋子らしい考えだったが、それにしては、昨夜会えなかったことを気にしている様子だった。

蒔野は、洋子の自分に対する態度に、これまで知らなかった冷たさを感じた。

自分に会いたくないのではないか？　長崎に同行しないとなると、彼女とは、今日と長崎から戻ったあとの二日しか会えないことになる。それならそれで、もっと早い時間に連絡をくれても良かったのではないか。

「もちろん、長崎に行っても落ち着かないとは思うけど、とにかく、会って相談しよう。今どこにいる？」

洋子からは、しばらく返事が来なかったが、それは、彼女がいつも、真剣に物事を考える時に必要なあの時間の長さのように感じられた。

やがて届いたメールに、蒔野は茫然とした。

「実はもう、長崎に来ています。」

「どうして？　飛行機は明日でしょう？」

「ごめんなさい。もうこれ以上は続けられない。」

「どうして？」

しかし、洋子からの連絡はそれきり絶えてしまった。

＊

長崎に移動してからも、洋子の心は揺れ続けていた。必ずしも、蒔野にもう会うまいと決心していたわけではなく、むしろ、いつ、どんなかたちで会うべきかを考えていた。一日早く東京を発ったというのは、苦し紛れの嘘だった。今から会いたいという蒔野の言葉には腕を引かれそうになったが、前夜に届いたメールと同様に、「洋子さんならきっと理解してくれると信じてる」などと告げられて、冷静でいられる自信はなかった。彼の心情を思いやりたかったが、精神的にも酷く不安定で、今はその悲しみに、とても耐えられそうになかった。

蒔野の真意も、今一つ測りかねていた。気遣いのつもりであるとするなら、幾ら何でも浅はかすぎるのではあるまいか。そういう人だっただろうか？　それは、彼女にとっては侮辱的で、彼自身にとってはほとんど自己愛的でさえあった。

昨日まで、自分は彼にとって特別な人間なのだと信じていられた洋子は、一通目のメールの内容と言うよりも、むしろその文体に深く傷ついていることにようやく気がついた。

彼が長らく思い悩んでいたということには、時が経つほどに同情的になっていた。しかし、それを伝えるあのメールの悲愴《ひそう》な口調には、彼がほんの気散じにつきあっていたような女にこそ相応しい類の、そこはかとない安っぽさがあった。

〝芸術家としての苦悩〟などという物珍しい理由をあんなふうに切り出されたならば、大抵の女は面喰らって、彼との関係を諦める気になるだろう。

しかし、自分に対しては、もっと違った打ち明け方があったのではなかったか？　そんな、相手が誰であろうと怯《ひる》むような、散々使い回された風の深刻さとは異なる言葉が。――自分たちは、いつもそうして、ただ二人だけの特別の会話を交わしていたのではなかったか？　お互いが、他の誰よりも深く相手を理解し、だからこそ必要とし、求め、愛し合っていたのでは？　それは、彼とつきあう誰もが、束の間、夢見心地に信じてしまう、ありきたりな思い込みに過ぎないのだろうか？　それとも、彼自身が一度はそう信じ、結局、いつもの幻滅を反復しただけだったのか。……

もし彼が、前夜のメールを取り消して、改めて愛を告白し、結婚したいとその意志を伝えるつもりであるならば？――あまりありそうにないことだったが、洋子はそうした希望をまだ捨ててはいなかった。しかし、たとえそうであったとしても、その言葉を、ほっと胸を撫で下ろしつつ、そのまま受け容れることは出来なかった。

自尊心のためばかりではない。彼の抱えている問題と向き合い、自分がどんな存在でありうるかを考えるための真っ当な話し合いが必要だった。しかし、何かほんの些細なきっかけでも暴発してしまいそうなこんな危うい精神状態で、彼女はそれに耐える自信がなかった。

今はただ、猶予が欲しかった。せめてそのための時間だけは、彼に待ってほしかった。羽田空港では、機内に遅れて乗客が入ってくる度に息を呑んだ。それは、あえかな期待であるのと同時に不安でもあった。結局、隣が空席のまま、飛行機が滑走路へと向かい始めた時、彼女は落胆しつつ、しかし、これで良かったのだと自らに言い聞かせた。

長崎空港までは、母が車で迎えに来てくれた。

事前に何も伝えていなかったので、娘が一人で出てきたのを見て、彼女は、「あら、〝新しい恋人〟は？」と怪訝そうな顔をした。

洋子は、無意識に後ろを気にして首を振ると、「色々あって。」とぎこちなく頬を緩めた。

母は、しばらくその顔を見ていたが、やがて、

「あなたの人生も、わたしに劣らず、色々あるわね。」

と娘の苦笑につきあった。

「ヘンなとこが似ちゃったのよ。」

洋子は、気を取り直して軽口をたたいた。

風変わりな母子家庭で長い年月を過ごしてきて、反目した時期もあったが、洋子は近年、ますます母と気心の知れた友達のようになっていた。

母が歳を取り、また、自分が歳を取ったせいかもしれない。

飛行機に乗る時に電源を切っていた携帯電話を、一旦は取り出したものの、敢えてそのままにしておいた。

静養という意味では、恐らくそうすべきだった。

洋子の実家は、街の中心地よりやや南の方で、グラバー通りから少し登ったところの小高い丘の上にあった。

石垣の上に庭が設《しつら》えられた古い日本家屋で、中には、母のヨーロッパ時代の記憶を喚起する品々がそこかしこに置かれている。サラダの水切り用の取っ手がついたザル一つ

見ても、洋子は、ジュネーヴのアパートにいた頃の懐かしい日常を思い出した。元気そうだったが、祖母が庭で転倒して亡くなっただけに、母の独り暮らしも気懸かりだった。

部屋は十分な数があるものの、蒔野とは、ここから車で二十分ほどの伊王島のリゾートホテルに宿泊する予定だった。予約したのは母だったが、どうせキャンセル料がかかるのだからと、一泊だけは親子で泊まりに行くことにした。

「もっとつきあってあげたいんだけど、わたしも忙しいのよ。日中は、予定が色々あって。」

洋子の母は、毎年夏に、〈平和大使〉としてジュネーヴの国連欧州本部で演説をする高校生たちに、英語とフランス語の特訓をするボランティアを今年から始めたらしかった。丁度、八月の夏休みを利用して本番に臨み、数日前に帰国した彼らの夕食会に出席する予定らしく、気晴らしにあなたも来たらと洋子を誘った。

あれほど長崎に――日本に――帰るのを拒み続けていた母のその心境の変化に、洋子は驚いた。

午後は曇り空で、夕涼みがてら三十年ぶりにグラバー園を訪ね、大浦天主堂を見て、夕食会場の近くのホテルに向かった。洋子を入れても十名にも満たない、ささやかな会だった。

洋子は、子供たちがすっかり母に懐いて、スイス土産の白ワインを手渡しながら、旅の思い出を語る様子に感慨を覚えた。洋子自身も、彼らが殊に印象に残ったらしいチーズ・フォンデュの話題に加わって、ジュネーヴ時代にテレビで見ていた日本の《アルプスの少女ハイジ》のチーズを焼いて食べる場面の話をしたが、ピンと来てないようだった。

「洋子、この子たち幾つだと思ってるの？　一九九一年生まれよ。」

母にそう言われて、洋子は目を丸くした。

「じゃあ、まだ生まれてない頃の話ね。」

そして、自然と笑顔になった。

誰が言ったのか、子供たちが、母の英語やフランス語を「本格的な英語」、「本格的なフランス語」と何度となく評するのがおかしかった。

高校までスイスで過ごし、イギリス、アメリカの大学で教育を受け、長くフランスで生活している洋子からすると、母の言葉の味わいは、野趣に富んだとでもいうべきものだったが、しかし、そのそれぞれの言語で、彼女は二人の男を愛し、また彼らに愛されて、曲がりなりにも二度の結婚生活を経験していた。「それで十分でしょう？」と言われれば、「ええ、もちろん。」と頷くしかなかった。

洋子自身が、母の英語がもう少し下手で、その性格がもう少し引っ込み思案だったなら、恐らくはこの世界に存在してはいないのだった。

洋子は、母が長崎を「去った」理由を、ただ、「嫌になった」としか聞いていなかった。

父の理解によるならば、母は、結婚差別だけでなく、女として愛し、愛されて生きていくこと自体の不安から、被爆の事実さえ、今に至るまで直隠《ひたかく》しにしてきたのだった。この無邪気な子供たちにさえ、母は言葉の端々で、「わたし自身は被爆はしていないけれど、……」と断っていた。

ヨーロッパでの母一人子一人の生活は、苦労は多かったはずだが、それでも、日本に帰りたいということを、洋子は母の口から一度として聞いたことがなかった。

にも拘らず、母は長い海外生活の中で、日本語だけは決して捨てようとしなかった。そして、洋子の日本語が、日本で育った子供たちと比べても何の遜色もないということに強く拘った。

十代になったばかりの頃、洋子は漢字の読み書きが苦手で、自分の将来を考えてみても、日本語の習得にこれ以上時間を費やすのは、無意味ではないかと考えていた。

彼女は、級友たちから「マゾなの？」と呆れられながら、ラテン語とギリシア語の授業を取り続けていた。そして、段々と手一杯になりつつあった。

しかし、洋子の母は、久しぶりに寮から帰ってきた娘のその様子に気がつくと、慌てて日本の近代文学全集を引っ張り出してきて、彼女と一緒に読み始めた。

必ずしも愛読していたわけでもなさそうで、買った時のままタンザクが挟まっていて、ページが貼りついているような巻も少なくなかった。しかし、以来、親子は文通代わりにそれらの本の感想を手紙でやりとりするようになり、その段ボールいっぱいの手紙は、今も実家の押し入れかどこかに残っているはずだった。無論、日本語で書くのが決まりだった。

洋子は、長じてそのことを感謝するようになり、ヨーロッパのどんなカフェにいても、ただ母と二人だけの世界に没入できる日本語に特別な親しみを覚えるようになった。父のソリッチとは、母語で語り合えないだけに、もし日本語をうまく話せなかったら、母とも彼女はその機会を失っていた。

それが、親子の愛情にとって深刻な障害になるとは、必ずしも信じなかった。しかし、母を理解する上では、彼女の「本格的なフランス語」よりも、やはり日本語の方が、より多くのヒントを与えてくれるのは事実だった。

母の複雑な日本に対する郷愁は、娘ながらに理解しているつもりだった。しかし、今こうして、高校生たちと〝ちょっと変わった地元のおばあちゃん〟として談笑している姿を見て、洋子は、その「長崎に帰りたかった」という思いが、想像以上に強いものだったことを知った。

長い間、長崎に生き残していた自分を、今改めて生き直している。だからこそ、彼女が原爆について語り合えるのは、同世代人ではなく、むしろこんな若い世代なのかもしれない。母の長崎での時間は、そこで止まったままだったのだから。そして、この地で生き続けてきた人に対するそこはかとない負い目を、意識せずに済むだけに。——

母が外出し、実家で独りになると、洋子は、悲しみが胸に広がるがままに任せた。縁側に籐《とう》の椅子を出して腰掛け、氷で薄まった麦茶を飲みながら、遠くで聞こえる船の汽笛に耳を澄ました。少し感傷的な気分にもなった。

眼下の庭先には、祖母が転倒して頭をぶつけたあの石がある。幼い頃、いとことよくままごとのテーブルにして遊んだその石。蒔野との初対面の夜、この人は自分を理解してくれると、真に強く感じられたあの喜びのきっかけとなった話題。……

「心に穴が空いたような」という、日本語の紋切り型の表現は、本当なのだと洋子は感じた。

蒔野と会話を交わしたあとには、いつも胸に、自分が束の間、快活であり得たことの余韻が、熱となって残っていた。他の誰と喋っていても、あんなふうに笑みが絶えないということはなく、彼との会話のどこを探してみても、自分が心から話したいこと、聴きたいこと以外には、何一つ見つからなかった。

洋子はそういう、彼と一緒にいる時の自分に、人生でこれまでに知らなかった類の愛着を感じていた。自分は、こんなふうに生きられるのだと教えられた気がした。それは、他の誰と、どんな場所にいた時の自分よりも心地良く、部屋に一人でいる時でさえ、彼がすぐ側にいることを考えて、ただその自分でいたかった。

彼を失うということは、つまりは、そういう自分を、これからはもう生きることが出来ないということだった。ただ思い出の中でだけしか。——そして、その「穴が空いたような」心の空白に、今は止め処《ど》もなく寂しさが染み出している。

自分はそして、いつまで、このバグダッドでの生活に適応してしまったままのからだを生き続けなければならないのだろうか？ 雷鳴をテロの爆発と聞き違え、見つめられることを脅迫されているかのように錯覚してしまう、こんな滑稽な、馬鹿げた自分を！

……

洋子は、蒔野に会えないという自覚の中に、初めて、会いたくないという、何か羞恥心に似たものが混ざっていることを発見した。

こんな自分を見てほしくなかった。彼が自分を買い被りすぎているという思いは常々あったが、その高すぎる理想には見合わないまでも、女として、せめて彼の期待に幾分なりとも見合う姿でいたかった。

洋子は、健康でないということの劣等感を、今ほど身に染みて感じたことはなかった。その恥ずかしいという感覚はまったく間違っていて、自分がもし、病身の友人からそんなことを聞かされたならば、「どうして？ 何も恥ずかしいことなんかないでしょう？」と首を傾げながら励ますに違いなかった。

彼女は、そういうかつての自分に、健康な人間ならではの傲慢な眩しさを感じた。同情されたくないというような、強い自意識の抵抗ではなかった。ただ、発作に襲われてパニックに陥っているような無様な姿を、蒔野には見てほしくなかったのだった。しかし、そんな関係が本当に愛の名に値するのだろうか？　結局、自分たちは、そのまだ遥か手前にまでしか、辿り着いていなかったのではあるまいか。

母は、どんなふうに被爆の事実を父に打ち明けたのだろうかと、洋子は想像した。恐らく母も、愛する人の前で、自分の体が一度は深刻に放射能に「汚染された」ということが、恥ずかしかったのではあるまいか。自分のこの体では、もう子供は産めないのかもしれない。産めたとしても、何か異常が見つかるのではないか、という何度打ち消してみても頭を擡《もた》げてくる、その暗い不安。……

体調が落ち着くのを待って、帰国前に、せめてもう一度、蒔野に会いたいと洋子は願っていた。しかし、長崎での穏やかな時間の中で、幾分、心の平穏を取り戻すと、むしろこのまま、彼への思いを吹っ切るべきではあるまいかという考えに、次第に移っていった。

伊王島のホテルまで車で行く道すがら、洋子の母は、運転しながら唐突にこう言った。

「リチャードと復縁したら？」

洋子は、レイバンのサングラスの隙間から、ちらと覗いているその目を見つめた。もう昔のように、海外生活の長い日本人らしい、目尻をキュッとつり上げた濃いアイラインの引き方はしなくなっていた。

「彼のこと、嫌いになったわけじゃないんでしょう?」

「そんなこと、出来るわけがないし、そのつもりもないの。もう終わったことだから。」

「もう、あなたのタッジオもいなくなってしまったんでしょう? いつまでもヴェニスにいても仕方がないじゃない?」

洋子は、怪訝そうに母の横顔を見つめた。

「わたし、その話した? 《ヴェニスに死す》症候群?」

「お父さんから聞いたのよ。」

「連絡取ってるの?」

「あなたのこと、心配して連絡してきたのよ、ちょっと前に。」

「そう、知らなかった。――お父さんが言ってたのは、そういう意味じゃないの。わたしがイラクに行ったことを言ってるのよ。本来の自分に立ち返ろうとして、破滅的な行動に走るというのは、間違ってるって。」

「あなたの場合、恋がいつの間にか、そうなってたんじゃないの? あんないい話をぶち壊しにしてしまうなんて、十分に破滅的よ。」

洋子は、母のそういう皮肉な口ぶりが好きだったが、今はそれに対して、何も気の利いた返事が出来なかった。

携帯電話の電源は、実家に滞在している間、ずっと切ったままだった。そう決めていたのだったが、再び電源を入れることが、今では怖くなっていた。

帰国後、自分の生活の場所に落ち着いて、何かあっても隣の部屋からジャリーラが駆けつけてくれるという状態でなら、改めて気持ちの整理をして、蒔野にメールを書くことが出来るかもしれない。直接話すよりも、きっとその方が、自分の思いを正確に伝えられるだろう。今の体調だと、何日かかるかわからなかった。それでも、こんな親指一本で済ませてしまうのではなく、机についてゆっくり考えたかった。

返事を期待すべきなのかどうかはわからなかった。ただ、自分の人生を前に進めるためには、そうした手続きが、いずれにせよ必要なはずだった。もし、彼にもう一度会うとするなら、それからだった。……


長崎を発つ日の朝、二人で台所に立って、昔よくそうしたように母と一緒に朝食を作り、向かい合って静かに箸を進めた。サラダにヨーグルト、バゲットにハムといった簡単な内容だった。

洋子の母は、しばらくぼんやりと考えごとをしていたが、唐突に口を開くと、英語で、

「見ちゃいられない。」

と言った。

洋子は、つと顔を上げて、母を見つめた。母は頰を紅潮させて、英語で話を続けた。

「あなたには話してこなかったけど、……わたしも、若い頃から本当はあんまり体調が良くなかったのよ。特に、あなたと丁度同じくらいの歳の頃からは。病院に行っても、原因はよくわからないって、……」

「後遺症？　被爆の？」

洋子の母は、娘がその事実を既に知っていることを察していたように表情を変えなかった。

「……わからない。自分が一体、どんなからだを生きてきたのか、到頭、わからず終《じま》いよ。あなたのお父さんには、結婚する前に、一度だけ話したことがあるの。わたしは、健康な子供を産めないかもしれない。それだけじゃなくて、わたし自身が、いつどんな病気になるかもわからない。それでもわたしと結婚する？って。黙っているのが苦しかったから。」

「――お父さんは、何て？」

母が英語で喋っている理由はわからなかったが、父のことを考えながら、無意識にそうなっているのだろうかと洋子は忖度した。それともやはり、日本語では、被爆の事実について語りたくないのか。彼女も、呼応するように英語で応じた。

「自分は、そういう話は信じてない。けれども、たとえ障害児が生まれたとしても、自分はその子を一生、愛し続ける。君が病に罹《かか》ったとしても勿論。当然のことだって。」

「嘘だったわね、それは残念ながら。――」

「嘘じゃない。あなたのことを、彼はすごく愛してるのよ。」

「遠くから、ね。……でも、やっぱり、近くにいてほしかった。」

「洋子、……違うの。」

「いいの、今更どうこう言うつもりはないの。ただ、お母さんとそんな約束をしておきながら、出て行ったお父さんはどうなのかしらと思っただけ。幸いわたしは健康だったけど、どこかの年齢で障害でも出たら、お父さん、戻ってきたのかしら？」

「……お父さんのせいじゃないのよ。」

「いつもそう言うけど、離婚の理由をちゃんと言わないから、わたしには永遠にわからないでしょう？　わたしは、お母さんに同情してるのよ。お父さん、お母さんと別れてから何してたの？　何年も空白期間があるけど。」

洋子は、話の流れで、以前、蒔野に尋ねられて気になっていたことを訊いたが、家を出るまでの短い時間では、とても話せない内容だろうと思い直した。必ずしも答えを求めているわけではないと示すつもりで、彼女は、朝食の皿の後片づけを始めた。いずれこの話は、今はロサンゼルスに住んでいる父にこそ尋ねるべきだった。

母の方も、首を振って、

「今したかったのは、そんな話じゃないの。」

と言った。そして、目を赤らめて、唇の端を震わせながら、今度は日本語で語った。

「あなたが健康でいることが、わたしにとっては何よりなのよ。わかるでしょう？」

「大丈夫よ、わたしは。おかげさまで健康に生んでもらってるから。」

「わからないのよ、こういうことはいつどうなるか。」

洋子は、自分の体調不良を、母が幼時の被爆体験と結びつけて心配していることに戸惑った。彼女自身は、そんなことは夢にも思っていなかったが、それとて、母が娘を決して〈被爆二世〉としては育てなかったからなのだろう。

「大丈夫だから。今、疲れてるのは、イラクに行ったせいよ。それに、……失恋しちゃったから。」

「からだにだけは気をつけなさい。何をするにしても、あなたの自由だけど、もういい年齢なんだから。過信しないで。子供が欲しいんでしょう？　だったら、……」

洋子は、首を横に振って苦笑すると、母の目を見つめた。そして、

「わかってるから。――ありがとう。お母さんこそ、体に気をつけて。」

と言って席を立つと、覆い被さるようにして、座ったままの母を抱擁した。

母が小さくなった気がした。無意識だったが、子供の頃には、二人きりのアパートで、同じように、よく母から抱きしめられたのだった。

洋子は、予定を変更して、もう一泊、長崎の実家に留まることにした。

ジャリーラを慈しむ気持ちが、一種の責任感として、彼女の精神を保たせていたように、元気そうではあったが、さすがに老いを否めない母の訴えに接したことで、無事にパリに帰らねばならないという思いが強くなった。

蒔野のいる東京に独りで一泊するという考えに、彼女は耐えられなかった。今の穏やかな気持ちのまま、母との思い出に静かに浸りながら、何とかパリまで辿り着きたかった。

それまでは、携帯電話の電源も入れないつもりだった。

あまり惨めな、未練がましい別れ方もしたくないと思えるほどに、洋子は既に現実を受け容れつつあった。

＊

洋子と連絡が取れなくなってしまって数日が経ち、蒔野もさすがに、それが何を意味しているのかをもう疑わなかった。

洋子は、自分に会う意志がないのだろう。パリに戻る日までまだ時間がある間は、ひょっとすると、何か連絡があるのかもしれないとも期待していたが、残りが少なくなるにつれて、彼女の決意の固さを実感せずにはいられなかった。

祖父江の意識は未だ戻らず、ただでさえ落ち着かなかったが、日常はその不慮の出来事をも、蛇のような大口で飲み込んで、ゆっくりと消化しつつあった。その重たさが、時間の流れを停滞させ、蒔野の胸を圧迫していた。

最後のメールを読み返して、彼女の心が、既に自分からは離れてしまっているのを感じた。

なぜだろう？――蒔野はふと、実はあの晩、三谷の携帯電話に、何か洋子からメールが届いていたのではないかと思い、連絡して、迷惑メールフィルターまで確認してもらったが、何も届いてはいないとの返事だった。

祖父江の緊急手術による予定の変更は、恐らく、洋子の心の変化の原因ではなかった。そのことを幾ら謝罪してみても、彼女の沈黙は、理由はそれじゃないと、首を横に振っているかのようだった。

蒔野は一度だけ、洋子が彼に対して、金輪際忘れられないような厳しい表情をした時のことを思い返した。それは彼が、パリのレストランで、「地球のどこかで、洋子さんが死んだって聞いたら、俺も死ぬよ。」と告げた時だった。

あの時洋子は、既に蒔野に好意を抱いていたはずだった。しかし、彼のその考えを、彼女は決して受け容れられないという態度で峻拒《しゅんきょ》した。ほとんど、軽蔑の色さえ滲ませながら。

蒔野は、彼女のそうした個性に憧れを抱いていた。そして今は、自分のした何か具体的な行為ではなく、自分という人間の存在そのものが、畢竟《ひっきょう》、彼女に拒絶されたのだと思うより他はなかった。この九カ月間、メールのやりとりをし、スカイプ越しに会話を続け、実際には三度だけ顔を合わせてみた結果として、彼女は自分を、結婚する相手ではなかったと結論するに至ったのだろう。

それにしても、蒔野は出国直前のあの電話の口調から、たった一日で、これほどまでに彼女の態度が変わってしまったことを訝った。あの電話も、本当は何かもっと別のことを伝えようとしていたのだろうか？　東京とパリというその距離が失われてしまったことが、彼女の焦燥を俄かに掻き立てたのだろうか？……

『――何にせよ、それならそれで、一言説明すべきだろう？　お互いにいい歳した大人なんだから。』

蒔野はせめて、胸の裡で洋子を非難してみた。自分はむしろ腹を立てて当然なのだと考えたが、そういう気分には、どうしてもならなかった。

長崎に彼女に会いに行くことも一度ならず考えた。実家の場所まではわからなかったが、宿泊予定のリゾートホテルで待っていれば、会うことも可能かもしれない。そこからメールでもう一度連絡を取れば。――しかし蒔野は、そこまでのことはしたくないというより、そこまでのことを自分にさせてほしくないという複雑な思いを洋子に抱いていた。妙な考えだったが、自分が惨めになるだけでなく、彼女をも幾分貶《おとし》めてしまうような苦痛があった。

それでも彼は、散々思い迷った挙げ句、洋子が東京に戻ってくる日には、羽田空港まで、彼女に会いに行くことにした。

別れ話になることは覚悟していたが、せめてもう一度、面と向かって言葉を交わしたかった。穏やかに話をすることが出来るのなら、自分は、これまでとは違ったかたちでの関係の継続を、彼女に求めるかもしれない。未練がましくはあったが、せめて終わりというのではなく、当面の関係の休止ということにでもしたかった。いつかまた、それぞれの人生がここから十分に遠ざかった頃に、心静かに再会する時までの束の間の関係の休止。……

空港の到着ロビーで、固唾を呑んで、洋子が出てくるのを待っていた蒔野は、最後の瞬間まで、そんなことを考え続けていた。手荷物引取り所の人の群をガラス越しに探し続けたが、ベルトコンベアが停止し、最後の一人がスーツケースを引っ張って出て来るまで、とうとう洋子の姿を見つけることは出来なかった。

事前に羽田まで会いに行くことはメールで伝えていた。そして、自分はこの再会の機会さえ避けられたのだと感じた。洋子の身に何かあったのではという懸念は、依然としてあったが、そこに希望を見出そうとすることには、もう耐えられなくなっていた。

蒔野は、自分からは今後一切連絡を取らぬことにして、あとはただ、彼女からの連絡を待つことにした。何の音沙汰もなければ、自分でその感情の始末をつけるより他はなかった。

二週間経ったある日の午後、蒔野の許には、洋子から一通のメールが届いた。バグダッドからの帰国後に受け取ったあの「長い長いメール」とは対照的な極短い文章で、リチャードという名のかつてのフィアンセと縒《よ》りを戻し、結婚したとだけ書かれていた。

# 第七章　愛という曲芸

二〇〇九年の夏、蒔野は、新たに審査員を務めることとなった、台北国際ギター・コンクールのために、一週間ほど台湾に滞在していた。

元々は、祖父江誠一が審査員を務める予定だった新設のコンクールだが、丁度、二年前に脳出血で倒れて以来、今もまだリハビリ中であるために、自然な流れとして、蒔野に白羽の矢が立ったのだった。

年齢的にも実績に於いても、彼が審査員を務めることには異論がなかったが、業界誌では、インタヴュー付きのちょっとした記事になっていた。というのも、蒔野はこれまで、どれほどコンクールの審査員を請われても、国内外を問わず、固辞し続けてきたからだった。

今回は、祖父江の推挙もあり、断れなかったというのが本人の弁だったが、年齢が態度を軟化させたのに加えて、どうも、金に困っているらしいとも囁かれていた。

無理もなかった。二年前に《アランフェス協奏曲》と《この素晴らしき世界〜Beautiful American Songs》という二枚のアルバムを発表して以来、蒔野は、表だった演奏活動を一切止めてしまっていた。絶賛を博した二〇〇六年秋のあのサントリーホールでのコンサートを録音した前者は、レコード・アカデミー賞を受賞し、後者の表題曲は、ウィスキーのテレビCMに採用されて評判となっていた。しかし、販促のためのコンサートは行われず、リサイタルだけでなく、客演、共演のかたちでさえ、彼の姿を舞台で目にすることはなくなっていた。

テレビやラジオでは、時折姿を見かけることがあり、特に重病を患っているということでもなさそうだったが、少し太ったのか、顔は浮腫《むく》んでいて、冗談を言って笑っていても、以前の潑溂とした輝きがなかった。関係者の間では、どうも酷い鬱病らしいだとか、手を故障してもうギターは弾けないらしいといった憶測も聞かれたが、その出所が、彼を心配する者なのか、彼に嫉妬する者なのかはわからなかった。

台北のコンクールの本選は一日がかりで、朝の十時から始まって、終わったのは夜の七時半頃だった。結果が発表されて授賞式が執り行われると、優勝したフィンランド人のギタリストを始め、三位までの入賞者と共に、審査員らはレセプション会場に移動した。

台北で三番目においしいと主催者が胸を張るレストランには、長テーブルが準備されていて、そこに十五名ほどが座った。

ビールが運ばれてきて、乾杯したが、さすがに皆くたびれ果てていた。

誰からともなく自由曲の傾向について話し始め、特に十代の参加者が、二人もロドリーゴの超難曲《トッカータ》を選んだことが、しばらく話題になっていた。蒔野は、教育水準の向上は言うまでもないが、ユーチューブなどで、世界中の演奏が映像として共有されていることの影響もあるだろうという話をした。

それから、審査の経過について余韻程度に語ったあと、ドイツ人の初めて会ったギタリストが、蒔野の意見が冴えていて感心したと真面目な顔で言い、優勝者に蒔野ががんばって君を推したんだと言った。

五人の審査員中、蒔野は最年少で、必ずしも発言が多かったわけではなかったが、一位と二位とが僅差で議論になり、彼の明快な批評が、少なからず結果を左右した。

蒔野は、いやいや、と小さく首を振ると、慎みからというより、何となく居心地が悪そうに、フカヒレのスープをすすって、ナプキンで口を拭った。そして、疲労と緊張で表情が解《ほぐ》れない入賞者たちに、急に何かを思い出したように喋り始めた。

「そう言えばさ、――今朝ちょっと時間があったから、ホテルの周辺を軽く散歩してたんだよ。そしたら、前からハッとするようなものすごい美女が歩いて来て。何て言ったらいいのかなあ、スカーレット・ヨハンソンとリン・チーリンを足して二倍にしたような。」

「二倍⁉　そんな人、いるんですか？」

向かいに座る若いギタリストの一人が、笑って目を見開いた。

「いたんだよ、それが。モデルか、女優か、……一般人じゃないだろうな。──で、その彼女の残り香がさ、また何とも言えない、いい匂いだったんだよ。深く吸い込むと、クラクラしそうなくらい。つけたての香水じゃなくて、ほのかに彼女自身のからだの匂いが混ざってるみたいで。」

「あとを追わなかったのか？」

スペイン人の審査員の一人が、にやっと笑って話に加わった。しかし、蒔野はそのさして意外でもない、からかい混じりの問いかけに、一瞬、不意を打たれたような顔をした。そして、すぐに気を取り直して続けた。

「いや、そこまでは、……ま、とにかく、しばらくその彼女の残り香に包まれながら、朝の散歩を楽しんでたんだよ。けど、なんか妙に強い香水で、歩いても歩いても、通りにその匂いが残ってるんだよね。振り返っても、もう随分と離れてるのに。屋外でこの調子なら、部屋の中だとどうなるんだろうなんて思いながら、まぁ、でも、美女の香りならみんな喜ぶのかなとか考えたり。──で、さすがになんか、おかしいって気づいたんだよ。」

「……ええ。」

「で、ちょっと、早足で歩いてみたら、匂いが薄まるどころか、追っかけて来るみたいに濃くなるんだよ。」

「？」

「それで、何の香水なんだって彼女を振り返って、ふと前を向いたらさ、目の前をオジサンが一人、歩いてるんだよ。――その人だったんだよ！　匂いの元は。」

息を呑んで話に引き込まれていた一同は、ほとんど困惑したように失笑して顔を見合わせた。

「何の変哲もない、ものすごくリアリティのあるオジサンだったな、中肉中背の。髪は黒々としてるんだけど、てっぺんだけ禿げてて。改めて意識して嗅いでみると、やっぱり、その人なんだよ。妙にいい匂いで、見た目とのギャップが激しくて。何なのかな？」

「洗剤じゃないですか？　最近、香水みたいに匂いの強い洗剤、ありますよ。僕も飛行機で隣の席の人がそれで、一度、死にそうになったことがありますから。奥さんがそれで洗濯してるとか。」

「あー、洗剤か。なるほど。……ま、とにかくこっちはさ、彼女の存在よ、全身に染み渡れとばかりに香りを吸い込んでしまってたから、そのオジサンのワイシャツに汗が滲んで、皮下脂肪がたっぷりついた柔らかそうな背中を見てたら、胸焼けしてきちゃって。早くどっか新鮮な場所で深呼吸して、血中の酸素を総入れ替えしないとって、渡らなく

ても いい信号まで渡って、……」
蒔野は、ギタリストとしてのこの二年間の自分の不甲斐なさを、嫌と言うほど自覚していたので、大層な選評をして褒められたことに、忸怩《じくじ》たるものを感じた。それで話を逸らしたいのと、入賞者たちをリラックスさせるつもりとで、またつい馬鹿な話をし始めてしまったのだが、あまり達者じゃない英語だったせいもあって、思ったほどはウケなかった。

丁度その、しんとなったタイミングを見計らったかのように、後ろから、「蒔《まき》ちゃん、」と日本語で声を掛けられた。

振り返ると、水色のストライプのシャツを着た、痩身《そうしん》の男が立っている。旧知のギタリストの武知《たけち》文昭《ふみあき》だった。蒔野は、ああ、と笑顔を見せて立ち上がった。

「久しぶり。二年ぶりくらいかな？　今着いたの？」

「ううん、コンクール会場にいたよ。空港から直行して、荷物があったから、終わって一旦ホテルにチェックインしてきたんだけど。」

「そうだったの？――今回は、ありがとう。急なお願いだったのに、申し訳ないね。」

「こっちこそ、ありがとう。なかなか海外で演奏する機会もないし、めっちゃ楽しみにしてる。蒔ちゃんの代役が務まるかどうかはわからないけど。」

「いやいや、みんな喜ぶよ。俺はこんな体たらくで面目ないけど。」

「最近、どうしてたの？　心配してたよ。」

「ああ、……ギターはもう一年半くらい弾いてないんだよ。触ってもない。」

「え？」

昔から生真面目を絵に描いたような武知は、何か酷い傷痕でも見せられたような露骨な驚き方をした。蒔野は、彼のそういうところが嫌いではなかったが、あまり深刻な顔をされると、急に取り残されたような孤独を感じた。子供の頃に人が傷つきやすいのは、何かにつけて友達から驚かれるからなんだろうと彼はふと思った。

三日練習を怠るだけでも、どれほど指が動かなくなるかは、ギタリストなら誰でも知っていることだった。一年半もギターに触れていないなどと言えば、再起は難しいのではないかと考えてもおかしくなかった。実際、武知だけでなく、台湾に来てから会った他のギタリストらも、多かれ少なかれ、そうした懸念を表情に過らせていた。

蒔野は、「まあ、積もる話もあるし、座ろうか。」と椅子を詰めて、彼のための場所を作り、店員に食器や箸の一揃いを頼んだ。

ビールを注ぎ、軽く乾杯すると、武知の方から口を開いた。

「今日は三谷さんは？――ああ、もう三谷さんじゃなくて蒔野さんだけど。昔のクセで、ついそう呼んじゃいそうになるね。早苗さんって呼んだ方がいい？」

「三谷さんでいいよ。結婚してからも、仕事は蒔野じゃなくて三谷でしてるから。今回は、家で留守番してる。日本での仕事もあるし。」

「なんか、三谷さんが蒔ちゃんの奥さんっていうのが、未だにふしぎな感じだけど、でも、他に誰が？って言われたら、やっぱり、三谷さん以外にはいない気がする。みんな同じこと言ってるけど。」

蒔野は、肩を窄《すぼ》めた。

「俺自身が、一番ふしぎだよ。……でも、まァ、そうかもしれない。俺は、彼女には頭が上がらないところがあるから。祖父江先生の介護でも、俺の恩人とは言え、本当に献身的だし。」

「祖父江先生はどう？」

「退院はしたんだけど、麻痺がかなり残ってる。」

「ギターは？」

「そんな状態じゃないよ、全然。リハビリはしてるけど。」

「そうなんだ、……」

「施設に希望は出してるんだけど、それも順番待ちで、今は週に二回、介護士に来てもらって、奏《かな》ちゃんが面倒を看てる。ただ、彼女も子供を二人抱えて大変だから、俺も手伝える時は行ってるんだけど。」

「蒔ちゃんがつきっきりで介護してるって話、聞いたよ。偉いなと思って。」

「つきっきりっていうのは大袈裟だけど、先生の教室があるからさ。しばらく、俺がレッスンを見てたんだよ。小さい子から、フランスに留学したいっていう高校生まで。」

「忙しいのに。」

「ところがさ、奏ちゃんの上の子が、手足口病っていうのに罹っちゃって。知ってる？」

「ううん。」

「両手足と口の中に赤い斑点みたいなのがいっぱい出来て、熱とか出るんだけど、まあ、夏風邪の一種で一週間くらいで治るんだよね。それが、保育園でなぜか冬に流行して、俺も奏ちゃんの子供を預かってたら感染しちゃって。——ところがさ、大人が罹ると、酷いんだよ、水疱瘡《みずぼうそう》とか、ああいうのと同じで。口中が口内炎だらけになって、喉の奥なんて、口内炎の銀河みたいになってて。それがもう、痛いのなんの。唾飲み込むのでさえ激痛が走るくらい。」

「想像するだけでも辛そうだね。痩せた？」

「かなりね。それで、口の中はともかく、手足は、しばらくすると皮が剝けて来るんだよ。今のこの手も、その時に全部、新しくなった皮なんだけど、問題は、爪まで剝げちゃうんだよ。」

「えっ、……」

「付け根のところが浮いてきて、先端に向かってちょっとずつ。それが色んなところに引っかかって痛いから、爪切りでその浮いた付け根の方から切っていって、最後はぺりっと全部。」

　武知は飛び上がりそうな顔をした。

「どれくらいで生え変わるの、爪って？」

「半年かかった。その間は、一切ギターは弾けないよ。」

「恐いね、……気をつけないと、僕も。」

「いや、ほんとにそうだよ。俺も最初は、かなり絶望的な気分だったけど、もう腹を括るしかないから。こうなった以上は、また一からやり直そうと。しばらく、自分の演奏にしっくり来てなかったしね。」

「実際、どうなの？　大変だよね、取り戻すの？」

「それ以来、まだ一度もギターを触ってない。楽器のメンテナンスも、人に任せたままだよ。そんなつもりじゃなかったんだけど。……」

　武知は、言葉を失って、それをごまかすように、冷め始めた料理に箸をつけた。蒔野は、紹興酒のグラスに氷を足しながら、方々で話が弾んでいるテーブルを見渡した。

「もう、ギターは弾かないの？」

　ほど経て、武知は、蒔野の右手の爪が、一応は手入れされているのを見ながら、強張った面持ちで尋ねた。蒔野は、小首を傾げた。

「時々、ふと思い立って、ギターケースの前まで歩いて行くことはある。けど、そこで眺めてるだけ。手が伸びないんだよ、どうしても。」

「そう、……大変だろうけど、蒔ちゃんなら、また弾けるようになるよ。」

蒔野は、淡々と語ってはいたが、急に目の焦点を失って、しばらくグラスの中の氷を見つめていた。そして、曖昧に笑ってみせた。

「せっかく久しぶりに会ったのに、湿っぽい話になってしまって悪いね。」

「ううん、全然。」

「何とかしないとな、とは思ってるんだよ。俺にも生活があるし。チャラチャラ、テレビに出たりしてるのも、いい加減、ウンザリしてるから。」

「教えるのも無理なの？」

「だって、……こっちが弾けないと。祖父江先生のところも、今は人に来てもらってる。なんか、奏ちゃんが手足口病のことですごく責任を感じてて、それも心苦しいんだけど。俺は、彼女や彼女の子供に対して恨みがましい気持ちは、これっぽっちもないんだよ。それは本当に。」

「でも、蒔ちゃんの手がボロボロになって、爪が全部剝げちゃったりしてるの見たら、平気でなんていられないよ。」

「丁度、《この素晴らしき世界》のレコーディングを終えたところだったのが、せめてもの救いだったよ。」

「あのネットでやってる一般人参加のコンクールみたいなの、面白いね！　僕も、こっそり一曲、応募しようかと思ったよ。」

「武知君が弾いたら、すぐわかるよ、そんなの。あれも、レコード会社の担当は——グローブの野田っていう若い社員、知ってる？——もっと派手にやりたかったみたいだけど、俺が直接、登場できなくなっちゃったから、中途半端になってる。それでも、過去の映像を整理したりして、どうにかサイト自体は成立させてるけど。」

蒔野は、小さく嘆息すると、つと顔を上げて、

「武知君の方は？　そう言えば最近、俺にCD送ってくれなくなったねぇ？　え？　俺は送ってるのにさ！」と冗談めかして彼を咎めた。

「だって、CD自体、出してないもの。元々売れなかったけど、多分、僕はもう、CD出せないと思う。実際、レコード会社には提案してるんだけど、断られてるし。コンサートも決まらないしね。だから、今回は本当にありがたかったんだよ。タイミング的に、色んな人が断ったあとで、僕に回ってきたのかなって気もしたけど。」

武知は、そう言って肩を揺すって笑った。蒔野は、音楽業界の惨状は言うまでもなく知っているが、武知の活動がそこまで行き詰まっていたとは想像していなかった。

「去年のリーマン・ショック以降、特に厳しくなってるからね。……」

そう、漠然とした受け答えをしたが、武知はそれに間髪入れず反応した。

「蒔ちゃんは、でも、復帰したらまたすぐにコンサートも出来るし、CDも出せるからいいよ！」

「そうでもないと思う。そもそも、復帰できるかどうかもわからないし。」

「勿体ないよ、僕なんかからすると。」

蒔野は、武知の言葉に微かな棘《とげ》を感じ、「どうかな、……」と言ったきり、うまく先を続けることが出来なかった。

それからしばらく、「うわっ、まだこんなに？」と、運ばれてくる度に皆が目を丸くするような大皿の料理を食べながら、周囲も交えて英語で話をした。

先ほど、残り香の話の時に言われた「あとを追わなかったのか？」という言葉が、酔いとともに妙な具合に頭の中を回って、蒔野に唐突に洋子のことを思い出させた。

あれから二年。――彼女は今、どうしているのだろう？……

彼女の愛を引き留めるために、あの時、何かもっと出来ることがあったのではないか？

そんな未練がましい追憶に足を掬《すく》われそうになる度に、首を振って前を向こうとした。せめて彼女を憎もうと、酔った勢いで、「昔つきあっていたある女の話」として面白可笑《おか》しく人に悪口を言ってみたこともあったが、その後しばらくは、憂鬱に手がつけられなかった。勝手な話だが、その時に同調して、その匿名の「女」を嘲笑《あざわら》った知人たちに、蒔野は内心、嫌悪感とも言うべきわだかまりを残していた。

そもそも、「つきあっていた」などと言える関係だったのだろうか？　二人で会ったのは、たったの三回だけだった。彼女を責めることさえ出来ないほどに、結局は、愛とも呼べない何かだったのではあるまいか。

ただもう、自然に忘れるに任せて、洋子のことは考えないようにしていた。彼女の急な心変わりに対しては、「なぜ？」と問う気持ちが長く尾を引いたが、早苗との結婚生活にその反復を持ち込むことは不誠実だった。今、意味があるのは、洋子に愛されなかったという事実ではなく、早苗に愛されたという事実だった。

思いがけず、抜け出せなくなってしまっている音楽活動の休止に、蒔野は絶えず焦燥を感じていた。自分はこのまま、もう復帰できないのではあるまいか。そうした不安に、彼は悶え苦しんでいたが、にも拘らず、ギターを手に取るという、その単純な、唯一の解決方法が、無限に遠く感じられた。

そして今、不用意に蘇ってきた幾つかの懐かしい洋子の記憶は、彼に自分の現状をいよいよ耐え難く感じさせた。

蒔野は、武知が口を噤《つぐ》んだ折を見計らって、また日本語で語りかけた。

「良かったら、今度、一緒に何かやらない？　俺も、具体的な目標があった方がいいし。足手纏《まと》いにならないように、それに向けてがんばって練習するからさ。」

武知は、蒔野の思いがけない真剣な、それでいて、どことなく気弱な申し出に、口の中に入れたばかりのチャーハンを飲み込みながら、反射的に頷いた。

「うん、やろうよ！　蒔ちゃんとは、今まであんまり一緒にやったこともなかったし。蒔ちゃんとのデュオなら、レコード会社もCDを出してくれるよ、きっと。」

武知は、幾らか自虐的に笑って見せたが、先ほどのような皮肉は感じなかった。蒔野は、彼のその屈託のない瞳に、改めて、いい男だなと感じながら感謝して言った。

「そこまでの話になるかどうかはわからないけど、とにかく、やってみるよ。簡単じゃないとは思うけど。気づいたこととかさ、教えてよ。信頼してるから。」

*

ニューヨークのトライベッカにある豪勢なペントハウスで、洋子は、もうぬるくなってしまった飲みかけのマティーニのグラスをテーブルに置き去りにして、ソファに移動した。リチャードは、彼女が席を立つのに気づいたが、あとは追わなかった。

ザハ・ハディッドが月をイメージしてデザインしたという流線型のシルバーのソファに腰を下ろした。そんな突拍子もない代物を誰も気にしないほどに、ハドソン・リヴァーを望むこの贅を尽くしたペントハウスは広く、DJの音楽はやかましく、壁にはクリストファー・ウールの巨大なシミのような抽象画が目立っていて、何よりも数多の〝金持ち〟たちで賑わっていた。

洋子は、薄暗い部屋に灯る照明の光を頼って、腕時計を確認した。まだ十時を回ったところだった。

先ほどから三十分しか経っておらず、彼女は、不動産会社の社長だというこの部屋の四十代半ばのオーナーが、二〇〇万ドルもする高級車のブガッティ・ヴェイロンをどのようにして購入したのかという自慢話から、ようやく脱出したところだった。ブガッティを購入するためには、所有に相応しい人物であるかどうかの審査があるらしく、それにパスをすると、飛行機のファーストクラスでアルザスにある本社の「お城」に招待され、そこで車の細かなスペックの相談をするのだという。要約すればそれだけのことで、三分で聞かされれば興味深い話も、三十分以上も口を挟む間もなく続けられると、さすがに耐えられなかった。

一人がそんな話をすると、また別の一人が待ち構えていたかのように後に続く。その退屈な連鎖が、既に彼女の周りを何周もしていた。

二年前の二〇〇七年頃から始まった世界的な金融危機は、昨年九月のリーマン・ブラザーズの破綻に続くＡＩＧの経営危機、アメリカ下院での緊急経済安定化法案の否決といった〝ショック〟によって株価を暴落させ、一時は世界恐慌の危機さえ盛んに喧伝された。それがまるでなかったかのような、当の金融業界関係者らの羽振りの良さだった。来る前からわかりきっていたことだが、洋子はその光景に、ほとほと気分が悪くなった。

法案は、大統領選を睨んだ政治的な駆け引きの下で直ちに修正可決されて、結局、七〇〇〇億ドルもの公的資金が投入された。危機の元凶であるウォール街の人間たちを、なぜ税金で救済しなければならないのかという世間の怒りは、半ば憐れむようにしてやり過ごされていた。

今年の二月にNYダウの平均が七〇六二・九三ドルで底を打ってからというもの、株価は鰻登りに回復し、今週ようやく一〇〇〇〇ドルを超えた。今宵はそれを祝うために、世間の顰蹙《ひんしゅく》の目を逃れて、秘密の〝魔女の夜宴《サバト》〟に興じているのだった。

洋子は、窓の外を見るともなしに眺めた。対岸のニュージャージーまで、川の幅だけ夜の闇が領していて、そこに来客たちの姿が断片的に映っている。洋子自身も、なぜかいる。グラスを持っていないと、いかにもパーティーから弾き出されてしまった人のようで、置いてきたのを後悔した。

「男ってどうしてあんなに自慢話が好きなのかしら？」

洋子は後ろから声をかけられて振り返った。胸を強調した赤いドレスのブロンドの女性が、マティーニのグラスを二つ持って立っている。洋子は、差し出された片方を受け取って礼を言い、彼女のために隣に場所を空けた。さっきリチャードに紹介された仕事の関係者だった。

「車、別荘、――それに女。」

「男だから、みんなそうってわけでもないでしょう？」

洋子は、微笑して言った。確か、ヘレンという名前だった。リチャードが顧問を務めている銀行で働いていて、少し前に二度目の離婚をしたとかで、先ほどは、金融危機以降、毎日のようにメディアで使用される「強欲」というウォール街批判の常套句を自虐的に用いて、一座に笑いをもたらしていた。

「男は本質的にそうよ。そうじゃない男と、会ったことないもの。憐れむくらいの気持ちじゃないと、女はやってられないわね。」

酔っているのか、ヘレンは、どことなく気怠《けだる》い、艶のある目でこちらを見ている。洋子は、まるで口説かれているかのようなその共感の差し向け方に戸惑った。

「あなたみたいにきれいで、仕事もよく出来る女性を前にすると、劣等感でアピールに必死になるのよ、きっと。」

洋子は、当たり障りなく応じた。年齢は五、六歳上といったところだろうか。うっかりだぶついた手の甲に目を留めて、そう思ったが、顔はほとんど表情が埋め立てられてしまったかのように、リフティングや注射で張りつめていた。

学生時代にニューヨークで過ごした時には意識しなかったが、年齢が年齢で、またつきあう層のせいもあって、洋子は、自分の周りにこんなにたくさん整形手術を受けている人がいるということに、まだ慣れなかった。――老いに対する決して勝つ見込みのない戦い。徹底抗戦の構えを見せるどの顔も、戦況は思わしくなかったが、彼女たちにしてみれば、老いの先兵がこんなに平然と顔の方々に陣取り始めている自分の方こそ、神経を疑われているのだろう。

ヘレンも美貌だが、頬や目尻といった感情の出やすい部分が動かないので、喋っていることが本音なのかどうか、つい考えてしまう。向かい合っていると、洋子自身の表情まで、そのコルセット風の顔に閉じ込められてゆくような感覚があった。リチャードが、ちらと気にするようにこちらを見ている。彼も本心では、自分に、そうした手入れを期待しているのだろうか？……

「わたしだからなんてことじゃない。男の本性よ。別にみんながブガッティを自慢するわけじゃないけど、それぞれの収入なりに、みんな自慢好きでしょう？　あなたのご主人だって、他でもなく、あなたのことをよく自慢してたから。」

洋子は、受け流すように首を振った。幾らそう言われても、彼女はその意見に賛同できなかった。ここにいると、確かにヘレンの言う通りだという気もするが、自分の人生を振り返ってみれば、それほど始終、男の自慢話に悩まされてきたというわけでもなかった。

例えば、父親のイェルコ・ソリッチは、本当に人に自慢をしない人間だった。寡黙なせいでもあったが、カンヌで賞を獲った時のことなどを聞きたがっても、ほとんど迷惑そうに簡単に話を済ませてしまう。或いは、イラク時代の同僚だったフィリップは？　彼のキャリアは、どんな大金を積んでも手に入れることの出来ない貴重なものだが、同じジャーナリストとして、彼がそれを鼻にかけていると感じたことは一度もなかった。

むしろ、彼の言動には、苦い慎みとでも言うべきものが、隅々にまで染み渡っていた。

アメリカ人だからだろうか？　しかし、洋子は今、一歳になったばかりの男の子――ケンという名前だった――を育てながら、語学学校でフランス語を教え、同時に、チェルシーの自宅近くのギャラリーで働いていたが、そこで接する男たちにせよ、別に彼女に何をひけらかすというわけでもなかった。

そんなことを考えながら、洋子は久しぶりに、蒔野聡史のことを思い出した。

――彼はどうしているのかしら？……

他人との違いが、嫌でも優劣として際立ってしまうような、真の才能に恵まれた人は、凡庸であることにこそ切実に憧れるものなのだと、洋子は彼との短い関係を通じて知った。自分自身は、天才でも何でもないが、しかし、なかなか人と話が合わないという程度の経験からなら、彼に共感を抱くことも出来た。そして自分は、その彼との会話だけは、いつも心から楽しんでいたのだった。

彼とて、男だった。そういう例を知っているという事実は、ヘレンへの反論の根拠として、洋子の自尊心を少しくくすぐった。

しかし、それと同時に、まだ懐かしいと感じるほど、彼の存在が薄れてはいないことも知った。

もう二年経っている。しかし、まだ二年だと、誰かはわからない親しい人の声で、念押しされた気がした。彼の記憶が脳裏を過ると、洋子はその痛みのために、覚えず下を向いて目を瞑った。

ヘレンは、洋子の曖昧な反応が不服のようだった。

「ささやかな楽しみよ。わかり合える人同士でいる時くらいは、せめて思う存分、自慢話でもしないと、何のために生きているか、わからないでしょう？　かわいそうに。世間では、お金を持ってるだけで悪党みたいに言われてるし。」

「自慢したいっていう人間の気持ちもわかるけど、……今、わざわざ高級車を乗り回している話をして、そんなに気分がいいかしら？　たとえ内輪であったとしても。」

洋子は、話に集中していなかったせいで、余計なことを言ってしまったと感じた。

今日は、口を開けばそうなるに決まっているから、とにかく黙っているつもりだった。それが、蒔野のことを考えていたせいで、つい、昔彼とよくスカイプで喋っていた頃の口調になってしまった。ここにいるのは苦痛だったが、もしこの話を彼としたなら、きっと楽しかっただろう。

「本音では、サブプライム・ローンみたいな、最初から焦げつくことがわかりきってる債権を、証券化して世界中にばらまくなんて、ムチャだったって思ってるんでしょう、みんな？　それで自分たちだけは税金で救済されて、疚しい気持ちにはならないのかしら？　片や家も職も失って、路頭に迷ってる人たちがあんなにたくさんいるっていうのに。」

ヘレンは、鼻で笑って、自分のマティーニを飲み干した。

「あなたって、美しい人なのね。わたしたちとは、全然違う。着飾って、この場に溶け込んでいるように見えても、やっぱり元ジャーナリストね。——でも、誰も、ただぼんやりしていてお金持ちになったわけじゃないのよ。与えられた自由を最大限活用して、ようやく今の生活を手に入れたの。ゲームをゲームだと百も承知の上で、プレイヤーとして参加して。たくさんの犠牲も払ってる。競争社会を生き抜くためには、知恵も必要よね。この寒空の下で、家もなく生活している人たちは気の毒だけど、彼らだって、束の間でも、サブプライムのお陰で、一生住むことの出来ないような贅沢な家に住めたんだから。ローンは、わたしたちだって、ちゃんと払ってほしかったわよ。そうすべきよね、お金を借りてるんだから。誰が悪いの？　ローンを払わなかった人たちでしょう？こっちは被害者よ。」

「騙してるでしょう、お金を借りた人たちも、その危険な証券をＡＡＡなんて格付けして買った人たちも。」

「いい大人なのよ、彼らも。グローバル化して、世界はとても複雑になってる。勉強しないと。それを怠けて損をしたって、自分の責任でしょう？」

洋子は、相手を刺激しているのは自分だと承知していながらも、小馬鹿にしたようなその口調が癇に障った。

「この世界のリスクは、ますます複雑になって、不可視化されてゆく。すごいスピードで。——それはそう。専門的な知識を持っている人と、そうじゃない人とは、酷く非対称な関係になってる。あなたたちが金融に詳しいのは、自分の人生の時間をそのために費やして、その知識を寡占しているからであって、あなたはじゃあ、あなたが一般の人に期待する金融工学についての知識と同程度の知識を、遺伝子組み換え食品や地球温暖化、中東の政治情勢について十分に持っているのかしら？　仮にあなたがそんなスーパーウーマンだとして、この社会の構成員全員がそうであるべきだなんて前提の政治理論は、最初から破綻してるでしょう？　抽象論じゃなくて、実際に面と向かって会話をする誰に対しても、債務担保証券について何も知らないからって批判できる？　しかも、あんなに色んなものを混ぜ込んで、それを敢えて複雑化させて、不可視化させているっていうのに。」

「それはあなたの無知な誤解よ。騙すために複雑化してるんじゃないの。リスクの分散のためでしょう？　でも、その中にはどうしたって、予測不可能なものが混ざり込まざるを得ないじゃない？　だから、保険もかけるのよ。」

「原理はそうであったとしても、ローンを組ませる現場でも、売りさばく現場でも、明らかに一線を越えてるでしょう？　ローンの支払いを始めてから、たった二カ月で遅延が相次ぐなんて、どう考えても、まともな契約じゃないと思うけど。」

ヘレンは、さも可笑しそうに声を上げて笑った。

「あなたのご主人は——リチャードは、まさにその理論の研究者でしょう？　そんな複雑な金融商品が出来たのも、それがＡＡＡに格付けされたのも、ちゃんとした学術的な理論の根拠があってのことよ。あなたは、リチャードも、その〝詐欺〟の片棒を担いだなんて言って非難しているの？　彼は学者としての良心に背いてるのかしら？　あなただって、彼が顧問を務めている銀行のお金で子供を養って、その人脈でこんな〝一パーセント〟の人たちと交際しているわけでしょう？　あなただけは、純粋無垢な美しい人間だって、どうして信じられるのかしら？　誰も文句のつけようがないような正しいことを主張するのって、気持ちがいいでしょうけど。そこまで行くと、わたしたちとあなたと、どっちが厚顔か、もうわからないわね。だったら、おあいこってことでいいじゃない？」

ヘレンは最後まで、まるでナイーヴな高校生でも諭すような口調だった。洋子は、その居直った態度にますます腹が立ったが、決して感情的にならないところには感心して、どちらかというと、こちらの人間性を見られているような居心地の悪さを感じた。

そして、リチャードに対する指摘には、返す言葉もなかった。それが、昨年来の夫婦の口論の最も深刻な理由だった。

当のリチャードが、二人の会話の雲行きを察知したのか、顔色を変えて洋子を迎えに来た。

「十分に楽しんだ？　そろそろ、失礼しようか。ケンのベビーシッターは十一時までの約束だから。」

立ち上がると、洋子は、とろんとした目で夫婦を見送るヘレンに挨拶をした。リチャードは、強張った笑みを浮かべて彼女を見ていたが、

「心配しなくても大丈夫よ。女同士のたわいもない話だから。」

と言われて、洋子の背中に手を回し、帰宅を促した。


チェルシーの自宅まではタクシーですぐだったが、リチャードはそわそわした様子で、さりげなく、先ほどの二人の会話の内容を知りたがった。

「目新しい話じゃないの。——あなたが喜ばない話よ。」

洋子は、そう返事をしたが、思わせぶりな言い草が自分で嫌になった。

「あなたの仕事についてのわたしの誤解を、彼女が正してたのよ。」

リチャードは、それを聞いて、意外にも安堵の色を窺わせた。もう何度となく口論していて、いつしか互いに蒸し返さなくなったその話題に、リチャードは気が緩んだようにやや不用意に触れた。

「なかなか、一般には理解されにくいことだけど、彼女たちと話せば、君も見方が変わるよ。最初に僕を信じてくれていた通りに。僕は君が、フェアな人間だって信じている。世間では、金融業界の人間は悪魔のように言われているけれど、実際に、市場は落ち着きを取り戻しつつある。一時的な問題だよ。この世界は動的なんだから、どうしたっていいことばかりじゃない。大事なのは、何かが起きた時に、それを克服し、安定させる

システムを作っておくことなんだから。」

「あなたは、ああいう人たちとのつきあいを心から楽しんでるの？　それとも、仕事上、仕方なく？」

「簡単には割り切れないよ。そんな質問、君らしくもない。それはもちろん、ついていけないところもあるよ。彼らは冒険好きだし、羽目を外すこともある。それは、僕には関係のない場所での話だよ。だけど、本質的に非常に優秀な人たちであることは間違いない。僕とは話が合う。いつも言ってることだけど、君が嫌なら、彼らといつもつきあわなくたっていいんだし、実際、ずっとそうしてきた。だけど、ケンのことを考えるなら、僕たちの生活が、こんな世の中でも経済的に安定しているってことは大事だろう？　僕はただの経済学者に過ぎないんだから。」

洋子は、小さく嘆息して、悲しげな目で夫を見返した。我慢していたものが、その一瞥で皆弾け飛んでしまったように、リチャードは、うんざりした顔で足を一度大きく踏み鳴らした。

二年前の夏、東京で蒔野にメールで別れを告げられ、長崎の実家で母とともに時間を過ごしてパリに戻った洋子は、空港で思いがけず、リチャードとその姉のクレアの出迎えを受けた。連絡したのは、洋子の母で、娘が心配なので側にいてやってほしいと、頼み込んだらしかった。

金融市場が混乱し始め、リチャードも多忙だったはずだが、彼はクレアに付き添われて、取るものも取りあえずにパリに飛んで来た。そして、まるで放蕩息子の帰還を喜ぶ父親のように、洋子を出迎えたのだった。洋子は後に、その経緯を打ち明けられたが、母を責めることはしなかった。

あの時、何が起きたのか？――洋子はまず、リチャードではなく、クレアに抱きしめられた。そして、その抱擁の時間が、単なる挨拶にしては、些か長くなりすぎてしまったのだった。

その長引いた分だけ、彼女は安堵し、もうこのまま楽になりたいと感じた。からだの力が抜け落ちてしまったかのようで、自分の足で立っているので精一杯だった。

続けて、リチャードと交わした三カ月半ぶりの抱擁もまた、あとにはもう引き返せない長さとなってしまった。パリに着いてから、蒔野に改めて、メールを書くつもりだったが、そうすべきではないのかもしれないと思った。今が未練を断ち切るための最後のチャンスで、自分は、あんなにも酷い仕打ちをしたにも拘らず、これほど寛大に差し伸べられた手を、ともかくもう、握ってしまったのだから。……

離してはいけない。何もかもを忘れて、なかったこととして、自分はリチャードと結婚すべきなのだと彼女は思った。

すべては、彼の言う通り、〝マリッジ・ブルー〟の時期にはよくある、取るに足らない混乱に過ぎなかった。

振り返れば、洋子のPTSDが最も酷い症状を呈していたのは、あの時期だった。西新宿のホテルのエレヴェーターで経験したような強烈なフラッシュバックは、徐々に和らいでいったが、自然に治癒したとは言えず、やはり、リチャードの献身には感謝していた。

長崎にいた間、電源を入れていなかった携帯電話には、蒔野からのメッセージが幾つも届いていたが、洋子は、自分自身をもう後戻りさせないために、それらを読むこともないまま、すべて消去した。そうした思いきった、致命的な方法は、彼女の性格とも無関係ではなかったが、より多くは、やはり当時の精神状態に負うていたと見るべきかもしれない。

それでも、結婚の事実を伝えるメールだけは書いたが、返事はなかった。そもそもが、返事を求めていない文面だった。

蒔野の音楽も、それ以来、一度も聴いてはいない。彼だけでなく、クラシック・ギター自体を遠ざけるようになって、たまにどこかで耳に入っても聴かないように努めた。あれも、自分にバグダッドを思い出させる悪い記憶の一つだったのかもしれない。そんなことさえ考えた。聴けばまた、ようやく解除されたらしい自分の中のセンサーが、不意に鳴り出してしまうかもしれなかった。

結婚をきっかけにニューヨークに移住し、仕事も辞めてしばらくはゆっくりした。

ジャリーラのことは、最後まで心配だったが、フィリップがバグダッドから帰国したタイミングで相談して、一人暮らしを支援しつつ、彼の知人の女性が当面は世話役を引き受けることになった。ジャリーラは、洋子の結婚を心から喜び、自分のことは気にせずにニューヨークに行ってほしいと強く訴えた。いつでもスカイプで話せるのだから、と。

蒔野のことは、なかなか忘れられなかったが、そういう自分を責め、子供を妊娠した頃からは、自然と彼を思い出すことも減っていった。

この日、唐突に彼の記憶が蘇ってきたのは、無意識の曰くありげな作用だった。というのも、洋子とリチャードとの結婚生活において、この夜のパーティーは、一つの節目となったからだった。

春先から薄々察していたリチャードの浮気の相手は、後にヘレンだとわかった。そして、洋子がヘレンと顔をつきあわせて二人きりで会話をしたのは、後にも先にもこの一度だけだった。

*

リチャードは、ヘレンとの関係を通じて、肉体的にも精神的にも、大きな慰めを得ていたが、罪悪感がそれを損なうかと言えばそうでもなく、むしろその良心の呵責こそは、現実のままならなさを受け容れるのに不可欠な、意外な効能の妙薬だった。

人知れず〝悪〟を犯しているという優越感が、彼をたしなめ、謙虚にさせた。

忍耐には大抵、損得勘定が伴うものだが、人より多くの我慢を強いられているという意識の身を焼くような煩悶にとって、他方で、人が当然に守っている禁止をこっそり破っているという疚しさは、一服の清涼剤となった。

友人から、妻とのいかにも濃《こま》やかな愛情の交歓について自慢されると、自分が洋子から得ているものの乏しさに気が滅入った。しかし、その同じ友人が、浮気など考えたこともないと当たり前のように断言するのを聞くと、自分はその分、彼の知らない人生の逸楽に浴しているのだと、甘やかな苦痛を伴う慰撫《いぶ》を味わった。

彼は今でも洋子を愛していたが、妻の前に出ると、なんとなく自尊心を傷つけられて、陽気さを装ってみても後が続かず、独りになった自室で腹立たしげにウロウロしたりした。家庭生活の喜びを実感できるのは、ケンと一緒の時だけだったが、こうなった理由は、ケンの生まれるのが少々早すぎたからかもしれないと思うこともあった。

リチャードは、結婚以来、ずっとそんな調子だったわけではなかった。彼は段々と自信を失っていったのだったが、その根を辿ってゆくならば、結局のところ、自分があまりに寛大に赦した婚約期間中の洋子の〝浮気〟に逢着《ほうちゃく》せざるを得なかった。

洋子には確かに、負い目があった。結婚を目前にして突如出現した蒔野というライヴァルとの競争に、リチャードは、持てる情熱のすべてを注いだので、その勝利に酔い痴《し》れた暁には、さすがにしばらく幸福な虚脱感に浸ることとなった。そして、幸福の熱が引いた後も、虚脱感だけはいつまでも続き、相対的には強くなったように感じられた。

元々旧知の間柄で、年齢も年齢だけに、共同生活には、最初から蕩《とろ》けるような甘美さが欠けていた。洋子の体調もしばらくは優れず、リチャードは、PTSDに苦しむ妻のために、戸惑いながらも、夫の義務として、辛抱強くその傍らに寄り添い続けた。

洋子は、彼に感謝していたし、彼への愛に疑問を抱くことなど出来なかった。

名医だと人気の産婦人科通いの効果もあって、ケンの妊娠は思いの外早かった。それが、どれほどの喜びをもたらし、自分の人生を新しく感じさせたかは、幾ら言葉を尽くしても足りなかった。リチャードも、そして、双方の家族も皆が祝福してくれた。その笑顔がまた嬉しく、少しくプレッシャーにも感じた。

四十一歳となっていた洋子は、これが恐らくは最後の出産のチャンスだろうと思っていた。

悪阻《つわり》が重かっただけでなく流産の懸念もあり、夫婦関係は保守的に慎んだ。リチャードは、それを当然のこととして受け容れ、不平を言わなかったが、日常の何気ない抱擁やキスにも、どことなく重たく引き摺るような熱が籠もった。彼は、性欲というものの子供じみた振る舞いに手を焼いた。寝苦しい夜に、思わず代替的な方法を仄めかしてしまった時には、洋子もそれに応じた。しかし、やがて恥じ入るようにして、彼の方からそれを求めることはなくなった。

リチャードの名誉のために言うならば、彼は決して、こんな妊娠中のありきたりな苦しみのために、洋子に不満を抱いたわけではなかった。しかし、悪阻で洋子がいらいらするのと同じ程度の必然性で、それが彼に、作用したのは事実だった。問題は、その作用がいかにも妙な具合に表れてしまったことだった。というのも、婚約期間中から、自分が洋子から愛されていないのではと不安を覚える時には、肉体的な交わりの激しさによって、それを紛らせようとするのが、彼のクセになっていたからだった。

リチャードは、痩身で、あまり目立たなかった洋子のおなかが、ようよう人の注意を引くようになったくらいの頃に、唐突にこんなことを言った。

「君は、僕との結婚を後悔してない？」

それは丁度、急にこってりしたものが食べたくなったという洋子のリクエストで、チェルシーの自宅近くのシックなピザ屋に二人で行った時のことだった。マッシュルームがたっぷり載った名物のピザを、リチャードはいつになく、二切れ半しか食べなかった。

「どうしてそんなこと訊くの？ 考えたこともない。」

「君は以前のように笑わなくなったから。」

「そう？　この顔見て。笑ってるって言わない、これ？　妊娠も大変なのよ。あなたもおなかに三キロの重りをつけて一日過ごしてみたら、なんだ、これのせいかって思うから。」

「君はやっぱり、あの日本人のギタリストと結婚すべきだったたって、後悔してるんじゃない？」

「だから、どうしてそんなこと蒸し返すの？　あなた自身が後悔してるから？」

「違う。」

「ただの〝マリッジ・ブルー〟ってことにしてくれたんでしょう？　今更、思い出したくないの。」

「僕は彼に今でも嫉妬してる。」

「嫉妬に値する関係でもなかったのよ。何度も言ったけど、……」

「アーティストっていうのは、嫌な連中だよ。」

「そうね。」

「いや、……お義父さんは別だけど。」

洋子はおかしそうに笑って、リチャードの手を甲から覆うようにして握った。

「彼こそ、典型よ。」

「愛してるわよ。——幸せよ、わたしは。」

洋子は、自分の未来として、ついぞ想像していなかった光景のただ中にいることを感じた。ニューヨークのチェルシーにあるピザ屋で、経済学者の夫と向かい合っている。三カ月後に、自分のおなかの中にいる子供と対面する彼の面には、ほとんど、ミッシェル・ウエルベックの小説に出てくる登場人物のような、人生へのやるせない諦念が滲んでいる。

なぜなのかしら？と、洋子は自問した。

昔、友人の是永から聞いた人生の主役と脇役という話を、不意に思い出した。その人生観を語ったあの三谷という人は、蒔野と結婚し、今も願い通りに、彼が主役の人生の〝名脇役〟であり続けているのだという。

なぜなのかしら？

彼にももう、子供がいるのかしら？　妻の顔を、彼はこんなふうに見つめることがあるのかしら？……

産休に入ると、洋子は、世間の金融業界への批判の高まりを受けて、これまでまともに読んだことのなかったリチャードの学術論文に初めて仔細に目を通した。そして、その幾つかの内容に不安を覚えた。

経済理論は門外漢で、論文を埋め尽くした複雑な数式の数々を、彼女は必ずしも理解できなかったが、リチャードが、個人の住宅ローンの焦げ付きの確率を、銀行が企業の不動産取得のために融資する資金の貸し倒れ率を元に計算し、それを証券化のリスクの根拠としているのは、幾ら何でもおかしいのではないかと思った。そもそも、借金の動機が異なるし、債務不履行に至るプロセスでも、個人と、法人とでは、事情がまるで違っているはずだった。詐欺的な貸し付けという意味では、個人の方が遥かに騙されやすいだろう。実際、そうして優良債権と混ぜこぜにされた返済不能の住宅ローンが、今や世界中にカビの生えたパンのようにばらまかれて、金融市場のあらゆる隅々で食中毒を引き起こしているのだった。そういう疑問が他にも幾つかあった。

リチャードは、洋子の指摘に対して、まるで秘密のメールでも覗き見られたかのように激高した。洋子はむしろ、彼のまっとうな説明によって、自分の無知な誤解を訂正し、懸念を払拭したいと願っていたので、その反応に当惑した。言い方が悪かったのかもしれないと謝り、改めて質問したが、落ち着きを取り戻してからも、リチャードの答えは要領を得なかった。

「君はそう言うけど、ノンバンクの個人の住宅ローンの焦げ付きなんて、元々、統計がないんだから仕方がないんだよ。」

彼らは、お互いの職業を理解していたが、ジャーナリストの仕事の場合、大抵のことが一般人との会話の話題となり得るのに対して、リチャードの方は、自分の専門の込み入った話を洋子にほとんどしなかった。洋子も尋ねなかった。

だから、洋子がリチャードに抱いた好意も、彼の職業とはあまり関係がなかった。その点では、まさしく彼の音楽自体を愛していた蒔野の場合とは違っていた。

リチャードは、彼が研究している新しい金融商品は、経済的に不遇な人々に、投資先もなく余りに余っている市場のマネーをもたらし、住宅購入費用に当てさせる、非常に合理的な手段なのだと、洋子に説明していた。

「君の家庭みたいに、シングル・マザーで、がんばって子育てをしている人だって、ちゃんと自分の家を買って落ち着いて子育てをすべきだろう？　だけど、目の前にそういう人がいても、誰も金を貸さない。彼女が子供を抱えて、一人で立っている姿を見て、返せないんじゃないかと疑ってね。だったら、その姿を見えなくすればいいんだよ。彼らのローンを一まとめにして、支払われる利子に利益というお化粧をしてやって、更に念入りに、もっと確実な債権までくっつけてセット売りにする。そうすると、投資家はお金を出すんだよ。その一人のシングル・マザーの姿が見えないからこそ、安心してね。皮肉な話だけど、これは、富める人と貧しい人とが、数学を根拠に信頼し合い、結び合い、幸せになるための新しい科学なんだよ。貧しい人たちの団結でもある。富める人たちの〝強欲〟を、慈善に変える錬金術なんだ。君とは違うかたちで、僕だってこの世界を良くしたいと願ってる。君は世界の不幸を告発する。僕は世界を幸福にするシステムの創造に携わっているんだ。これ以上の組み合わせはないよ！」

　洋子は、リチャードの発想に、自分がまったく不案内な世界の新鮮な善意のあり方を見たように感じ、心を動かされた。それは、ネットで検索してたまたま読んだ記事ではなく、他でもない、自分を愛している人間が、自分の生き方として熱意とともに語った話だった。

洋子はそのことまでをも、美談に不純物を混ぜ込み、見えなくしてしまうまやかしの説明だったとは、彼に言ってほしくなかった。

しかし、話を聴けば聴くほど、リチャードが、その金融工学の理論と業界の実情とのギャップに無知であったとは思えなかった。知らなかったとしても、学者としては問題があるだろう。しかし、知っていながら業界と癒着し、知らないフリをしていたのだとすれば悪質だった。むしろ、そのギャップを無いかのように見せかける数学的な偽装に積極的に関与していたのだから。――そして、その現実に対し、自分は妻としてどう振る舞うべきか、葛藤するようになった。社会の不正をこれまで厳しく訴えてきた自分は、いざ他人事ではなく、自分の夫の問題に直面した時、それはなかったこととして目を瞑るのだろうか？

ケンが生まれたのは、リーマン・ブラザーズが破綻した翌日だった。その約二週間後に、ニューヨーク証券取引所のダウ平均株価は、史上最大の七七七ドルも下落することになる。

リチャードは、出産に立ち会えなかったが、病院で洋子の傍らに横たわる、まだ名前もない赤ん坊と対面した時には、発作的な感激に、ほとんど打ちのめされたような面持ちで立ち尽くしていた。洋子は、ベッドからぼんやりと見上げた彼の表情の複雑な陰影の真実味を、なんとなく愛おしく感じた。そして、涙を浮かべていた彼と微笑みを交わして抱擁した。

子供は、ケンドリックと名づけられ、洋子自身は、いつも「健やか」という漢字を思い浮かべながらケンと呼んだ。

洋子は、リチャードが家族に非常に愛されて育ったということを、彼のケンに対する態度を見ていて、つくづく感じた。おむつを替えたり、ミルクを飲ませたりと人並みに育児は分担し、とりわけ、ベビーバスでの沐浴は自分の仕事だと任じていたが、それ以上に、父親として家族を守るという意識には、力むような拘りがあった。幼時に彼自身が経験した家庭環境を再現したいという強い思いがあり、母性愛に対しては、信仰に近いほど神聖視していた。それについて、洋子に異論があるとは、想像すらしていなかった。リチャードは、洋子の生い立ちを不遇だと思い込んで疑わず、優しく同情していた。

リチャードの昔からの友人たちは、彼を「マザコン」だとよくからかっていたが、彼の母親にせよ姉のクレアにせよ、洋子には親切で、その限りに於いて、彼女も特に夫のそういう性質を気にしなかった。

洋子はあの日、日本からフランスに戻った時に、空港にリチャードだけしか迎えに来ていなかったなら、あんな抱擁は交わしていなかったような気がした。自分の中に、クレアが弟を気遣うような家族愛への憧れがあったのは事実だった。そして、畢竟、リチャード自身が持っていたそうした雰囲気にも、あの時にはやはり安らぎを感じたのだった。

ヘレンと出会ったパーティーは、ケンが丁度、一歳の誕生日を迎えたあとだった。

その頃から、年が明けて、リチャードに彼女との不倫を打ち明けられるまでの期間を、洋子は、人生でこれまでに経験したことがないほど索漠とした心境で過ごした。

ＪＡＹ－Ｚ＆アリシア・キーズの《エンパイア・ステイト・オブ・マインド》が流行っていて、どこに行っても、「出来ないことなんて何もない、あなたは今、ニューヨークにいるのよ！」というサビのフレーズを耳にしたが、後にはそのメロディを聴くだけで、当時のやるせない孤独を思い出させられた。

どんな土地でも、それなりに溶け込んで暮らすことは得意な方だったが、この時は、イラクにいた時とはまた違った意味で、自分がよそ者であることを身に染みて感じさせられた。そのメロディの微かなペーソスは理解しつつ、合唱する気にはなれない自分の状況が歯がゆかった。

仕事に関しては、語学学校と近所のギャラリーの手伝いとに加えて、ジャーナリスト時代の知人に頼まれて、読書人向けの本に関するサイトに、ノーベル文学賞を受賞したヘルタ・ミュラーについての記事を書いたところ、思いがけず、その後、複数の原稿依頼があった。洋子は、久しぶりに文学に浸る時間を持てて嬉しかったが、体調も良く、そろそろもっと、やり甲斐のある仕事をしたい気持ちになっていた。

情熱を持って打ち込める何かが必要だった。リチャードの外出の理由に不自然なところがあるのには勘づいていたが、見ないようにしてしまったのは、自分の弱さである気がした。

そして、この時期の彼女の関心は、専らケンにだけ注がれていた。日々成長してゆくので、思い返すと、意外なほど、その記憶は曖昧だったが、その分、かなりの数の写真や動画を撮影していた。彼女自身は、世代的に、幼少期の写真が極端に少なく、それに比べれば、ケンの生の記憶に残らない最初の数年は、あらゆるメディアによる記録で埋め尽くされていた。

洋子は特に、風呂上がりに、ケンがタオルを片手に、ダビデ像そっくりのポーズで立っている写真を気に入っていて、両親に送り、友人にも何度か見せた。あどけない体のラインながらも、男性的な骨格と筋肉の付き方が、今からはっきりと見て取れた。

ケンにはよく、「ほら、わたしのかわいいダビデ君」と、からかうようにして日本語で話しかけた。ケンは、そう呼ばれると、まるで意味がわかるかのように、たどたどしく声を出して笑った。

ケンの二度目の年越しを、リチャードはタイムズ・スクエアのカウントダウン・イヴェントで迎えたがったが、前日に、そのタイムズ・スクエアで不審車騒動があり、洋子は難色を示した。外は氷点下で雪も積もっていて、ケンに風邪を引かせたくないというのがその理由だったが、それだけでなく、正直に自動車爆弾テロに対して、自分はまだ恐怖心が強いからと打ち明けた。

「大丈夫だよ、もうすっかり元気なんだから。」

リチャードが、洋子のPTSDに関して、面倒くさそうな態度を示したのは、この時が初めてだった。

リチャードは、休暇で一日中、家に閉じ籠もっていて話題が尽きたのか、出し抜けに、しばらく洋子の前では避けていた仕事の話をし始めた。年明けにも、顧問を務めていた金融機関が、連邦住宅金融庁から提訴されそうだというので、彼はその準備に忙殺されていた。

何も違法行為はしていないし、商品の説明も十分だった。今起きている事態は、褒められたものではないが、学者としての自分の仕事の範囲内では、何の責任もないとリチャードは改めて洋子に理解を求めた。洋子は、それについての態度を保留したままで、ただ、

「あなたは、それでいいの？」

と尋ね返した。

リチャードは、その一言というより、その時の洋子の目に、突如、感情を爆発させた。決して厳しく責め立てるわけではなく、むしろ、彼の人間性そのものを映し出そうとするかのような曇りのない瞳だった。彼女に対するほとんど憎しみに近い反発が、心中で

わだかまっていたあらゆる感情へと延焼し、彼自身も、手が着けられなくなってしまった。

「君はどうかしてる。なぜ、そうなんだ？　ケンがこうして元気に育って、夫婦がこれからますます協力しなければならないっていうその時に？」

「もちろん、あなたの力になりたいと思ってる。それは信じて。だけど、この子の父親になったからこそ、あなたの生き方も大事でしょう？」

「何度も言ってる。僕は学者で、現場の実態は知りようがないんだ。ジャーナリストでもない。中立的な立場で、客観的な理論を提供しているだけだよ。」

「報酬を貰ってる以上、中立的とは世間は見ないわよ。」

「君は、僕がこんな苦境に陥っているというのに、庇うどころか、追い打ちをかけようっていうのか？　呆れた話だ！　君がイラクから戻って、ＰＴＳＤを患っていた時、僕は全力で君をサポートした。こんなことは言いたくないが、君の不安定な精神状態につきあうために、僕が仕事の傍ら、どんなに神経をすり減らしたか！　恩に着せてるんじゃない。愛し合っているなら、それが当然じゃないかと僕は言ってるんだよ。君は妻であり、母親だろう？　家庭の中でまでジャーナリストとして振る舞うのか？」

「あなたやあなたの仕事を否定しているわけじゃないの。ただ、学者として、あなたが自分の倫理的な責任をどう考えているのか知りたいの。たとえ、あなたの言う通り、結果責任だとしても。ケンもかわいいけど、同い年の子供が、家を失って泣いている映像をテレビで見れば、心が痛むでしょう？」

「もちろん。そしてそれは、その子の両親の責任だ。君は僕に刑務所にでも行ってほしいのか？　僕が今、学者としての将来を失えば、ケンはどうなる？　僕の中には、自助《セルフ・ヘルプ》という考えが染みついてる。そう言うと、君は僕を新自由主義者だと言って非難するだろうけど、これはこの国にあるもっと古い考え方なんだ。外国人の君にはわからないかもしれないけど。」

「スペンサー主義よ、歴史的には。新しくもないし、アメリカに固有の考え方でもない。」

「何？」

「……いいの。続けて。」

「これは僕の一家の家訓なんだよ。資本主義自体が、今や限界に達しつつある。この荒波の中では、何よりも自分自身がサヴァイヴすることが大事だ。この際だから言っておこう。僕の人生にとっては、僕自身と僕の家族が何よりも大事だ。僕だって、不遇な人たちへの憐憫はある。だけど、一体僕に何が出来る？　一個人の力なんて、ささやかなものだよ。君がイラクに行ったことで、現状が少しでも変わったかい？」

「何もしないのと同じじゃない。それがどんなにささやかだったとしても。あなたの仕事だってそう。」

「だけど、君がやらなかったらどうなった？　僕がやらなければ？　同じなんだよ。結局、誰かが同じことをするんだから！」

「わたしは、そう思わない。――あなたにとって仕事が大事なように、わたしにとっても、これまで自分がやってきたことが何だったのかを問われるの。その状況の中で、わたしなりに答えを求めてる。あなた自身の感情はどうなの？　開き直っていて平気？」

「君は矛盾してるよ。僕の心を心配してくれているのか？　僕がこの世界に対して責任を果たしていないってことを責めてたんじゃないのか？」

「どっちもよ。でも、責めてるんじゃない。教えてって言ってるの。」

「いいかい、僕は君が正しいことをしているから、イラクから帰ったあと、君のために尽くしたんじゃない。君を愛しているからこそだ。僕は君にもそうあってほしい。家族であるなら、たとえ間違いを犯したとしても、最後の最後まで味方であってほしい。」

「もちろん。でも、すべてを肯定するっていうことはまた違うでしょう？」

「君の中には、そういう冷たさがあるよ。ずっと感じてた。冷たい。そのせいで、僕はいつも不安だった。僕が人生で、本当に苦しんでいる時に、君は果たして僕の側に居続けてくれるだろうかって。――君は自立している。結構。君の生い立ちのせいかもしれない。誰と結婚しても、君はきっとそうだっただろう。僕には、百歩譲ってそれでもいい。だけどケンには、冷たい立派な母親であるよりも、どんな時でも大らかなあたたかい愛情で包み込むような母親であってほしい。」

洋子は、リチャードの言い分に納得しなかったが、彼が最後に言った言葉には、胸をえぐられたような痛みがあった。「誰と結婚しても」と強調した時、彼が蒔野のことを当てつけているのは明らかだった。そして、その効果は、彼が咄嗟に期待したよりも遥かに大きかった。

洋子の脳裏には、蒔野から別れを切り出された、あのメールの内容が蘇った。「あなたには、何も悪いところはありません。」と彼は書いていた。それは、ヘレンが彼女の「美しさ」を笑い、リチャードが「君は自立している」と皮肉を込めて言うのと、複雑に呼応し合っていた。そして、「ただ、あなたとの関係が始まってから、僕は自分の音楽を見失ってしまっています。」と、蒔野は続けたのだった。

彼もまた、苦境にあって、自分をその傍らで見守り続ける存在としては、信用しきれなかったのだった。リチャードの仕事の内容だけが問題だというのではないのかもしれない。

それほど身勝手に、独善的に生きているつもりはなかった。しかし、愛し愛される幸福に恵まれるためには、君は冷たすぎるのだという指摘は、自分一人ではね返すのは難しかった。

年が明けて、二月の酷く雪が降ったある日、リチャードは、思い詰めた表情で、ヘレンとの関係を洋子に告白した。激怒することもなく、ただ黙っている妻を見て、彼は続けて、離婚してほしいと言った。

＊

蒔野聡史と武知文昭との新しいデュオのコンサートは、二〇一〇年春の埼玉を皮切りに、夏までに全国八カ所で催される計画だった。武知にとっては久しぶりのツアーで、その張り切りぶりは、面と向かって会っている時だけでなく、日記のようにマメに更新している彼のブログからも窺われた。

台北で最初にこの話をしてから、本番までには七カ月の準備期間しかなかった。

一年半もギターに指一本触れていなかった蒔野は、復帰までには、最低でも一年は必要だろうと慎重に考えていた。早苗と結婚した後、木下音楽事務所の担当は、五十嵐という若い男性社員に代わっていたが、蒔野の復帰に関しては、社長も直接に関与していた。勿論、グローブの野田もミーティングには必ず出席した。

準備期間が短すぎるという不満を、蒔野は、日程が提示された直後から訴えていたが、現実を語っているつもりでも、口を衝いて出るのが、一々、「出来ない」という否定的な言葉ばかりなので、仕舞いには、自分でそれにウンザリしてきた。

「僕が例えば、ジャズ・ギタリストみたいなアドリブの世界の人間なら話は別ですよ。けど、僕はクラシックの世界の人間ですからね。実践の中で調整していくってことは無理なんです。フィギュアの選手が、調子が悪いから、トリプル・アクセルをダブル・アクセルにするみたいなことは出来ないんですよ。……いや、わかってるとは思いますけど。」

担当者らは、そうまで言われると、二の句が継《つ》げずに黙り込んでしまった。蒔野も、しばらく腕組みしたまま口を噤んでいたが、やがて、吹っ切れたように息を吐くと、

「ま、いいや。——やりましょう、じゃあ、その日程で。」

と、急に態度を変えて一同をぽかんとさせた。

そのあとも、しばらくはぶつくさ不平を言っていたが、そういう姿には、むしろしばらく見なかった彼らしさが感じられた。ひょうげたような話しぶりだったが、一度舞台に立てば、きっとまた、恍惚とするほど完璧な演奏を聴かせてくれることだろう。彼の復活のためには、一つの吉兆のようだった。


一年半というのは、蒔野だけでなく、周囲の演奏家の誰も経験したことのないブランクだった。

蒔野は、ようやく老人介護施設への入居が決まった祖父江が、旧朝香宮邸の庭園美術館で催されているアール・デコ展を見に行きたいというので、介添えをしながら、その話をすることにした。

祖父江はまだ会話が不自由で、展示を見終わったあとは、美術館の名前の由来にもな

っている広々とした庭園を散歩しながら、蒔野が一人で喋り続けた。

「しかし、アール・デコっていうのは、パリで見るとあんなに豪華で色気があるのに、日本に持ってくると、どうしてこう貧相で、ジジ臭いんですかね？　ここは相当がんばってる方ですけど。やっぱり、木を使うせいでしょうかね？」

蒔野がそんな調子で面白おかしく放言するのを、祖父江は、ようやく紅葉の兆しが見えてきた木々をしみじみ眺めて歩きながら、ふん、ふんと目にだけ表情を窺わせて聴いていた。

四十分ほどかけて池の畔のベンチまで辿り着くと、蒔野は祖父江と一緒に腰を下ろして、しばらく黙って景色に見入った。よく空が晴れ、少し肌寒かったが、風はなく、足許のすすきはそよとも揺れなかった。

蒔野は、武知と一緒にツアーに出るために、またギターの練習を始めたという話をした。

祖父江は、ああ、と表情を和らげて、唇を嚙んでしまいそうになりながら、それは良かった、とだけ短く言った。

「いやぁ、もう怠けてた分、大変で。今なら先生に習い始めた頃の方が、まだ上手いですよ！　自分の将来にこんなことが待ち構えていようとは、あの頃は夢にも思っていませんでしたけど。……」

蒔野は、懐かしそうに頭を搔いて笑ったが、ふと振り返ると、祖父江が泣いていて驚いた。麻痺していない顔の右半分だけが震えていて、左半分は無表情のままだった。

祖父江が、蒔野がギターに指一本触れなくなってしまったことを、どんなに心配しているかは、奏《かな》から何度か耳にしていた。しかし、プレッシャーになってはいけないからと、娘には固く口止めをしているらしかった。

蒔野に自分の介護を手伝わせていることを酷く心苦しく感じていて、しかし、誰かの手を借りなければ、その負担は、二人目の子供が生まれたばかりの娘にすべて伸しかかってしまう。

蒔野は、祖父江のその葛藤を察し、「いやいや、先生も弟子が多くて、僕もこのところ嫉妬してましたから、独り占めに出来て喜んでるんですよ。」などと笑い飛ばしていた。早苗は、そうした状況の中で、祖父江の介護だけでなく奏の子供の面倒や買い物の手伝いなどを、嫌な顔一つせずに引き受けた。蒔野が、彼女に惹かれていったのは、そうした姿を見ていたからだった。

祖父江は、少し顎を引いて顔の右半分の震えを堪えると、不自由な左手でハンカチを取り出そうとして、地面に落としてしまった。蒔野はそれを拾うと、土混じりの細かな木の葉を払って手渡した。右手でそれを受け取った祖父江は、涙を拭うことはせずに、ただ膝の上で握っていただけだった。

姿勢が良く、かくしゃくとしていて、遠目にはとてもそんな病身とは思われそうにない。見ているだけでも苛々してくるような不自由な生活の中で、祖父江はただの一度も自分や早苗は固より、奏にさえ感情的になったことがなかった。

蒔野は改めて、自分は本当に立派な恩師に恵まれたのだと、敬服していた。

「まぁ、でも、先生のリハビリに比べたら、なんてこともないですよ。本当に、あの日は僕も覚悟してましたから。……そのあと、意識が戻って、よくぞここまで回復されたと、頭が下がります。」

祖父江が倒れた夜の記憶が、蒔野の脳裏を過った。そしてやはり、洋子のことを思い出した。

あの夜、祖父江の側に居続けたことは、決して間違ってはいなかったのだと、彼は考えた。そして、洋子はそれを当たり前に理解し、翌日か、その次の日にでも会って、今日という日には、ここに一緒にいて、アール・デコ展についての何か目を瞠《みは》るような感想で祖父江を喜ばせていたのではなかったか。

そういう世界が、ここことは違った、どこか別の場所に存在していて、その幸福に浸っている自分というのも、いるのかもしれない。何の不思議もなく、まさか、あのまま彼女と別れてしまった世界を生きている自分が存在しているなどとは、夢にも考えたことがなく。自分はなぜか、貧乏クジを引いてしまって、そっちの世界ではなく、この物寂しい世界の方を割り振られてしまった。——蒔野は、池の水面に、陽画のように映し撮られた青空と垂れ込めた木の枝の影を見つめながら、そんなＳＦめいた空想に束の間浸った。

祖父江は、蒔野の方を向いて、「ゆっくり、やってください。」と、諭すというより、懇願するような口調で言った。蒔野は、何か頼まれたのかと思って、身の回りに目を向けたが、すぐにギターの練習の話だと気がついた。

「ええ、まあ、そうもいかないんですけど。焦らずに、ええ。……ギターに触らなかった間に、先生が昔からよく仰ってたアランの言葉を嚙みしめてました。『尊ばれないことは忘れ去られる。これは、我ら人類の最も美しい掟の一つだ。』――不安のせいですかね。演奏家には、なかなか手厳しい掟ですけど、やっぱりこれは真理なんでしょう。このところ、新しい才能の出現を僕も目の当たりにしていて、自分の演奏のどこに一体、尊ぶべきものがあるのか、考えていました。もっと高いところを目指して、音楽に取り組むべきなのに、それがなかなか、……」

祖父江は少し険しい目になって、顔の右半分を苦い悔恨に歪めながら言った。

「私は、そういうことを蒔野さんに言いすぎたかもしれない。あなたのような偉大な才能は、もっと自由でいいんですよ。私の教えたことは、子供の頃の思い出として仕舞っておいてください。」

蒔野は慄然として、しばらく言葉を発せられなかった。そして、少し頰を緩めて、

「先生は立派です。僕の尊敬は変わりません。でも、……ええ、ゆっくりやります。」と言った。

祖父江は、ただ、微かに首を横に振っただけだったが、もう一言、どうしても言わね

ばならないというふうに付け加えた。

「早苗さんを大切にしてください。あなたの人生にとって、掛け替えのない存在です。」

蒔野は、まるで先ほど、洋子のことを考えていたのを見透かされたかのようなその忠言に動揺した。そして、唇を固く結んで頷くと、自分に言い聞かせるように、「……ええ。」と頷いた。


練習を再開した日、蒔野は、長年、演奏の前に自らに課してきた独自の柔軟体操を、最後のためらいを説き伏せるようにして入念に行った。

腕だけでなく、呼吸を意識しながら全身を隈なく解してゆく。手足口病に罹って両手の爪が剝がれてしまい、ギターを弾けなくなってからは、祖父江の教室の生徒たちにも、その体操を教えたことがあった。

最後にあまり長くならない程度に目を閉じて息を整えると、ようやく楽器に手を伸ばした。三十代後半に一番よく弾いたフレタで、ネックを握って持ち上げると、体の内側の明かりの消えていた部屋に、照明が灯ったような感覚があった。

最初は時間をかけてスケールの練習から始めるのが、蒔野が幼少期から墨守してきた習慣だったが、この日は、軽く指慣らしをして、いきなりヴィラ＝ロボスの練習曲第一番を弾いてみた。続けて第三番を演奏し、苦笑したり、首を傾けたりしながらどうにか最後まで辿り着くと、天を仰いで一人で声もなく笑った。そして、下を向くと、たったそれだけで息を切らしたような情けない両手を見つめた。

酷い有様だった。しかしとにかく、目の前の楽器を弾けないというあの耐え難い苦しみは、終わったのだった。それを実感し、安堵すると、彼は、自分がつい今し方まで捕らわれていた恐ろしい場所を振り返った。そして、もう二度と戻りたくないと心底思った。

皮が薄くなってしまった指先には、弦の摩擦の初々しい痛みと熱が残っていた。どこか照れ臭いような喜びが、全身に染み渡っていった。

まったく指が動かないのではと恐れていたので、案外、覚えているもんだなと、蒔野は、自分にというより、人間の体そのものに感心した。

勿論それとて、田んぼのぬかるみを、転ばずに端から端まで歩けたという程度のことだった。

舞台に立つまでの道のりは、無限のように遠かったが、彼はふしぎと、悲観的な気分にならなかった。やっと再出発が切れた。自分が失ってしまったものに対しては、どこか清々した感じさえあったが、それは、半ば居直りのような心境であり、同時に、何とかなりそうだという、その日の手応え故だった。

さっぱりしたと、彼は後に、何度かインタヴューで語っているが、些か嫌みな韜晦《とうかい》のようでありながら、それもまた本心だった。

蒔野はその日から、毎日、十時間前後の「特訓」を三カ月間継続した。

大半の時間は基礎練習の反復で、内容は、ほとんど教則本を書くように合理的に、網羅的に計画したが、取り組み方としては、「ひたすら弾く」といった実感頼りのものとならざるを得なかった。

蒔野は、祖父江のリハビリに付き添って、よく専門医と脳と体との関係について――例えば、思考が保存されている「陳述的記憶」という領域に対し、身体の運動が保存されている「非陳述的記憶」と呼ばれる領域があることだとか、脳から出される信号が、神経を通っていかに指先に伝わっているかといったことなど――を話していた。医師は、祖父江のことも蒔野のことも知らなかったが、担当になってから興味を持ったらしく、ＣＤにサインを求められ、以来、リハビリの説明も、楽器の演奏を例に出す機会が増えた。

蒔野は演奏家として、そんなことを一々気にしながらギターを弾くわけではなかった。神経科学についても、定説とされている話を、漠然とイメージするに過ぎなかったが、演奏に関して、芸術表現がその陳述的記憶に、運動能力が非陳述的記憶に関係しているという整理には納得がいった。

問題は、その両者がどんな具合に結び合い、影響し合って、全体的な統一を実現しているのかだった。

自分の奏でる旋律が、かつてのようにハリのある運動の軌跡を示さず、和音が曇りを帯びてたちまち潰えてしまうのは、なぜなのか。一年半という時の経過によって、自分の中で、一体、何が起きているのか。

原因を抽象的に探ってみても仕方がなく、果たして一旦、両者を分けて考えること自体が正しいのかもわからなかった。が、ともかくも、指が動かないことには話にならないので、スケールだけでなく、レパートリーの中から必要で且つ、音楽的な内容のあるメカニズムを抽出してきて、反復的に練習した。


蒔野のこの腹を括《くく》った方針は、結果的には、吉と出たのだった。

三カ月後、彼の指は、自分でも驚くほどよく動くようになっていた。楽器を中心とした体全体の連動もスムーズになっていて、長時間ぶっとおしで練習をしても、特にどこが痛いということもなくなった。

かつての演奏技術を単に回復するだけではなく、蒔野はこれを機に、長年の蓄積として痼《しこ》っていた左手の運指や右手の撥弦《はつげん》の癖を一つずつ点検し、演奏スタイルを、全体により簡素に、軽くデザインし直すことを心がけた。

ヴィラ＝ロボスの練習曲を全曲続けて演奏してみて、彼はまるで、新車に乗り換えたように、自分が以前よりも楽に楽譜の上を走っているのを感じた。

勿論、一本調子で状態が改善されてゆくわけではなかった。技術的にはまだ不安定で、最上機嫌で練習を終えた翌日には、すっかり落胆してしまうこともあった。それでも、最初に比べれば比較にならない進歩で、悪いなりに満たしている水準も確実に上がってきていた。

客観的に、蒔野は自分がどういうギタリストなのかを再認識した。

自分は演奏技術の特に運動能力の部分に関しては、ほとんど苦労知らずなほど、抜群の素質を持っている。練習が好きで、むしろ、努力をしないことの不安に堪えられないというのも、一つの性分だろう。そして、そのいずれもが、彼の音楽性の欠如が批判される際には、「確かに超絶技巧で、その鍛錬に余念のないことには敬服せざるを得ないが、しかし、……」と、皮肉な前置きとされてきたのだった。

それは、蒔野の何よりも癇に障る悪口で、若い頃はムキになって、「ヘタだと音楽的だ、人間味があるっていうのは、卑しい音楽観、人間観じゃないですかね。」などと反論し、火に油を注いでしまったこともあった。

そんな昔話も思い出しながら、復帰に向けた練習が四カ月目に入ると、彼も主要なレパートリーを一曲ずつ仕上げてゆくことに時間を費やした。

長時間の練習は抑制し、バッハに関する本を集中的に読み、《フーガの技法》を中心に楽譜に目を通した他、洋子のアパルトマンで目にし、その後、買ったまま読まずにいた幾つかの本を手に取った。

蒔野は特に、初めて読んだルネ・シャールの詩集にのめり込んだ。ブーレーズの曲で、存在だけは知っていたが、難解なアフォリズム風の詩句が並ぶその本は、たちまち傍線と書き込みとで溢れ返った。

彼は、《イプノスの綴り》の中の次のような謎めいた一文に心を奪われていた。

「明晰さとは、太陽に最も近い傷だ。」

その言葉は、閃光のように彼を貫き、いつまでも強い印象を残していた。

蒔野はそれを、自分の演奏に対する、最も鋭利な批評であるように感じていた。祖父江が言っていた、「もっと自由でいいんですよ。」という一言とも呼応し合っているようだったが、実感としてよくわかる割に、言葉で考えようとすると、雲を摑むようだった。

どうして洋子といつもスカイプで会話していた頃に、この本を読んでおかなかったのだろうかと、彼は後悔した。

彼女と話がしたかった。そういう話題を、あまりに多く抱え込みすぎていた。

＊

デュオ・コンサートのリハーサルが始まると、武知は、「短期間で、よくそんなに戻ったねえ。すごいよ、やっぱり蒔ちゃんは！　本当は、楽器に指一本触れなかったっていう時期も、ちょっと弾いてたんじゃない？」と驚嘆したが、蒔野は、あと少し復帰への決断が遅れていたなら、自分はもう一生、コンサートは出来なかっただろうと、空恐ろしい気分になった。

「いや、……なかなか難しいね。武知君が一緒で、助かるよ。」

それは、本心だったが、武知とのコンビネーションも、しっくりとは来ていなかった。それぞれに弾きたい曲を持ち寄って、リハーサルを通じて絞ってゆく予定で、このデュオのために、新たに編曲した作品も幾つかあった。

蒔野は、武知の編曲に、どうしても馴染めなかった。彼が楽譜を書き下ろした三曲は、どれも手堅いが面白みに欠け、その色気のない、地味な印象は、そのまま彼の演奏にも言えることだった。

「華がある」というのは、こう言って良ければ、やはり一種の才能なのだった。その有無は誰の目にも残酷なほど明らかだが、いざ、それが何であるかを説明しようとすると、結局は、「華があるというのは、つまり、華があるということだ。」という同語反復に陥るより他はなかった。

蒔野は、会えば会うほど武知を好漢だと感じ、「きちんとした」という言葉がピッタリのその演奏も信頼していたが、それがまた、彼の音楽活動を行き詰まらせていることもわかっていた。

遠慮すべきことでもないので、気をつかいながらも三曲のうち二曲はリハーサル中に話し合って楽譜に手を入れ、もう一曲のラヴェルのピアノ協奏曲のアダージョは、一旦引き取って全面的に書き直すことにした。オーケストレーションに妙味のある長い曲なので、ギター二本で演奏するのは、そもそも難題だった。蒔野も一旦は、「俺も大好きな曲だけど、ちょっとダルくない？」と諦めかけたが、武知がどうしてもと拘っている曲なので、最初のピアノのパートをすべて独奏にするなど、極力彼を目立たせるように全体を再構成した。

本番が近づいてくると、蒔野も次第に口数が少なくなっていった。

今までなかったことだが、眠れない日が増え、夜中に起き出して四階のリヴィングで映画を見ながら寝る悪い癖がついた。早苗が朝、三階の寝室から上がってくると、ソファの上で眉間を強張らせたまま、今にも破れそうな薄い眠りに包まれた蒔野の姿をよく目にした。

蒔野にとっては、実に二年半ぶりとなるコンサートの当日の朝も、早苗は、そんなふうにして、テレビを小さな音でつけっぱなしにしたまま眠っている夫に、そっとタオルケットを掛けてやった。

蒔野の音楽家としての復活に、最も感動しているのは、言うまでもなく彼女だった。二年半もの間、この時をどんなに待ち焦がれてきたことか！

彼女は、蒔野のためならば、どんなことでもすると心に決めて、その傍らに寄り添ってきたのだったが、それは無論、彼を愛しているからであり、同時に、自らの犯した〝罪〟の償いのためだった。

あの日、洋子に偽りのメールを送った瞬間から、早苗は、そのあまりにお粗末で、卑しい行為が、いつ蒔野に発覚するかと怯えて、絶望的な心境で数日間を過ごした。一度だけ、蒔野から電話があって、こちらの携帯に洋子から連絡はなかったかと確認を求められたが、彼女はそれに対しては、嘘を吐く必要もなく、ただ「ありません。」と答えただけだった。そして、信じ難いことに、彼女の犯したこの哀れな罪は、どうやら露見しないまま、現実をすべて彼女の思惑通りに変えてしまったらしかった！　その経緯は今以て謎だったが、つまり、蒔野と洋子とは、あの夜を機に、恋人同士ではなくなったのだった。

早苗は、その悪い奇跡のような幸福に、どことなく薄気味悪さを感じた。

きっといつか、すべてを蒔野が知る時が来る。その恐ろしい不安は消えることがなかったが、一月経っても、二月経っても何事も起きず、彼女は、自分の罪が、知らぬ間に、もう半ば〝なかったこと〟になりつつあるのを知った。誰も気づかなかった。そして、これからももう気づかれることはないだろう。そう考えて、彼女は罪悪感を横目で見つつ、やはり安堵の方に先に手を伸ばした。

蒔野は、洋子と別れた後、直ちに早苗を愛するようになったわけではなかった。

グローブの野田に発破をかけられるがままに、《この素晴らしき世界》のレコーディングに集中し、休憩時間には、例によって与太話でスタッフらを笑わせていたが、どこか、心ここにあらずといった気色だった。

気が緩むと、その相貌には、すぐに「待っている」人の重苦しさが滲み、やがて自分でハッとしたかのように、それを空虚な、唐突な快活さで追い払った。

早苗は、そういう彼を日々目にしながら、ただ早く時が経つことだけを祈っていた。どこか、他人事のように彼を憐れんでいることもあれば、自分の人間性を恥じることもあった。苦しまなくて良いはずがなかった。しかし、その胸の痛みこそは、彼女にとって一種の贖罪となった。

彼のために自分が何をすべきかわからず、野田が進めていた《この素晴らしき世界》のプロモーションに専念し、他方で、祖父江のギター教室の雑務を手伝うことから始めて、祖父江の介護と奏の育児にも協力するようになった。

蒔野は気遣いつつも、どこで止めるということもないまま、彼女の厚意を受け容れ、気がつけば、あまりに多くを彼女に負担させていたことを心配した。蒔野の身の回りの世話を焼きたがるというのではなく、祖父江に対して献身的であったことが、却って彼女を信頼させ、身近な存在とさせていった。

洋子との関係が深まっていた時期に、マネージャーとしての「三谷」に暮らせていた不満も、いつの間にか消えていて、ある時から蒔野は、彼女に自宅の鍵を渡して、留守中の荷物の出し入れを任せるほど信頼するようになっていた。

早苗はそういう時、彼の不在の部屋に足を踏み入れて、何かしら、普段接している時には感じない、女の体の名残のようなものに触れてしまうことがあった。

恐らく、一人ではなかった。それは、室内に籠もった、そこはかとない残り香のせいかもしれず、男の一人暮らしにしては、あまりに整頓されたリヴィングの景色のせいかもしれなかった。

早苗は、そんなふうに敏感に感じ取ったものに対しては、動揺を禁じ得なかったが、それでもなぜか、洋子に感じたような激しい嫉妬と劣等感に苛まれることはなかった。最初から深入りする気のない、束の間の関係なのだと思っていたからかもしれない。蒔野を――彼の心を――奪われてしまうという焦燥に苦しむことがなく、ほとんど手さえ触れたことがないのに、自分こそは、今は彼に最も近い存在なのだと信じられた。

手足口病で爪も剝げかかり、掌の皮がボロボロになっている蒔野の手を見ていると、こんな状態では、想像しているようなことは何もないのかもしれないとも思った。深く愛し合っているならともかく、こんな悲惨な手に、軽い気持ちで抱かれる女などいるだろうか？

思うに、洋子は例外的な存在だった。

自分は誰に対しても闇雲に嫉妬して、あんな恐ろしいことをしてしまうわけではない。客観的に見れば、蒔野は明らかに、あの時期、演奏家としての自分を見失っていた。洋子の存在が彼にとって良い作用をもたらさないということは、誰かが冷静に見極めなければならなかったのではないか。そんな苦し紛れの理屈を捻り出して、仕舞いには、こう自分に言い聞かせるのだった。――自分がその役目を果たした以上、何があっても、蒔野の復帰を実現しなければならない、と。……

早苗がひたすら待つことに徹していた半年を経て、蒔野はさすがに、彼女の自分に対する肩入れの意味をもう疑わなかった。最初はまさかと打ち消していたが、よくよく周りを見てみれば、どうやら気づいていないのは、彼一人であるらしかった。

自分は彼女に愛されているのかもしれない。それも、もう随分と以前から。――そして、洋子を不可解なほど意識していた早苗の態度も、振り返ってようやく理解した。

奇妙なことに、蒔野は、早苗を恋愛相手として、ただの一度も意識したことがなかったが故に、却って彼女と結婚するという発想へと飛躍することが出来た。

彼は、自分はもう、洋子を愛したように誰かを愛することはないだろうと思っていた。そんな早まった考えは、十代の少年の、瑞々しい失恋にこそ相応しいようであるが、その実、彼は、四十歳という年齢の故に、むしろ無知とは真逆の静かな諦念によって、ゆっくりとそう結論を下したのだった。

四半世紀ほどの年月を、恋愛する動物として生きてみた経験から、洋子のような人間が、もう一人いると信じ、その相手がまた自分の前に現れるという考えは、彼の心を気持ち悪くすぐって、ただちに払いのけられてしまった。

もしまた愛が可能であるなら、それは何かまったく異なる性格のもののはずだった。今の自分に相応しい、もっと現実的で、結局のところ、運命的な。——

ギターを弾かなくなり、荒廃してゆく一方の生活にも、うんざりしていた。自分の人生は、いつの間に、こんな妙なことになってしまっていたのか。どうにか元通りに立て直さなければならない。今はそういう時で、しかも、そのために協力を惜しまないという女性が一人いる。

年齢も随分と下で、マネージャーと音楽家という関係の名残は、なかなか抜けなかったが、一足先に向こうは、自分を愛し始めているのだった。凡そ、今より悪い時もあるまいという、人生のこの時に。自分も愛することが出来るだろうと蒔野は思い、そうではなく、今自分が彼女に抱いている好感に、そのまま愛と名づけるべきだと考えた。洋子から得られていたものは、一切、求めるべきではなく、彼女の存在と共にそれはもう忘れるべきだった。……

蒔野から、愛を打ち明けられ、結婚を願い出られた早苗の感激は、喩《たと》えん方もなかった。

しかし、ただそのことだけをひたすら夢見てきたはずなのに、いざ実現してみると、そんなはずはないという気がした。自分がこんな幸福に恵まれたことが信じられなかった。周りにとっても、不可解に違いない。――が、その愛の入手経路に、不正があったというならば、話は別だった。

早苗の心の中には、正直なところ、洋子にすまないという気持ちはあまりなかった。蒔野の彼女への思いをふいにしてしまったことへの罪の意識も薄かった。しかし、蒔野から寄せられている全幅の信頼に、自分が決して値しない人間であるという自覚は、大きな苦しみとなった。

彼は今、確かに三谷早苗を愛している！　しかし、その三谷早苗とは、自分とはまるで別の人間なのだった。それは、あの夜、あまりに破廉恥な方法で彼を愛する人から引き裂いた三谷早苗ではなかった。その贖罪のためではなく、言わば純粋な愛から、ひたすら彼に尽くし、彼のためにその恩師と娘家族のために尽くしてきた三谷早苗だった！

彼女は何よりも、その発覚を恐れていた。そして、騙し続けているという意識は、次第に彼女の自己嫌悪を膨らませていった。

早苗は結局、あの罪の夜に突如として閃いた自己弁護へと立ち戻らざるを得なかった。

――つまり、罪の総量という考え方だった。

一生涯、完全に無垢なまま生き続けられる人間など、この世の中にいるはずがなかった。誰もが罪を犯すならば、それは重いか、軽いかでしかなかった。

この運転免許の減点法的な発想が、早苗の精神的な拠り処となった。

自分はこれまでの生真面目な人生の中で、それほどの罪は犯していないはずだった。今後も犯すことはないだろう。自分の罪が飽和するには、まだ随分と余裕があるに違いない。長い人生の中で、ほんの一瞬の出来事だった。ただの出来心。それが果たして、自分という人間の本質だろうか？　この先ずっと、人並み以上に善良に生き続けるのであるならば、あのたった一つの罪にも、目を瞑ってもらえるのではあるまいか？　そういう自分は、必ずしも蒔野が愛している三谷早苗と懸け離れているわけではないのではあるまいか？

早苗にとって予想外だったのは、蒔野の音楽的な不調が、むしろ洋子と別れてから一層深刻になり、到頭、演奏活動そのものをも止めてしまったことだった。

手足口病の後遺症も完治し、もうすっかり両手の爪が生え替わったあとでも、蒔野はギターを手にしようとはしなかった。勿論、そのことを尋ねもしたが、「少し時間が必要なんだよ。」と言葉少なに言うだけだった。気分を変えようとしているのか、普段は会わない人に会ってみたり、ふらりと一人旅に出たりしたが、一度、もうかなり秋も深まった頃に、唐突に「日本海を見に」出かけてしまった時には、早苗は虫が知らせたように大騒ぎして、彼に呆れられた。

孤独に藻掻《もが》き続けている蒔野を見守りながら、彼女は、本当は、自分こそが負うべきだったはずのあの罪の報いが、一種のお伽噺的な手違いによって、夫の身に降りかかってしまったような動揺を覚えた。

だからこそ、武知とのプロジェクトのために、蒔野がまたギターの練習を再開したことは、早苗にとってほとんど赦しを与えられたかのような喜びであった。

蒔野は、早苗が冷蔵庫を開け閉めする音で目を覚ました。

「ごめん、起こしちゃった？」

「……今何時？　ああ、もうこんな時間か。」

蒔野は、明るい窓の外に目を遣って少し伸びをした。そして、疲労は取れているのだろうかと、自分のからだの具合を探った。

「パンでも焼くよ。」

そう言って、彼は食パンを二枚、トースターに入れて、冷蔵庫のペリエを飲んだ。

明け方、《アポロ13》を見ながら眠りに落ちてしまったのだったが、その中で、テレビのニュース解説者が語っていた一つの台詞が、目覚めのあとも、しつこく頭に残っていた。

「……大気圏に無事突入するには、二・五度の幅の回廊を通らなくてはなりません。角度が急だと摩擦熱で炎上しますし、浅すぎると、池に石を投げた時のように、外に弾き飛ばされます。……」

蒔野は、そのアポロの大気圏再突入のイメージから、唐突に、洋子との別れを思い出したのだった。あの夜の東京での再会も、そんなことだったのだろうか、と。

そもそもが、無謀な愛だった。その成就のためには、それぞれの思いが、ほとんど二・五度しかないような隘路《あいろ》を潜り抜けねばならなかったのだろう。そして、互いの運命は、その急激さの故に燃え尽きたというのとは反対に、「池に石を投げた時のように」弾き飛ばされて、そのまま永遠に交わる機会を失してしまったのだった。

蒔野は、たかだか、二人の男女の別れのためには、幾ら何でも壮大すぎるそんな比喩を、必ずしも持て余さなかった。

極大なものは極小である、といった神秘主義的な撞着《どうちゃく》語法には、実感のための秘密の出入口があった。

アポロの隊員が月から眺めた地球の映像を見ながら、蒔野は、この広い惑星の上で、洋子に出会うための確率といったようなことを考えた。それは、人為的には決して実現不可能な出来事であり、しかし、その偶然を、まるで必然であるかのように繋ぎ止めておくために、人間には、愛という手段が与えられているのではないか。

祖父江が倒れた夜のすれ違いから、別れに至った数日間へと記憶は広がり、更に出会ってからの十カ月間、まだ高校生だった頃の自分の演奏を彼女が初めてパリで聴いて以来の二十年間、そして、二人が生きてきた四十年ほど、それぞれの両親が出会い、愛し合った過去、その彼らがまた、生まれ、成長した年月、……と、彼はその暗闇に浮かぶ地球を見つめながら、時の流れをぼんやりと考えた。

遇然そのものは、善とも悪とも定められないはずだった。しかし、いずれにせよ、そのどこかで、ほんの少し何かが違っていたならば、世界は今のような姿をしておらず、自分は洋子と出会うことなく、そもそも二人は、存在さえしていなかったのかもしれない。

蒔野は、自分がどんなに洋子を愛していたかを、改めて思った。彼はそのことを、日本での再会が叶わなかったあの時、自分としてはこれ以上はないという言葉で精一杯伝えたはずだった。そして、そのメールに対して、洋子からの返信はなかった。彼は、羽田空港で一人彼女の到着を待っていた時のことを思い出した。何かもっと、自分に出来ることがあったのではないか？——そして、寝つかれない夜更けのそんな不用意な、軽はずみな内省から、自分が今でもどんなに彼女を愛しているかを強く感じた。

恐らくそれは、彼自身が音楽家としての自信を回復しつつあるからであり、まさにそのために、酷く不安だからだった。

自分の演奏を、いつの日か、また洋子に聴いてもらいたい。蒔野は別離後、初めてそう思った。そして、そうした心境にまで辿り着けたことを喜んだ。その反面、今の不安を彼女に打ち明けたかった。他の誰でもなく、彼女にこそ聴いてほしかった。

「焦げ臭いけど大丈夫？」

蒔野は、早苗の声に我に返って、慌ててトースターを止めに行った。パンは既に黒焦げだった。

「あー、またやってしまった。」

「いつも、何分回してるの？」

「……適当。」

「ええ!?」

「五分くらい回して、丁度いい頃に見に行ってる。」

「聞いたことなーい、そんな人。そのトースターなら、四分で十分《じゅうぶん》。そしたら、余熱まで含めても焦げることないから。」

早苗は、呆れたように言った。マネージャー時代から、蒔野のどことなく抜けたところはよく知っていたが、結婚してからは、彼に代わって、彼女がその話で人を笑わせることも少なくなかった。

蒔野があの夜、タクシーの中に携帯電話を忘れてしまったのも、その対処法がわからず早苗に電話を掛けてきたのも、いかにも彼らしい失敗だった。その話だけは、蒔野は決して冗談の種にしたことがなかったが。

蒔野は、早苗の指導に苦笑しながら、パンを取り出すために菜箸を取りに行った。指先を火傷したくなかった。そして、卵を割っている彼女の手をじっと見て、

「ちょっと痩せた？」

と尋ねた。振り向いた顔を見ても、やはりそう感じた。

早苗は、動揺した様子だったが、すぐに笑顔になった。そして、フライパンの火を止めると、蒔野と向かい合った。

「――子供が出来たの。病院に行ったら、三ヵ月だって。」

蒔野は目を瞠った。

「いつわかったの？」

「一週間前くらい。コンサートの準備に集中してるから、せめて初日のあとに言おうかと思ってたんだけど、あー、言っちゃった。」

「そっか。……ごめん、気がつかなくて。」

「ううん。わからないもの、まだ見た目では。――喜んでくれる？」

「くれるも何も、喜んでるよ！　ちょっと、びっくりしたけど。そっか、……良かった。」

「じゃあ、わたしとこの子、二人分抱きしめて。」

どことなく不安げに打ち明けた早苗を、蒔野は気遣いつつ抱擁した。

人生が、また一歩、先に進んだことを感じた。そして、昨夜以来、再び昂じていた洋子への未練を、彼は今度こそ断ち切らねばならないと自らに言い聞かせた。

背中に回した早苗の腕に、微かにおなかを庇うような力が籠もった。今日のコンサートは、音楽家としての自分のためだけでなく、この生活のためにも成功させせなければならなかった。

# 第八章　真　相

洋子とリチャードの離婚を巡る話し合いは、アメリカでの通例に従って、双方が弁護士を立て、裁判所を挟んで進められた。

洋子は、別れたいというリチャードの意思を理解し、この三年にも満たない短い結婚生活を終わらせることに同意した。彼が一足飛びに、離婚まで決意していたことには気がつかなかったが、ヘレンの存在を知って納得した。単なる不倫の相手というのではなく、リチャードは彼女と再婚するつもりだと打ち明けた。動揺がなかったと言えば嘘になるが、洋子は彼の裏切りを咎めなかった。

唯一の懸念は、ケンの親権だった。リチャードの説明では、離婚後も共同親権制が採られるアメリカでは、家庭内暴力といった特別な事情がない限り、どちらかが親権を独占することはあり得ず、実際に、洋子自身が調べ、担当弁護士に相談したところでも同様の回答だった。

その上で、監護権をどのように分担するか、具体的には養育時間をどう割り振るかといった条件面での話し合いが持たれた。

「弁護士費用も嵩む。数カ月で済む話に、一年も二年も掛けてお互いに消耗するのは、馬鹿げている。僕は、君に余計な負担を強いたくないんだ。だから、合理的に考えよう。」

リチャードは、不倫の咎は自覚していたが、卑屈になる風でもなく、彼があれほど「冷たい」と批判していた洋子の理知的な判断を頼んで、とにかく、穏便に、速やかにこの問題を片づけてしまうことを欲していた。財産分与に関しては最初から譲歩的だったが、ただ、ケンの監護権に関しては、公平であることに強く拘った。

ケンは、ようやく転ばずに部屋を駆け回れるようになったくらいだった。最近は、洋子が一度、ドアに隠れて「バァー。」と姿を現したのが余程おもしろかったのか、どこに行ってもそれを真似て、物陰を見つけては、片膝に手を突きながら、「ばぁー。」と顔を覗かせるのがお気に入りだった。

テレビに映っている象を見て、「ぞうさん、おっきいね。」という程度のことは言えるようになり、洋子が、「けんくんは、ぞうさん、すき?」と尋ねると、「こわい。」と、別に怯えた様子でもなく、ただ、自分の中の答えはそれしかないといった顔で即答した。

ケンは、リチャードとは英語で、洋子とは日本語で喋り始めたところだった。

洋子は、ブログを書く習慣もなく、食事の度に一々写真を撮ってネットにアップしたりする心理が今ひとつわからない〝古い人間〟だったが、何をするにしても、何に驚いても、「ねぇ、みて！」と母親を振り返るケンの様子から、そういう性質は、人間にそもそも備わっているのかもしれないと思うようになった。

しかし、ケンは、不特定多数の誰かに見ていてほしいというのでは決してなかった。母親である自分にこそ見てもらいたいのだと洋子は信じていた。自分も見ていたかった。夜寝る時には、必ず「ママは？」と探したし、デイケアに迎えに行っても、自分を見て駆け寄ってくる時の表情は、他の誰にも見せないものだった。

一緒に過ごす時間が半分になってしまうというのは寂しく、ケンが、リチャードとヘレンとの新しい家で、自分を探して泣きながら歩いている姿を想像すると、かわいそうでならなかった。街中で手を繋いで歩いている時、何かに怯えた一瞬に、不意にこもる幼い力を感じる度に、彼女は胸を締めつけられた。ヘレンは出産の経験がなかったが、本当にそういう時、ケンをあやしてやることが出来るのだろうか？――

しかし、まだ一歳半だった。どれほど最初は寂しがったとしても、きっとすぐに懐く。もし仮に、親権を完全に失って、もう会えなくなってしまうとするなら、ケンは産みの母親の記憶を一切なくして、ヘレンを「本当の母親」と思って育つはずだった。自分がなぜか、アジア系の風貌の特徴を備えていることを訝りながら。そして、そんな状況にあっても、立派に育つというのは、なるほど、人間の賞賛されるべき逞《たくま》しさであるに違いなかった。実際、父親がいなくても、「新しいお父さん」に育てられようとも、自分はこうして大人になったのだから。

ケンが寂しがるという不安は、決して消えなかった。しかし、寂しがらないかもしれないという不安もまた、洋子を矛盾したまま、密かに悲しませていた。

リチャードは、話し合いが進むにつれ、憑き物が落ちたように平静を取り戻していった。というより、長いつきあいだったが、洋子がよく知っている彼は、そういう人だった。

結婚後の生活が、さほどに不本意だったというのは気の毒だったが、自分自身を省みても、まるで別人の人生を生きているかのように、笑顔の乏しい日々だった。相手のことを心から愛せないという以上に、相手と一緒にいる時の自分を愛せないというのは、互いにとっての大きな不幸だった。

懸念していた顧問の銀行の提訴についても、リチャード本人は違法性を問われなかったようで、倫理的な責任はともかく、何事もなかったように大学で仕事を続けていた。

監護権を巡る話し合いに、ようやく決着がついたのは、五月の終わり頃だった。

弁護士によるならば、非常にスムーズなケイスらしく、子供も小さいだけに、条件の見直しに関しては、柔軟な内容となっていた。しばらくは、月の前半は、リチャードが日曜日から水曜日までの四日間、洋子が木曜日から土曜日までの三日間、ケンと一緒に過ごし、後半はその逆にするという取り決めで、夏季と冬季の長期休暇も含めて、年間を通じて丁度半分ずつ面倒を看ることになった。ヘレンと再婚し、姉のクレアの家族も近所に住んでいるリチャードと違って、ニューヨークに一人でいる洋子にとっては、容易ではなかったが、致し方なかった。

離婚を決断してから、洋子にとって意外だったのは、クレアの態度の冷淡さだった。リチャードの両親もやはりそうで、当然と言えば当然だったが、その変化があまりに急激だったので、かつて自分に向けられていた彼らの優しさまでをも、彼女は寂しく振返った。

それぞれの新居も整わないので、しばらくケンは、今あるチェルシーの家で代わる替わる育てることとなった。家賃は、リチャードが支払い続ける取り決めである。洋子は、そこから歩いて行けるほどのグリニッチ・ヴィレッジにひとまず一人用の部屋を借り、リチャードとヘレンは、トライベッカに広い部屋を見つけたらしかった。

正式に離婚が成立し、いよいよ今日の午後から初めて、リチャードとヘレンにケンを託すという日曜日の朝、洋子は、リチャードにケンの着替えやおむつ、お気に入りのおもちゃなどの一揃いを説明したあと、三人で、自宅近くのハイラインに散歩に出かけた。ウェストサイド線の支線で、長らく廃止されていた高架貨物線跡を、空中遊歩道として再開発した公園で、昨年の公開以来、近隣住民だけでなく、早くも知る人ぞ知る観光名所となっていた。

方々にかつての名残の線路や枕木が覗いていて、複雑に屈曲した遊歩道の両端には、二百十種類に及ぶという様々な植物が緑豊かに植栽されている。

晴天の清々しい日曜日で、まだ工事中の二十丁目よりも先を背にして、彼らはハドソン・リヴァーを右手に、ミート・パッキング地区の方に南下していった。

マンハッタンに長く住んでいるリチャードも、「ここは不思議な風景だなあ。」と、首を伸ばして通りを見下ろしたり、遠くの高層ビルを眺めて「ああ、あれが、……あ、そうか。」と呟いたり、すぐ側に建つビルの三階あたりの窓を遠慮気味に覗いてみたりした。

洋子も好きな場所で、チェルシー・マーケットまで買い物に行く時には、ケンと一緒によく往復した。最初は抱っこ紐で抱え、そのうちにベビーカーになり、今日はもう、ジョギングする大人たちにぶつかりそうになりながら、駆け回っている。その度に、洋子は名前を呼びながら、慌ててあとを追わなければならなかった。

洋子とリチャードは、さすがに感傷的になっていたが、今後も度々顔を合わせることとなるだけに妙な気分だった。言葉少なだったが、すっきりした表情のリチャードは洋子にこう言った。

「僕たちはきっと、離婚してからの方がいい関係になれるよ。」

洋子は、しばらく黙って、手を握って歩いているケンを見ていたが、「そうかもね。」

と微笑した。

ケンという子供を授かった以上、そもそもが間違った結婚だったとは思わなかった。しかし、あの時、彼が空港に迎えに来ていなかったなら——そして、自分自身があんなにも疲弊していなかったなら——、もう一度、蒔野と会って話をしていたのではないかという考えが、彼女の胸を過った。もう何度となく繰り返し、いつかそれを自分に禁じていた仮定だった。しかし、離婚が決まった今、その可能性を考える意味はまた、違っているような気がした。

洋子はケンに強く腕を引っ張られて、その思いがけない力によろめき、笑顔になった。この子は何も知らない。すべてをこれから理解してゆかなければならない。

ケンは、自分のことをどんな母親だと思って成長するのだろうか。

ヘレンとはその後、一度も顔を合わせてはいなかったが、初対面の夜の悪印象が、洋子の心に影を落としていた。リチャードとヘレンとの新しい家庭では、凡そ自分とは反対の価値観の下で育てられることになるだろう。

週の半分ずつ、二つの家庭を行き来しながら、この子はどんな考えを自分の中で育んでいくのだろうか？ ある程度成長すれば、物の見方も相対化できる。しかし、それまでは、何を信ずるべきか、混乱し、悩むことも多いだろう。教育方針を巡っては、リチャードとも、将来的に深刻な意見の相違があるかもしれない。

いずれにせよ、現状では、家庭環境に関する限り、自分よりもリチャードの方が断然整っていることは間違いなかった。

何か新しい仕事をしたいとは考えていたが、ケンの母親として、何をすべきかということを、洋子は以前よりも強く思うようになった。

「君の幸運を祈ってるよ。」

と、リチャードは、その真意を疑わせない表情で言った。洋子は、その「幸運」というありきたりな言葉の意味を嚙み締めながら、

「ええ、あなたも。ヘレンとうまくいくことを祈ってる。」と笑顔で応じた。

＊

リチャードとの離婚が成立し、独り暮らしを始めて一週間ほど経った頃、洋子は久しぶりに、記者時代の同僚のフィリップから連絡を貰った。今年からまたバグダッド支局にいるらしく、今は彼自身が設定した例のローテーション通りに、六週間の勤務の後、パリで二週間の休暇中だという。簡単な近況報告のあと、メールにはこう書かれていた。

「悲しい知らせを一つ伝えなければならない。

イラクに残っていたジャリーラの両親が殺害された。君も知っての通り、ジャリーラは家族をフランスに呼び寄せたがっていたけれど、手遅れになってしまった。まったく

言葉もない。

今のイラクは、君がいた頃よりも更に混沌としている。アメリカ軍の戦闘部隊の撤退はもうじき完了するが、これは完全な敗走だ。状況は酷くなる一方で、何の改善の兆しも見えない。政権側のスンナ派の弾圧は苛烈で、これがどんなしっぺ返しを招くことになるのか、考えるだに憂鬱だ。

ジャリーラは、打ち拉がれている。さっきも会ってきたけど、辛いことばかりで、生き続ける意味を見失っている。君としばらく連絡を取ってないと言ってたから、時間のある時にでも、声を掛けてやってほしい。君と一緒に生活した頃のことを懐かしがってた。君の体調も心配してたよ。


君はきっとニューヨークの生活を満喫してるだろう。子供は元気？　もう長い間会ってないけど、久しぶりのバグダッドで、君がいた頃のことを思い出したよ。

パリに来ることがあったら、ジャリーラと一緒に食事でもしよう。洒落たイラク料理のレストランを見つけたよ。」

フィリップのメールを読み終わると、洋子は、パソコンの前で両目を手で覆って、「……なんてこと、……」と首を横に振った。

ジャリーラとは、ニューヨークに来てからも連絡を取っていたが、この一年ほどは、こちらからメールを出しても返事のないことが何度かあった。ケンの育児で手一杯だっただけでなく、彼女自身の抱えていた空虚感のせいで、メールの内容も手短な、味気ないものになっていた気がした。

　その窮状が察せられるだけに、傍目には派手な幸福に浸っているようにしか見えない自分の生活とのギャップが、ジャリーラとの会話を心苦しく感じさせることもあった。フィリップが紹介してくれたオルザという名の世話人は、親しみやすく、信頼の出来る女性だったが、旅行会社に勤務する彼女も仕事が忙しく、常にジャリーラから目を離さないというわけにはいかなかった。

　最後にスカイプで喋ったのは、二月のリチャードから不倫を打ち明けられる直前だった。ニューヨークでは、酷く雪が降っていて、静かな分だけ、途切れがちな会話が洋子を居た堪らない気持ちにさせた。元気のないジャリーラに、洋子は励ましの言葉を掛けたが、何もしてやれないことがもどかしかった。ケンが起きて泣き出したために、会話はそのままになり、その後は離婚騒動のせいで、しばらく連絡も滞ってしまった。

　ジャリーラと直接話す前に、もう少し詳しく情報を知りたかったので、洋子は久しぶりにフィリップとスカイプで喋った。ＰＴＳＤに苦しんでいた時期には、イラクのニュースも意識的に遠ざけていたので、訊きたいことは山のようにあった。ジャリーラの家族の話だけでなく、支局にいたスタッフらの消息も気になっていた。

　フィリップは、名前を挙げる度に、硬い表情で首を横に振った。洋子も、仕舞いには先を続けられなくなって、しばらく口を噤んでいた。それから、話題を政治状況についての一般的な方面に転じた。一時間近くも、彼女は会話に没頭したが、そういうことは、ニューヨークに来て以来、ついぞなかったことだった。

やがて、彼女自身の近況に話が及ぶと、離婚したことを打ち明けた。

フィリップは驚いた表情をしたが、すぐに、「おめでとう。また新しい人生が始まるよ。」と煙草に火を点け、一服してから続けた。

「俺は、君はてっきり、あの日本人のギタリストと結婚するんだと思ってたよ。バグダッドで、あれだけ毎日、彼の演奏を聴いたからね。リチャードとは、もう婚約してたけど、そんなの、どうにでもなる話だから。——ああ、東京に転勤届けも出してたんじゃなかった？」

洋子は、苦い笑みを微かに頰に含んで下を向くと、髪を掻き上げ、首のあたりで押さえながら言った。

「好きだったのよ、本当に彼のことが。あんなに誰かを好きになったことはなかった。——でも、フラれちゃったのよ。」

フィリップは、信じられない、というふうに眉を顰めると、

「大した野郎がいるもんだな。」

と言って嘆息し、ぼんやりした目で少し考えてから、改めて独りで頭《かぶり》を振った。

「パリに戻ってきたらどうだい？　みんな寂しがってる。」

「それもいいけど、子供がこっちにいるから。」

「俺なら、まだ独身だよ。」

フィリップは、本気ともつかない表情で洋子を見据えた。

「あら、口説いてくれるの？――あなたが煙草を止められるならね。」

「無理だと思って言ってるんだろう？」

洋子は、笑って煙草を消してみせた彼を、愛おしげに見つめた。

「変わらないわね、あなたも。大変な仕事を続けてるのに。」

「君こそ、全然変わらない。魅力的だよ、今でもとても。……イラクから帰国したあとの君の体調の悪化は、俺にも責任がある。君の人生も狂わせてしまったかもしれない。」

洋子は、彼がまだ語り終わらぬうちからそれを否定した。

「あとに続く人もいるし、管理者として反省するところはあると思うけど、わたし自身も、そのシステムの改善のために、事例を一つ提供したっていうつもりでいるから。自分も含めて、誰も責めないことにしてる。――あなたのことは、心から尊敬してる。本当に。今後の生き方を迷ってた時期だから、久しぶりに、ゆっくり話せて良かった。」

フィリップは、洋子の言葉を聴きながら、その色を一変させた。唐突に、まるで自分の人生を、一つの風景として眺めさせられているかのような顔つきになった。そして、愕然とした様子で、何か言おうとしていた。洋子は、その異変に鈍感ではなかった。彼を優しく見つめ、しばらく黙っていた。それは必ずしも、彼らしい顔というのではなく、むしろ彼とて、まったく違った生き方も十分あり得たであろうにと想像させる顔だった。

ほど経て、彼の口を衝いて出たのは、結局、極ありきたりな別れの挨拶だった。その声を洋子はいつまでも忘れなかった。

ジャリーラとは、翌日連絡が取れて、やはりしばらくスカイプで話をした。フランス語も上達していて、そのことを褒めるといつものように喜んだが、泣き疲れた目には、両親の死を知って以来の憔悴のあとがありありと残っていた。

彼女は、なぜ自分だけが生き残ってしまったのかと、その意味を考えることに苦しんでいた。あの時なぜ、自分一人で逃げてきてしまったのか。なぜイラクに留まるという父の決断を、その後、説得して変えさせることが出来なかったのか。……

バグダッド大学出身という学歴は、まったく役に立たないまま、彼女は今、パリ郊外のサン・ドニのスーパーでレジ打ちの仕事をしていた。洋子も一度、知人のウェブ・デザイナーに彼女をアシスタントとして紹介したことがあったが、採用には至らなかった。

生きているだけ幸福なのだと、ジャリーラは信じようとしていた。しかし、だからこそ一層、自分がなぜ、その幸福に値するのか、わからないと言った。

洋子は、自分のＰＴＳＤを振り返って、心情的に、ただ優しく寄り添おうとすることも無駄ではないと知っていた。それはそれで、今の不安定な精神状態の支えとなるはずだった。

しかし同時に、ジャリーラが自らの感情を客観的に把握し、それが、社会的には既知であり、共有されたものであると知ることも必要だった。決して彼女だけが孤独に苦しむべき問題ではないのだ、と。

洋子は、「生存者の罪悪感 survivor's guilt」と呼ばれる心理学の用語の話をした。アメリカでは、9・11以降、再び注目され、最近では、イラクやアフガニスタンからの帰還兵のPTSDに関連して、時折、言及されることがあった。

多く生命が失われる戦争や自然災害、事故などを経験し、九死に一生を得た生存者が、その後、自分だけが助かったという幸運を喜ぶのではなく、むしろ激しい苦悩に苛まれ、時にはせっかくのその命を自ら絶ってしまうという逆説的な現象で、洋子は、ジャリーラに対しては米兵の例は避け――彼女のアメリカへの憎悪は、イラクにいた頃よりも募っていた――、むしろホロコーストや広島、長崎の原爆の生存者たちを例に挙げて説明した。

洋子は初めて、自分の母親もまた、実は長崎で被爆していることを語った。ジャリーラは、その告白に衝撃を受け、洋子に対し、縋りつくような共感を示した。母の場合は、生き残ったということもさることながら、長崎から逃げてしまったということも負い目となったという話をして、不合理だが、死者や死者の間近にいる者たちが経験できない幸福は、生存者にとっては、しばしば、自己への呵責の原因になるのだと言った。

「誰かを見殺しにしたとか、身代わりにさせたとか、戦闘で実際に人を殺したとか、そういう具体的な経験がなくても、生き残ったっていう事実自体、やっぱり人を苦しませるものなのね。他の人ではなく、自分が生き残ったことには、何か意味があるはずだって考えて、それが見つからないっていうことは、……あなたの経験とは比較にならないけれど、わたし自身も、それはわかる。」

ジャリーラは、掌で何度も涙を拭いながら話を聴いていたが、自分なりに考えを整理しようと努めて、

「あなたが、マキノサンを愛していた時にＰＴＳＤで苦しんでいたのも、そのせい？　幸福になってはいけないと感じてたからですか？」と尋ねた。

洋子は、その思いがけない問いかけに、一瞬、言葉を失った。そして、すぐに、

「わたしの場合は、そうじゃなくて、バグダッドでの生活にからだが適応しすぎてしまっていたから。パリに戻ってからも日常生活に復帰できなくて、……」

と否定しかけた。しかし、その先が続かず、むしろそうなのだろうかと考えた。「生存者の罪悪感」という言葉まで知っていて、しかも、これまで一度として、そんなふうに思ってみたことがなかったというのは、むしろ無意識に避けていたからなのかもしれない。蒔野から別れを告げられたあと、せめて彼からの電話に応じ、会話だけでもすべきであったのを、あんなに激しい発作に見舞われ、その不安のために、どうしても連絡できなかったというのは。――わからなかった。

イラクで生きた自分を忘れ、なかったことのようにしたかったからこそ、却ってそのセンサーの警報音は、大きく鳴り続けていたのだろうか？　蒔野との愛に浸る幸福な自

分は、あのイラクでの自分を消してしまいたがっていた。しかしそのために、イラクを体験したはずの自分は、むしろ狂ったように、そういう自分を責め立てていたのではなかったか？　そのどちらもが、あのまま競うようにして自分を攻撃し続けていたなら、自分にも、自殺という発想が芽吹く瞬間が訪れていたのだろうか？

担当の医師は、そうした解釈をしたことがなかった。しかし、蒔野が、「洋子さんが自殺したら、俺もするよ。」とまで口にして懸念していたのは、そういうことだったのだろうか？　あんな馬鹿なこと。……彼はその約束を、まだ覚えているだろうか？

「いや、そうね、……そういうこともあったのかしらね。自爆テロに辛うじて巻き込まれずに帰国して、……」

洋子は、そこまで言いかけたものの、やはり口を噤んだ。

ジャリーラのその解釈は、彼女の脳裏に焼きついているあの夜の光景を、既に刻々と変えてしまいつつあった。それでもさすがに、リチャードとの結婚が幸福ではなかったからこそ、ＰＴＳＤは治まったのだとまでは考えなかった。

洋子は、そうした話の流れで、実は最近、離婚したという話を打ち明けた。ジャリーラは、聞き間違いだろうかというふうに驚き、詳しいことを知りたがった。

長い話になりそうだったので、洋子は、翌週また、スカイプ越しに、昔のように一緒に料理を作りながら詳しく話したいと提案した。既に二時間も喋っていた。ジャリーラは、その思いがけないアイディアに目を輝かせた。そして、二品ずつ、何を作るか考えておくことにして、メールで銘々、準備しておくべき食材を連絡し合う約束をした。

洋子は、近いうちに一度、パリに行こうと考えていたが、その前にジャリーラには、洋服や食べ物など、必要なものから多少贅沢なものまで、まとめてプレゼントすることにした。

何を送るべきか、リストを作っている中で、彼女は三年ぶりに、アマゾンで蒔野のページを開いた。結婚後は、しばらく無神経なDMが、購入履歴をアテにして、よく彼女に蒔野のCDを「おすすめ」していたが、そういうことも、いつの間にかなくなっていた。まるで、二人の関係の終わりの噂でも耳にしたかのようだった。二〇〇七年末以来、蒔野がCDを一枚も出していないことを知ったのは、そして、この時が初めてだった。

蒔野の音楽的な不調のことは、あの頃も是永から耳にしていて、彼自身から届いた別れのメールにも、それが示唆されていた。しかし、その後、彼がこんなにも長い間、沈黙し続けていることなど、想像だにしていなかった。

洋子は心配になって、やはり三年ぶりに「蒔野聡史」という名前を検索してみた。ウィキペディアの更新も滞っていたが、一ページ目の途中に出てきたクラシック専門誌のサイトには、この春からスタートしたというコンサート・ツアーについてのインタヴュー記事が出ていた。

久しぶりに写真で目にした蒔野は、少し太ったようだったが、笑顔は明るく、瞳には生気が満ちていた。それを見た瞬間から、洋子の胸は、懐かしさでいっぱいになった。

記事は、冒頭で丸二年以上に亘った音楽活動の休止に触れていたが、それにはただ、「まぁ、三歳の頃からギター漬け、音楽漬けでしたからね。休養が必要な時期だったんでしょう。」と答えていただけだった。

長い記者生活のカンと蒔野の性格とから、洋子は、インタヴューの現場では、冗談交じりに、多分もっと饒舌に語っていたのではないかと想像した。それをみんな、ゲラで削ってしまったのだろう。そのどこかには、ひょっとすると、自分との関係に触れるような話もあったのだろうか？

新しいデュオによるツアーらしく、共演者のことは知らなかったが、彼が意欲的になっていることは文面からも伝わってきた。

彼の人生が今日まで停滞していたことを、洋子は喜んだわけではなかった。しかし、彼がまだ、思ったほど遠くには行っていない感じがした。

そして、今はもう、前に進もうとしている。――彼だけでなく、自分も。……

同じように、新しい人生を歩み始めるのであれば、そのどこかで、今度は友人として、出会い直すということもあるのかもしれない。

洋子は、《この素晴らしき世界～Beautiful American Songs》のCDと、あの初対面の夜にサントリーホールで聴いた《アランフェス協奏曲》のライヴ録音のCDとを、ジャリーラにもプレゼントするつもりで二枚ずつ買った。

《この素晴らしき世界～Beautiful American Songs》というのは、今のイラクを思うと、憂鬱なアイロニーにもなりかねず、手元に届いたあとで、送るべきかどうか、少し躊躇した。

ＣＤには、蒔野自身も曲の解説を書いていたが、アルファベット表記のクレジット欄を見ていて、洋子は息を呑んだ。目立たない小さな文字で、最後にこう記されていた。

――このアルバムを、親愛なるイラク人の友人ジャリーラと、その心優しい、美しい友人に捧げます。

＊

「人は、変えられるのは未来だけだと思い込んでる。だけど、実際は、未来は常に過去を変えてるんです。変えられるとも言えるし、変わってしまうとも言える。過去は、それくらい繊細で、感じやすいものじゃないですか？」

初対面の夜に、蒔野が食事の席で語ったことだった。

洋子は、彼がその日に演奏した《アランフェス協奏曲》のＣＤを聴き、《この素晴らしき世界》のジャケットに記された献辞を眺めながら、またその言葉を思い返していた。蒔野はどういうつもりで、この一文を書いたのだろう？

別れてから恐らくは一、二カ月後のことだった。この献辞を添えることで、彼は過去を変えたのかしら？　目を背けたくなるような後味の悪さを、懐かしい回想にさえ堪える明るい悲しみへと。――そうした工夫を、人がしてはならない理由はなかった。彼も自らの生を、前へと進めなければならないのだから。

もっと気楽に、旧い友人の〝粋な計らい〟を喜ぶべきなのかもしれなかった。彼の音楽のファンである自分にとっては、これ以上の幸福などないはずなのだから。

今再会すれば、蒔野はまた、冗談の一つでも口にしながら、極自然に握手を求めてくるのではあるまいか？

一体、彼にどんな責めを負わせることが出来よう？　お互いにまだ、あまりに遠い場所にいたまま、早まって進みかけていた結婚を、彼は冷静に踏み止まった。そう言葉で振り返るなら、それを「おかしい」と言うことの方が、よほど奇妙に感じられた。

しかし、自分はともかく、ジャリーラの名前を、そんなふうに簡単に扱えるものなのかしらと、洋子は首を傾げた。それは、彼女が知っている蒔野の繊細な思慮深さとは、どうしても結びつかなかった。

むしろ、彼は何かもっと切実な思いをこの献辞に込めたのではないだろうか？

あまりおめでたい想像で、自分をもう一度、傷つけてしまうことは恐かったが、洋子は今更のように、蒔野があの別れのメールのあと、何度となくメールを書き送って伝えようとしていたことは何だったのかしらと考えた。

それを知ることなく破棄するという決断によって、彼女は、彼との関係を自ら終わらせたのだった。

洋子は今、その行動を振り返って、やはり自分は、健康ではなかったのだと感じた。

仮に蒔野に会っていたとしても、懸念していた通り、冷静に話をすることなど出来なかっただろう。彼からのメールを未読のまま一斉に消去した時、彼女はその絶望的な決断に暗い目眩を覚えたが、悲しみの底へと落ちてゆきながら、しかしどこかで、安堵し、胸を撫で下ろしている自分にも気づいていた。

あの時蒔野は、彼女にとっては、最愛の人でありながら、あまりに大きな苦しみだった。

＊

リチャードとの離婚後に迎えた最初の夏季休暇を、洋子は、ケンを連れて長崎の実家で過ごした。出産に際しては、母がニューヨークまで手伝いに来たので、ケンが日本を訪れたのはこれが初めてだった。リチャードとは、夏は二週間ずつ、ケンと一緒に過ごす時間を持つ契約を交わしていた。

二〇一〇年の夏は、後に気象庁が「三十年に一度の異常気象」と認定したほどの猛暑で、ケンは、母が通販で購入し、庭に設置した木製のブランコで遊びたがったが、座面は火傷するほど熱くなり、夕刻、それが和らぐまで待たなければならなかった。籐の寝ござが気持ちいいらしく、それまではクーラーの効いた部屋でよく昼寝をして、起きると頬にその跡を残していた。時差のせいで、日中の寝つきが良かった。

以前は、洋子と過ごす時間の方が長かったので、ケンは、「ママ」や「パパ」の次には、日本語の片言をよく口にしていた。ボタンを押すと喋る人形が、「Nice to meet you!」と言うのが、ケンの耳には「はちみつ」と聞こえていた。

しかし、週の半分をリチャードと過ごすようになり、デイケアで遊ぶ子供たちとも少しずつ会話が出来るようになってくると、ケンの中の英語は、よたよた歩きの日本語を追い抜いて、一気に駆け出しつつあった。その中には、ヘレンから、口移しのようにして受け取った語彙《ごい》も、既にかなり混ざっているはずだった。

受け渡しの際には、「ママがいい！」とよく洋子にしがみついて泣いたが、あちらにいる間に、どんなふうに過ごしているのかは、リチャードも簡単にしか話さなかった。

それでも、長崎に来て一週間もすると、「おばあちゃん、なんでなんで、ぶらんこ、まだ、おにわ、でたら、だめなの？」と、こちらがくたびれるほど元気に、大声で繰り返すようになっていた。

「かわいいねえ、本当に。あなたが小さい頃のこと、思い出すわね。……大体、バイリンガルの子は話し始めが遅いのよ。ケンちゃんは、歩き方もしっかりしてるし、まだ二歳にならないのに発育が早い方よ。」

「リチャードも、会う度にそう言うの。親バカね。別々の人生を歩み始めて、お互いに良かったと思うけど、ケンの教育方針を巡っては揉めるでしょうね。もう色々習わせたがってるから。」

七月いっぱいを長崎で過ごすと、三人揃って、飛行機で東京に移動した。

洋子の母は、横浜に住む友人に会いに行くらしかった。洋子とケンは、東京に更に二泊、滞在する予定だった。

「あなたたち、何をして過ごすの？」

母は、空港で洋子に尋ねた。洋子は、一つには移動続きのケンの体調を心配して、その曖昧な三日間という余裕を設けていた。幸いにしてケンは元気で、もし洋子が、東京で誰かに会う予定でもあるのなら、その間、面倒を看てもいいと母は言っていた。

洋子は、代々木の白寿ホールで開催される蒔野のコンサートに行くべきかどうかを迷っていた。彼の新しいデュオのツアーの記事を目にして以来、彼女はずっとそのことを考え続けてきた。

当初は、全国八カ所で開催される予定だったが、好評のために更に四公演が追加となり、東京公演は八月二日となっていた。長崎から東京への移動は、その日に間に合うように飛行機の手配をした。

既にチケットは完売で、当日券を求めて並ばなければならず、結局、聴くことは出来ないのかもしれなかった。

一人のファンとして、会場で彼の音楽を楽しむだけならばと洋子は考えていた。終演後には、ＣＤの即売サイン会も予定されている。昔の友人として、改めて、ただ彼がサインを書き終わるまでの一、二分、言葉を交わすことが出来れば、自分の過去も変わるのかもしれないと漠然と思っていた。

洋子は勇を鼓して、とにかく、当日券だけは買いに行ってみようと、母にケンの子守を頼んだ。

母は、娘の仔細ありげな様子を察して、特に訳も訊かず、

「行っておいで。ケンちゃんを独り占め出来てうれしいわ。」と頷いた。

洋子は、早めにホテルを出る予定だったが、いざ夜までのケンの準備となると、思ったよりも時間がかかり、挙げ句に、置いて行かれると察知したケンが大泣きし始めてしまい、代々木八幡のコンサート会場に到着した時には、既に当日券の売り出し時刻を過ぎていた。

この日も朝から強い日差しが照りつけていて、洋子は汗ばみながら、急いで当日券売り場に向かった。襟元の大きく開いたボーダーのシャツに、膝丈の白いコットンのスカートというカジュアルな格好だったが、メイクには時間をかけた。しばらく短くしていた髪は、また少し伸ばすつもりだった。

窓口に並ぶ者の姿はなく、却って不安だったが、空席を確認すると、辛うじて二席残っていた。

「よかった！　じゃあ、一枚ください。」

ほっとしつつも、洋子は、蒔野との再会を俄かに現実として実感し、少し胸が苦しくなった。チケットには確かに、「蒔野聡史」という名前が印刷されている。

窓口をあとにすると、すぐ後ろに、妊婦が一人立っているのに気がついた。当日券は、あと一枚は残っているはずだと、傍らを通り抜けようとしたところで、

「――洋子さん？」と声を掛けられた。

驚いて顔を上げると、一瞬、相手を凝視した後に、洋子の眸は張りつめた。

「蒔野です。」と、彼女は名乗った。「覚えてます？――以前に一度、サントリーホールでお目にかかりました。あの頃は、旧姓の三谷で蒔野聡史のマネージャーをしてました。二年半前に結婚したんです。」

洋子は言葉を失って、無意識に、もう一度彼女のお腹に目を遣った。

「六カ月なんです、今。やっと子宝に恵まれて。」

「そう、……おめでとうございます。男の子？　女の子？」

「女の子です。」

早苗の笑顔を見ながら、洋子の脳裏には、あの晩のスペイン料理店の記憶が蘇ってきた。彼女と会ったのは、その一度きりだったが、決して見間違えることのない顔だった。

「今日のコンサートのチケット、買ってくださったんですか?」

「ええ、……丁度、長崎の実家に帰省してて、コンサートの情報を見たから。」

「結婚されて、ニューヨークにお住まいだって、伺ってましたけど。」

「……ええ。」

「お子さんも一緒ですか?」

「今は、母が面倒を看てくれています。」

「かわいいでしょうね! わたし、ハーフの子って、憧れがあるんです。あ、洋子さんもそうでしたよね?――じゃあ、幸せですね、今はお互いに。」

洋子は、早苗の笑顔に、どことなく緊迫した、怯えたような気配を感じた。蒔野は、自分との関係を、彼女に話したことがあるだろうか?

「蒔野は今、リハーサル中なんです。」

「ああ、……そうでしょうね。」

「誰も通さないようにって、厳命されてまして。」

「もちろん、邪魔したくないから。」

「良かったら、お茶でもいかがですか? 久しぶりですし。」

洋子は、戸惑いつつ、さすがに気が進まなかった。

「どうしようかしら、ちょっとこのあと、……」

「どうしても、洋子さんにお話ししたいことがあるんです。」

「……わたしに？」

早苗は、頷いて微笑した。汗をかいて、薄いグレーのワンピースの襟元が染みになっている。街路樹から、蝉の鳴き声がしきりに聞こえていた。

洋子は、腕時計を確認してから、「じゃあ、少しだけ。」とそれに応じた。

駅に向かう商店街の入口にスターバックスがあった。この暑さのせいか、平日の午後の割に店内は混み合っている。

洋子と早苗は、どちらからというわけでもなく、二つ並んだレジでそれぞれに注文して一緒に席に着いた。

洋子は、アイスコーヒーにした。早苗は、冷たいカフェラテの他に、クッキーやブラウニーを買っていて、どうぞというふうにテーブルの真ん中に差し出した。水も二人分、汲《く》んできていたが、洋子はそれを礼を言って受け取りつつも、コーヒーの隣に並べてみて、やはり不自然な気づかいと感じた。

向かい合って座ると、しばらく沈黙が続いた。

目の前に、蒔野の子供を宿した妊婦が一人座っている。洋子は、かつて自分が、どれほど強くそれを望み、夢見ていたかを思い出した。そして、彼が結局は、別の女性を愛し、今も愛しているというだけでなく、自分自身の年齢的にも、それはもう、不可能な願いとなってしまったことを自覚した。

時の流れを感じ、その辛さに耐えられなくなって、「話って、何かしら？」と水を向けた。

早苗は、話の端緒を摑めないまま、カップに手を掛けていたが、促されて急に快活な表情を見せると、澄んだ眸で洋子を見つめた。

「わたし、……中高と、私立のミッション・スクールに通ってたんです。」

意外な切り出しに、洋子は、「……ええ。」と曖昧に応じた。

「洋子さんって、クリスチャンですか？」

「いえ。」

「わたし、キリスト教って、よくわからないんですよねー。授業でいつも聖書を読まされましたけど。特にあの、……マルタとマリアっていう姉妹の話、ありますよね？――イエスが家に来た時、姉のマルタは、彼をもてなすために一生懸命働いてるのに、妹のマリアはただ、側に座って話を聞いてるだけ。それで、マルタはいらっとして、イエスに、妹に手伝うように言ってくださいって訴えるんですよね。そしたらイエスは、庇ってくれるどころか、マリアの方が正しいって言うでしょう⁉」

「……『マルタ、マルタ、あなたは多くのことに思い悩み、心を乱している。しかし、必要なことはただ一つだけである。マリアは良い方を選んだ。それを取り上げてはならない。』……」

洋子は、イエスの言葉を、その意味を嚙み締めるようにして引用した。早苗は驚いて声を上げた。

「すごい！　聖書を全部覚えてるんですか？」

「まさか。色々と問題になる箇所だから。」

「それでもそんなにスラスラ言えちゃうなんて、……あれって、どういう意味なんですか？　洋子さん、おかしいと思いません？」

洋子は、早苗の意図がわからなかった。早く本題に入ってほしかったが、適当な理由でこの場を切り上げてもいいのではないかと思った。

早苗は、しきりに汗をかくアイス・カフェラテのカップで、その手を濡らしていた。

「難しいわね。神に対して活動的な生と観想的な生と。……」

「わたし、マリアは絶対、わかってやってるんだと思うんです。姉が忙しく準備してるのは百も承知で、その上で、ただずっと、イエスの側にいたんだと思うんです。マリアは心の中では、姉を馬鹿にしてるんですよ！　イエスって、どうしてそういう女の狡賢《ずるがしこ》さがわからないのかなって。」

洋子は、早苗のナイーヴさが嫌いではなかった。初対面の時にも好感を抱いたが、今も、聖書のエピソードに、そんなふうに易々《やすやす》と感情移入し、それを我がことのように語る彼女の衒《てら》いのなさに、幾分、眩しささえ感じた。

洋子の脳裏には、マルタの処女性という聖書の原典には記述のない特性に強く拘った、マイスター・エックハルトの奇妙な解釈が浮かんだ。彼は、処女という存在の無垢《むく》な

「とらわれることのなさ」を賛美しながら、それに留まらず、更に女としてイエスを受け容れ、「父である神の心の内に生みかえす」精神の高貴さを称揚したのだった。その美しい神秘のヴィジョンが、向かい合う、一人の妊婦の姿を透かし見せながら揺曳《ようえい》した。蒔野の妻として、自分は早苗を愛することが出来るのだろうかと、洋子は不意に考えた。その懐妊を祝福することが出来ないというのは、どうかしているのではないか、と。

今はもう、そうするより他に、自分の幸福はないことくらい知っているはずだった。

「そうかもしれないわね。……」

「洋子さんはどう思います？　洋子さんの考えを知りたいんです。」

「――わたしの？」

「はい、教えてください。」

「そうね、……わたしの理解は、早苗さんとは違うの。やっぱり、信仰の問題だから。イエスは、神の子でしょう？　単なるゲストじゃない。マリアが、ただイエスの側にいることを選んだっていうのは、よくわかる。他の選択肢はなかったでしょう。」

「でも、一生懸命なマルタは、かわいそうじゃないですか？」

「マルタはかわいそうね。……でも、イエスも、マルタが妹を咎めるまでは、彼女が忙しく立ち振る舞っていることに、何も言わなかったでしょう？　マリアから、たった一つの『必要なこと』を『取り上げてはならない』っていう言葉には、マルタの不安を鎮めようとする響きもあるんじゃないかしら。」

「え—、……でも、マルタだって、本当はただ、イエスの側にじっとしていたいでしょう？　けど、そしたら、誰もイエスをもてなす人がいなくなってしまうじゃないですか。だから我慢して、一生懸命、動き回ってるんじゃないんですか？　マルタは別に、妹に手伝ってほしかったんじゃないんだと思うんです。ただ、イエスにその気持ちを知ってほしかったんじゃないですか？」

「それでもやっぱり、これは信仰の問題なのよ。ある時、突然、神に語りかけられる。その存在を間近に感じる。それは、決定的な瞬間なのよ、日常的な時間の流れとは断絶した。——その時には、ただ神の下で、その言葉に耳を傾ける以外にない。イエスは、マルタを理解した上で言ってるんじゃないかしら？　神のために尽くすことを考えるあまり、彼女はその決定的な瞬間に、神から遠ざかってしまっているんだから。」

「洋子さんは、やっぱり、マリア派なんですね？」

「——派っていうか、……」

「この話、今まで誰としても、わたしも含めて、みんなマルタ派だったんです。——じゃあ、もし、イエスが神じゃなくて、ただの人だったら？　やっぱり、誰かが彼をもてなさないといけないでしょう？」

「イエスがただの人だったなら、マルタはゲストの彼に妹の怠惰を言いつけるんじゃなくて、マリア本人に、ねぇ、ちょっと手伝ってよ、とか、代わって、とか言うべきでしょうね。」

洋子は、この不毛な神学論争を終えてしまいたい気持ちで、そうユーモアを交えて言った。

自らは無信仰であるにも拘らず――いや、むしろ、人生で何度か、信仰へと強く引き寄せられた時期があり、しかも結局、踏み止まったが故に――、彼女はこれが、信仰を巡る物語であることに、当たり前に強く拘った。そして、喰い下がろうとする雰囲気の早苗を制するように、改めて尋ねた。

「それが、わたしに話したかったこと？」

早苗は、その一言に反発し、押し返そうとする力が余って、これまで言い淀んでいた言葉を、とうとう口にした。

「今日のコンサート、洋子さんには来ないでほしいんです。お願いします。チケット代は、お返ししますから。」

洋子の眸は微かに揺れた。しばらく黙っていたあとで、

「ただのファンなのよ、蒔野さんの音楽の。あなたに許可を求めないといけないことなのかしら？」

と小首を傾げた。洋子は、その仕草に笑みを添えたが、それは、会話をこれ以上、刺々しいものにしたくなかっただけでなく、「ただのファン」であるというに留まらない蒔野への思いを見透かされて、咄嗟にごまかそうとしたからだった。意識の上では、決してそういうつもりではなかった。しかし、本心では、彼との再会に、何らかの期待

がなかったとは、恐らく言えなかった。

自分と蒔野との間に、今以て警戒すべき一つの関係のあったことを、早苗は知っている。――その予感が、決して見当違いではなかったことを、洋子はこの時ようやく覚った。

「会場にいてほしくないんです。洋子さんに気づいたら、蒔野は音楽に集中できなくなります。だから、困るんです。」

「大丈夫よ。すごく後ろの席だから。――もう随分と、彼とは会ってないんだし、それに、……」

「わかります。」

「え？」

「どこに座ってても、洋子さんがいたら、蒔野は絶対に気がつきます。――絶対に。」

「……。」

「洋子さん、知らないと思いますけど、二人でここまで辿り着くのは、言葉に出来ないくらい大変だったんです。蒔野は、ギターに指一本触れられない状態が一年半も続いて、その間、本当に藻掻き苦しんだんです。そこから、猛練習して、やっと、……やっとなんです。今はまだ、いつ元の木阿弥になってしまうか、わからないような不安定な状態です。彼を煩わせないでください。お願いします！　彼の努力をふいにしないでください。わたしが彼のために尽くしてきたことを、台なしにしないでください！　洋子さんは、蒔野にとってのマリアのつもりなのかもしれませんけど、彼に必要なのは、マルタのように彼の人生の面倒をみんな引き受けられる人間なんです！ ただ気が合うとか、喋ってて楽しいとか、そういう非現実的なことじゃないんです。どうして今頃になって、また彼の前に現れようとしてるんですか？」

洋子は、気色ばんで必死に訴える彼女を見ていて、なぜかむしろ、リチャードから言われた「君は冷たい。」という一言を思い出した。

彼こそは、まさに自分にマリアのように、ただ傍らに寄り添って、その話に耳を傾けてほしかった人ではなかったか？ そして、自分は決してそうではなく、といって、マルタのように身を尽くすわけでもなかった。

蒔野に対しては、自分は早苗の言う通り、マリアであり得たのだろうか？ そして、それでは彼は立ち直れなかったのか？ しかし、エックハルトは、マリアもいずれは、時間と共にただ神の傍らにあるという「歓喜と甘美さ」から発って、マルタのような「永遠なる浄福」のために、事物の傍らに立って「奉仕の生活」を始めると説いたので、はなかったか。……

洋子は、そんなことを長い一瞬に思索し、結局、こんな考え方の何もかもが間違っているのだと結論した。決して信仰ではない。自分はただ、彼を愛していたのだから。そして、早苗はまさに、蒔野を信仰するかのように愛してきたのだということが、ひしひしと伝わってきた。その愛の渦中で、今、一つの命が彼女の体に宿っている。

洋子は、何も言えずに黙っていた。

確かに、蒔野のコンサートには、行くべきではないのかもしれなかった。そして、離婚前後から、また俄かに昂じていた蒔野への思いが、内から少しずつ、痛みへと転じてゆくのを感じた。

——ところが、この長い沈黙が、思いもかけない事態を齎した。

早苗は、伏し目がちに口を噤んでいた洋子が、再び視線をもたげたのを機に、更に追い打ちを掛けるように、次のように言った。

「洋子さんには、何も悪いところはないんです。ただ、洋子さんとの関係が始まってから、蒔野は自分の音楽を見失ってたんです。」

洋子は、その言葉を耳にするや、顔色を失った。そして、愕然とした面持ちで早苗を見つめた。これまで想像だにしなかった疑念が唐突に彼女の内に芽生えて、あの夜の記憶を、瞬く間に染め直していった。

彼女の胸の裡では、この三年間、努めて忘れようとし、ようやく薄らぎつつあった蒔野からのあの別れの言葉が谺《こだま》していた。

——あなたには、何も悪いところはありません。ただ、あなたとの関係が始まってから、僕は自分の音楽を見失ってしまっています。……

しかし、そのメッセージを今読み上げるのは、蒔野の声ではなく、目の前にいる早苗の声だった。

早苗は、洋子の異変に気づかないまま、

「またそうなってしまうのが怖いんです。……」

と続けて、ようやく不審らしく口を噤んだ。そして、ハッとしたように口許に手を宛てがいかけて、そのまま胸の前で曖昧に握った。

「――あなただったのね？」

早苗は、動揺を隠すように唇を嚙み締めた。

「あなたが、あのメールを書いたのね？」

勿論、蒔野があとから、自分の書いたメールの内容を早苗に語ったのかもしれなかった。しかし、洋子はこの時、三年前に放たれ、なぜか行方知れずとなっていた真実の矢に、唐突に射貫《いぬ》かれたかのように、確信を以て、早苗に問い質した。

何の話か、わからないふりをするのは、もう手遅れだった。早苗は、洋子の眼差しに射竦められ、あまりにも正直に、既にその表情で、自らの罪を認めてしまっていた。

洋子は、早苗が否定しないのを見て、目を閉じ、現実の世界から落剝してしまいそうな繊細な震えを、眉間の皺からその美しい額へと走らせた。そして、小さく首を横に振った。

早苗は、その様子を、放心したような面持ちで眺めていた。それから、これまで必死で抱えてきた秘密の一切合切を、これを機に、みんな放り出してしまおうとするかのように、あの日、何があったのかを喋り始めた。新宿駅の南口で洋子を目にしたことも、メールは一通だけで、その後のやりとりには関わっていないことも、包み隠すことなく打ち明けた。そして、こう弁明した。

「洋子さんを欺してしまったのは、……申し訳なかったと思います。すみません。でも、あのままだったら、蒔野はきっと今もまだ、ギターを弾けない状態だったと思います。でも、洋子さんには、洋子さんの素晴らしい人生があるじゃないですか。でも、わたしの人生は、蒔野を奪われたら、何も残らないんです！　とにかく、どんな方法でもいいから、彼の側に居続けたいと思ってました。たとえそれが、人として間違っているとしても。――正しく生きることが、わたしの人生の目的じゃないんです。わたしの人生の目的は、夫なんです！……だから、お願いします。今日はコンサートには来ないでください。もう彼の人生に関わらないでください。今はもう、彼とわたし、それに、新しく生まれてくる子供の人生があります。」

洋子は、早苗が語り終えるまで、ただの一言も発しなかった。

彼女の振り回す短慮が、切れ味の悪い刃物のように自分を傷つけてゆくのを、黙って許していた。激しい憎悪を掻き立てられるというよりは、もっと空虚な感覚だった。そして、胸の裡で何度となく、『――なぜなのかしら？』と呟いた。問う意味のないことは、百も承知の上で、彼女は、祈るようにしてその反復に縋った。

臆病な覚悟が、早苗に、一種特権的な優越感を齎していた。

愛のためには、人として悖《もと》ることさえ厭わないという彼女の開き直りには、嫌悪を感じた。しかし、蒔野のために、自分はそこまで身を落とすことが出来ただろうかと、洋子は心細くなった。或いは、そうした方法を必要とすることなく、蒔野に愛され得た自分への、痛烈な復讐のようでもあった。

そして、洋子はもう一度、心の中で呟いた。『——なぜなのかしら？……』

早苗に尋ねたいのではなかった。もっと漠然とした、運命的なものに向かって、洋子はただ当てもなく問うていた。

早苗が話を終えてからも、洋子はしばらく、口を開くことが出来なかった。彼女を見つめていた目を力なく手元に落とすと、氷が溶けて薄まったコーヒーではなく、水のコップの方に手を伸ばした。早苗は、中身を掛けられるのではないかと怯えた風に、一瞬、身構えた。洋子は、その挙動に気がつき、コップを少し傾けて、表面張力で丸みを帯びた水の縁に目を留めた。そして、やるせない表情で早苗を見返すと、

「それで、……あなたは今、幸せなの？」

と低い声で尋ねた。早苗は、きっぱりと答えた。

「はい。すごく幸せです。」

洋子は、彼女の顔をつくづく眺め、腹部に視線を落とした。そして、また顔を上げると、「蒔野さんは？」とは訊かないまま、小さく頷いた。

バッグを開けると、洋子は、一時間ほど前に買ったばかりの今日のコンサートのチケ

ットをテーブルの上に置いて、早苗の方に差し出した。

早苗は、驚いて彼女の言葉を待ったが、やがて慌てて、自分のバッグを手に取り、財布を取り出した。洋子は、それを制した。

「あなたの幸せを大事にしなさい。」

洋子は最後に、ふしぎなほどに皮肉な響きのしない、親身とさえ感じられるような穏やかな口調でそう言うと、早苗を残して店をあとにした。

予定外に早く宿泊先のホテルに戻ると、母とケンは、まだ外出先から帰っていなかった。

洋子は、一人きりの部屋で、絨毯の床に崩れるようにして膝を突くと、シーツが取り替えられたばかりのベッドに突っ伏して、ようやく、誰憚ることもなく号泣した。

*

蒔野と武知のデュオは、追加公演の最後を郡山で締め括って、好評のうちにツアーを終えた。

回を重ねるにつれて、蒔野も尻上がりに調子を上げてゆき、その分、武知とのバランスには気を遣った。彼の個性を受け容れるだけでなく、折々鼓舞し、終演後にも気になる箇所を確認し合った。ラヴェルのピアノ協奏曲のアダージョはプログラム前半の最後に置いて、武知をひたすら盛り上げることに徹したが、休憩時間には、蒔野の柔らかな、それでいて、要所でさりげなく旋律の背中を押すような伴奏の巧さが、却って評判となったりした。

ツアーが始まった頃、武知は、とある音楽愛好家のブログで、彼らのデュオがクソミソに酷評されているのを見つけて、それを気に病んでいた。

蒔野も、よせばいいのに自分でも読んでみて、案の定、腹が立った。しかも、内容はどちらかというと、蒔野の悪口の方が多かった。復活したというので久しぶりに聴きに行ってみたが、往年の天才ぶりは見る影もなく、哀れなほどだった。パートナーの武知は何の記憶にも残らない地味なギタリストだが、今の蒔野なら、やむを得ない選択だろう。……云々。

「武知君も、よくわざわざ検索して見るよなあ。お陰で俺まで読んじゃって、しばらくムカムカしてたよ。――ま、感想は感想だから。忘れることだね。気に入ってくれた人もたくさんいるんだから。」

蒔野はそう笑い飛ばしたが、自分がまた、あのギターの弾けない状態に後戻りしてしまうことを、密かに恐れないでもなかった。

それから一週間ほどして、ようやくこの話も忘れかけていた頃に、蒔野はグローブの野田から、思いも掛けない事実を告げられた。

「アレ、書いてるの、……ジュピターから来た岡島さんだったんですよ。」

野田は、以前からそのブログを知っていたらしかった。管理人は大変なクラシック通で、蒔野の批判はともかく、勉強がてらに折々目を通していたが、読んでいると、どうもどこかで耳にしたような話がちらほら混じっている。アマゾンにも同じハンドル・ネームでレビューを書いていて、ブログでも紹介しているが、よくよく見ると、それは蒔野の《この素晴らしき世界》が発売された時に、いの一番に☆一つをつけて、徹底的に扱《こ》き下ろしたのと同じ人物だった。

勿論、それとて「感想は感想」だった。ところが、野田は、たまたま岡島に用事があってそのデスクに足を運んだ際に、件のブログの管理画面が開かれているのを目にしたのだった。

彼は、それを見なかったことには出来ずに、その場で岡島を問い詰めた。社員だからといって、私的なサイトで所属する音楽家の悪口を書いてはならないわけではない。しかし、岡島は、自分でわざわざそのアマゾンのレビューを野田に知らせ、一緒になって憤慨していたはずだった。

「ヒドいじゃないですか、岡島さん。まるで、僕や蒔野さんへの意趣返しみたいに。」

岡島は、野田の声が聞こえないかのように、ただ顔を真っ赤にして無視していたのだという。そして、一日誰とも口を利かずに過ごした挙げ句、翌日、会社に辞表を出したらしかった。

蒔野は、呆気にとられて話を聞いていたが、その結末に至っては、深い嘆息を漏らした。

グローブで、岡島が閑職を不服としているという噂は耳にしていたが、蒔野としても、どうすることも出来なかった。

その酷評が、すべて恨みから出たとも思わなかったが、後味の悪さはしばらく尾を引いた。せめて武知を慰めるために、蒔野は事情を説明してやったが、人のいい武知は、

「そんなことで辞めなくったっていいのに。」

と不憫そうな顔をしていた。それでも、少し気が楽になった様子だった。

蒔野は、舞台に上がる前には、三十分ほど必ず一人にしてもらった。

彼は、以前とは比較にならないくらい楽屋で緊張するようになっていたが、その畏れの感情を、今は努めて粗略に扱わないようにしていた。

観客が持ち寄ることを許されているのは、それぞれに座席一つ分のささやかな静寂だった。咳一つでさえ簡単に破れてしまうようなそれを、皆が互いに繕《つくろ》い合いながら、どうにか始めから終いまで保っている。そして、彼らのその積極的な音の放棄は、二人の演奏者に、宛《さなが》ら使い道を委ねられていた。

蒔野は、自分の音楽を待っていてくれた人々の存在に感動していた。復帰後は、まだ一度もリサイタルを行っておらず、コンサートでも決してソロでは演奏しなかったが、

あとは、きっかけ次第のような気もしていた。そうした心境の変化には、武知の実直な演奏家としての姿勢も少なからず与《あずか》っていた。

公演のプログラムは、ジュリアン・ブリームとジョン・ウィリアムスの編曲によるドビュッシーの《月の光》や、ブローウェルの《トリプティコ》、ピアソラの《タンゴ組曲》など、ギターファンにも馴染みのある曲から、《この素晴らしき世界》にも収録したトッド・ラングレンの《ア・ドリーム・ゴウズ・オン・フォーエヴァー》のようなポップスまで幅広い内容で、最終日には殊に、蒔野の編曲によるモーツァルトの弦楽四重奏第十七番《狩》の第四楽章に最も手応えを感じた。

ギター・デュオではなかなか演奏されない珍しい選曲で、蒔野はその展開部の精緻な対位法を気に入っていたが、効果的に再現するのには骨を折った。武知もしばしば途方に暮れて首を傾げていたが、公演の度に少しずつ楽譜にも手を入れて、最終日には、決定稿と言えるものがどうにか間に合った。

最後の曲として演奏すると、会場からは大きな拍手が起こった。長い沈黙の後、再びギターを手にするようになって十カ月ほどが過ぎていた。蒔野はようやく、自分はあの危機を凌ぎきったのだという自信を抱いた。終演後のサイン会では、「良い表情だった」と、申し合わせたように何人かから声を掛けられた。それもあまり記憶にない、珍しいことだった。

会場をあとにすると、磐梯熱海《ばんだいあたみ》のホテルに移動して、この日のためにわざわざ東京から駆けつけたスタッフらを交えて、日付の変わる頃までツアーの打ち上げをした。

身重の早苗は、先に部屋に戻った。莳野はそれから、グローブの野田らと、ホテルのバーで一時間ほど仕事の話をして、深夜二時までだという館内の温泉に慌てて浸かりに行った。

広い大浴場には、他に一人しか客がいなかった。谷間の温泉町で、風呂は鬱蒼と木々が生い茂る山の斜面を向いている。莳野は、露天風呂で少し長湯をして、その静寂に浸った。穏やかに酔いが回っていたお陰で、その間、何も考えずに済んだ。

浴衣を着て部屋に戻る途中で、照明の落ちた廊下の隅のマッサージ・チェアに、武知が独りでぽつんと座っているのに気がついた。ペットボトルの水を二本買うと、莳野は、彼の隣に空いている同種のマッサージ・チェアに腰を下ろした。

武知は、ああ、と顔を上げた。髪はもう乾いているので、大分前に風呂から上がったのだろう。水を差し出すと、人懐っこい笑みを口元に過らせた。

「ありがとう。丁度、のどが渇いてて。」

「どうこれ？　気持ちいい？」

「うん、なんか、すごく進化してるね。頭の先から足の先まで。莳ちゃんは、体のメンテナンスに気をつかってるから、やらないのかな、こういうのは？」

「いや、まァ、これくらいなら。……一遍、ヘンな整体にかかったらさ、次の日、腰が立たなくなっちゃって。整体も馬鹿に出来ないよ。たったあれだけのことで、人を動けなくさせられるんだから。」

「もみ返し？」

「そういう類だろうけど、もっと、酷いやつ。」

「からだは、わからないね。」

「わからない、本当に。俺はそのせいで、一年半も棒に振ったから。」

蒔野は、革張りの椅子に包み込まれるようにして深く腰掛け、リクライニングを倒した。火照ったからだに、その革の冷たさが心地良かった。

「〈背筋伸ばしコース〉くらいならいいかな？」

十分間で二百円だった。水を打ったような館内に、その作動音が鳴り響いた。武知は隣で、体を起こして水を飲んでいた。

「おー、気持ちいいね。」

「蒔ちゃんは、あの《幸福の硬貨》の監督の娘さんとは、最近会ってないの？」

蒔野は、目を開いて天井を見つめると、視線だけを武知の方に向けた。

「――なんで？」

「いや、この前、元ジュピターの是永さんがコンサートを聴きに来てくれて、僕が《幸福の硬貨》のテーマを弾いたから、その人の話になって。洋子さんだっけ？」

「そう、……今はもう連絡を取ってないけど。どうしてるって？」

「結婚して、ニューヨークにいるみたい。ケンちゃんっていう男の子が一人いるんだって。」

「……子供がいるんだね。」

「みたいだよ。是永さんも、しばらくご無沙汰してるって言ってたけど。蒔ちゃん、一頃会うとよくその洋子さんの話してたから。」

「してたかな？」

「してたよ、いつも。そんな人、いるのかなっていうくらい、褒めちぎってたよ。」

蒔野は、自嘲気味に笑って、営業を終えてひっそりとしているゲーム・コーナーを見るともなしに眺めていた。

「ま、確かにね。なかなかいないよ、ああいう人は。……疎遠になっちゃったけど。」

マッサージ・チェアが終わって静かになると、蒔野は椅子の背を戻して水を飲んだ。

武知は、是永から何かを聞いている様子だったが、あまり話したがらない蒔野を気づかうように話題を変えてしまった。

「それにしても、今回のツアーは楽しかったなぁ。もう終わると思うと寂しいね。」

「また、やろうよ。俺も楽しかったし。」

蒔野は、笑顔で同意した。——が、武知はなぜか、すぐには返事をしなかった。

「いや、……実は今日、みんなの前で言おうかどうか迷ってたんだけど、僕は、演奏活動には、これで区切りをつけようと思ってて。」

蒔野は、体ごと武知の方を向いた。

「どういうこと？」

「うちはオヤジが山形の仏壇職人で、兄貴が後を継ぐはずだったんだけど、なんか、色々あって、継がなくなっちゃったんだよね。それで、戻ってきてほしいって前々から言われてて。」

「仏壇職人？　へぇ、……あれもすごい世界だろうね。細かいし、そもそも、宗教的なものだし。けど、そんな技術、四十過ぎで身につけられるの？」

「子供の頃から、手伝ったりはしてたんだよ。ギターも好きだけど、あっちも好きだし、本格的にやろうかなと思って。」

蒔野は、両親が相次いで他界し、実家を手放した際に、仏壇の処置に困ったことを思い出した。結局、捨てはしなかったが、今は自宅の練習部屋のクローゼットに仕舞い込んだままで、もう随分と長い間、扉を開いていない。音楽家も困難な時代だが、仏壇職人こそ苦労するんじゃないかと思ったが、それは敢えて言わなかった。そして、武知の決断を思いやった。

「兼業でもいいんじゃない？　いきなり止めなくても。」

「教室くらいはやってもいいけど、爪も伸ばせないしね。なかなか、思い切れなかったんだけど、最後にこのツアーでいい思いをさせてもらって、踏ん切りがついたんだ。」

武知は、未練のあるらしい表情で右手の爪を見ながら言った。そして、

「最後に蒔ちゃんと演奏できて良かったよ。なんか、初めて東京国際コンクールで会った時のこととか、今日は舞台で思い出しちゃって。」

「ああ、あの時だね。」

「祖父江先生が、〝天才少年〟がいるっていつも蒔ちゃんのこと話してたよ。中学生なのに、もうソルなんか全曲弾いてるとか。」

「だって、ソルは作品六十三までしかないんだから。」

「だけど、中学生だよ？ いないよ、そんな子なかなか。」

蒔野は肩を竦めて苦笑した。

「まァ、俺は岡山の田舎の出だからね。……どんなに地元で褒められても、東京に行ったら、もっとすごい人がいるに違いないって思ってたし、況《ま》してや、スペイン人とかフランス人とかのギタリストなら、誰でも当然のように知ってることで、俺の全然知らないことがあるんじゃないかって、ずっと不安だったから。うまくなりたいってだけじゃなくて一種の強迫観念で練習してたところもあるかな。……」

武知は、蒔野をつくづく見つめながら、感じ入ったように聞いていた。

「僕は、そこまで思えなかったんだよね。そこまでは、結局、やらなかった。……蒔ちゃんには頭が下がるよ。」

「いや、だけどさ、いざパリに留学してみたら、エコール・ノルマルの学生だって、案外、ソル全部なんて弾いたことがないとか、平気で言うからさ、ぽかんとなっちゃって。

祖父江先生に騙されてたのかな。……あとは、やっぱり、ギターっていう楽器の問題もあるじゃない？　どれだけ練習しても、ピアニストからしてみれば、たったそれだけ？ってことなのかな、とか。」

「今でも思うよ、それは。――それで、そうそう、最初に見かけた時は、みんなコンクールの本番前で、必死に楽譜を見直したりしてるのに、蒔ちゃん独りだけ、小説読んでたんだよ！　カルペンティエルの《失われた足跡》。」

「そうそう。よく覚えてるねぇ？」

「そのあと僕も買ったんだよ、あの本。けど、読み通せなかった。それでますます、蒔ちゃんに恐れ入って。」

「まァ、難儀な本だよ。……あれも、祖父江先生が、ギタリストだからって、ギターばっかり弾いてちゃだめだ、ブローウェルやヴィラ＝ロボスがどういう国の人なのか、ちゃんとその背景も知らないといけないって言うからさ。地元の一番大きな本屋に行って、ブローウェルの祖国のキューバの小説だっていうから買ったんだよ。」

「祖父江先生は、僕にはそういうことを言わなかったなァ。でも、あの時は、いやな感じだったよー。」

蒔野は苦笑して、

「そういう作戦だったんだよ。」

と言った。武知は一瞬、本気にしかけたが、冗談とわかったようだった。

「でも、コンクールで演奏聴いて、度肝を抜かれちゃって。そのあと、蒔ちゃんは、パリ国際でも優勝して、どんどん活躍していって。……」

武知は、笑顔の名残を残したまま、頰を強張らせて蒔野を見つめた。蒔野は、経験的にその一瞬の間《ま》を知っているような気がした。

「僕はずっと、蒔ちゃんのことが、本当に嫌いだったんだ。とにかく、……嫌いっていうか、存在自体が耐えられないっていうか。もうなんか、ある日、急に死んだりしないかなとか、消えていなくなってほしいとか、……思ってた。蒔ちゃんのこと、意識するだけで胸が苦しくなって、……嫉妬だよね。でも、本当に辛いんだよ、それは。才能自体もそうだし、その才能をまた世間が愛しているっていうことも。」

蒔野は、浴衣の裾を気にするふりをして視線を逸らすと、ぎこちなく微笑んで頷いた。そうした不意打ちのような告白を、実のところ彼は、これまでの人生でも、もう何度となく経験していた。

「だから、蒔ちゃんの代役として、台湾のコンサートの話が来た時には、複雑な気分だった。蒔ちゃんが、ギターが弾けなくなってるっていうのは耳にしてたし、……喜んでたわけじゃないけど、何て言うのかなァ、ほっとしてたっていうか。……卑屈だよね。」

「いや、……いいよ、そこまで言わなくても。」

「だけど、デュオに誘ってもらえたのは、本当に嬉しかったんだ。一緒にやってて、毎日、やっぱり、すごいなぁって感動してたし。蒔ちゃんが、ギターっていう楽器にモテるのが、よくわかったよ。」

「モテる？」

「同じギターでも、僕が弾いてる時と、蒔ちゃんが弾いてる時とでは、なんか、楽器の態度が全然違うんだよなあ。」

武知は、おかしそうに笑った。そして、

「弾けない間の苦しさも、改めてわかったしね。」と言った。

蒔野は、せめて穏やかな表情を保ちながら、武知の言葉を辛い思いで聴いていた。そして、この会話の辿り着く先を探っていた。

「年齢的な問題もあるよ。俺も、武知君も。――比べるのもおこがましいけど、ジョン・ウィリアムスのスカイだって、四十前後だからね。巨匠なをもて往生す、いはんや凡人をやだよ。」

「そう？　スカイ、僕は好きだけどなあ。」

「俺は、駄目なんだ。でも、わかるよ、ああいうことしたくなるのは。……俺もギターをスモールマンにしてみたりとか、しばらく迷走してたけど、弾かない時間のお陰で、自分の演奏を根本から見直せたし、必要なプロセスだったと思うようにしてる、今は。武知君だって、何年かしたら、心境も変わってるかもしれないよ。」

武知は、「……そうだね、」と、同意するように笑った。

それから二人は、一緒にエレベーターに乗って、それぞれの部屋に戻った。

別れ際には握手をしたが、蒔野にとっては、翌日、東京駅で交わした最後の握手よりも、振り返れば、こちらの方が強く記憶に残っていた。

＊

蒔野はその日、南青山のブルーノートで催されたベルギー人のテルミン奏者のコンサートに、ゲスト参加していた。共演者は他にもいて、蒔野は、ラフマニノフやラヴェル、ヴィラ＝ロボスらのヴォカリーズ作品が演奏される場面で伴奏を務めた。グローブがプッシュしている美男の演奏者で、興味本位で軽く引き受け、それなりに楽しんだ、というような手応えだった。

二度のステージを終え、一杯だけつきあって、帰宅したのは深夜だった。出産予定日を来月に控え、早苗もこのところは早い就寝だったが、この日に限ってはまだ起きていて、リヴィングのソファに独り座っていた。どこか、ぼんやりとした様子で、目許には泣いたようなあとがあった。

蒔野は、異変に気づいて、「どうした？」と楽器を置きながら理由を尋ねた。

早苗は黙って、葉書を一枚、彼に差し出した。手が震えていた。蒔野は立ったままそれを受け取ると、文面に目を通して、「……は？」と腹を立てたかのように声を上げた。

ギタリストの武知文昭の訃報だった。

亡くなったのは、二週間も前のことらしく、郡山での最後の共演から丁度一カ月後だった。

「びっくりして、お悔やみの電話をかけてみたら、お母様が出られて。――事故で亡くなったって。」

「事故？……何の？」

「ただ、事故って。」

蒔野は、もう一度その葉書を読み返し、念のために表も確認して、またしばらく文中の「他界」という文字を見つめていた。その言葉には、自分が知っている以外の、何か他の意味があっただろうかという風に。葬儀は近親者のみで済ませたとある。そして、ようやくすべてを理解し、ただ黙って頷いて、葉書を早苗に返した。

「お線香上げるだけでもと思って、先方のご都合を伺ったんだけど、今はまだ気持ちの整理がつかないからって、遠慮されて。――わたし、お留守番するから、一人で行ってくる？」

「いや、……いいよ。」

早苗は、蒔野のそのつれないような返事に怪訝な顔をした。

「お母様、すごくお辛そうだったから、聡史さんが行ってあげれば、きっと、……」

「行くけど、今は、……向こうがそう言うなら、そっとしておいた方が良いんだよ。」

蒔野はそう言って、楽器を置きに二階の練習部屋に退《さ》がった。そして、ソファに腰を下ろすと、放心したように項垂《うなだ》れた。

「事故」ではないのだろうと、蒔野は武知の母親の心中を思いやった。そして、磐梯熱海のホテルで、最後に交わした長い会話のことを思い返した。

もっと言うべきことがあったのではないか。演奏活動に区切りをつけたいと言った時、理解を示すよりも、強く引き留め、励ますべきだったのではないだろうか。共演中の自分の態度も悪かったのか。なぜ、気づかなかったのだろう？ あの時既に、そういう考えが頭を過っていたのだろうか。……

知らぬ間に、武知がもう存在していない世界を、彼は二週間ほど生きていた。酷く混乱していたが、自分が、ようやく上向きかけていた人生から、手痛いしっぺ返しを喰らったような感じがしていた。

動機は単純ではないだろう。自分の把握していない事情もある。それでも蒔野は、武知の死への自責の念から、決して逃れることが出来なかった。そして彼は、それを打ち明け、慰めを得る相手を今は持っていなかった。

武知の急逝は、蒔野に深い精神的な打撃を与えたが、そのためにまた、ギターから遠ざかってしまうということはなかった。むしろ彼は、これまで躊躇していたリサイタルのオファーをようやく受け容れ、独りで舞台に立つための準備に取りかかった。武知は才能の差を強調したが、あの長いスランプの期間に、自分の身に同様の「事故」が起きなかったことを、蒔野は幸運と受け止めていた。

そうした蒔野の奮起の一方で、この悲報は、早苗の心にも大きな動揺を齎した。

彼女は、蒔野と武知とのホテルでの会話を知らなかったので、その死を文字通り、「事故」だと受け取っていた。蒔野も、その誤解を訂正しなかった。そして、そのために、どこか高いところから、自分の存在に冷たくしたたってくるような不安を覚え、思い悩むようになっていた。


あんなに正直で善良な人が、こんなにも早くその生を取り上げられてしまう一方で、自分は何事もなく、平穏な生を許されている。自分の犯したような酷い罪を、武知はきっと、一度も犯したことがなかっただろう。にも拘らず、自分はその報いどころか、なぜか奇跡のように願いが叶って、蒔野の愛だけでなく、今やその子供までをも授かっている。


早苗は、そのおかしさの中に生きていた。

運命とは、幸福であろうと、不幸であろうと、「なぜか？」と問われるべき何かである。そして、答えのわからぬ当人は、いずれにせよ、自分がそれに値するからなのだろうかと考えぬわけにはいかなかった。

結婚後、早苗に対して、蒔野は飽くまで優しかった。深く信頼していて、時折、感謝が足りないのではと不安になったように、濃やかな気づかいを見せた。マネージャー時代には知ることのなかった顔だが、なぜか、あの頃の方が、彼の態度は自然だったような気がした。洋子との関係が深まっていた時期には疎まれもしたが、それもまた本心であるに違いなかった。今は時々、彼の心がわからなくなった。そして、ひょっとすると、自分は愛されてはいないのではあるまいかと想像して恐くなった。

お腹の子供は女の子だと告げられていた。逆子でもなく、今のところ、経過は順調だった。

早苗は、その生を祝福されていた。出産が近づくにつれ、身の回りには、新しい命をこの世界に迎え入れるための様々な準備が整っていった。バスタオル、肌着、衣服、哺乳瓶、おむつ、おもちゃ、ベビーベッド、ベビーカー、抱っこ紐、チャイルドシート。……生クリームのような甘い白や、パステルカラーのピンク色が、日常を端から少しずつ染めていった。

蒔野も、埋もれるほどのCDに囲まれて生活しているにも拘らず、わざわざ幼児用の音楽CDを買ってきたり、床で寝転んで遊ぶためのマットを、人から譲ってもらってきたりした。

しかし、そのすべての幸福が、おかしさの中で起きているのだった。

子供の名前は、男であれば蒔野が、女であれば早苗が考えることになっていたので、彼女にはその大役が一つ課せられていた。そして、その名前をなかなか思いつかないという、ありきたりな、胸の躍るような悩みが、彼女の場合、なぜか唐突に、あの罪の意識と結び合ってしまい、不穏な焦燥を掻き立てていた。

　子供の名づけ方の本を三冊買い、女子だけでなく、男子の名前にもすべて目を通したが、どこにも、自分たちの子供の名前はなかった。ひょっとするとこれかしらというような近い名前さえ見当たらなかった。

　終いに彼女はこんな不穏な夢を見た。

　その子は、既に保育園の入園式を迎えていた。皆が赤いリボンを胸につけていて、早苗は子供を抱きかかえながら、その手続きに行った。蒔野は誰かと立話をしていた。

　受付で子供の名前を伝えると――それが何だったかは、覚えていなかった――職員が名簿を指でなぞりながら探した。どこにもなかった。園長が呼ばれ、人集《だか》りの中で、首を傾げながら名簿が再度確認されたが、やはり見つからなかった。

　早苗は不安でいっぱいになりながら、何度もその名前を口にした。いつの間にか、子供はお腹の中にいて、心配する様子が、胎内から伝わってきた。それはまったく、親の責任に違いなかった。受付の担当者は、到頭、訝し気な面持ちでこう尋ねた。

「おかしいですね、……あなたがつけた名前、間違ってるんじゃないですか？　本当に、あなたにこの子の名前をつける資格があったんですか？」

　――自分の周りを取り囲んでいるどんな幸福のしるしよりも、早苗には、この奇妙な夢の方が、遥かに現実的であるように感じられた。誰も気づいていないが、これがあの罪の報いなのではあるまいか。

数こそ少ないが、出産時の妊婦の死亡例がないわけではない。もしこのまま命を落とすようなことになれば、自分は、救い難く恥知らずな人間として、一生を終えることになってしまう。それを帳消しにするほどの善行を何も積むことがないまま。——本当にそれで良いのだろうか？ それで本当に、蒔野の人生の魅力的な脇役なのだろうか。

……

自責の念を、妊娠中の不安な精神状態が倍化させた。

早苗は、洋子に対して口にした「正しく生きることが、わたしの人生の目的じゃないんです。わたしの人生の目的は、夫なんです！」という言葉を、戸惑いがちに振り返った。明らかに、それは言い過ぎで、そんなことを、常日頃から考えていたわけではなく、洋子に問い詰められて、咄嗟に口にしたことだった。

そう、洋子は早苗にとって、いつでも深く問いかけてくる存在だった。何を？ 自分という人間そのものについてを。彼女を意識する度に、早苗は、胸を押さえつけられるような劣等感に苦しんだ。実際に洋子と会話をしたのは、四年前の一度きりで、その時彼女は、むしろこちらの無理解に対して、優しく譲歩さえしていたはずだった。

にも拘らず、早苗の心に刺さった洋子の記憶は、水晶の欠片《かけら》のように無慈悲なまでに透徹していた。そして、その光に照らされると、彼女は酷く焦って、決まって本当の自分よりも悪く振る舞ってしまうのだった。

チケット売り場に並ぶ洋子の後ろ姿を目にした時、早苗は、それが誰であるのかが瞬時にわかった。そして、ためらう間もなく、振り返った彼女に声を掛けてしまっていた。

莳野よりも二歳年上であるので、もう四十四歳のはずだったが、洋子の風貌は、彼女が最後に新宿駅の南口で見かけた時と変わらず美しく、得も言われぬ存在感を放っていた。

会話の間中、早苗はとにかく必死だった。どんな話の流れからか、結局は彼女に、莳野を奪われてしまうのではないかという気さえした。

真相を聞かされた洋子の悲愴な面持ちを見つめながら、改めてつくづく、なんてきれいな人なんだろうと思ったが、その彼女が、激昂するか、泣き出すかするのを、恐れつつ期待していないわけではなかった。

しかし、決してそうはならなかった。洋子は最後まで、微塵も取り乱すことなく、ただ深い憂愁を湛えた目でこちらを見据えていたが、それはほとんど、イエスの前に座るマリアが、マルタを見上げるような憐れみの眼差しと感じられた。

「それで、……あなたは今、幸せなの？」

と洋子は問うた。自分が今、何よりも訊かれたくなかったそのことを。——本当にそう尋ねられただろうかと、早苗はぼんやりと振り返った。まるで、自分の心の声が、記憶の中の彼女に入り混じってしまったかのようだった。

武知の死後、蒔野は元ジュピターの是永から、二年半ぶりに連絡を貰っていた。渋谷のカフェで会って、一時間ほど話をしたが、わだかまりなく会話が出来たのは、彼女の手元に残っていた武知の音源の扱いについて話をしたからだった。

蒔野は、何らかの形で発表する方法を考えると約束し、彼女はよろしくお願いしますと頭を下げた。それを託されたまま、ＣＤ化できなかったことを彼女は悔いていた。

蒔野は、武知との最後の温泉宿での会話を少し是永に話した。死因については、彼女も察していたらしく、途中で涙ぐんだ。あまりその状態に長くは留まりたくなかったので、話の流れで、蒔野は洋子のことにも触れた。是永は、このところ疎遠で、離婚の事実も知らなかったので、ただ、ケンが生まれた時の幸せそうな様子だけを伝えた。そして、リチャードと結婚する前、彼女がどれほど、イラク体験のＰＴＳＤに苦しんでいたかを蒔野に語った。

「誰にも言わずに、独りで苦しんでたみたいです。わたしも、結婚後に初めて聞かせてもらいましたから。リチャードの支えがなかったら、もっと悪化してたと思うって言ってました。彼女は強い人ですけど、よっぽど辛かったんだと思います。」

蒔野は、眉間の皺を深くした。そして、

「それって、いつ頃の話ですか？」と尋ねた。

「イラクから帰ったあとです。蒔野さんが、レコード会社をかわった頃じゃないですか？　蒔野さんは、連絡は取ってなかったんですよね？　とにかく、大変だったみたいです。あ、そうそう、イラクから逃れてきた難民の女性の世話もしてて。……」

蒔野は、曖昧に頷いて、是永から視線を外した。是永は《この素晴らしき世界》の献辞に気づいておらず、恐らくは聴いてもいない様子だった。

「どうかしました？」

「ああ、……いや。」

あの頃は、毎日のようにスカイプで会話を交わしていたはずだった。洋子はそれを、隠し続けていたのだろうか？　それが、あの東京に来た時の態度の急変の理由だろうか？　恩師の危篤には駆けつけるのに、自分の苦しみにはどうして気づいてくれないのかと。

彼は、翌日の朝、洋子とメールでやりとりした時の不可解なメッセージを思い出した。とにかく、会おうと言った彼に対して、彼女は、「ごめんなさい。もうこれ以上は続けられない。」と、唐突に会話を打ち切ってしまったのだった。

フランス語で胸を過った言葉を、直訳したような文章だったが、ひょっとすると、あの時も体調が悪かったのだろうか？　それで、あんなに急いで長崎の実家に行ってしまったのか？

しかし、それなら猶更、自分を頼ってほしかった。なぜ言ってくれなかったのか？　祖父江への付き添いを優先させようとしていたのだろうか？……

武知だけではなかった。自分は、あれほどまでに愛していた洋子の苦しみにさえ気づくことがなかったのだと、蒔野は情けない気持ちで悔恨した。

思い出が変質してゆくのを感じた。そして、洋子には詫びを言いたかった。

早苗が蒔野にすべてを打ち明けた時には、こんな次第で、彼自身が既に、真相のかなり近いところにまで迫っていた。パリで独り苦しんでいた洋子が、かわいそうでならなかった。彼がどうしてもわからなかったのは、彼女がなぜ、自分に助けを求めなかったのかということだったが、彼はそのために、二人の愛そのものをも懐疑せねばならなかった。そして、もう随分と崩れやすくなってしまっている彼女の記憶に触れてみては、悲しげに、なぜ、と問うてみるより他はなかった。


洋子との別れの日から、三年以上の月日が経っていた。

ある日、自宅で一緒に昼食を摂り終えると、早苗は憔悴し、少し紅潮した面持ちで、蒔野に話がある、と切り出した。その深刻な様子から、蒔野は咄嗟に子供に何かあったのではないかと心配した。早苗が最後に意を決したのは、その彼の反応のせいだった。

「祖父江先生が倒れた時のこと、覚えてる？　大雨の日で、タクシーの中に携帯を忘れて、わたしが取りに行って。……あの時ね、――」

蒔野は、思いもかけない妻の告白に、呆然となった。途切れ途切れの内容に、時折疑問を挟んだが、しばらくすると、あの時何が起きていたのか、その全体がようやく把握された。しかも、洋子の体調は、その時、かなり悪かったはずだった。早苗はどうやら、そのことは知らないらしかったが。……

洋子は、確かに救いを求めていたのだった。それまでは、あれほどまでに完璧に、その苦しみを隠し通していながら、あの再会の時には、もう。……そして、自分はそれを、そんな愚にもつかない理由で、拒絶したことになっているのだった。おかしいとは思わなかったのだろうか？　しかしその後、すれ違ったまま続いてしまったやりとりを思い返して、彼はいよいよ堪らない気分になった。

あまりにも馬鹿げていて、だからこそ一層、その取り返しのつかない過ちが胸を締めつけた。

洋子は、どれほど傷ついただろうか？　しかし到頭、相手を一度も責めることなく、そんな風に一方的に切り出された別れを受け容れたのだった。蒔野はそして、今度こそ、それは彼女が、自分を愛していたからなのだということを疑わなかった。洋子がそういう人間だということが、彼にはよくわかる気がした。

洋子の不可解な心変わりだけでなく、早苗の自分に対する献身も、ようやく腑に落ちた。そして、彼女の罪悪感を想像し、その埋め合わせのために、腑甲斐ない自分の傍で黙々と働き続けてきたその姿に同情的になった。精神的、経済的な支えだけでなく、日常生活の何もかもを彼女に負うていた二年半という時間。――それは、否定し得ない事実だった。

蒔野の脳裏を、洋子の表情がちらついたが、しかし今は、それを掻き消そうとする早苗との二年間の結婚生活の方が鮮明な記憶だった。そして、早苗がどんなに必死でその嘘のメールを書き送ったかを、彼女をよく知る彼は、手に取るように想像した。

騙されていたはずなのに、蒔野は瞬時に、妻を憎むことが出来なかった。それほどまでには、既に深く妻を愛していた。そのことに、皮肉にも彼は、この時、改めて気づかせられたのだった。

「どうして、今になって告白を?」

早苗は、洋子に会ったことを言おうとした。しかし、それを後回しにするかのように、口を衝いて出たのは、武知の死を知って以来、独りで考えてきたことだった。

蒔野は、それに理解を示しつつも、どこか釈然としないものも感じた。

「来月出産っていうこの時期になれば、俺がもう、君と別れることはないと思ったんじゃないのか?」

早苗は、目を瞠って咄嗟に首を振ったが、言葉は発せられなかった。

蒔野は、長い時間、俯き加減で黙っていたあとで、早苗を見つめて言った。

「どうして隠し通してくれなかった?」

「……。」

「せめて言わずに耐え続けてくれれば、良かったんじゃないのか?」

早苗は、蒔野のその言葉に、一縷の望みを繋いで、「ごめんなさい。」と謝った。洋子との再会は、それでそのまま告げることなく終わった。

蒔野は、哀訴するような早苗の表情に、既に微かに、解放された安堵が兆しつつあるのを看て取った。

彼は、テーブルの上の二つのコーヒーカップを見つめ、部屋の隅に置かれたベビーベッドと、その中に溢れている、新品の赤ちゃん用の衣服やおもちゃの類に目を遣った。早苗の嘘がなければ、この生活は、きっと存在していなかっただろう。そして、彼は自問した。では、これは悪い現実なのだろうか、と。なくても良かった二年半で、その延長上には、あるべきではない未来が待っているのだろうか。

祖父江は、「早苗さんを大切にしてください。あなたの人生にとって、掛け替えのない存在です。」と忠告した。あれは、こうした告白の予兆のようなものを、自分の介護を嫌な顔一つせずに手伝う早苗の姿に、既に見ていたからなのだろうか。……

ほど経て、蒔野は口を開いた。

「話はわかったから。……とにかく、今は安静にして、子供のことを一番に考えて。」

早苗は頷いて、その日は一日、寝室に籠もって泣き続けた。

十月十四日、蒔野聡史と早苗の夫婦には、二八〇〇グラムの女の子が生まれた。早苗はそれから二週間、考え続けて、娘には「優希《ゆき》」と名づけた。

ケンと一緒に日本で過ごした夏休みを終えると、洋子の人生にも、一つの転機が訪れた。

*

数カ月来、悩みつつ考えてきたことだったが、記者時代から関心を持っていたニューヨークに本部のある国際人権監視団体の採用試験を受け、十月後半から、難民局のあるジュネーヴ支部に勤務することが決まったのだった。

洋子の仕事は、EU各国の難民の人権状況を調査し、国連や各国政府に改善のための働きかけを行うというもので、長い歴史のあるこのNGOの中でも、比較的新しい部署だった。基本的にはジュネーヴ勤務だったが、二週間に一度はニューヨークに戻り、本部で仕事をこなすという契約になっていた。

PTSDに苦しんでいた間は、イラクでの体験の記憶からも、ただ遠ざかろうとするばかりだったが、ようやく体調にも自信が持てるようになり、今は、やり残した仕事への思いが強くなっていた。月の半分はニューヨークにいても、どの道、ケンには会えないのである。その状況を、ただ嘆いているばかりではなく、むしろ生かす術を考えたかった。

最後に洋子を決心させたのは、やはり、ジャリーラの家族の殺害であり、ジャリーラ自身のパリでの生活難だった。彼女への個人的な支援に留まらず、制度そのものの改善に寄与したかった。

再びバグダッドに戻ったフィリップとの会話にも触発されたところがあった。自分がどういう考えの人間に共感するのかということを、洋子は久しぶりに思い出し、今後の人生を出来るだけそうした人々と共に過ごしたいと願っていた。それが、生の倦怠から逃れるための、恐らくは最も確実な方法だった。

リチャードとの価値観の違いを巡る対立が、彼女の感情を煽っていたのも事実である。母親としての自分の生き様が、ケンの目に、今後、どう映るのか。ヘレンの存在を否定することは出来なかったが、彼女とは違うものの考え方も知って成長してほしかった。

リチャードは、月の前半と後半とで、二週間ずつ交互にケンを預かる、という洋子の新しい提案に、最初は難色を示した。契約と違うと弁護士を通じて伝えてきたが、一週間ほどすると、条件付きでそれを呑む旨を伝えてきた。

友人として、洋子の自立に協力したいという彼の言葉に嘘はないと感じたが、同時に、いかにも不安定らしい彼女の勤務形態の故に、自分たちがケンと過ごす時間も増えるのではないかと判断した様子だった。

そしてやはり、早苗と東京で交わした会話も、洋子には、少なからぬ影響を与えていた。

今更蒔野との復縁を求めて、コンサートに足を運んだつもりではなかった。しかし、早苗の警戒心が即座に嗅ぎつけたそうした期待を、彼女は振り返って、自分の無意識の裡に認めざるを得なかった。

彼女はそうした類の自分の未練がましさを、これまで決して知ることがなかった。それだけ蒔野が特別の存在だったことを思う一方で、やはり、自分の人生が、未来の展望を欠いているが故に、こうも過去に拘泥してしまうのだろうという気がした。

早苗のしたことは軽蔑していたが、彼女本人を恨むというよりは、人生そのものに対する虚無感の方が強かった。ジャーナリストとしては、もっと理不尽で、もっと過酷な困難を生きる人々を、これまで散々取材してきた。自分も、彼らと地続きの同じ世界を生きている。そうした発想は、なるほど、感情生活に一種の粗雑さを招きかねなかった。どんな体験も、戦地と比べ出せば、「まだマシだ」という一言で片付けられてしまう。しかも彼女は今、そうした場所への関与を強めつつある。それでも、悲哀は悲哀として、彼女の手許《てもと》に残り続けていた。

ただ、洋子がどうしても気になっていたのは、蒔野が真相を知っているのかどうかだった。早苗のメールのこと、そして、当時の自分の体調のこと。……

もし知らないのなら、誤解を解きたかった。しかし、何のために？　恐らくは、そうすべきでなかった。洋子は早苗のお腹の膨らみを、今もありありと覚えていた。あの子に罪はないはずだった。何も知らせずに、蒔野にあの子の父親として幸せに生きてもらうことをこそ願うべきではあるまいか。自分自身は、父とも息子とも、遂にそうした関係を享受できなかっただけに。——洋子はそれを、自分の彼に対する愛の最後の義務だと信じることにした。

ジュネーヴに発つ前に、洋子はロサンゼルスに住む父親のイェルコ・ソリッチに会いに行った。ケンが生まれた時に一度、顔を見せに連れて行き、その後、ニューヨークでも会っていたが、父がリチャードに好感を抱いていないことは、隠そうとしても何となく察せられた。

宿泊先のサンタ・モニカのホテルで待ち合わせをして、近くのレストランまで歩いて移動した。洋子は、午前中、ビーチ沿いの遊歩道を一時間ほどジョギングして、そのあと、屋外のプールでも少し泳いでいた。西海岸にはほとんど馴染みがないが、プールサイドのベンチに横たわって、青空を背にする椰子の木の枝を見上げていると、結婚生活の場所がここだったなら、違った結果もあり得たのかもしれないと、現実感もないまま考えた。

ソリッチは、パナマ帽に黒いシャツという昔ながらの出で立ちだったが、それが顎の全体を覆う髭に、よく似合っていた。顔色が良く、元気そうだったが、髪はとうとう完全に白くなっていた。オールバックに撫でつけて、耳より後ろでは、少し広がって肩に触れる程度にかかっている。

洋子は母が、父の人柄や才能だけでなく、最初はむしろ容姿に惹かれたことを知っていた。一見、人を尻込みさせる恐いような顔立ちだったが、言葉を発すると、深い声とともに目尻に優しく皺が刻まれた。年齢を重ねるほどに魅力を増していたが、そう感じるのは、家族として一緒に生活した記憶が乏しいせいか、それとも男の趣味が結局は母と似ているからなのか。洞察に富む目の表情は、映画監督とまでは直接結びつかずとも、何かしら思索を事とする職業であることを想像させた。

寡黙なのは相変わらずだったが、その分、待ち合わせ場所で互いを見つけた時の、安堵したように広がる笑顔と、大きな仕草の抱擁が、別れたあとも、いつも記憶に残った。

明るいテラス席で昼食を摂りながら、洋子は、離婚に至る経緯やケンと一緒の長崎帰省、それに、今度、新しく勤務することとなったNGOのことなどを話した。

ソリッチは、ふんふんと相槌を打って聴いていたが、彼女の仕事の内容については詳しく知りたがった。

「中東や北アフリカで難民の現地調査をすることもあるのか？」

「基本的にはない。調査員から報告を受けて、情報を精査して国際機関や各国の政府に提言する役割だから。ただ、小さな部局だから、場合によっては自分で行くことにもなるでしょうね。――ジャーナリストの頃と違って、色んなことを取材して、それを広く社会に訴えるというより、今は難民問題にテーマを絞って、対策の方に関わっていきたいの。報道は勿論、大事だけど、限界も感じていたから。ジャリーラの存在が、やっぱり大きかった。」

ソリッチは、赤ワインを飲みながら、話を聴いていたが、

「お前は優しい。それは、私にもお前の母親にもなかった独特の性質だ。境遇がそうさせたのか。」

と言った。洋子は、苦笑した。

「わたし、まったく反対の理由で離婚を切り出されたのよ。君は冷たいって。——親っていうのは、ありがたいものね。いつも贔屓目に子供を見てくれる。」

「その優しさのために、お前が引き受けることになる人生の苦難を、私は心配している。」

「大丈夫よ、それは。」

ソリッチは、表情をやや険しくしてグラスを置くと、改めて娘の顔を見つめ直した。海辺と言っても、車の往来の盛んな通りを一本挟んだ席で、近いテーブルの客たちの会話は、その僅かな隔たりを越える間に、適度に掻き消されていた。

「事実は、事実としてある。情報の真相を確かめるというのは、今の世界では最も価値のある仕事だろう。報道の虚偽や偏向は、国の運命も、人間の運命も破壊的に変えてしまう。お前も以前、批判記事を書いていたが、ユーゴスラヴィアの〈民族浄化〉は、政治だけじゃなく、マスコミにも大きな責任がある。——だからこそ、真相を決して知られたくないという人間たちもいる。彼らは、手段を選ばない。お前のことは誇りに思っ

ているが、それでも、私は心配だ。」

「ありがとう。でも、……大丈夫よ。難民局は、さっき空爆されたばかりの場所に行って、被害状況を調べて告発するようなフロントラインの部局とは、またちょっと違うから。――お父さんが思っているほど破滅的でもなくて、わたしも、自分の身の安全は考えて人生の選択をしてるの。保守的すぎるくらいに。今はケンもいるし、無理は出来ない。」

「お前の意識の問題じゃない。一体、何が今日――昨日でも明日でもなく――お前をこの場所まで連れてきた？　何がお前を今ここに存在させている？　もし今ここで誰かが銃を乱射したなら、問題はその事実じゃないのか？　《ヴェニスに死す》のアッシェンバッハにせよ、タッジオを追っているつもりで、本当は追われていたんだよ。」

「そこまで言うのなら、どの道わたしには、自分の運命を避けるべき手立てもないでしょう？」

洋子は、打ち解けた笑みを失わないままの表情で父に反論した。しかし、彼女自身も、バグダッドで間一髪、爆弾テロに巻き込まれずに済んだあとには、同じようなことを考えていた。

「お父さんの映画には、人生はどこまで運命的なのかって主題がずっとついて回ってるけど、今はどうなの？　人間の〈自由意志〉に関しては、やっぱり悲観的？」

ソリッチは、ステーキを少し残したまま、ナプキンで口元を拭った。そして、しばらく考えてから洋子の顔を見据えたが、そういう仕草が、別々に暮らしたはずなのに、どうしてそんなに父と娘で似ているのかと、先日も長崎の母が呆れたように言っていた。

「自由意志というのは、未来に対してはなくてはならない希望だ。自分には、何かが出来るはずだと、人間は信じる必要がある。そうだね？　しかし洋子、だからこそ、過去に対しては悔恨となる。何か出来たはずではなかったか、と。運命論の方が、慰めになることもある。」

洋子は、父の目が、深い眼窩の奥で、引き絞られるようにして力を帯びたのを認めた。そして、

「そうね。……よくわかる、その話は。現在はだから、過去と未来との矛盾そのものね。」

と頷いた。父が念頭に置いているのは、凄惨な紛争を経験し、解体された故国ユーゴスラヴィアの歴史であるはずだったが、洋子の胸を咄嗟に過ったのは、もっと遥かに小さな、「悲劇」とも名づけようのない、私的な記憶だった。

彼女は、早苗から聞かされた蒔野との別れの真相を思った。それはなるほど、まったく仕方がなかったというわけではなかったのだった。避けるべき方法は、あとから思えば幾らでもあり、だからこそ、彼女は余計に苦しんでいた。必ずしも難しいことでもなかったのではないか？　蒔野と連絡を取りたかったし、取るべきだということは、わかりきっていた。にも拘らず、どうしてもそれが出来なかった。――しなかった。

蒔野の気持ちを、何よりも尊重すべきだったのだと、これまでずっと自分に言い聞かせてきた。「洋子さんならきっと理解してくれる」と蒔野は言ったのだった。それ以上、彼に何を言わせるべきだったただろうか？ それでも追い縋るべきだったとは思うものの、それが出来ない精神状態だったからこそ、診断名もつき、薬も飲んでいたのではなかったか。

早苗の告白により、真相を知ってからは、しかし、何か出来たはずだったという思いが、彼女の心から平穏な諦念を奪ってしまっていた。それは、必ずしも不可抗力の運命ではなかったのではないか。……

「また新しい映画を撮りたいと思ってる。映画学校で教えるのも辞めて、時間が出来たからね。」

「ああ、……素晴らしいことね、それは。」

と、洋子は眸を輝かせた。父の映画を最後に見たのは、もう何年前のことだろうか？

「けれども、脚本はなかなか進まない。——教科書的な話だが、悲劇について、古典悲劇が運命劇であるのに対して、近代の悲劇は性格劇だと言われるだろう？」

「ええ。」

「オイディプスが実の父を殺し、母を娶《めと》ってしまったのは、避けようのない運命だった。しかし、オテロの過失は、彼の激情的な性格に起因している。あんなに単細胞で、怒りっぽくなければ、ハンカチ一つでデズデモーナを殺すこともなかっただろう。勿論、実際にはもっと複雑だが、……」

「ええ、勿論。」

「だが、……人間は結局、もう一度、運命劇の時代に戻っているのではないかと近頃よく思う。〝新しい運命劇〟の時代なのかもしれない。私のような小説的な映画ではなくて、早くから叙事詩的な英雄物語を描いてきたハリウッドは、そういうことに意外と敏感だ。《マトリックス》とか、色々ある。」

洋子は、椅子の背に軽く体を預けて腕組みした。そして、具体例を二、三、思い浮かべて頷いた。

「リチャードとも、そういう話を随分としたのよ。グローバル化されたこの世界の巨大なシステムは、人間の不確定性を出来るだけ縮減して、予測的に織り込みながら、ただ、遅滞なく機能し続けることだけを目的にしている。紛争でさえ、当然起きることとして前提としながら。善行にせよ、悪行にせよ、人間一人の影響力が、社会全体の中で、一体何になるって。」

「お前はどう思う？」

「……わからない。揺れてるっていうのが、本当のところかしら。矛盾したことを言ってる気がする、時と場合によって。――誰も行動しなければ、この世界が動かないのは事実だけど、お父さんが言うみたいに、人間が自分で考えて行動しなくても良いように、この世界はどんどん自動化されていってるから。車の運転が完全に自動化されれば、乗ってる人間のすることは、みんな〝余計なこと〟になるでしょうね。或いは、織り込み済みのエラーか。……インターネットみたいな便利なものが登場して、そのお陰で遠くの人とも顔を見ながら会話が出来て、心を通い合わせることが出来るようになった。その一方で、悪用することだって出来る。でも、すべてはコミュニケーションそのものが自己目的化されたシステムの中で起きる、予想可能な些細なトラブルに過ぎなくて、そこで人の心が傷つこうと、誰かと誰かとの関係が絶たれてしまおうと、システムそのものの存続にまでは影響を及ぼさない。幸福や不幸を、誰のお陰で誰のせいだって考えようとしても、途方に暮れるところがあるわね。自分自身も含めて。……」

食事を終えて、洋子はホテルに戻る前に、ソリッチとオーシャン・アヴェニューを散歩した。

前を向いていても上を見上げても、高層ビルのせいで空が小さく見えるニューヨークでの生活に倦んでいる洋子には、海上に広がる空の単純な大きさが、爽快に感じられた。

パームツリーやイチジクの木の緑には、微睡《まどろ》むような白んだ光が注いでいる。足下の芝生に落ちている影に目を遣りながら、洋子は、それが決して単なる黒ではない、様々な色を持っていることを改めて知った。

ソリッチは、薄手のジャケットを右肩に持って、風で飛ばされないように帽子を深く被っていた。

広々とした砂浜は、午後も日光浴を楽しむ人々で賑わっている。しかし、水はもう冷たいようで、サーファー以外は、精々《せいぜい》、足を漬けてみる程度だった。

長い浅瀬を、なだらかな波が寄せては返すのを、洋子は父と並んでしばらく見下ろしていた。

「お父さん、……さっきの話で、答えは出てるのかもしれないけど、一つだけ訊いてもいい？」

ソリッチは、娘の声音から、既に何かを覚悟しているかのように頷いた。

「《ダルマチアの朝日》のあと、次に《幸福の硬貨》を撮影するまでの九年間、何をしてたの？――つまり、お母さんと離婚して、わたしを残して去ってしまったあと。」

「お母さんからは、何も聞いてないのか？」

「何も。でも、お父さんのことは、決して悪くは言わないわね。……」

ソリッチは、前を向いたまま、まぶしそうに目を細めて、

「――脅迫されていたんだ。」

と呟いた。洋子は驚いて、父の顔を見上げた。「どうして？　誰から？」

ソリッチの目は、回想の乱反射に耐えているかのようだった。

「……チトーは、映画好きの大統領だった。彼は私の《ダルマチアの朝日》を絶賛したが、二作目の脚本は気に入らなかった。彼は、《ネレトバの戦い》のようなパルチザン映画を私に撮らせたがっていた。ユーゴスラヴィア建国の起源として、パルチザンを再

度、美化するためにね。あの時代は——一九七〇年前後というのは、どういう時代だった？　自主管理社会主義の分権化の必然として、ザグレブでも、ユーゴスラヴィアの一体性を動揺させる〈クロアチアの春〉のような民族主義運動が起こっていた。私は自分を、クロアチア人というより遥かにユーゴスラヴィア人だと信じていたが、民族主義の弾圧は、長い目で見れば、セルビアとの軋轢《あつれき》を背景に、悪い結果を招くことは目に見えていた。それに、私は自分の映画を、民族主義運動に対する政治的な反動として利用されることがどうしても嫌だった。」

「党から脅迫されてたの？」

「逮捕される危険はあったが、そうじゃない。——私は、二作目を国外で制作せざるを得なくなった。ブリュッセルに居を移してね。しかし、そのための資金提供者の中に、チトーと対立した私を、民族主義者だと信じていた極右のグループがいたんだ。チトーは、《ダルマチアの朝日》の最後の場面で、大地に横たわる主人公の死体を、パルチザンの犠牲に対する詩的なオマージュとして理解していた。しかし、民族主義者たちは、あの主人公を、パルチザンというより、まさにクロアチア人そのものとして受け止め、心底感動していたんだ。……クランク・インしてから間もなく、私の映画が、彼らの望んだ内容のものでなかったことが発覚した。プロデューサーにも責任があったはずだ。金集めのために、どんな説明をしていたのか。話があれだけ拗《こじ》れたのも、思想的、政治的理由だけでなく、金の問題もあったのだろう。裏切り者と、実際に脅してきたのは、マフィアみたいな連中だったが。……」

洋子は、深いため息を吐いた。「それで？」

「私の懸念は、お母さんやお前に危害が及ぶことだった。警察も当てに出来ず、二度、転居したあと、私はお母さんと、今後のことを話し合った。私との結婚を、潜伏生活をしながらでも続けるかどうか。」

「お母さん、……何て？」

ソリッチは、下を向きながら帽子を被り直すと、

「無理だと言った。洋子をこれ以上、危険に曝すわけにはいかない。もっと真面《まとも》な環境で子育てをしたい、と。私は納得した。だから、別れたんだ。私の経歴からも、完全にお前たちの記録を抹消して。――しかし、それで良かったんだ。私はそれから四年近く、身を隠しながら生活をしていたからね。」

洋子は、震える唇を噛み締めて、小刻みに頷いた。ソリッチは、娘の肩を抱き寄せた。

「お母さんは、心の中では、自分の冷淡さを責め続けていた。しかし、お前にこの話をしなかったのは、恐がらせたくなかったからだろう。」

「そう、……」

「私は、英語が話せないお前と、時折、密かに再会しても会話が出来なかった。大人になってからは、いつか話すつもりでいたが。」

洋子は、父に寄り添いながら、片手で目を拭って、頭に乗せていた黒いサングラスを

掛けた。その体の震えを鎮めようとするように、ソリッチは娘を更に強く抱擁した。

「それを、お父さんは後悔してる？」

「大事なのは、お前たちを愛していたということだった。理解し難いだろうが、愛していたからこそ、関係を絶ったんだ。そして、お前はこんなに立派に育ち、お母さんも平穏に暮らしている。恐らく、間違ってなかったんだろう。」

洋子は、首を横に振って、鼻で大きく息をした。

「でも、お父さんとは一緒に暮らせなかった。」

そう呟くと、彼女はサングラスの下から涙を溢れさせながら微笑んだ。

「だから、今よ、間違ってなかったって言えるのは。……今、この瞬間。わたしの過去を変えてくれた今。……」

洋子は、長い時を経て、まるでこの時のために語っていたかのような、初対面の日の蒔野の言葉を思い出した。

ソリッチは、洋子の言葉に頷いたが、あとの思いは、波の音に委ねて敢えて言葉にはしなかった。

# 第九章　マチネの終わりに

蒔野聡史と小峰洋子の二人にとって、二〇一一年は、その関係に斥力と引力とが同時に働いていたような年だった。

早苗の告白以後、蒔野は、妻に対する幾重もの矛盾した感情に苦しんでいた。冷たく激しい憤りと何となく寂しい思いやり。突き放すような軽蔑と見捨ててもおけぬ憐憫。その言動の一つ一つに対する根本的な不信と、これまで以上の深い理解。そして、一度ならず別れるという決断にさえ心を傾かしめた嫌悪と、もう既に愛着と呼んだ方が近いような慣れ親しんだ愛情。……

祖父江や娘の奏が示す早苗への無条件の信頼には苦いものを感じたが、と言って、誰かがもし、早苗を狡猾さを以て貶したとするならば、蒔野は烈火の如く怒って、その弁護を買って出たことだろう。そういう時に、妻を庇うための美点には事欠かない気がした。

出産の感動は、蒔野に早苗への否定的な感情を一旦忘れさせた。陣痛に耐える彼女の姿には、その愛への執着がどれほど人間的に間違っていようとも——いや、むしろだからこそ——何かしら健気なものがあった。多分、その瞬間に、人が不意に立ち返る、ある生物学的な視点のためだった。蒔野はそれをはっきりと自覚していたわけではなく、ただ漠然と、そうした直感に刺激されていた。そして彼は、妻の手を握り、顔を寄せて感謝の気持ちを伝えた。

蒔野は、生まれてきた子供のか弱い健康に強く心を打たれた。

自分たちが世話をしなければ、生存することさえままならないというその頼りなさと、やがてはその生存を自らのものとすることとなる肉体の精緻なシステムとが、彼の内側に、新鮮な興奮を喚起した。

優希《ゆき》と名づけられたその子供は、蒔野の生活を数々の新しい音で満たした。

泣き声はもちろん、寝息や微かな発声、ちょっとした衣擦れやベッドのきしみ、子守歌のCD、鳴り物のオモチャ、そして、母親としての早苗のやさしい声、……そうしたすべてが、彼が日常の中で知る初めての音であり、例えば今、自宅でジョン・ケージの《四分三十三秒》を演奏するならば、その楽器編成は一年前とはまるで違ったものとなっていた。

練習をしていても、しばらくは子供のことが気になって、急に思い立って様子を見に行ったりした。

寝顔もさることながら、蒔野はその手を見るのが好きだった。

まだこの世界のどんな物の感触も知らない手。——自分の手もこんなだったのだろうかと考え、息子をギタリストにすることが夢だった父は、それをどんな思いで見ていたのだろうかと、その心境を想像した。その時から、四十年ほどを経て、自分の手は今、こうなっている。……そんなことを考えながら、両手を握ったり開いたりして、自分が楽器を奏でることで生きているという事実を、改めてふしぎに感じた。

夜は、早苗を休ませるために、蒔野が優希にミルクを飲ませた。早苗は彼の睡眠不足を気づかったが、その三十分ほどの娘との静かな時間が、彼は好きだった。真冬なので、小さな毛布を掛けて膝の上に乗せた。哺乳瓶を片手に、上体をやや起こして安定させるのに、ギターの足台が役に立った。無理強いしても嫌がるばかりだが、コツを摑むと吐き出すこともなく、よくミルクを飲んでくれ、おくびもスムーズに出した。そうした赤ん坊の扱い方には、どこか楽器の鳴らし方にも似たところがあった。

蒔野は、まだ首も据わらない子供の三キロほどの重みと柔らかさ、そしてそのひっそりとした熱を感じながら、この子の誕生を、間違いの結果だと考えることを強く拒んだ。もし洋子と結ばれていたならば、この子は今、この世界に存在しないのだった。

ようやく寝ついた我が子の寝顔を見ながら、この子には、両親が真に愛し合って生まれてきたのだと安心して信じさせたいと蒔野は思った。自分を抱きかかえていた父の心には、実は常に、母ではない別の女性が存在していたなどというのは、許されないことではあるまいか？

早苗の福岡の両親も訪ねてきて、特に母親はしばらく寝泊まりして家事や育児を手伝った。蒔野に対しては、結婚当初は遠慮気味で、その後の長い不調の時期には困惑し、とりわけ父親は不満を抱いていたが、優希の誕生を機に互いに打ち解ける努力をした。早苗の母親は、娘はそそっかしくて我が強いので、とても芸術家の妻など務まらないのではないかと心配していたが、こんなにかわいい孫に恵まれて本当に喜んでいますと、早苗が寝室で授乳している間に、蒔野にしんみりと笑顔で語った。

妻を赦すべきであることはわかっていた。結果が幸福であるのならば、何を以てその原因を否定すべきなのだろうか。

自分は決して、洋子を失い、その代わりとして仕方なく早苗と結婚したのではなかった。彼女という一人の人間を確かに愛していたからこそ、今日まで生活を共にしてきたのだった。そして、気を許せば今にも変わってしまいそうなその脆い過去を、努めて元の姿のままに留めおいた。

蒔野の家族に対する思いは、三月十一日の東日本大震災を経て一層強いものとなった。

彼はその日、自宅の二階でギターの練習をしていた。早苗は、優希を連れて、近所の保育園に四月からの入園の手続きに訪れていた。

激しい横揺れで、久しぶりに少し弾いて、スタンドに立てかけておいたフレドリッシュが一本倒れて、共鳴板に罅《ひび》が入ってしまった。メインで使用しているフレタは、咄嗟に庇って無事だった。

書棚が傾き、床に散乱する本を踏み分けて、すぐに早苗に電話をしたが繋がらなかった。保育園に駆けつけると、二人とも無事だったが、園内は騒然としていて、余震の度に緊迫した避難指示の声が上がった。

それからは、テレビで津波被害の映像を見続け、水や食べ物を確保し、原発事故の報道に神経質になった。海外の友人からは、ひっきりなしに、なぜまだ東京にいるのかという忠告のメールが届いたが、蒔野は、本当に避難の必要があるのか、判断がつかなかった。

四月初旬には、四年弱ぶりとなるリサイタルが横浜で予定されており、決行か中止かの判断を巡って協議を続けていた。

二週間経つと、早苗の疲労が限界に達した。自分というより優希のために、彼女は、放射性物質の東京への飛散や飲食物の汚染といった情報をネットで調べ続け、いよいよ混乱して途方に暮れてしまっていた。

蒔野は、早苗の両親の懇願もあって、二人をしばらく福岡の実家に帰省させることにした。彼自身も同行して、二日ほどを博多で過ごしたが、余震がないというだけでも、精神的にはかなり楽だった。街行く人も、節電でネオンが消えた東京の抑鬱的な雰囲気とはまるで違っていた。

自宅で独りになると、蒔野は久しぶりに人気のない静けさに浸ったが、そのことに寂しさも感じた。それが、今の彼なのだった。いつになくテレビをつけがちで、繰り返される津波の映像や被災者の報道、更には刻々と変化する原発事故の状況は、彼をなかなか練習に集中させなかった。情報収集のために、ネットに接する時間も長くなったが、「絆」という言葉に縛《いまし》められた殺伐とした躁状態には彼自身も疲弊した。

蒔野は最終的に、コンサートを中止しない決断を下した。余震も続いており、早苗は彼への風当たりを懸念して反対していたが、自身の心の重苦しさを思っても、こういう時にこそ、この世界には音楽が必要なのだと信念を以て主張すべきだと考えた。既にチケットは完売していたが、当日の客足はわからなかった。主催者とは、万が一の場合の避難について、時間を掛けて打ち合わせをした。

同じ時期にコンサートの予定があった他の音楽家らと同様に、中止しても決行しても、何らかの批判は免れ得なかった。蒔野は、コンサートの収益を全額、被災地に寄付することを併せて公表したが、こんな時に不謹慎だというものから次なる地震が警戒されている最中に非常識だというもの、逼迫する電力の無駄遣いだというもの、更には寄付自体を偽善的な売名行為だというものまで、非難の声は予想以上に大きく、普段ならば頭に来そうなところだが、さすがに彼も気弱になり、自分の判断の是非に自信を持てなかった。

蓋を開けてみれば、コンサートは、当日券売り場に行列が出来るほどの盛況だった。復帰リサイタルが、こうした状況であったことは、蒔野の感情を複雑に高揚させた。固より克服されねばならなかった、彼自身の不安があった。その上で、死者たちの絶対的な沈黙を遠近に感じつつ、まだ生きている者らが、一種の幸いとして携え、会場に持ち寄った数多の沈黙を共有し、それを一つの音楽に変えねばならなかった。彼らは最早、生とも呼べない壊れてしまった喧噪からの避難者だった。

武知の死後に始めた運動の習慣のお陰で、一頃増えていた体重も減り、顔には以前の精悍さが戻っていた。体調そのものは良かったが、それでも蒔野は、演奏家になって初めて、本番前の嘔吐を経験した。

新聞社二つと日本取材中のCNNのインタヴューを受けると、楽屋で独りギターを抱えたまま、武知のことを考えた。彼は、東日本大震災を知らないまま死んでしまったが、その単純な事実が、蒔野の心を捕らえて放さなかった。驚くことも、悲しむことも、考え込むこともないまま、彼は今も静かに死んでいて、自分はそれを教えてやることも出来ない。——何の意味があるのかもわからないまま、彼はただ、その事実に思いを巡らせていた。「僕」という彼の一人称の声が懐かしかった。そうして気がつけば、武知は、本番までの時間を、ずっと蒔野につきあってくれていた。

舞台に立つと、客席を埋める人々の顔を見て、胸に迫るものを感じた。蒔野は、眉間をほんの少し持ち上げて微笑み、頭を下げた。拍手には、無言のうちにその心情を思いやり、共感するような雰囲気があった。

プログラムは、新旧のレパートリーが半分ずつの構成で、最後まで危なげなく演奏を終えた。とにかく今日は、弾くこと自体に意味があるのだと、始まる前から自分に言い聞かせていた。後半の途中で、武知が好きだったラヴェルのピアノ協奏曲のアダージョを、独奏用に短く編曲し直して演奏した。アンコールの一曲目には、期待に応えてバリオスの《大聖堂》を、そして二曲目には、かつてパリで、イラクから逃れてきたジャリーラに聴かせたヴィラ＝ロボスの《ガボット・ショーロ》を、あの時以来、初めて弾いた。敢えてマイクでは一言も喋らなかったが、やって良かったと、数度のカーテン・コールに応じ、最後に客席に頭を下げながらようやく感じることが出来た。

コンサートを終えたあと、蒔野は、楽屋に籠もってしばらく独りにさせてもらった。そして、バッハに取り組むならば、今だろうと考えた。

四年前に、彼の演奏家としての時間が止まって以来、絶えず考えてきたことだったが、震災後は、かつて洋子が口にした「やっぱり、三十年戦争のあとの音楽なんだなって、すごく感じた。」という言葉が改めて思い返されていた。

ドイツの人口を激減させたほどのあの凄惨な戦争後に、バッハの音楽が生まれた必然性を、彼女は、バグダッド支局で、蒔野が二十代半ばで録音した《無伴奏チェロ組曲全集》を聴きつつ感じ取ったのだった。その事実が、震災後、絶えず見舞われる無力感に抗する力を、彼に与えてくれた。

家族を守るという思いに変わりはなかった。しかし、ギタリストとしての蒔野は、そうして洋子の存在を再び強く意識しながら、震災後の一年を過ごしてゆくこととなった。


洋子は、二〇一〇年末からジュネーヴで勤務し始めていた。最初の二カ月ほどは、人権監視活動という仕事にもNGOという組織にも不慣れなのに加えて、二週間毎のニューヨークとの行き来が、想像以上に体にこたえて、なかなか生活のペースを摑めなかった。寒い季節に新しいことを始めてしまったことも、疲労の要因となっていた。

それでも、賑やかな摩天楼と静かな湖畔の町という組み合わせは、想像していた通り、悪くはなかった。

慣れてくると、十代の頃のスイス人の友人と、二十年ぶりに再会するなど、生活にもゆとりが出てきた。昔通っていた学校まで足を延ばしてみたり、湖畔や旧市街を散歩したりしていると、自分の中にまだ残っていた十代の頃の感情が蘇って来るようだった。ジャン＝ジャック・ルソーの生家の記念館にある小さな図書館で、静かに古い稀少本を読む時間に特別な喜びを感じた。

仕事は、コソヴォから逃れてきたロマの難民の強制送還問題と、フランスでの中東難民の住居問題という、洋子自身にも関わりのあるテーマに取り組んでいたが、チュニジアで〈ジャスミン革命〉が起こり、それが北アフリカから中東にかけて、連鎖的な広がりを見せ始めると、その動向に注意を払った。

自ら現場に足を運ぶのではなく、上がってきた情報を精査して政策提言を行うというのが基本的な仕事で、国連人権理事会の会期中は、ほぼ毎日出席して、各国の代表を前に演説をした。そのための原稿は、新聞記事とはまた違った文体を求められた。

苦労は多かったが、洋子は新しい生活に、次第に充実感を見出していった。自信が戻ってきた分、ニューヨークでのケンとの生活にも一層の喜びがあった。

洋子は、東日本大震災をジュネーヴで知った。すぐに日本支部のスタッフは固より、長崎の母親や東京の知人とも連絡を取ったが、直接の被害に遭った者はなかった。

洋子の母親は、震災後、二月を経た頃から足繁く福島にボランティアに通った。洋子自身は、日本語の報道に偏りを感じて、生まれて初めて匿名でブログを立ち上げ、英語、フランス語、ドイツ語の新聞やテレビのニュースの中から、有益であると思われるものを選んで翻訳していった。著作権を侵害していることは知っていたが、非常時なので、クレームが来れば削除に応じるつもりでいた。

誤情報は、更なる混乱の原因となるので、取捨選択は慎重に行ったつもりだったが、とりわけ原発関連の記事は多く引用され、激しい議論を巻き起こした。

洋子のブログは、一月ほど経った頃には、一記事あたり数千人規模でシェアされるほど有名になっていた。震災後、幾つか出現した同様のサイトの中でも、特に参照件数が多かった《東日本大震災についての海外報道》というあのブログの管理人は、実は洋子だった。

蒔野の安否も気になって、洋子はこの時にまた、彼の名前を検索している。彼だけでなく、彼の子供のことも、子供の母親のことも——つまりは早苗のことも——心配した。家族として、夫婦が助け合いながら子供を守り、この危機を切り抜けることを自然と祈っていた。早苗なら、何があっても蒔野と子供の安全を第一に考えるだろう。そう期待する自分を意外に感じつつ、しかし、自然なことのような気もした。ただ、早苗自身が精神的に保つかどうかも気懸かりだった。

蒔野が無事であることは、コンサートの決行を巡ってなされたバッシングを目にして知ることとなった。洋子は、恐らくは思い悩んだ末のことであろうその決断を、蒔野らしいと感じた。そして、その思いを理解し、彼に共感した。

震災後、東京で催されたコンサートを好意的に報ずる古巣のRFP通信の記事を紹介した際に、洋子はいつになく長いコメントを付して、日本でバッシングの対象になっている音楽家たちを擁護した。その具体例として、彼女は特に、蒔野の横浜でのコンサートに言及した。

蒔野は、木下音楽事務所のマネージャーに教えられてその記事を目にし、非常に勇気づけられた。

普段は震災関連の記事ばかりのブログなので、些か唐突で、一体どういう人なのだろうと話題になった。理解者がいるということに、彼は慰められ、強く心に残ったが、それを書いているのが洋子だとは夢にも思わなかった。

洋子もまた、自分の記事を蒔野本人が読んだかどうかは知らなかった。

＊

蒔野の新しい《無伴奏チェロ組曲全集》は、二〇一二年の二月初めに発表された。洋子の愛聴した旧盤は、今でも雑誌のクラシック特集などで、この作品の〈必聴盤〉に挙げられる彼の代表作だが、その演奏を震災後に更新することに、彼は特別な意味を感じていた。

録音はロンドンのアビイ・ロード・スタジオで三日がかりで行い、定評のあるポスト・プロダクションにもかなり細かく口を挟んだ。スタジオを選定したのはレコード会社で、ビートルズには特に思い入れがないものの、クラシックの録音でも有名なここでの作業を蒔野も楽しんだが、ＣＤが発売されると、散々「あのアビイ・ロード・スタジオで録音！」と喧伝されて気恥ずかしくなった。

アルバムの出来映えには満足していた。国内外で一斉発売され、不安だったが、評判は上々だった。「救われた。」といった普段は聞かない感想の言葉にも多く接した。取材では、彼自身の〝スランプ〟のことや子供の誕生のことなどを質問され、当然に震災の影響についても尋ねられたが、それについてはただ心境を語る程度に留めた。一年は経ったものの、津波被害からの復興にせよ、原発事故の後始末にせよ、まだ進行中であり、あまりに規模も大きく、うまく言葉にならなかった。

何を売るにも難しい時期だったが、蒔野にとって予想外だったのは、《レコード芸術》の〈特選盤〉となっただけでなく、フランスで最も権威のあるクラシック音楽専門誌《ディアパゾン》の金賞を受賞し、話題となったことだった。更には、CNNの震災後一年を特集する番組の中で、地震直後の横浜でのコンサートとバッハのレコーディングの映像が流れたこと、ネット上に《この素晴らしき世界》の楽譜を掲載し、世界中のギター愛好家に公開レッスンをするという野田の企画が、ここに来てうまく行き始めたことなども手伝って、思いがけず、ビルボードのクラシック・チャートでも十位以内にランクインしたという連絡を受けた。

蒔野は、二〇一二年の夏にはキューバとブラジルで演奏することになっていたが、その前に、ニューヨークのマーキン・コンサート・ホールでの公演が決まったのは、このバッハのCDの好評を受けてのことだった。三十年の歴史のある四百五十席ほどの会場だが、数年前に改装を終えて、音響面では飛躍的な向上を見たという評判だった。

チケットの売り出しは悪くなく、必ずしも日本人ばかりが買っているわけでもないらしかった。蒔野は知らなかったが、その購入者の中には、小峰洋子も含まれていた。

バッハのレコーディングのために、ロンドンに滞在していた時、蒔野は実は、洋子を一度、見かけていた。――但し、テレビの中だった。

ホテルの部屋で、夕食に出かける準備をしながら、彼は、BBCのニュースを見ていた。国連人権理事会が、シリアのアサド政権による反政府デモの弾圧について審議しているという報道の中で、洋子が英語で演説をしている姿が、数秒間、映ったのだった。それから、肩書きと共に「Yoko Komine」という名前が表示され、会場の廊下での立ったままの短いインタヴューが流れた。

蒔野は、シャツのボタンを留めかかったまま、テレビに釘付けになった。息を呑んでベッドに腰を下ろし、彼女を見つめた。スーツを着ていて、髪はアップにまとめている。まっすぐの細い首が、一際目を惹いた。彼のよく知っている、低い声の理知的な話しぶりだったが、その眼差しには情熱が感じられた。

四年以上が経っていた。洋子もさすがに幾分、歳を取っていたが、その姿は精彩を放っていた。かつて毎日のように、パソコン越しに会話をしていた頃の記憶がしきりに脳裏をちらついた。そしてそれが懐かしかった。

洋子の人生も、あの時から、もう随分と先へと進んでいるのだと蒔野は思った。彼女の存在が、震災後の自分の音楽活動にとって、どれほどの支えになっていたか、それを本人に知らせる術はなかった。ひょっとすると、世界のどこかで、自分の新しいバッハを聴いたかもしれないが、別れの経緯を思い、彼女の今現在の活躍を目にするにつけ、それは望むべくもなかった。

蒔野は、別れの日以後、初めて洋子の名前を検索してみて、彼女が現在所属しているNGOのサイトも確認した。難民局はジュネーヴにあるらしく、今はもう、ニューヨークには住んでいないようだった。先ほどのテレビには「Komine」という旧姓が表示されていたが、「アメリカ人の経済学者」の夫とその子供はどうしたのだろうかとふと思った。しかし彼は、「幸せだ」という是永の古い情報のせいもあり、洋子が離婚しているなどとは考えもしなかった。

それでもとにかく、その姿を目にしてしまったばかりに、蒔野は、レコーディング前日のこの夜、洋子にまた会いたいという思いを抑え難く募らせていた。震災後、彼は何度か、次はいつ、自身に襲いかかるやもしれない突然の死の不安の中で、ただ未来へと、まっすぐに流れ続ける時間のために押し殺してきた欲望が、俄かに溢れ出して来るような経験をしていた。

その時に彼が思うのは、ただ一つのことだった。洋子ともう一度会って、心ゆくまで話がしたかった。

＊

蒔野聡史のニューヨークでのリサイタルは、二〇一二年五月の第二土曜日に催されることとなった。マーキン・コンサート・ホールでの午後一時からの公演枠で、チケットは一週間前に完売となっていた。

プログラムは主催者とも話し合い、前半はレオ・ブローウェルを中心に、ヴィラ＝ロボスや武満徹といった二十世紀の作曲家の作品を、後半はバッハの無伴奏チェロ組曲の中から三曲を取り上げる構成にした。アンコールでは、《この素晴らしき世界～Beautiful American Songs》の中から、その日の気分で「何かを弾く」と伝えてあった。

蒔野は、ニューヨークでの公演が決まった時、やはり、洋子が住んでいた街だということを意識した。そして、もしまだニューヨークに住んでいたなら、自分は彼女に連絡を取ろうとしただろうかと考えた。彼は今日まで、洋子に自分から連絡を取るという考えを、金輪際退けてきた。手許にあるのは、古いRFP時代のメールアドレスだけである。しかし、是永に訊けば、今の連絡先もわかるのではないか。……

会いたいという気持ちが、早苗と優希との生活の中で彼に罪悪感を抱かせた。彼はとりわけ、優希の生をただ無条件に、絶対的に肯定したかった。それが出来ないなら、自分は人間的に無価値だと思っていた。もう時が経ちすぎてしまったのだと自分に何度となく言い聞かせ、始末の悪い未練に腹を立てた。

洋子の生き活きとした姿を見て、彼は我がことのように嬉しく、誇らしかったが、それだけに、今更自分の出る幕ではないとも感じていた。彼は未だに、洋子が早苗と再会したことを知らず、せめてあの別れの夜の誤解だけは解きたいと思っていた。彼が知ってほしかったのは、あの時自分が、どれほど洋子を愛し、必要としていたかだった。

しかし、それを今、彼女が知ったとして、どうなるというのだろう？　蒔野は、今この瞬間の生の事実性に拘っていた。現在は既にもう、それぞれに充実してしまい、その生活に伴う感情も芽生えてしまっていた。

過去は変えられる。——そう、そして、過去を変えながら、現在を変えないままでいる、ということは可能なのだろうか？　洋子は、蒔野が早苗を咎めたのと同じように、こう言うのではあるまいか？「どうして黙っておいてくれなかったの？」と。

ニューヨークから中南米にかけての今度の長旅は、早苗と優希は勿論のこと、木下音楽事務所やグローブの担当者も同行しない一人旅だった。

蒔野は、ギターの練習が出来る部屋を主催者にリクエストして、ミッドタウンのホテルに宿泊し、到着した日の夕食前には、少しチェルシーのあたりを散歩した。

是永から昔、洋子がその辺りに住んでいたと聞いたことがあった。アジア系の女性を目にし、子連れの女性とすれ違う度に、自分が無意識に洋子を探しているのに気がついた。そして、信号待ちのために足を止めたところで、もう止めようと思った。

会うべきではないのだと、彼はもう一度、胸の裡で念じた。会えばどうなるのか、彼は自分の中にある怖さと向き合った。ここには第一、洋子はいないのだから。——そうして彼は、彼女が当日、会場一階奥の席にいることを知らないまま、マーキン・コンサート・ホールの舞台に立つことになるのだった。

洋子は、蒔野の新しいバッハの《無伴奏チェロ組曲全集》を発売直後に購入していたが、二十代の彼の「天才」の名を恣《ほしいまま》にしたあの旧盤を、あまりに愛していただけに、なかなかCDを開封することが出来なかった。長い演奏活動の休止明けであり、東日本大震災後、まだ一年と経っていなかった。そうした状況を思いやりつつ、ようやくCDを再生した彼女は、彼の新しい出発となるその音楽を聴きながら、自分を酷く浅はかに感じた。

洋子は、自分がかつて彼を愛し、彼に愛されていたという事実さえも半ば忘れて、音楽家として彼に魅了され、同世代人として彼を尊敬した。うまく言葉にならないような強い、深い感動があり、それが何なのかを考えた。とにかくただ、「いい音楽」と言うより他はなく、彼に一言、「おめでとう。」と言いたかった。そして、この作品のために、早苗の存在が不可欠であったとするならば、彼女にもやはり「おめでとう。」と言うべきだった。

ジュネーヴで働き始めてほどなく、洋子は知人に紹介されたとある有名レストランのシェフに求愛されていた。少し年上の離婚経験のあるスイス人で、パリの二つ星の店で修業したというその腕前は確かで、すぐにお気に入りのレストランとなった。訪れる度に長話になり、彼が手料理を振る舞うホーム・パーティにも招かれ、その後、二人で二度、夕食を共にした。彼とつきあうのも悪くないかもしれないと、一時は心が傾いたこともあった。

結局、彼女の多忙さのせいもあって、それ以上、発展することなく終わった関係だったが、蒔野かリチャードかという二人の男性の間でだけ揺れていた五年間だったので、そんなふうに別の愛の可能性を感じられたというのが、自分でも意外だった。そして、蒔野の記憶が少し遠くなった気がした。新しい仕事仲間ともうまくいっていて、ケンに会えない寂しさを除けば、独り暮らしも悪くなかった。が、それでも折々ふと、孤独を感じないわけではなかった。

蒔野のマーキン・コンサート・ホールでの公演を知った時、洋子は手帳を開いて、自分がその時、丁度ニューヨークにいることを確認した。そして、チケットを一枚購入した。

かつて早苗と鉢合わせになった東京でのコンサートの時とは違って、今は、自分の仕事に生き甲斐を感じていた。恐らくは、そのコンサートに行くことが、蒔野への気持ちの一つの区切りになるだろうと彼女は思っていた。会わずに帰るのか、会ってただ、旧い友人のように会話をして別れてくるかは曖昧なままだった。

＊

コンサートの当日は、よく晴れた、空の青さが、忙《せわ》しなく家を出た人々の口を、一瞬、ぽかんと開けたままにさせるような朝だった。

前夜は幸いよく眠れて、蒔野の体調も良かった。リハーサルは順調で、会場のスタッフらも、初めて聴く彼の演奏に感心し、品定めのような態度から、俄かに乗り気になっていった。蒔野自身も、手応えを感じていたが、アメリカでの公演経験がないだけに、聴衆の反応は予想がつかなかった。しばらく雑談して、例の調子で、ホテルのエレヴェーターに乗ったら、丁度入れ違いで、ジムで汗を流してきた男が、酷い臭いを残して降りてゆき、お陰で、下の階から乗ってきた美女に、自分の体臭と勘違いされて往生したという話を面白おかしくした。スタッフらは、彼の滑稽な話しぶりを少し意外そうに聴きながら、声を裏返して笑った。それで幾分、緊張が和らいだように感じた。

楽屋で一人になると、蒔野は気になっていた爪の手入れをしながら楽譜を眺めた。本番までの時間の静寂を、そうしてどうにか耐えなければならなかった。

蒔野のホテルから、実のところ、かなり近い場所に住んでいた洋子は、自宅で簡単なブランチを摂りながら、大きな窓からその日の快晴の空を見ていた。

リチャードからケンを引き取るのは翌日の約束だった。

しんと静まり返った部屋で化粧をしながら、彼女は鏡の中の自分を見つめた。蒔野に最後に会ったのは、もう五年前のことだった。何を着ていくべきか、散々迷って、結局、クロエの白いワンピースに、薄手のジャケットを羽織って出てきた。目立ちたくなかったので、席も一階の奥を選んでいたが、終演後に彼に会うかもしれないと思うと、もっと他の格好があった気がした。

洋子がホールに到着した時には、既に客席の人の潮は満ちつつあった。談笑する表情には、蒔野の演奏への期待が窺われ、日本語の会話も、ちらほら聞こえてきた。洋子の両隣は、蒔野のことをあまりよく知らず、ただCDを気に入って来た地元の人間らしかった。

ほどなく、開演時間となった。照明が落とされて、舞台が明るくなった。咳払いの残りが、静まりゆく会場に、最後に一つ二つ響いて止んだ。

舞台袖のドアが開くと、洋子の心拍は急に大きくなった。拍手が起こった。一瞬後に、蒔野が、黒いシャツに黒いズボンという格好で姿を現した。俯き加減で中央まで進み出て、客席を一瞥してから椅子に腰を下ろした。洋子は固唾を呑んで、足台を確認しながらギターを構える彼を見守った。蒔野がいる。過去の記憶の中ではなく、駆け寄って行けるほどのこんなに近い距離に。――そのことの現実感を、彼女はしばらく捉えそこねていた。

プログラムの第一部は、ブローウェルの三部構成の名曲《黒いデカメロン》に始まり、ヴィラ＝ロボス、武満徹、ロドリーゴと続いて、再びブローウェルのソナタで締め括られる構成だった。

《黒いデカメロン》の一曲目〈戦士のハープ〉が、緊迫した、ほとんど魔術的なほどに広大な二オクターヴの跳躍で始まると、会場はもう、つい今し方までとは別の空間になっていた。反復的な旋律が次第に空気を濃くしてゆく中で、ギターの長音が、会場の最も遠いところにまで何にも遮られることなく、真っ直ぐに伸びてゆく。この曲をよく知っている者、知らない者が、それぞれに、その縹渺《ひょうびょう》たる響きに驚いた。

それがまるで一つの予告であったかのように、蒔野はその後、一曲ごとに、とても同じ一本のギターで弾いているとは思えないほどの多彩な表現で、次々と、新鮮な音楽的風景を現出させていった。

かつての一分の隙もない、あまりに完璧に律せられた世界とも違って、今はむしろ、音楽そのものに少し自由に踊らせて、それを見守りつつ、勘所で一気に高みへと導くような手並みの鮮やかさがあった。それもまた、長い〝スランプ〟の果てに、彼に生じた一つの変化だった。

聴衆の感嘆は、楽曲が終わる度に拍手に熱を加えていった。

最後のブローウェルのソナタの躍動的な第三楽章を、興奮と共に聴き終えると、まだ第一部の終わりだというのに、思わず立ち上がって、「ブラヴォー！」と叫んだ者までいた。

蒔野自身、その反応に少し驚いたのか、椅子の前に進み出ると、そのまま数秒間、棒立ちになった。そして、ようやく我に返ったように一礼し、舞台袖に下がっていった。

洋子は、休憩時間にロビーで一人、コーヒーを飲みながら、方々で交わされている高揚した会話の断片を聞いていた。蒔野は、ここニューヨークでも聴衆の心を摑んだのだと彼女は感じた。そして、十代の頃に、彼の演奏を初めてパリのサル・プレイエルで聴いた時のことを思い出した。あの時も、斜に構えて、どんなものかと〝天才少年〟の――それもよりにもよって日本人の！――演奏を見物に来ていたスノッブな愛好家たちは、第一部を終えるなり、興奮を抑えきれない様子で喋りに喋っていた。それに、嫉妬にも似た複雑な感情を搔き立てられた自分を、洋子は懐かしく思い返した。

コーヒーカップを皿に戻そうとして、彼女は自分の手が、目で見てはわからないほど微かに震えている音を聞いた。「神様が戯れに折って投げた紙ひこうきみたいな才能」

というのは、いつか蒔野の音楽を愛聴するようになった頃に彼女の抱いた印象だったが、その孤独な飛翔は、今はまた新しい景色の上空へと颯然《さつぜん》と抜け出しつつあった。そして彼女は、その軌跡の美しさだけでなく、澄み切った先端の繊細な震えまでをも知っているだけに、一層、彼の音楽に深い感動を覚えていた。

ただ、素晴らしいという言葉しか思いつかなかった。

今日ここに来るまで、彼女はずっと、あの五年前の彼の記憶を大切に保管してきたのだったが、彼自身は、もうとっくに、自分の手の届かない世界へと離れていってしまっていた。彼を遠くに感じ、自分は何ら特別でない聴衆の一人に過ぎないのだと思いなした。それは彼女の体の芯で凝っていた強ばりを、少しくほぐしたが、同時に、言い知れぬ寂しさを感じさせずにはいなかった。蒔野が、こちらに気づいた様子はなかった。

第二部のバッハをどうしても聴きたかったが、自分を見つけることで、彼の集中力が乱され、この既に輝かしい成功が約束されているかのようなコンサートが台なしになってしまうのであれば、むしろ帰るべきではあるまいかと考えた。自分の存在が、蒔野にとっては邪魔なのだという早苗の言葉を、洋子はここに至って半ば納得させられた気がした。

せめて、「おめでとう。」と一言伝えたくて、彼女は手帳を取り出し、手紙を書きかけたが、途中でページを破って手の中で丸めた。

第二部の開演が告げられると、建物の出口とホールの入口とを何度か見比べた。今日は本当に、爽やかな良い天気だった。人気がなくなるまで、彼女はそこで迷っていた。そして結局、決断することが出来ないまま、また独り座席へと戻った。

洋子は、自分の感情が混乱し始めているのを感じた。蒔野が再び舞台に姿を現した。シャツだけを白いものに着替えていて、それが、引き締まった顔によく似合っていた。彼の遠さを感じている今だからこそ、来る前に考えていた彼との関係の区切りは、自然につけられるはずだった。しかし、いざその現実に直面すると、とうに断念されていたはずの彼への思いが俄かに湧き起こってきて、彼女を動揺させた。

後半のプログラムであるバッハの無伴奏チェロ組曲は、その代名詞のような第一番、難曲を以て知られる第五番、そして、セゴビア以来、ギターの編曲としては最も親しまれている第三番が選ばれていた。

演奏が始まると、洋子は、俯き加減で、独り静かに考えごとをしているような蒔野の姿を見つめた。ギターは、空間の一点にピンで留めて固定されているかのように、微動だにしない。昔から、ノイズの少ないことが評価されていたが、会場の音響も手伝ってか、この日の音像は、まろやかさを感じさせつつも細部に至るまで透徹して冴えていた。〈ハイパー・ロマンティシズム〉というブローウェルのコンセプトを体現したような第一部と違って、蒔野の演奏も、より構築的で、和声の断面はよく磨かれた鏡のように澄んでいる。音に漲《みなぎ》る生気には客観性の優しさとでも言うべきものが仄めいていて、重厚さと軽やかさとが互いに手を引き合い、数多の声が幻影と共に美しく縒り合わされていた。

洋子は目を閉じ、彼の《アランフェス協奏曲》の演奏を、サントリーホールで聴いた五年半前の記憶を脳裏に蘇らせた。あの夜、二人で交わした会話と微笑み。別れ際にタクシーの窓越しに見つめ合った、名残を惜しむような目。……それから、パリで彼から愛の告白をされた日のこと、リチャードとの結婚生活、イラクで目にした自爆テロ犯、蒔野とのスカイプでの会話、パリの空港からかかってきたジャリーラからの電話、東京のホテルで一人横たわるベッドから眺めた豪雨の夜空、ケンの出産、早苗との対面、長崎で車を運転しながら喋っていた母の横顔、サンタ・モニカで自分を抱きしめてくれた父、……様々な記憶が、時間の前後を問わず、次々と断片的に脳裏を過った。

蒔野と自分との間に流れた時間の記憶が、彼女の胸を締めつけた。

洋子は、閉じ合わされた瞼の隙間に涙が満ちてゆくのを感じ、眉間を震わせながらそれを堪えた。そして、『――なぜなのかしら？』と、無意識にまた問うた。なぜ自分は、彼と別々の人生を歩むことになってしまったのだろうか？……

それは、蒔野の演奏によってこそ、再び喚起された問いだった。彼は、バッハの音楽の無限とも思われる形式的な試みの中に、何か恐ろしく慎ましやかな、わからないという疑問を探り当て、それと静かに、強く共振していた。二十代の頃の確信に満ちた演奏よりも、蒔野は、遥かに深く、わからなくなっていた。発せられる問いは、一つ一つがあらん限りの畏怖と創意に満ち、そして、呼応する答えには、何か神秘的な大きさがあり、肯定があり、慰藉《いしゃ》があった。

洋子はこの時、蒔野がどこにいるのか、はっきりとわかった。音楽家としての彼が、どういう境地に至り、何を表現しようとしているのか。そのすべてが音となって鳴り響いていることに、彼女は強く打たれた。

イラクで毎日のように聴いていた第三番のプレリュードに、新しい光が注がれるのが感じられた。もっと明るく、もっと穏やかな、あたたかい光。……

彼に会ってはいけないと洋子は思った。もう手遅れなのだと知るべきだった。幼時の自身の不在の父への思慕を顧み、今、ケンが耐えている寂しさを思った。早苗と蒔野の子供のことを考えた。そして、彼の今の人生を宛ら肯定しているようなその音楽の素晴らしさに浸った。それはもう、壊してはならないものだった。自分はここに、人生の一つの区切りをつけに来たはずなのだから。――それでも、せめてこのコンサートが終わるまでは、彼への愛に留まっていたかった。これまでたった三度しか会ったことがなく、しかも、人生で最も深く愛した人。……音楽が駆けてゆく。このひとときが永遠に続くことを彼女は願った。いつまでも、終わってほしくなかった。

第一部とは違った、存在の底から満たされてゆくような繊細な法悦があった。蒔野を凝視する聴衆の表情には、幾らか苦しげな明るさが萌していた。体を揺すって拍子を取る代わりに、何か本人にしか知り得ない秘密のために、音にならない言葉を口にしている者もあった。

最後のジーグを弾き終えると、蒔野は、スタンディング・オベーションでその演奏を讃えられた。洋子ももちろん立ち上がって、彼の姿を目に焼きつけながら手を叩いた。

蒔野は、感極まった面持ちで会場の全体を見渡し、礼をした。一度舞台袖に下がって、また戻ってくると、アンコールに《ヴィジョンズ》と《この素晴らしき世界》を演奏した。ようやく少し安堵したような面持ちだった。すっかり満足した聴衆も、一転してリラックスした、ほとんど歌い出さんばかりの様子で、洋子の隣の夫婦は、実際に小声で歌詞を口ずさんでいた。

二度目のアンコールに応えて、再び舞台に登場した蒔野は、この日初めてマイクを手にして英語で話を始めた。感謝の気持ちを伝えたあと、

「ここの会場は初めてなんですが、音もとても素晴らしくて、演奏していて、本当に良い気分でした。近くにセントラル・パークもあるし、……今日は良いお天気ですから、あとであの池の辺りでも散歩しようと思ってます。」

と続けた。聴衆は、そのやや唐突な〝このあとの予定〟に、微笑みながら拍手を送った。洋子は、彼の表情を見つめていた。

蒔野はそして、一呼吸置いてから、最後に視線を一階席の奥へと向けて、こう言った。

「それでは、今日のこのマチネの終わりに、みなさんのためにもう一曲、特別な曲を演

奏します。（And now, at the end of the matinee, I will play one more melody——a very special melody——for you.）」

洋子は、その時になって、微かに笑みを湛えていた頬を震わせ、息を呑んだ。蒔野がこちらを見ていた。そして、「みなさんのために for you」という言葉を、本当は、ただ「あなたのために for you」と言っているのだと伝えようとするかのように、微かに顎を引き、椅子に座った。

ギターに手を掛けて、数秒間、じっとしていた。それから彼は、イェルコ・ソリッチの有名な映画のテーマ曲である《幸福の硬貨》を弾き始めた。その冒頭のアルペジオを聴いた瞬間、洋子の感情は、抑える術もなく涙と共に溢れ出した。……

＊

終演後、蒔野は独りセントラル・パークを散歩しながら、午後のやわらかな日差しに映える美しい木々の緑を眺めていた。高揚感の潮が、引き際にごっそり彼自身から削り取ってしまったもののあとに、その穏やかな静けさが沁みた。

ニューヨークに明るくない彼にとっては、迷いそうなほどに広大な公園だが、彼方に聳《そび》えているアッパー・イースト・サイドの高層ビル群が、東西南北の目印だった。

週末で家族連れも多く、芝生のあちこちでピクニックや日光浴を楽しむ人の姿が見えた。

コンサート会場に洋子がいることに気がついたのは、第一部の最後の曲を弾き終わった時だった。予期せぬ喝采に、立ち上がって一礼しようとした時、彼は、一階席の奥の暗がりに洋子が座っているのを目にした。そして一瞬、時が止まったかのようにその場に立ち尽くしてしまった。

再び舞台に立った時、彼が一番に確かめたのは、彼女がまだそこにいることだった。新しいバッハは、誰よりも彼女に聴いてほしかった。その喜びに満たされるとともに、休憩中から続いていた記憶の錯綜の中から、五年前の夜、パリのアパルトマンで、ジャリーラのためにギターを弾いたあの美しい十分間の思い出が蘇った。椅子に座ると、彼はあの時の心境を胸に含んだまま、楽器を構えて目を閉じた。そして、広大な静寂のただ中へと独り進み出るようにして、無伴奏チェロ組曲第一番の前奏曲に取りかかったのだった。……

どこか遠くのパトカーのサイレンが、彼方の空に轟いて消えた。

蒔野は、太陽の光の移ろいを感じて、少し足を早めた。先ほどから、彼は、リルケの《ドゥイノの悲歌》のあの《幸福の硬貨》の一節を、断片的に思い返していた。

「……天使よ！　私たちには、まだ知られていない広場が、どこかにあるのではないでしょうか？　そこでは、この世界では遂に、愛という曲芸に成功することのなかった二人が、……彼らは、きっともう失敗しないでしょう、……再び静けさを取り戻した敷物の上に立って、今や真の微笑みを浮かべる、その恋人たち……」

深い緑色の水が覗く「あの池の辺り」に差し掛かると、蒔野は逸る気持ちと不安とで、ギターケースの持ち手を何度も握り直した。周囲を広く見渡しながら歩いた。池に沿ってゆったりと曲がった歩道を抜けたところで、視線の先の木陰に一つのベンチが見えた。

彼はその場に足を止めた。午後の光が、時間潰しのように池の水面で戯れているのを眩しそうに眺めていた女性が一人、ゆっくりとこちらに顔を向けた。

蒔野は、彼女を見つめて微笑んだ。洋子も応じかけたが、今にも崩れそうになる表情を堪《こら》えるだけで精一杯だった。バッグを手に立ち上がると、改めて彼と向かい合った。

蒔野は既に、彼女の方に歩き出していた。その姿が、彼女の瞳の中で大きくなってゆく。赤らんだ目で、洋子もようやく微笑んだ。二人が初めて出会い、交わしたあの夜の笑顔から、五年半の歳月が流れていた。

――完

主要参考文献

『イラク戦争は民主主義をもたらしたのか』（トビー・ドッジ著　みすず書房）
『帰還兵はなぜ自殺するのか』（デイヴィッド・フィンケル著　亜紀書房）
『ルポ　終わらない戦争　イラク戦争後の中東』（別府正一郎著　岩波書店）
『サブプライム問題の教訓　証券化と格付けの精神』（江川由紀雄著　商事法務）
『バッハ万華鏡―時代の激流に生きた教会音楽家』（川端純四郎著　日本キリスト教団出版局）
『「民族浄化」を裁く　旧ユーゴ戦犯法廷の現場から』（多谷千香子著　岩波新書）
『ユーゴスラヴィア現代史』（柴宜弘著　岩波新書）
『バルカン史』（柴宜弘編　山川出版社）
『終わらぬ「民族浄化」　セルビア・モンテネグロ』（木村元彦著　集英社新書）
「現代クロアチアの文化ナショナリズム」（齋藤厚著　『ロシア研究』No.34　日本国際問題研究所）
『詩への小路』（古井由吉著　書肆山田）
『長い時間をかけた人間の経験』（林京子著　講談社文芸文庫）
『音楽の基礎』（芥川也寸志著　岩波新書）
『個人の発見　1050年―1200年』（C・モリス著　日本キリスト教団出版局）
その他、関連文献には可能な限り、目を通した。

引用

『ヴェニスに死す』（トーマス・マン著　高橋義孝訳　新潮文庫）
『神曲』（ダンテ著　平川祐弘訳　河出書房新社）
『ルネ・シャール全詩集』（ルネ・シャール著　吉本素子訳　青土社）
『ベートーヴェンの日記』（メイナード・ソロモン編　青木やよひ、久松重光訳　岩波書店）
『ヘルマンとドロテーア』（ゲーテ著　佐藤通次訳　岩波文庫）
『エックハルト説教集』（エックハルト著　田島照久編訳　岩波文庫）
『新共同訳　聖書』（日本聖書協会）
『アポロ13』（ユニバーサル・ピクチャーズ・ジャパン）

協力者

本書の成立には、数多くの取材協力者の存在が欠かせなかった。この場を借りて、篤くお礼を申し上げたい。

とりわけ、ギタリストの福田進一氏には、構想の段階から相談に乗っていただき、大変お世話になった。同じくギタリストの鈴木大介氏、大萩康司氏からも、助言をいただいた。

リルケの『ドゥイノの悲歌』に関しては、Werke in drei Bänden / Rainer Maria Rilke / hrsg. von Horst Nalewski Leipzig: Insel, 1978を底本とし、ドイツ文学者の竹峰義和氏にご指導を仰ぎつつ、私自身が翻訳した。無論、翻訳に瑕疵があるならば、全面的に私の責任である。

更に、難民支援協会、長崎の証言の会、ジャン＝マルク・モジョン氏、ロバート キャンベル氏、国際人権NGOヒューマン・ライツ・ウォッチ日本代表の土井香苗氏からも貴重なご意見を伺った。最後となったが、イラクに関する取材の過程で、ジャーナリストの故後藤健二氏の知遇を得て、長時間に亘り、お話を伺う機会を持てたことは、この上もない経験だった。作中のジャリーラの亡命に関する記述は、INDEPENDENT PRESSのReportにある「パリのイラク人女性」（2004年12月11日〜）に多くを負うている。完成を楽しみにしてくださった後藤氏に、本書を届けられないのが残念でならない。ご冥福をお祈りします。

初出　毎日新聞
２０１５年３月１日～２０１６年１月10日
単行本　２０１６年４月　毎日新聞出版刊

マチネの終《お》わりに

定価はカバーに
表示してあります

2019年6月10日　第1刷

著　者　平《ひら》野《の》啓《けい》一《いち》郎《ろう》
発行者　花田朋子
発行所　株式会社 文藝春秋

東京都千代田区紀尾井町3-23　〒102-8008
TEL 03・3265・1211㈹
文藝春秋ホームページ　http://www.bunshun.co.jp

落丁、乱丁本は、お手数ですが小社製作部宛お送り下さい。送料小社負担でお取替致します。

印刷・凸版印刷　製本・加藤製本

Printed in Japan
ISBN978-4-16-791290-1

（　）内は解説者。品切の節はご容赦下さい。

五木寛之
**金沢あかり坂**
花街で育った女と、都会からやってきた男。恋と別れ、そして再会――単行本未収録「金沢あかり坂」を含む4篇が織り成す、恋と青春を描いたオリジナル短篇小説集。（山田有策）
い-1-35

石田衣良
**コンカツ？**
顔もスタイルも悪くないのに、なぜかいい男との出会いがない！　合コンに打ち込む仲良しアラサー4人組は晴れて幸せをつかめるのか？　コンカツエンタメ決定版。（山田昌弘）
い-47-32

石田衣良
**余命1年のスタリオン**（上下）
「種馬王子」の異名をもつ人気俳優、小早川当馬。公私ともに絶好調の中、がん宣告を受ける。命が尽きるまでに、ぼくは世界に何を残せるのだろう。著者渾身の、愛の物語。（瀧井朝世）
い-47-33

川上弘美
**溺レる**
重ねあった盃。並んで歩いた道。そして、ふたり身を投げた海。過ぎてゆく恋の一瞬を惜しみ、時間さえ超える愛のすがたを描く傑作短篇集。女流文学賞・伊藤整文学賞受賞。（種村季弘）
か-21-2

川上弘美
**センセイの鞄**
駅前の居酒屋で偶然、二十年ぶりに高校の恩師と再会したツキコさん。その歳の離れたセンセイとの、切なく、悲しく、あたたかい恋模様。谷崎潤一郎賞受賞の大ベストセラー。（木田　元）
か-21-3

角田光代
**それもまたちいさな光**
幼なじみの雄大と宙ぶらりんな関係を続ける仁絵。しかし、二人には恋愛に踏み込めない理由があった……。仕事でも恋愛でも岐路にたたされた女性たちにエールを贈るラブ・ストーリー。
か-32-8

角田光代
**おまえじゃなきゃだめなんだ**
ジュエリーショップで指輪を見つめる二組のカップル。現実とロマンスの狭間で、決意を形にする時―すべての女子の、宝石のような確かで切ない想いを集めた恋愛短編集。
か-32-11

（　）内は解説者。品切の節はご容赦下さい。

菊池　寛
## 真珠夫人
気高く美しい男爵令嬢・瑠璃子は、借金のために憎しみ抜いた相手のもとへ嫁ぐ。数年後、希代の妖婦として社交界に君臨する彼女の心の内とは――。大ブームとなった昼ドラ原作。（川端康成）
き-4-4

北川悦吏子
## 運命に、似た恋
シングルマザーのカスミと売れっ子デザイナーのユーリ。運命に導かれた二人の恋の行方は……。NHKの連続ドラマとして話題を呼んだ、ラブストーリーの神様による純愛と救済の物語。

き-42-1

小池真理子
## 存在の美しい哀しみ
異父兄の存在を亡き母から知らされた榛名は、兄のいるプラハに向かった。――視点をいくつもに変えながら、家族の真の姿を万華鏡のように美しく描き出す、感動の長編。（大矢博子）
こ-29-6

小池真理子・桐野夏生・村山由佳・桜木紫乃・林　真理子
野坂昭如・勝目　梓・石田衣良・山田風太郎
## エロスの記憶
官能を開発する指圧院、美貌の男性講師ばかりのアートスクール、挿入のないセックスを追求するカップル、許嫁を犯された忍者の復讐など、第一線の作家たちの官能アンソロジー。

こ-29-7

小池真理子
## ソナチネ
刹那の欲望、嫉妬、別離、性の目覚め……。著者がこれまで一貫してテーマにしてきた人間存在のエロス、生と死の気配が濃密に描かれる、圧巻の短篇集。（千早　茜）
こ-29-9

桜木紫乃
## 氷平線
真っ白に凍る海辺の町を舞台に、凄烈な愛を描いた表題作、オール讀物新人賞「雪虫」他、全六篇。北の大地に生きる男女の哀歓を圧倒的な迫力で描き出した、瞠目のデビュー作。（瀧井朝世）
さ-56-1

瀬那和章
## フルーツパーラーにはない果物
フルーツパーラーにはない果物はなんでしょう？　その質問をきっかけに、女性たちはそれぞれ自分の恋愛を振り返る。四者四様の恋模様を甘酸っぱく描く連作短編集。（倉本さおり）
せ-11-1

# 文春文庫　恋愛小説

（　）内は解説者。品切の節はご容赦下さい。

七月隆文
## 天使は奇跡を希《こいねが》う
良史の通う今治の高校にある日、本物の天使が転校してきた。正体を知った彼は幼馴染たちと彼女を天国へかえそうとするが。天使の嘘を知った時、真実の物語が始まる。文庫オリジナル。

な-75-1

林　真理子
## 不機嫌な果実
三十二歳の水越麻也子は、自分を顧みない夫に対する密かな復讐として、元恋人や歳下の音楽評論家と不倫を重ねるが……。男女の愛情の虚実を醒めた視点で痛烈に描いた、傑作恋愛小説。

は-3-20

林　真理子
## 野ばら
宝塚の娘役の千花と親友でライターの萌。花の盛りのように美しいヒロイン達の日々は、退屈な現実や叶わぬ恋によってゆっくりと翳りを帯びていく。華やかな平成版「細雪」。（酒井順子）
は-3-29

奥田英朗・窪　美澄・荻原　浩
原田マハ・中江有里
## 恋愛仮免中
結婚を焦るOL、大人の異性に心を震わせる少年と少女、残り時間の少ない夫婦……。人の数だけ、恋の形はある。実力と人気を兼ね備えた豪華執筆陣がつむいだ恋愛小説アンソロジー。

は-40-51

藤田宜永
## 愛の領分
仕立屋の淳蔵はかつての親友夫婦に招かれ、昔追われるように去った故郷を三十五年ぶりに訪れて佳世と出会う。二人は年齢差を超えて惹かれ合うのだが……。直木賞受賞作。（渡辺淳一）
ふ-14-6

村上　龍
## 心はあなたのもとに
投資組合を経営する西崎は翳を持つ風俗嬢サクラに強く惹かれていく。彼女が抱えている「秘密」とは？　643通のメールのやり取りを通して男女の深淵を描いた長編。（小池真理子）
む-11-6

（　）内は解説者。品切の節はご容赦下さい。

村山由佳
**ダブル・ファンタジー**（上下）
女としての人生が終わる前に性愛を極める恋がしてみたい。三十五歳の脚本家・高遠奈津の性の彷徨が問いかける夫婦、男、自分自身。文学賞を総なめにした衝撃的な官能の物語。（藤田宜永）
む-13-3

村山由佳
**花酔ひ**
浅草の呉服屋の一人娘結城麻子はアンティーク着物の商売を始めた。着物を軸に交差する二組の夫婦。かつてなく猥雑で美しい官能文学。（花房観音）
む-13-5

村山由佳
**ありふれた愛じゃない**
真珠店に勤める真奈は、出張先のタヒチで元彼と再会。誠実な今の恋人との約束された愛か、官能的な元彼との先の見えない愛か。現代女性の揺れる心を描いた恋愛長編。（ブルボンヌ）
む-13-6

森　絵都
**この女**
釜ヶ崎のドヤ街に暮らす僕に「自分の妻をヒロインにした小説を書いてくれ」との依頼が……。嘘吐き女の正体、絡み合う謎、そして罠。極上の読み応え、恋愛冒険小説のカタルシス！
も-20-6

山田詠美
**風味絶佳**
七十歳の今も真っ赤なカマロを走らせるグランマは、孫のままならない恋の行方を見つめる。甘く、ほろ苦い恋と人生の妙味が詰まった極上の小説六粒。谷崎潤一郎賞受賞作。（高橋源一郎）
や-23-6

山崎マキコ
**ためらいもイエス**
わたしは仕事以外になにもない、さっぱりとした日常をいたく気に入っていたはずだった――二十八歳にして処女、仕事一筋の奈津美の初恋。愛すべき恋愛音痴のためのラブストーリー。
や-40-1

（　）内は解説者。品切の節はご容赦下さい。

唯川　恵
息がとまるほど
同僚にプロポーズされたのを機に、不倫中の上司と別れる決意をした朋絵だったが、最後のデートを後輩に目撃され……。女たちの心に沈む思いを濃密に描く、八つの傑作恋愛短篇。（岸　久）
ゆ-8-2

唯川　恵
夜明け前に会いたい
元芸者の母と二人暮らしの希和子二十四歳。新進の友禅作家との恋が始まったかに思えたが――。金沢を舞台に純粋な恋の歓びと哀しみ、親子の情愛を描いた長編恋愛小説。（中江有里）
ゆ-8-5

よしもとばなな
イルカ
恋人と初めて結ばれた後、東京を離れた小説家キミコは、思いがけない人物から自らの妊娠を告げられる。まだこの世にやってきていないある魂との出会いを、やさしく描いた長篇小説。
よ-20-4

渡辺淳一
シャトウ ルージュ
フランスの古城で「調教」される妻。その裸身を覗く医師の夫。背徳の行為の結末には何が？　恋愛小説の第一人者が、現代の男女の「愛と性」に正面から挑んだ官能の問題作。（藤田宜永）
わ-1-25

綿矢りさ
勝手にふるえてろ
片思い以外経験ナシの26歳女子ヨシカが、時に悩み、時に暴走しながら現実の扉を開けてゆくキュートで奇妙な恋愛小説。文庫オリジナル「仲良くしようか」も収録。（辛酸なめ子）
わ-17-1

綿矢りさ
しょうがの味は熱い
煮え切らない男・紘と煮詰まった女・奈世が繰り広げる現代の同棲物語。二人は結婚できるのか？　トホホ笑いの果てに何かが吹っ切れる、迷える男女に贈る一冊。（阿部公彦）
わ-17-3

（　）内は解説者。品切の節はご容赦下さい。

**パーク・ライフ**
吉田修一
日比谷公園で偶然にも再会したのは、ぼくが地下鉄で話しかけてしまった女性だった。なんとなく見えていた東京の景色が、せつないほどリアルに動き始める。芥川賞を受賞した傑作小説。
よ-19-3

**横道世之介**
吉田修一
大学進学のため長崎から上京した横道世之介十八歳。愛すべき押しの弱さと隠された芯の強さで、様々な出会いと笑いを引き寄せる。誰の人生にも温かな光を灯す青春小説の金字塔。
よ-19-5

**路**《ルウ》
吉田修一
台湾に日本の新幹線が走る。新幹線事業を背景に、若者から老人まで、日台の人々の国を越え時間を越えて繋がる想いを色鮮やかに描く。台湾でも大きな話題を呼んだ著者渾身の感動傑作。
よ-19-6

**彼女について**
よしもとばなな
魔女の血をひく由美子は、幼い頃に母によってかけられた呪いを解くため、「過去」を探す旅に出る。たどり着いた驚愕の結末とは。暗い時代に小さな灯りをともす、唯一無二の小説世界。
よ-20-6

**ジューージュー**
よしもとばなな
下町の小さなハンバーグ店に集う、おかしくも愛しき人たち。つらいことがあっても、生きることってやっぱり素晴らしい！　おなかも心もみたされる、栄養満点・熱々ふっくらの感動作。
よ-20-7

**スナックちどり**
よしもとばなな
離婚し仕事をやめた「私」と身寄りをすべてなくしたばかりのいとこのちどり。傷付いた女二人がたどりついたのはイギリス西端の小さな田舎町だった。寂しさを包み合う旅を描く。
よ-20-8